Knaur

Von Marian Edwards sind außerdem erschienen:

In den Armen des Feindes
Sklavin seiner Sehnsucht

MARIAN EDWARDS

Die Braut des Mönchs

Roman

Aus dem Amerikanischen von
Georgia Sommerfeld

Knaur

Die amerikanische Originalausgabe erschien 1997
unter dem Titel *A Prayer and A Promise*
bei Kensington Publishing Corp., New York.

Besuchen Sie uns im Internet:
www.droemer-knaur.de

Deutsche Erstausgabe September 1999

Redaktion: Gerhild Gerlich
Umschlaggestaltung: Agentur Zero, München
Umschlagabbildung: © Pino Daeni / via Agentur Thomas Schlück, Garbsen
Satz: Pinkuin Satz und Datentechnik, Berlin
Druck und Bindung: brodard & taupin, La Flèche
Printed in France
ISBN 3-426-69044-6

2 4 5 3 1

Für meine Redakteurin, Tracy Bernstein, eine ganz besondere Lady, mit der zusammenzuarbeiten eine Freude ist.

Für meine Kritikergruppe: Joan Bellemare, Suzanne Brown, Kathryn Hudyma und Laura Schweizer, Freundinnen, die zu Familienangehörigen geworden sind.

Dank

an Dr. David Manzo, der mir großzügigerweise einen Teil seiner kostbaren Zeit opferte und mich mit seiner Sachkenntnis maßgeblich unterstützte.

Erstes Kapitel

ENGLAND, 1067

»Ihr wollt *was* von mir?« Guy de Bellemare starrte den König entgeistert an. Wilhelm, Herzog der Normandie und König von England, stand, in triste Soldatenkleidung gewandet, ihm gegenüber am Kamin, doch seine Haltung und sein Ausdruck ließen seine Position auf den ersten Blick erkennen.

»Ihr habt richtig gehört. Ich will, daß Ihr Euch als Ordensgeistlicher ausgebt und eine junge Frau aus einem Kloster nördlich von London entführt.«

»Eine *Nonne?* Sire – ich habe zwar das Priesterseminar verlassen, aber es gibt dennoch Dinge, die mir heilig sind ...«

»Echauffiert Euch nicht, mein Guter – die Jungfer hat, gemeinsam mit ihrem Bruder, in dem Kloster nur Zuflucht gesucht, weil sie den Mann nicht heiraten will, den ihr Onkel für sie ausgewählt hat.«

»Ihr Onkel?« echote Guy verdutzt, denn normalerweise war es Sache des Vaters, eine Heirat zu arrangieren.

»Ja. Es gefällt mir nicht, ihr das antun zu müssen, aber *le chevalier* Quennel d'Aumont, ihr Onkel, hat in meinen Diensten gestanden. Nachdem ihr Vater auf dem Schlachtfeld gefallen und ihre Mutter verstorben war, floh sie aus der Normandie nach England, um von hier bei Gelegenheit zu ihrem Onkel in Schottland weiterzureisen.«

»Was ist das für eine Familie?«

»*Demoiselle* Gabrielles Vater war Hamish Ritter von Aumont, ehemals bekannt als Hamish Campbell – er nahm bei der Eheschließung den Namen seiner Frau an. Quennel d'Aumont, sein Schwager, wünscht, daß seine Nichte in die Normandie zurückgebracht wird, damit die von ihm für sie arrangierte Heirat stattfinden kann.«

»Ich erinnere mich, Campbell war ein tapferer, ehrenhafter Mann – der Schwager ist das nicht.«

»Dieser Umstand interessiert die Krone nicht. Nun – wie ist es? Werdet Ihr den Auftrag Eures Königs übernehmen, Ritter Guy? Vielleicht erleichtert es Euch die Entscheidung, wenn ich Euch mitteile, daß ich Euch, falls Ihr mir diesen Gefallen tut, mit Land und Titel belohnen werde.«

Als Guy das hörte, gab es für ihn kein Überlegen mehr, denn als unehelicher Sohn eines normannischen Edelmannes hatte er nur diese Möglichkeit, zu Grund und Boden zu kommen. »*Oui,* ich übernehme den Auftrag. Wenn sie keine Braut Christi ist, genießt sie nicht den Schutz der Kirche, und mein Gewissen bleibt rein.«

»Dann ist es also abgemacht. Ihr bringt Gabrielle d'Aumont und ihren Bruder Louis nach London an den Hof.«

»Ist er der rechtmäßige Erbe des Grundbesitzes? Hat sie ihn mitgenommen, um ihn in Sicherheit zu bringen?«

»Ihr seid äußerst scharfsinnig, Guy. Ich werde dem Jungen Schutz gewähren, bis er alt genug ist, um seinen Feinden gegenüberzutreten – aber das Fräulein muß wieder der Obhut ihres Onkels überantwortet werden, denn er ist ihr gesetzlicher Vormund.«

»Wie Ihr wünscht«, sagte Guy de Bellemare.

»Ich will keinen Ärger mit dem Papst. Also offenbart Eure wahre Mission erst, nachdem Ihr die beiden aus dem Kloster geholt habt.«

»Aber wie soll ich die Dame und ihren Bruder dazu bewegen, ihr Asyl zu verlassen?«

»Ich werde Euch ein paar Mönche und Bewaffnete zur Seite geben, die Ihr den beiden als Begleitung für die Reise nach Schottland anbieten könnt – aber sie dürfen dort auf keinen Fall ankommen. Alec Campbell, der Bruder ihres Vaters, ist sehr auf seine Familie bedacht. Es heißt, er verdächtige den Schwager seines Bruders unlauterer Machenschaften.«

Mit gutem Grund, dachte Guy in Erinnerung an die Geschichten, die er über diesen Quennel d'Aumont gehört hatte. »Respektiert der Schotte denn nicht die Krone?«

»Die Schotten sind ein seltsamer Menschenschlag. Unberechenbar.«

»Und unbeugsam, soweit ich die Kelten kennengelernt habe«, meinte Guy.

»Zu Eurem Glück liegt der Grundbesitz, den ich Euch zugedacht habe, in Wales«, sagte der König mit einem spöttischen Lächeln. »Um die Leute dort zur Räson zu bringen, bedarf es nur einer starken Hand und nicht, wie in Schottland, einer Invasion.«

»Ich hätte mich eigentlich näher bei meinem Bruder

und seiner Frau in England niederlassen wollen«, erklärte Guy eingedenk der Trennung von seiner Familie, während er König Wilhelm zu Diensten war.
»Dieses Arrangement wird Euch gestatten, Euch ganz auf die Planung Eures fürderen Lebens zu konzentrieren«, gab Wilhelm zu bedenken.
»Ihr habt recht – wobei ich mir grundsätzlich bereits darüber im klaren bin. Ich sehne mich danach, den Schlachtfeldern Lebewohl zu sagen.«
»Ihr seid des Kämpfens müde?« wunderte sich der König.
»Ich habe es nie genossen«, gab Guy zurück. »Es war nur eine Möglichkeit, dem Priesterseminar den Rücken kehren zu können.«
Ein Lächeln umspielte Wilhelms Lippen, und Belustigung blitzte in seinen Augen. »Ihr wärt ein schrecklicher Priester geworden.«
Guy grinste. »Dieses Argument führte auch Royce an, als er sich gegen unsere Mutter stellte und mich vor diesem Amt rettete.«
»Seine Entscheidung hat sich nicht nur für Euch, sondern auch für ihn als vorteilhaft erwiesen«, sagte der König. »Wenn Ihr die Royce zugedachte Lanze nicht abgefangen hättet, würde er heute nicht mehr unter uns sein.«
Im Kamin fiel ein Holzscheit herunter, und Guy erinnerte sich, während er die stiebenden Funken betrachtete, jenes schicksalhaften Tages und strich dabei geistesabwesend über seinen Oberkörper. »Wir reden nie darüber. Er hätte für mich dasselbe getan.«
»*Oui* – Ihr steht einander sehr nahe. Ich wußte, daß ich

eine gute Wahl getroffen hatte. Ihr werdet Euch meines Vertrauens ebenso würdig erweisen, wie es Euer Bruder getan hat.«
»Auch wenn wir Euch beide treu ergeben sind, werft uns nicht in einen Topf, Sire – wir sind verschieden.«
Der König musterte ihn nachdenklich. »Euer Bruder hat sein Lebensziel erreicht – aber was ist mit Euch, Guy de Bellemare? Was habt *Ihr* für Träume?«
Die hatte Guy noch nicht einmal Royce offenbart, und er würde sie ganz sicher nicht dem König von England anvertrauen. »Was auch immer sie sind, Majestät – der Grundbesitz, den Ihr mir zugesagt habt, wird wesentlich zu ihrer Verwirklichung beitragen.« Er hätte gern das Thema gewechselt. »Sire, Ihr sprecht von meiner Familie – habt Ihr Neuigkeiten aus Northumberland?«
»O ja – Euer Bruder ist stolzer Vater von Zwillingen.«
»Von Zwillingen? Er hat Zwillinge?«
Wilhelm lachte leise. »*Oui*. Und einer der Knaben soll seinem häßlichen Onkel ähneln.«
Guy war zu aufgeregt, um auf den Scherz einzugehen. »Zwillinge! Und wie geht es meiner Schwägerin Bethany von Northumberland?«
»Gut. Und ich soll Euch ihrer Liebe und Dankbarkeit versichern.«
Verdientermaßen, dachte Guy zufrieden, denn er war nicht unmaßgeblich daran beteiligt gewesen, daß aus den beiden ein Ehepaar geworden war. Ein Anflug von Wehmut mischte sich in seinen Stolz. Was die Liebe betraf, hatte er vor vielen Jahren eine bittere Erfahrung gemacht. Seitdem erwartete er nichts mehr von den Menschen und wurde auf diese Weise nicht mehr ent-

täuscht. »Ein turbulentes halbes Jahr ist es her, daß ich meinen Bruder nicht gesehen habe. Und meine Neffen möchte ich natürlich schnellstmöglich begrüßen.«

»Ich fürchte, da müßt Ihr Euch noch eine Weile gedulden. Es wird Jahre dauern, bis dieses Land befriedet ist.«

»Da könnt Ihr recht haben – aber dann gibt es vielleicht keine Bauern mehr, die Euch den Untertaneneid leisten können«, sagte Guy in Erinnerung an die vielen blutgetränkten Schlachtfelder.

»Einen oder zwei bestimmt«, meinte der König augenzwinkernd. »Und jetzt laßt uns einen Schluck auf unser Abkommen trinken.«

Guy folgte ihm an die Hohe Tafel, und während er ihm zuprostete, wanderten seine Gedanken zu der Frau, die er in ihr Verderben führen sollte. War sie jung oder alt? Schön oder häßlich? Es spielte keine Rolle – er war eine Verpflichtung eingegangen und würde sie erfüllen.

Als er sich nach einiger Zeit und einigen Bechern Wein später zur Ruhe begab, beschlich ihn das Gefühl, daß diese Entscheidung sein ganzes weiteres Leben beeinflussen würde, es war so stark, daß nicht einmal der reichlich genossene Alkohol den Eindruck zu vernebeln vermochte, daß er einen gefährlichen Weg eingeschlagen hatte.

Nach dem Tod des Vaters hatte Blanchefleur d'Aumont, seine Schwester, das Rittergut in der Normandie geerbt. Geliebt aber hatte er, Quennel, dieses Herrenhaus und die zugehörigen Ländereien von klein auf.

Zwei kleine Hindernisse standen der Inbesitznahme jetzt im Weg. Er hatte Schritte eingeleitet, um sie zu beseitigen. Der Raum, in dem er unruhig auf und ab ging, trug noch immer die Handschrift seines alten Herrn Hamish. Sobald *er* das Sagen hätte, wäre seine erste Tat, jede Erinnerung an seine Familie auszumerzen. Er haßte sie. Es war keine Abneigung, es war abgrundtiefer Haß. Bitterkeit und Zorn hatten ihn über die Jahre hinweg stetig geschürt, und nun war der Augenblick der Rache in greifbare Nähe gerückt.

Die Wandteppiche würde er behalten, doch die Waffen, die sein Vater gehegt und gepflegt hatte, und die Rüstung seines Schwagers, Hamish Campbell, würden aus diesen Mauern entfernt und irgendwo draußen Wind, Wetter und Rost ausgeliefert. Ein Haus sollte den Geschmack und die Persönlichkeit seines Herrn widerspiegeln. Unerwünschte Erinnerungen an die Vergangenheit kamen aus den hintersten Winkeln seines Gedächtnisses angekrochen, und die Kopfschmerzen setzten ein. Zum Teufel – jeder Gedanke an seine Verwandten löste diese Qualen aus, die ihn tagelang an sein Lager fesseln konnten.

Er hatte gerade begonnen, seine Schläfen zu massieren, als es klopfte. Auf sein »Herein!« hin öffnete sich die Tür, und Claude Boleau, der Hauptmann der Garde, erschien. »Herr – Euer Mann ist aus England zurückgekehrt und möchte Bericht erstatten.«

»Schick ihn zu mir«, befahl Quennel, der dem betagten Offizier, der dem Hause Aumont stets treu gedient hatte, weder Sympathie noch Vertrauen entgegenbrachte.

»Sehr wohl.« Boleau verbeugte sich und ging.

Obwohl der Hauptmann es äußerlich nicht an Ehrerbietung fehlen ließ, wußte Aumont, daß er ihn verach-

tete. Seine Verfehlungen waren im Gedächtnis des alten Mannes noch sehr lebendig.
Er hatte die Flügeltür kaum hinter sich geschlossen, als es erneut klopfte. Auf sein barsches »Herein!« hin erschien ein runzliger Krieger und verbeugte sich knapp vor seinem Herrn. »*Seigneur – demoiselle* Gabrielle befindet sich bei der Äbtissin Ambrose nördlich von London. Ich habe Euren Anweisungen entsprechend ein paar Soldritter in England gelassen, die sie und ihren Bruder Louis in Empfang nehmen werden, falls sie sich entschließen sollten, das Kloster zu verlassen.«
Aumont ertrug den vernichtenden Blick des Mannes nicht und wendete sich ab.
»Und was sagt der König?«
Der alte Krieger räusperte sich. »Er schickt einen Mann, um die sichere Rückkehr des Fräuleins zu gewährleisten.«
»Bei Seinen Wunden!« Der Fluch hing in der Luft, als Aumont mit roten Zornesflecken im Gesicht herumfuhr. »Wilhelm hat sich aufgrund meines simplen Ansuchens nach Asylverweigerung das Recht genommen, in meinen Privatangelegenheiten herumzupfuschen. Das werde ich nicht dulden!« Er schlug sich mit der Faust in die Handfläche und trat auf den bejahrten Krieger zu. »Ich wünsche, daß dem Mann des Königs das gleiche Schicksal zuteil wird wie meinem Neffen, Channing!« blaffte er ihn an.
»Das gleiche, Herr?« Unglauben malte sich auf den hageren Zügen des Mannes.
Aumont schlug ihm mit aller Kraft ins Gesicht. »Hörst du schlecht? Er soll sterben!«

»Aber er ist ein Mann des Königs von England, Herr«, wandte der alte Krieger, ohne sich gegen eine mögliche neuerliche Züchtigung zu schützen, mit feindseligem Blick ein.
»Wen kümmert's? Er wird nie erfahren, daß sein Mann auf meinen Befehl hin gestorben ist. Laß es wie einen Unfall aussehen.«
»Wie Ihr wünscht, Herr.« Channings Worte waren höflich, doch der Ton ließ jede Ehrerbietung vermissen. »Ich werde Eure Anordnungen weitergeben.«
»Tu das. Und beordere noch mehr Männer nach England. Meine Nichte und mein Neffe *werden* zurückgebracht – aber von *meinen* Leuten.«
Das Schweigen des Mannes brachte ihn an den Rand seiner Geduld.
»Schick die Bauern, die du für geeignet hältst, die Soldritter zu unterstützen. Und, Channing – falls diese Maßnahme dem König zu Ohren kommt, werde ich wissen, wer ihm die Nachricht zugetragen hat.«
»Ihr braucht Euch wegen meiner Loyalität nicht zu sorgen, Herr. Meine Familie lebt auf Eurem Grund und Boden, und Ihr habt mich unmißverständlich darauf hingewiesen, daß sie es schmerzlich zu spüren bekäme, wenn Ihr mit mir unzufrieden wäret.«
»Es freut mich, daß wir einander verstehen.«
Der Mann verneigte sich schweigend und ging.

Mit dem herausgelassenen Saum war das von Gabrielle gestiftete Kleid wie für das junge Mädchen gemacht. Gabrielle von Aumont kniete vor ihr und zupfte die Falten des Rockes zurecht. »Ihr werdet eine

wunderhübsche Braut sein, Willa«, sagte sie und wischte hastig die Tränen weg, die ihr unversehens in die Augen geschossen waren.
Die Äbtissin trat hinzu und streifte eine silberne Kette mit einem schlichten Kreuz daran über die goldblonde Lockenpracht der Vierzehnjährigen. Während sie die langen Haare vorsichtig hindurchzog und über die Kette legte, sagte Mutter Ambrose: »Dies soll Euch als Erinnerung an Eure Zeit bei uns und als Symbol für Euren Glauben durchs Leben begleiten.«
»Ich werde Euch alle vermissen – ganz besonders Euch, Schwester Gabrielle. Ich bin Euch so dankbar.«
»Ihr müßt mir nicht danken.« Gabrielle zog ein letztes Mal an den Falten und stand auf. »Es ist doch nur ein Kleid.« Die Freude des Mädchens rührte sie, und schon wieder wurden ihre Augen feucht.
»Ich spreche nicht von dem Kleid, Schwester.« Willa errötete und fügte hastig hinzu: »Obwohl es wunderschön ist!« Bewunderung und Hochachtung traten in ihren Blick. »Ihr habt mir ein noch viel wertvolleres Geschenk gemacht: Ihr habt mich Mut gelehrt.«
»Wie das?« fragte Gabrielle verlegen.
»Ich war so voller Furcht, nachdem Mutter und Vater gestorben waren. Dann kamt Ihr mit Eurem Bruder hierher, und ich erfuhr, daß Ihr nicht nur Eure Eltern verloren, sondern sogar das Meer überquert hattet, um Euren Bruder zu retten, und angesichts dieser Tapferkeit schämte ich mich meiner Furcht.«
»Ich war nicht tapfer«, wiegelte Gabrielle in Erinnerung an die Angst ab, die sie auf der Flucht gepeinigt hatte. »Ich tat nur, was nötig war.«

Das Mädchen nahm Gabrielles Hände in die ihren. »Ich hätte niemals den Mut dazu aufgebracht.« Sie schüttelte den Kopf. »Ich hätte nie gedacht, daß einer Frau, noch dazu einer so zierlichen, eine solche Stärke innewohnen kann.« Willa drückte ihre Hände behutsam. »Ich hoffe inständig, daß Ihr einen Mann findet, der so stark und gut ist wie mein Edwin. Ihr solltet auch eine Schulter haben, an die Ihr Euch anlehnen könnt.«

Gabrielle entzog ihr ihre Hände. »Mit neunzehn Sommern bin ich schon zu alt, als daß mir noch jemand den Hof machen würde«, gab sie zurück.

Ohne auf Gabrielles Einwand einzugehen, wandte Willa sich an die Äbtissin: »Sie ist ebenso ungeeignet für das Klosterleben wie ich. Bitte redet ihr ins Gewissen.«

»Dies ist nicht der Moment, um sich Gedanken über Schwester Gabrielles Zukunft zu machen«, sagte die Klostervorsteherin. »Edwin erwartet Euch in der Kapelle. Sputet Euch, meine Liebe.« Mutter Ambrose drückte Willa kurz an sich und schob sie dann in Richtung Tür, doch das Mädchen machte auf halbem Wege kehrt und lief zu Gabrielle zurück, die die junge Waise liebevoll in die Arme schloß, bevor sie sie auf den Weg zur Verwirklichung eines Traumes entließ, den auch sie noch immer träumte. »Viel Glück, Willa«, flüsterte sie, als die junge Braut hinaus und ihrem neuen Leben entgegenlief.

Plötzlich begannen weiße Nebel um sie her zu wallen, und die Stimme der Äbtissin, die sie zur Eile mahnte, schien von weit her zu kommen. Dann lösten sich die Schwaden auf, und Gabrielle sah eine idyllische Landschaft, in der sich auf einer Wiese ein Paar gegenüberstand. Verblüfft erkannte sie die Züge der Frau als ihre eigenen. Der Mann, der mit dem Rücken zu ihr stand, war hochgewachsen und breitschultrig. Sie hob die Hand, um sein Gesicht zu liebkosen, zog sie wieder zurück und öffnete die Bänder, die ihr prächtiges, veilchenblaues Kleid zusammenhielten. Der glänzende Stoff glitt von ihren Schultern zu Boden und enthüllte kein Unterkleid, sondern nackte Haut.

Das Bild verblaßte, und Gabrielle atmete zittrig ein. Die Vorhersagen waren bisher immer eingetroffen. Irgendwann würde sie sich einem Mann anbieten. Der Gedanke ließ sie vor Furcht erbeben. Wäre das der Preis für ihre Freiheit? Sie nahm all ihre Kraft zusammen und faßte sich, um der Äbtissin keinen Anlaß zu geben, sie nach dem Grund für ihre an diesem Freudentag unangebrachte, jähe Verstörtheit zu fragen.

Als das junge Paar nach dem Hochzeitsmahl abgereist war, ging Gabrielle, die Hände vorschriftsmäßig in den Ärmeln verborgen, gemessenen Schrittes durch den Hof, die Treppe hinauf und den langen Gang entlang, der zu ihrer Kammer führte – Eile wurde in der Abtei nicht gerne gesehen. In ihrer Zelle angekommen, nahm sie den Schleier ab, der ihre Haare verbarg, und entledigte sich des dicken, wollenen Novizinnengewandes. Seit sie hierher ins Exil gekommen war, hatte sie sich ernsthaft mit der Möglichkeit eines Ordenslebens auseinandergesetzt. Als sie das Kleidungsstück zusammenlegte und ehrfürchtig die Falten herausstrich, kamen ihr Mutter Ambroses Worte in den Sinn. »Ihr müßt Euch aus freien Stücken entschließen, Euer Leben in den Dienst Gottes zu stellen – nur, wer wahrhaft

berufen ist, kann ihm wahrhaft dienen.« Sie hatte recht, dachte Gabrielle, während sie in ihr Kleid schlüpfte – sie spürte diese Berufung nicht in sich.
Das Vesperglöckchen läutete, als sie sich an das Schreibpult setzte und eine weitere Bitte an König Wilhelm und den Papst verfaßte, sich ihres Problems anzunehmen. Alle bisherigen Gesuche waren unbeantwortet geblieben. Es war allein Gottes Gnade zu verdanken, daß sie und ihr Bruder noch nicht der Rache ihres Onkels in der Normandie anheimgefallen waren. Louis' Leben und ihre Freiheit wären verwirkt, wenn er ihrer habhaft würde, ehe sie ihr endgültiges Ziel erreichten, aber selbst wenn sie seinen Häschern in die Hände fiele, würde sie sich damit abfinden, solange nur Louis unbeschadet nach Schottland zum Clan Campbell gelangte.
Ihre Gedanken wanderten zu ihrem Bruder. Glücklicherweise hatte Louis gerade seine Lehrzeit auf dem Herrenhof Lemieux absolviert, als Onkel Quennel die Vormundschaft übernahm. Wäre es nicht Brauch gewesen, daß ein Edelknabe schon in jungen Jahren in das Haus eines Edelmannes oder an einen Königshof zur Ausbildung geschickt wurde, sein Vaterhaus verließ, wäre Louis jetzt tot. Er war außer sich gewesen, als sie ihn von seinem Herrn wegholte, doch wenn sie ihn nicht auf ihre Flucht mitgenommen hätte … sie erschauderte. Hätte sein verletzter Stolz ihn nicht daran gehindert, hätte Louis eingesehen, daß sie richtig gehandelt hatte.
Die Erinnerung an ihre gefahrvolle Flucht ließ sie unwillkürlich frösteln. Sie waren oft sogar nachts gereist,

hatten auch Zuflucht in Scheunen oder verlassenen Ställen gesucht, und so hatten sie achtzehn lange Monate gebraucht, um dieses Kloster nördlich von London zu erreichen. Doch ihre Reise war noch lange nicht zu Ende – erst mit der Ankunft in Schottland beim Clan ihres Vaters wären sie in Sicherheit. Mutter Ambrose hatte von einem Trupp Reiterkrieger und Mönchen gehört, die nach Norden unterwegs waren. Sich diesem Zug anzuschließen wäre der erste Schritt der letzten Etappe ihrer langen Flucht.

Die Tür wurde aufgestoßen, und Louis erschien. »Ich will nach Hause«, erklärte er seiner Schwester im Kommandoton und baute sich mit in die Seiten gestemmten Händen vor ihr auf.

Gabrielle, kurz hochgeschreckt, wandte sich wieder ihren Schreiben zu, versiegelte sie sorgfältig und antwortete in ungeduldigem Ton: »Wie oft mußt du es noch hören, bis du es endlich begreifst, Louis? Als Erbe der Aumont-Besitzungen mußt du sterben, damit Onkel Quennel erben kann, während er sich meiner mittels einer von ihm arrangierten Heirat entledigen will. Wenn er uns findet, ist dir ein schnelles Ende beschieden und mir ein langsames.«

»Ich bin ein ausgewachsener Mann und Krieger – ich kann verteidigen, was mein ist.«

Mit seinen fünfzehn Sommern war er zwar äußerlich ein Mann, auch hatte er gerade mit seiner Ausbildung zum Ritter begonnen, doch an den für eine Auseinandersetzung mit seinem Onkel nötigen Fähigkeiten mangelte es ihm noch.

»Onkel Quennel ist eine Ausgeburt der Hölle. Du

kannst mir glauben, daß du ihm noch nicht gewachsen bist. Ich habe – bei meiner unsterblichen Seele – Mutter auf dem Sterbebett geschworen, dafür zu sorgen, daß du das Mannesalter gesund erreichst und dann dein Erbe antrittst, und – beim heiligen Georg – das werde ich auch tun. Wenn die Zeit reif ist, wirst du heimkehren und fordern, was dir zusteht, aber es jetzt zu tun wäre dein Ende.«

»Du glaubst immer zu wissen, was das Beste ist.«

Sein abfälliger Ton schmerzte sie, doch sie ließ es sich nicht anmerken. »Das kommt daher, daß ich denke, bevor ich handle – eine Vorgehensweise, die ich dir dringend zu übernehmen rate, wenn du den Aufgaben gerecht werden willst, die dich erwarten«, nahm sie Zuflucht zu einer sarkastischen Erwiderung.

»Ich werde *jetzt* nach Hause zurückkehren und Onkel Quennel in seine Schranken weisen«, erklärte Louis entschlossen. Mit seiner stolzen Haltung erinnerte er sie an ihren Vater. Gabrielle schüttelte den Kopf, womit sie gleichzeitig seinen Plan ablehnte und das schmerzliche Bild verscheuchte. »Du bist noch nicht soweit, Bruder. Onkel Quennel kann man nur mit dem Verstand besiegen, nicht mit Muskelkraft. Hast du vergessen, daß er die Garde befehligt?«

»Die Männer werden *mir* gehorchen«, verkündete Louis unbeirrt.

Gabrielle stand auf. »Wenn sie dich erkennen, wäre es bereits zu spät, Louis. Gütiger Himmel – ich habe dich nach deinen Jahren der Abwesenheit ja selbst kaum wiedererkannt, und alles in allem ist es inzwischen acht Jahre her, daß du von zu Hause fortgingst. Du hast kei-

nerlei Ähnlichkeit mehr mit dem Jungen von damals. Wie sollte die Wachmannschaft dich da erkennen?«
Er starrte hoch aufgerichtet und mit an den Seiten geballten Fäusten auf sie hinunter. »Du sagst es selbst, Schwester – ich bin kein kleiner Junge mehr. Und darum werde ich tun, was ich gesagt habe.«
»Sobald du auch nur einen Fuß vor die Mauern dieses Klosters setzt, gefährdest du nicht nur dein Leben, sondern auch meines. Bist du bereit, diese Verantwortung auf dich zu nehmen?« Ihr Bruder konnte unendlich starrköpfig sein, doch sie war nicht bereit, klein beizugeben, und so hielt sie seinem Blick unerschrocken stand.
Louis machte auf dem Absatz kehrt und verschwand türenknallend. Sie ließ sich auf ihren Stuhl zurücksinken. Wehmütig erinnerte sie sich daran, wie nahe sie einander einst gestanden hatten, und sie sehnte den Tag herbei, an dem er klug genug sein würde, um ihre Handlungsweise zu verstehen. Vorläufig jedoch war er nichts als ein großes Kind, und Kindererziehung war eine mühevolle Aufgabe. Diese Betrachtung erinnerte sie an ihre Mutter, und sie lächelte traurig. Alles im Leben hatte seine Schattenseiten – auch die Liebe.
Ein Klopfen riß sie aus ihren Gedanken. Sie stand auf, öffnete die Tür und sah sich Mutter Ambrose gegenüber, der besten Freundin ihrer Mutter.
»Louis kam mir eben polternd entgegengestürmt«, sagte die Äbtissin, als sie eintrat. »Ich habe ihn, um ihm Gelegenheit zu geben, sein Temperament sinnvoll einzusetzen, zum Ausmisten des Pferdestalles geschickt.«
Der Abstieg vom Pagen zum Stallknecht bedeutete ei-

nen schweren Anschlag auf Louis' Stolz. »Hat er es Euch gegenüber an Ehrerbietung fehlen lassen?« Gabrielle war bestürzt.
»Nein. Noch seid Ihr die einzige, die sein aufbrausendes Naturell zu spüren bekommt. Ich kann mir vorstellen, daß Ihr Euch in solchen Momenten wünscht, Ihr wäret ein Einzelkind.«
Gabrielle lachte leise.
»Ihr solltet öfter lachen, meine Liebe. Nun ja, vielleicht werdet Ihr das, wenn Ihr in Schottland seid.«
»Habt Ihr Neuigkeiten?« Gabrielle umfaßte aufgeregt die Hände der Äbtissin.
»Eure Eskorte wird innerhalb einer Woche hiersein.« Mutter Ambrose befreite sich sanft aus ihrem Griff und tätschelte lächelnd ihre Hand.
Gabrielle schaute in ihre freundlichen, braunen Augen hinauf. »Es ist ein Segen, daß der Orden Euch nach England geschickt hat. Meine Dankbarkeit läßt sich nicht in Worte fassen.« In der Tat, ihre Mutter hatte nicht umsonst mit solcher Hochachtung von dieser Frau gesprochen. »Ihr habt Euch großer Gefahr ausgesetzt, indem Ihr uns halft.«
»Es ist mein Beruf, Menschen zu helfen, meine Liebe.«
»Ein gefährlicher Beruf.«
»Gott zu dienen ist niemals einfach gewesen. Aber was meine Hilfe für Euch betrifft, so ist weniger Edelmut der Beweggrund als vielmehr die Begleichung einer alten Schuld.«
»Welcher alten Schuld?«
»Eure Mutter, Gott gebe ihrer Seele Frieden, hat mich vor vielen Jahren gerettet.«

»Gerettet?« Gabrielle konnte sich ihre zarte, stille Mutter nicht als Heldin vorstellen.

Die Äbtissin schob ihre Hände in die Ärmel. »Ja. Eure Mutter heiratete meinen Zukünftigen, den großen Krieger Hamish Campbell, damit ich ins Kloster eintreten konnte.«

»Aber sie *liebte* Vater«, erwiderte Gabrielle verwirrt.

»*Oui*, das tat Blanchefleur – sogar sehr«, bestätigte die Klosterfrau.

»Und was war mit Vater?«

»Er vertraute mir Jahre später an, daß es ihm zwar eine Ehre gewesen wäre, den Heiratsvertrag zu erfüllen, er jedoch von Anfang an Eure Mutter geliebt habe. Seitdem hatte ich kein schlechtes Gewissen mehr. Der Mut Eurer Mutter hatte mir, die ich als Ehefrau todunglücklich geworden wäre, ebenso zum Glück verholfen wie Eurem Vater, der sie liebte.«

»Was hat sie denn getan?« Gabrielle war sich nicht ganz sicher, ob die unverhoffte Enthüllung der Wahrheit über ihre Eltern sie erschreckte oder faszinierte.

»Sie ging zu Eurem Vater und ... gab ihre Tugend hin. Danach befahl es ihm die Ehre, sie zu heiraten, und alles wandte sich zum besten.«

»Mutter ... *verführte* Vater?« fragte Gabrielle entgeistert.

»So ist es. Eure Mutter war nicht nur eine schöne, sondern auch eine bemerkenswerte Frau.«

»Das weiß ich – aber ...« Gabrielle war noch immer nicht in der Lage, sich ihre ruhige Mutter als schamlose Verführerin vorzustellen.

»Macht nicht den Fehler, zu glauben, daß äußerlich ru-

hige Menschen nicht leidenschaftlich wären. Das Sprichwort ›Stille Wasser sind tief‹ kommt nicht von ungefähr. Und Ihr seid ganz die Tochter Eurer Mutter.«
Gabrielle hoffte inständig, daß die Äbtissin sich irrte – die Vorstellung, sich so von seinen Gefühlen übermannen zu lassen, ängstigte sie.
Offenbar spiegelte ihre Furcht sich auf ihrem Gesicht wider, denn die Klosterfrau schloß sie beruhigend in die Arme. »Wenn die Zeit reif ist, werdet Ihr froh um diese Leidenschaftlichkeit sein. Fürchtet Euch nicht vor dem Leben, Gabrielle – heißt es willkommen.«

Der Morgen dämmerte herauf, als die aufgeregte Stimme der Äbtissin Gabrielle aus ihren Träumen riß und sie wach gerüttelt wurde. »Wir können Louis nicht finden, meine Liebe! Als er nicht zur Arbeit erschien, ging Schwester Magdalena zu seinem Zimmer und klopfte, weil sie annahm, er habe verschlafen. Als sich nichts rührte, schaute sie hinein und stellte fest, daß er nicht da, sein Bett unberührt war. Die Schwestern haben das ganze Areal abgesucht, aber ohne Erfolg.«
»O mein Gott!« rief Gabrielle in Erinnerung an seine letzten Worte am Abend zuvor und schlug die Decke zurück. »Er ist gegangen!« Sie kleidete sich in dem Bewußtsein, ihn schnellstens finden zu müssen, in Windeseile an.
»Ich bitte Euch!« beschwor die Äbtissin sie, als sie neben ihr die Korridore entlangeilte. »Verlaßt die sicheren Klostermauern nicht!«
»Ihr könnt mir glauben, daß ich es nicht möchte«, gab Gabrielle zurück, »aber es bleibt mir nichts anderes üb-

rig.« Sie schloß Mutter Ambrose in die Arme, drückte sie kurz an sich und eilte davon.
»Wartet!« rief die Äbtissin ihr nach. »Laßt uns ein Ablenkungsmanöver arrangieren.«
Gabrielle kam zurück und hörte sich ihren Plan an. Alle Schwestern würden das Kloster gleichzeitig zu Fuß oder zu Pferde in verschiedenen Richtungen verlassen. Falls Spione auf der Lauer lägen, würde es ihnen schwerfallen, alle Klosterfrauen zu verfolgen.
»Es kann eine Weile dauern, bis Ihr Louis findet«, meinte die Äbtissin am Ende. »Packt Kleidung ein – ich werde Euch unterdessen Proviant zusammenstellen lassen.«
Die weltliche Umsicht der geistlichen Frau beeindruckte Gabrielle. Wäre die Äbtissin als Mann zur Welt gekommen, hätte sie einen ausgezeichneten Heerführer abgegeben.
Furcht, Zorn, Enttäuschung und Sorge erfüllten sie, als sie sich in Ordenstracht durch das Nebentor des Klosters stahl. Ihre Angst beschwor die blutrünstigsten Bilder herauf, während sie mit ausgreifenden Schritten das Gelände durchmaß. Ein stetig enger werdendes Band schien ihre Brust einzuschnüren. Ihr Herzschlag dröhnte in ihren Ohren, denn sie wußte, daß die Greuel, die sie sich ausmalte, Wirklichkeit werden würden, wenn sie ihren Bruder nicht vor ihrem Onkel Quennel fände. Schweißperlen sammelten sich auf ihrer Oberlippe und rannen zwischen ihren Brüsten herab, während sie sich an ihre Flucht aus der Normandie erinnerte und die Angst und die Ungewißheit ein zweites Mal durchlebte. Sie atmete auf, als sie in den dichten

Wald eintauchen konnte, hinter dem die verlassene Hütte stand, wo ein Pferd, bepackt mit einem ledernen Sack, sie erwartete.
Mutter Ambrose sei Dank! Gabrielle bekreuzigte sich und rammte dem Tier die Fersen in die Flanken. Jede Minute zählte. Sie konnte es sich nicht leisten, auch nur eine davon zu verschwenden.

Zweites Kapitel

Immer wieder störte lautes Magenknurren Louis' Überlegungen. Er hatte sich bei seinem Aufbruch letzte Nacht nichts zu essen eingepackt, und da er auch kein Geld bei sich hatte, befand er sich in einer reichlich desolaten Situation. Während er gegen die tiefstehende Sonne anblinzelte, versuchte er, nicht an die Abendmahlzeit zu denken, die jetzt im Kloster auf den Tisch käme. Nur gut, daß seine Schwester Gabby nicht um seine Gedankenlosigkeit wußte – es wäre Wasser auf ihre Mühlen gewesen.

Dabei war er ihretwegen zu seinem normannischen Onkel unterwegs. Gabrielle würde niemals Frieden finden, solange Quennel d'Aumont eine Gefahr für ihrer beider Leben bedeutete. Er konnte nicht umhin, sie für den Mut zu bewundern, mit dem sie sich zu seiner Beschützerin aufgeschwungen hatte, aber schließlich war er der Mann und sie nur eine schwache Frau. Wobei er zugeben mußte, daß er Gabrielle tatsächlich sein Leben verdankte.

Er erinnerte sich noch genau daran. Ihm war, als hätte der Vorfall sich gestern ereignet und nicht zu Beginn ihrer Flucht.

»Gabby, paß auf!« hatte er ihr zugerufen, als die beiden Soldritter angriffen.

Einer von ihnen hatte seine Schwester gepackt und gegen den Stamm eines Baumes geschleudert. Einer Stoffpuppe gleich war sie in sich zusammengesunken, und dann waren die beiden Männer gemeinsam auf ihn losgegangen.

Natürlich hatte er sein Schwert gezogen, unwissend, daß er mit seinen elf Sommern keine Chance gegen zwei erwachsene Krieger hatte. Als er sein Schwert schwang, hatte er seine Schwester auf die Füße kommen sehen.

»Ihr glaubt, zu zweit könnt Ihr mit mir fertig werden?« hatte er gehöhnt, um seiner Schwester Zeit zur Flucht zu verschaffen.

Die Männer aber hatten spöttisch gelacht. »Ihr werdet tot sein, ehe Ihr es Euch verseht, und dann werden wir uns ein wenig an den Reizen Eurer Schwester ergötzen, bevor wir sie zu Aumont zurückbringen.«

Er hatte keine Zeit gehabt, darauf zu reagieren, denn in diesem Moment hatte ein schriller Schrei seiner Schwester die beiden Männer herumfahren lassen. Gabrielle hatte sich, beide Hände voller Erde, an sie herangeschlichen und ihnen den Dreck ins Gesicht geworfen. Es war ihr zwar nur gelungen, einen von ihnen für einen Augenblick zu blenden, doch Louis hatte den Augenblick der Verwirrung des zweiten Mannes dazu nutzen können, dem Hilflosen sein Schwert in die Brust zu rammen. Er hatte es rechtzeitig wieder herausziehen können und war so imstande gewesen, den ersten Hieb des verbliebenen Gegners zu parieren.

Nachdem er noch ein paar weitere Attacken hatte ab-

wehren können, hatte er seine Klinge unter der feindlichen hindurchzuschieben und den Kampf zu beenden vermocht.
Gabrielles Gesicht war zwar aschfahl gewesen, als sie auf die beiden Toten hinunterschaute, doch in ihrem Ton hatte Triumph mitgeschwungen, als sie sagte: »Siehst du jetzt ein, daß du mich zu deinem Schutz brauchst?«
Als er zur Ausbildung an den Herrenhof Lemieux geschickt worden war, waren sie beide noch Kinder gewesen. Die äußerliche Veränderung, die bei ihrem Wiedersehen an ihm festzustellen gewesen war, war, verglichen mit der ihren, kaum erwähnenswert. Seine Schwester war zu einer wunderschönen Frau erblüht, in der er die einstige Spielkameradin nur mit großer Mühe wiedergefunden hatte, trotzdem war und blieb sie das für ihn. Vielleicht lag hierin die Erklärung für die Schwierigkeiten zwischen ihnen: Er konnte unmöglich auf jemanden hören, der für ihn immer noch das Kind war, an dem er noch als Sechsjähriger sein Mütchen gekühlt hatte.
Ganz besonders ging ihm ihre Anordnung gegen den Strich, auf ihrer Reise durch England den Namen ihres Vaters – Campbell – zu benutzen. Obwohl er den Vorteil dieser Maßnahme durchaus erkannte, kam er sich unloyal vor. Der Name Aumont reichte bis zur Geburt der Normandie zurück, und wenn Campbell auch ein vornehmer Name war, so war er, Louis, doch als ein Aumont aufgewachsen.
Plötzlich hörte er Pferde näher kommen, lenkte das seine an den Wegesrand und schaute sich um. Ein kleiner Trupp berittener Bewaffneter begleitete Mönche zu

Pferde. War es möglich, daß es sich dabei um die erwartete Eskorte handelte?
Die Männer im Panzerrock ritten vorbei, ohne ihn eines Blickes zu würdigen. Pinkel, dachte Louis empört. Wenn die wüßten, wen sie da brüskierten! Hinter den Kriegern ritten die Ordensbrüder. Auch sie zogen ohne Gruß, ohne auch nur mit ihren frommen Köpfen zu nicken, an ihm vorbei. Da wurde Louis bewußt, welchen Anblick er in seinen bäuerlichen Kleidern auf dem altersschwachen Klostergaul bot.
»Halt!« rief er gebieterisch.
Der letzte der Mönche zügelte sein Pferd, drehte sich um und schaute ihn verwundert an.
»Braucht Ihr Hilfe, mein Sohn?« Der große Mann, dessen Gestalt eher in eine Ritterrüstung zu passen schien als in ein Mönchsgewand, runzelte die Stirn.
»So ist es in der Tat«, nickte Louis. »Ich möchte Euch bitten, mich Euch anschließen zu dürfen.« Er fühlte sich ganz entschieden unbehaglich unter dem prüfenden Blick, der jede durchgeistigte Milde vermissen ließ. Doch dann sah er zu seiner Erleichterung ein Lächeln um die Mundwinkel des Ordensbruders zucken. »Und darum habt Ihr ›Halt‹ gebellt?«
»Etwas anderes war mir in der Eile nicht eingefallen«, gestand Louis kleinlaut.
»Grämt Euch nicht – es hat gewirkt.«
Louis räusperte sich und streckte die Hand aus. »Ich bitte um Vergebung, Pater. Mein Name ist Louis.«
Der Mönch schüttelte ihm die Hand. »Nur Louis? Ohne Nachname?«
»Der tut nichts zur Sache.«

Der Mann war zwar sichtlich befremdet, hakte jedoch nicht nach. »Ich bin Pater Guy.«
»Ohne Nachname?« fragte Louis.
»Wie Ihr sagtet – der tut nichts zur Sache.«
Louis lächelte. »Ich wußte nicht, daß man Euch Humor gestattet.«
»Humor verstößt nicht gegen die Gebote«, gab Pater Guy zurück. »Wie seid Ihr denn zu der Ansicht gelangt, daß alle Ordensbrüder sauertöpfisch seien? Lachen ist gut für die Seele.«
»Ich kenne einige Schwestern, die diese Theorie von sich weisen würden.«
»Wie viele Schwestern habt Ihr denn?«
»Nur eine. Ich sprach von den Schwestern im Kloster, und von denen habe ich nie einen Scherz gehört.«
»Was hat Euch denn in ein Nonnenkloster verschlagen?«
»Meine Schwester ist dort«, antwortete Louis vage.
»Kommt, reitet mit mir, mein Sohn«, bot Pater Guy ihm an, und Louis ließ sich das nicht zweimal sagen.
»Sie ist eine Nonne?« setzte Guy das Gespräch fort, als sie ihre Pferde antrieben, um den Anschluß an die Gruppe nicht zu verlieren. »Nun – von denen haben tatsächlich nicht viele Humor. Allerdings gilt das für Frauen im allgemeinen, findet Ihr nicht auch?«
»Ja, das kann ich bestätigen«, nickte Louis, der es als Wohltat empfand, nach der langen Zeit im Nonnenkloster endlich einen männlichen Gesprächspartner zu haben. »Und was meine Schwester angeht, so ist die dazu noch herrschsüchtig.«
»Wie ist denn ihr Name?«

»Gabrielle.«
»Und sie hat eine laute und schrille Stimme?«
»O nein – ihre Stimme ist leise und angenehm, aber das tut ihrem Nachdruck keinen Abbruch.«
»In welchem Kloster ist sie denn?« fragte Pater Guy. »Vielleicht machen wir dort ja halt. Dann könnte ich sie kennenlernen.«
»Falls Euch Euer Weg dort vorbeiführt, muß ich allein weiterreiten«, erklärte Louis entschieden.
»Weshalb um alles in der Welt?«
»Weil ich einen Streit mit ihr hatte«, gestand Louis verlegen.
»Ich verstehe«, er lächelte. »Aber bis wir dort sind, könnt Ihr doch getrost mit uns reiten, oder?«
»Sogar mit Freuden«, erwiderte Louis.

Bei Einbruch der Nacht bemerkte Gabrielle in der Ferne den Schein mehrerer Lagerfeuer. Sie stieg ab und näherte sich ihnen vorsichtig. Als sie schließlich nahe genug war, um im Licht der Flammen an der Kleidung erkennen zu können, daß sie Wandermönche vor sich hatte, schickte sie im stillen ein inbrünstiges Dankgebet gen Himmel und zog ihr Pferd auf das Lager zu. Es waren einige Soldaten auf Wachgang, was sie allerdings nicht verwunderte, denn Überfälle auf Reisende waren an der Tagesordnung. Trotzdem erschrak sie bis ins Mark, als sich ihr plötzlich einer der Posten mit gezogenem Schwert in den Weg stellte. Sie wollte ihr gerade ihr Begehr erklären, als ein kleiner geschorener Mönch auf sie zutrat. »Was können wir für Euch tun, meine Tochter?« fragte er lächelnd.

»Ich war den ganzen Tag unterwegs«, sagte sie, »und wäre sehr dankbar, wenn ich mich bei Euch ein wenig ausruhen dürfte und einen Bissen zu essen bekäme.«
Der kleine Mann deutete auf den anderen an seinem Feuer. »Bitte gesellt Euch zu uns. Pater Guy und ich werden unser frugales Mahl gerne mit Euch teilen.«
Der Wachposten steckte sein Schwert in die Scheide und entfernte sich. Gabrielle sank vor dem kleinen Mönch auf die Knie und küßte ihm die Hand. »Eure Großzügigkeit und Freundlichkeit gegenüber einer Fremden in diesen schweren Zeiten sind eine Zierde für Euren Orden.«
Er half ihr hoch und griff nach den Zügeln ihres Pferdes. »In schweren Zeiten ist Wohltätigkeit am meisten vonnöten und am seltensten zu finden, meine Tochter.«
Tränen schossen ihr in die Augen. Sie blinzelte sie hastig weg und nahm dem kleinen Mönch die Zügel aus der Hand. »Ich danke Euch, Pater«, sagte sie und führte ihr Pferd zu dem zwischen den Bäumen gespannten Seil, an dem die Tiere angebunden waren. Nachdem sie ihr Pferd versorgt hatte, ging sie auf das Feuer zu, an das der kleine Mönch sie eingeladen hatte. Dabei musterte sie den anderen Kapuzenmann, den er »Pater Guy« genannt hatte. Selbst im Sitzen war zu erkennen, daß er sehr groß war, und die breiten Schultern unter der Kutte paßten nicht zu dem Erscheinungsbild des üblichen Ordensbruders, dessen Gestalt eher klein und schmächtig oder rundlich war. Sein Anblick weckte eine vage Erinnerung in ihr. Sie mußte ihn schon irgendwo gesehen haben

Als sie ans Feuer trat und die Hände ausstreckte, um sie zu wärmen, schenkte Pater Guy ihr schweigend einen Becher Ale ein. Er hatte seine Kapuze tief ins Gesicht gezogen, und sie konnte seine Züge nicht erkennen. »Es zeugt von Eurem guten Herzen, daß Ihr die Bedürfnisse Eures Pferdes Euren eigenen vorangestellt habt«, sagte er mit einer tiefen Stimme, die zu weltlichmännlich für einen Ordensbruder klang. Dann wandte er sich ihr mit dem ihr zugedachten Becher zu, und Gabrielle schnappte unwillkürlich nach Luft, als sie sein Gesicht sah. Es war so vollkommen, so faszinierend, daß es ihr buchstäblich den Atem raubte. Mit ob ihrer Reaktion vor Scham glühenden Wangen nahm sie das Getränk entgegen, senkte den Blick und setzte sich.

»Das ist eine Selbstverständlichkeit für jede gute Reiterin«, erwiderte sie leise und pustete vorsichtig in ihren dampfenden Becher. »Mein Name ist Schwester Gabrielle, und ich bin auf der Suche nach meinem Bruder, einem Jungen von fünfzehn Sommern. Seid Ihr ihm vielleicht begegnet?«

»Das wäre möglich.« Er schob die Kapuze zurück, und die Flammen tanzten über seine Züge und zauberten Lichter in seine ebenholzschwarzen Haare. »Ich habe heute einen jungen Mann kennengelernt, der müde und hungrig war. Er schloß sich uns an und vergalt uns seinen Anteil an unserem Proviant mit unterhaltsamer Konversation.«

Gabrielle schlug das Herz bis zum Hals. »Ich muß ihn finden!« Sie beugte sich vor. »Sein Leben ist in Gefahr.«

»Und er braucht Euren Schutz?« fragte der Ordensbru-

der mit hochgezogenen Brauen, als er ihr eine Schale mit Essen reichte.
Gabrielle stellte die hölzerne Schale neben sich – ihr Hunger war vergessen. »Er hat sonst niemanden. Ich bin für sein Wohlergehen verantwortlich.«
Er schüttelte den Kopf. »Kein Wunder, daß er nicht gut auf Euch zu sprechen ist, Schwester Gabrielle. Er ist ein Mann, aber Ihr behandelt ihn wie ein Kind.«
Sie straffte ihre Schultern. »Er ist zwar ein Mann, aber es mangelt ihm an Erfahrung.«
Makellose Zähne blitzten mit nachtblauen Augen um die Wette. »Er ist immer noch bei uns.«
»Gott sei Dank!« hauchte sie. »Ich hatte schon befürchtet, er sei in eine Falle gegangen.«
»Wenn er in solcher Gefahr schwebt, gilt das dann nicht auch für Euch?« Dieser Mönch hatte einen scharfen Verstand – und einen ebensolchen Blick. Er schien bis auf den Grund ihrer Seele sehen zu können.
»Doch – ich bin seine Schwester, und ich habe bei meiner unsterblichen Seele geschworen, ihn zu beschützen.«
Die nachtblauen Augen weiteten sich. »Das ist der Schwur eines Kriegers, nicht der einer Frau, und erst recht nicht der einer, die ihr Leben in den Dienst Gottes stellt.«
Sie hielt seinem Blick stand. »Ich habe ihn meiner sterbenden Mutter geleistet – ich darf ihn nicht brechen.«
»Ich verstehe. Euer Bruder schläft in dem Zelt dort drüben.«
Sie wollte aufstehen, doch er legte die Hand auf ihre Schulter und deutete mit der freien Hand auf die Scha-

le. »Zuerst wird gegessen – er läuft Euch nicht weg. Zumindest nicht heute nacht.«
Sie nahm gehorsam die Holzschale auf den Schoß, schob das Essen darin jedoch nur im Kreis herum. »Er war müde?»
»*Oui.* Offenbar hatte er sich nicht gut auf seine Reise vorbereitet.«
»Es mangelt ihm überhaupt an Bedachtsamkeit«, sagte sie und aß nun doch einen kleinen Bissen Fleisch. Zu ihrer Überraschung schmeckte es vorzüglich, und plötzlich war sie wieder hungrig.
»Und was ist *Euer* Fehler, wenn ich fragen darf?«
»Ich bin zu vertrauensselig«, antwortete sie nach einigem Überlegen. »Ich habe immer wieder feststellen müssen, daß Menschen, an die ich glaubte, zu frevelhaften Taten fähig waren, doch ich scheine unbelehrbar zu sein: Trotz all meiner schlechten Erfahrungen glaube ich an das Gute in meinen Mitmenschen.«
Sein Becher hielt dicht vor seinen Lippen inne. »Das ist kein Makel, sondern eine Tugend.«
Ein spöttisches Lächeln umspielte ihre Lippen. »Sagt das meinem Bruder. Er ist überzeugt, daß meine Gutgläubigkeit uns eines Tages das Leben kosten wird.«
»Ich verstehe.« Er strich sich den dunklen Stoppelbart, und einen kurzen Augenblick lang sah sein Gesicht so gefährlich aus, daß Gabrielle erschrak. Doch es war so schnell vorüber, daß sie sich fragte, ob sie es sich nicht nur eingebildet hatte.
»Wie es scheint, vermutet Euer Bruder in jedem Fremden einen Feind und ist überrascht, wenn er sich als Freund erweist, wogegen Ihr in jedem Fremden einen

Freund seht und enttäuscht seid, wenn er sich als Feind entpuppt.«
Sie lächelte. »Genauso ist es.«
»Irgendwann wird Euer Bruder lernen, daß Glaube eine Brücke über die Kluft zwischen den Überzeugungen eines Menschen und seinem Verhalten zu schlagen vermag«, sagte er und erinnerte sie damit daran, daß auf Gottes Erde nichts unmöglich war.
Seine tröstenden Worte erfüllten sie mit Hoffnung. »Wenn die Ansicht meines Bruders irgendwann einmal mit der meinen übereinstimmen sollte, dann kann man getrost von einem Wunder sprechen. An dem Tag wird weder Euer Beruf noch meiner vonnöten sein.«
Er lachte leise. »Es gibt Leute, die das als Ketzerei betrachten würden.«
»Tut Ihr es?« fragte sie alarmiert.
»*Non.* Ich finde es erfrischend.«
Jetzt lachte auch sie. »Ich sagte Euch ja, ich bin eine vertrauensvolle Seele.«
»Dennoch wäre es klug, Eure Vorstellungen nicht Menschen zu offenbaren, die weniger aufgeschlossen sind.«
»Keine Angst, Pater. Ich bin mir sehr wohl im klaren darüber, wie gefährlich das wäre. Ganz so dumm, wie mein Bruder glaubt, bin ich nun doch nicht.«
»Apropos.« Er stand auf. »Wollt Ihr jetzt zu ihm gehen?«
Sie machten sich, an den allenthalben auf dem Boden schlafenden Mönchen und ihren Beschützern vorbei, auf den Weg zu dem Zelt, in dem Louis schlief. Er legte den Finger an die Lippen, ehe er die Plane nach oben schlug. Louis schlief zwar, doch er warf unruhig den Kopf hin und her und murmelte Worte, die bei aller

Undeutlichkeit doch eindeutig als französische zu erkennen waren. Gabrielle erschrak zutiefst.

»Euer Bruder erweckte mir gegenüber den Eindruck, Schotte zu sein«, sagte Guy in neutralem Ton.

»Tatsächlich sind wir beides«, beeilte sich Gabrielle zu erklären. »Schotten und Normannen. Mit einem schottischen Vater und einer normannischen Mutter.«

Sie kniete sich neben ihren Bruder auf die Erde und schüttelte ihn. »Wach auf, Louis!« drängte sie ihn in der Furcht, er könnte im Schlaf irgendwelche Geheimnisse verraten.

Langsam hoben sich seine Lider. Der flehende Ausdruck in seinen Augen zerriß ihr das Herz.

»Louis!« wiederholte sie. Seine Augen waren glasig. Hatte man ihn betäubt? Panik erfaßte sie. Sie saßen in der Falle!

Mit geballten Fäusten drehte sie sich zu dem Mann um, dem sie vertraut hatte, weil sie ihn für einen Mann der Kirche hielt. Mit vor Zorn und Furcht bebender Stimme sagte sie: »Werdet Ihr mir freundlicherweise mitteilen, warum mein Bruder betäubt wurde?«

Als er sie nur mit unschuldig-verständnisloser Miene ansah, sprang sie auf und begann mit den Fäusten auf ihn einzuschlagen. »Judas!« schrie sie.

Er packte sie bei den Schultern. »Hört auf!« befahl er. Doch selbst wenn sie hätte gehorchen wollen – sie konnte es nicht. Ihre Enttäuschung war zu groß.

Er zog sie an sich und erstickte ihren Angriff, indem er sie fest an sich drückte, bis sie sich beruhigte. Sie spürte seine gleichmäßigen Atemzüge, und dann berührten seine Lippen ihr Ohr, als er mit ruhiger Stimme sagte:

»Ich weiß, daß Ihr Angst habt, Schwester Gabrielle, aber ich kann Euch versichern, daß Euer Bruder nicht betäubt wurde. Er hat sich ein wenig zu viel Ale zugemutet. Ich hatte vor, ihn in das Kloster zurückzubringen, aus dem er offensichtlich weggelaufen ist.«
Sie legte den Kopf in den Nacken, um ihm ins Gesicht sehen zu können. »Wirklich?« flüsterte sie. O wie gerne sie ihm glauben wollte!
Er antwortete nicht, schaute sie nur mit seinen nachtblauen Augen, die im Mondlicht glitzerten, durchdringend an. Gabrielle stockte der Atem, als ihr jäh bewußt wurde, wo sie diesen Mann schon gesehen hatte. In vielen ihrer Visionen hatten genau diese Augen sie angesehen, da war sie ganz sicher. Unfähig, sich davon zu lösen, erwiderte sie seinen Blick.
Schließlich nickte er, und Erleichterung durchströmte sie. Wenn er ein Krieger wäre, hätte er sie mit einem Schlag zu Boden strecken können. Daß er es nicht tat, überzeugte sie, daß er kein Heuchler war.
»Aber wenn ich kein Mann der Kirche wäre, sondern jemand anders ...« Er ließ den Satz in der Luft hängen.
Ein kalter Schauer rann über ihren Rücken, und ihr Magen krampfte sich zusammen. Es war unglaublich, wie er ihre Gedanken lesen konnte.
Plötzlich wurde sie sich seines Körpers bewußt, an den er sie noch immer drückte, der harten Muskeln, des breiten Brustkorbs, der kräftigen Schenkel, seines männlichen Geruchs, der ihr bei jedem Atemzug in die Nase stieg, der Locke, die ihm in verwegener Art in die Stirn fiel. In diesem Moment hatte er nichts Frommes an sich, wirkte vielmehr wie ein Mann, der die Freuden

der Sünde gekostet und genossen hatte. Warnglocken begannen in ihrem Kopf zu läuten, brachten ihre auf Abwege geratenden Empfindungen zur Räson. Sie schlug die Augen nieder.

»Habt Ihr Euch gefaßt?« fragte er.

Sie konnte ihn nicht ansehen. Die Besorgnis in seiner Stimme zeigte ihr, daß nur sie die Anziehungskraft verspürt hatte. Sie machte sich los.

»Verzeiht mir«, sagte sie knapp, um ihre Verlegenheit zu verbergen, ließ ihn am Zelteingang stehen und ging wieder hinüber zu ihrem Bruder.

Louis war inzwischen zu sich gekommen.

»Du hast das Kloster verlassen, Gabby?« fragte er.

»Es scheint so«, erwiderte sie trocken und fuhr mit ihren Fingern durch seine wirren Haare.

»Aber was tust du hier – du solltest doch nach Schottland gehen«, stöhnte er. »Wir brechen sofort auf.« Er griff nach ihrer Hand – und daran vorbei.

»Nein. Wir werden mit Pater Guy und den anderen Mönchen weiterreisen.«

»Ich sage dir, ich werde Onkel Quennel zum Zweikampf herausfordern und dieses Problem ein für allemal lösen«, insistierte Louis.

»Wie? Mit deinem Blut?«

»Nein. Hiermit. Er holte weit mit dem Arm aus, um ihr einen Schwerthieb zu demonstrieren.

»Wir werden zu Onkel Alec in Schottland gehen. Er wird uns helfen. Und er ist ein hervorragender Krieger – du könntest viel von ihm lernen. Wenn Onkel Alec meint, daß du allein reiten und dich einer Streitmacht entgegenstellen sollst, die einer Armee gleich-

kommt, dann gebe ich dir meinen Segen«, sagte sie spöttisch.
Louis wandte sich Zustimmung heischend an den Mann am Zelteingang. »Frauen«, seufzte er altklug. »Sie werden irgendwann mein Tod sein. Ich habe festgestellt, daß ihre Existenz jeglicher Logik entbehrt. Man kann nicht mit ihnen leben, aber ohne sie soll das Leben angeblich nicht lebenswert sein.«
Nachtblaue Augen musterten Gabrielle von ihrem verschleierten Scheitel bis zu den Stiefelspitzen mit einem Blick, den sie bei einem anderen Mann als Bewunderung gedeutet hätte. »Was die irdischen Freuden angeht, kann ich nicht mitreden.«
Obwohl er es im Brustton der Überzeugung sagte, klang es nicht ehrlich. Aber wenn es doch so war – was für eine Verschwendung! Nie zuvor hatte sie einen männlicheren Mann kennengelernt.
Sie war eindeutig zu lange im Kloster gewesen.

Drittes Kapitel

Der orangefarbene Schimmer am Horizont, mit dem der Tag heraufdämmerte, kündigte schönes Wetter an. Während die Vögel ihr Morgenkonzert anstimmten und die Männer ihre schlafenden Muskeln wachstreckten, war Guy in Gedanken bei Gabrielle. Sie brauchte einen Beschützer, und er ertappte sich dabei, daß er sich wünschte, selbst diese Aufgabe übernehmen zu können. Die Geschichte aus der Bibel vom Löwen und dem Lamm, die friedlich beieinander lagen, fiel ihm ein, doch er verscheuchte dieses Bild eilends und erhob sich, um nach der jungen Frau zu schauen, die sich noch nicht hatte sehen lassen. Er ging zum Zelt hinüber und wollte eben um Einlaß bitten, als er sie leise murmeln hörte. Er klappte die Plane hoch, und dann stockte ihm der Atem.

Gabrielle kniete engelsgleich mit gesenktem Kopf und auf der Brust gefalteten Händen auf der Erde und betete. »… und bitte, Herr, behüte die, die ich liebe. Mein Bruder ist noch so jung, und wenn ich mich auch nach Kräften bemühe, ihn zu beschützen, kann ich es allein nicht schaffen. Halte Deine Hand über ihn, damit ihm kein Leid geschieht. Amen.«

Sie hob den Kopf, und Erschrecken malte sich auf ihrem Gesicht. »Verzeiht mir, Pater – ich hatte Euch nicht

bemerkt.« Er streckte ihr die Hand hin, um ihr aufzuhelfen. »Ich habe nur um ein wenig göttlichen Beistand gebeten«, sagte sie leise.
Er bedeutete ihr, herauszukommen, und als sie an ihm vorbei ins Freie trat, stieg ihm ein zarter Blumenduft in die Nase. Er geleitete sie zu ihrem Pferd, während ein paar Soldaten das Zelt abbauten.
»Gott wird uns beschützen«, sagte sie zuversichtlich. »Schließlich hat er uns zu Euch geführt.«
Guy rang sich ein Lächeln ab. Er wünschte, Gott würde tatsächlich ihr Schicksal in die Hand nehmen – dann wäre er die Verantwortung los, die er sich hatte aufbürden lassen. Als er sich umdrehte, bemerkte er Louis, der zu ihnen herüberschaute. Er hatte, als es noch dunkel war und alle schliefen, bei einem Becher heißen Gerstensaftes ein freundschaftliches Gespräch mit ihm geführt. Der Junge mochte einiges an seiner Schwester zu bemängeln haben, aber sie bedeutete ihm sehr viel. Guy war nicht das einzige männliche Wesen, das der Ansicht war, daß sie des Schutzes bedurfte.
Als die Sonne ihren Aufstieg zum Zenit des wolkenlosen Himmels begann, führte Guy de Bellemare seine kleine Schar gen Norden. Die Luft war herrlich frisch und duftete nach Herbst.
»Ferragus – weise die Männer an, auf der Hut zu sein«, befahl er seinem Stellvertreter. »Je näher wir unserem Ziel kommen, um so größer wird die Gefahr eines Angriffs.«
Der Mann nickte und wendete sein Pferd, um die Anordnung weiterzugeben. Guy drehte sich um. Er sagte sich, daß er nur sichergehen wolle, daß Ferragus seinen

Auftrag pflichtgemäß ausführte, doch in Wahrheit suchte sein Blick Gabrielle. Sie ritt in der Mitte des Zuges neben ihrem Bruder. Guy hatte noch immer ihren zarten Blumenduft in der Nase, und die Phantasien, die er in ihm weckte, machten es ihm schwer, sich auf seine Pflichten zu konzentrieren.

Ferragus kam zurück und zügelte neben ihm sein Pferd. »Sie ist ja wirklich ein hübsches, kleines Ding, aber wenn Ihr sie weiter so lüstern anstarrt, wird sie merken, daß Ihr kein Mann der Kirche seid.«

»Kümmere dich um deine eigenen Angelegenheiten«, gab Guy unwirsch zurück.

»Ganz wie Ihr wünscht«, erwiderte Ferragus nicht im mindesten eingeschüchtert. »Werden wir von Eurem Bruder erwartet?«

»Nein – ich will ihn nicht in diese Sache verstricken.«

»Warum reiten wir dann in Richtung Northumberland anstatt zurück nach London?« fragte der Soldat des Königs.

Guy deutete nach vorne. »Die Straße gabelt sich später. Geradeaus geht es nach Schottland, wohin *demoiselle* Gabrielle und ihr Bruder wollen. Wir werden aber die Abzweigung nach Westen nehmen. Die Straße führt in einem sanften Bogen südwärts nach London.«

»Aber das wird den beiden doch auffallen.«

»Dann sagen wir ihnen, daß die Straße nur eine Biegung beschreibe und danach wieder nordwärts führe.«

»Warum die Lüge?« wollte Ferragus wissen.

»Weil Gefangene, die nicht wissen, daß sie Gefangene sind, keinen Widerstand leisten«, erklärte Guy. Daß es ihm zutiefst zuwider gewesen wäre, die zarte junge

Frau und den halbwüchsigen Jungen in Fesseln mitzuführen, wollte er ihm nicht eingestehen.
»Ich würde nicht so zimperlich mit ihnen umgehen«, meinte Ferragus.
»Darum hat der König auch nicht dich, sondern mich mit diesem Auftrag betraut«, erwiderte Guy trocken.
»Der König hat Euch nur damit betraut, weil Ihr im Priesterseminar wart«, gab Ferragus patzig zurück.
»Wie auch immer – Tatsache ist, daß ich das Kommando habe und du meine Befehle befolgen mußt.« Damit war die Unterhaltung für ihn beendet, und Ferragus fiel beleidigt zurück. Obwohl der Mann mit seiner Ermahnung recht gehabt hatte, konnte Guy nicht widerstehen, sich erneut nach der zierlichen, in dunkle Novizinnentracht gekleideten Frau umzudrehen.
Der grobe Stoff verhüllte ihre Gestalt, und die Frage, welcher Art sie wohl war, beschäftigte ihn ebenso wie die nach der Farbe der Haare, die der dicke, wollene Schleier verbarg. Er konnte ihre Augen aus dieser Entfernung nicht erkennen, doch er erinnerte sich sehr deutlich an ihr Veilchenblau und den vertrauensvollen Ausdruck darin, der ihn so angerührt hatte, daß er beinahe versucht gewesen war, ihr die Wahrheit zu sagen.
Als er vom König diesen Auftrag erhielt, hatte Guy aus irgendeinem unerfindlichen Grund erwartet, es mit einem Mauerblümchen zu tun zu bekommen. Seine Vermutung hätte nicht falscher sein können. Hatte ihr Onkel tatsächlich einen Unhold als Ehemann für sie vorgesehen, oder fürchtete sie einfach nur die körperliche Seite der Ehe? Er sah sie im Geiste vor sich, wie sie betend in dem Zelt gekniet hatte, und der Gedanke,

daß ein Mann Hand an sie legte, weckte einen heillosen Grimm in ihm. Hastig rief er sich zur Ordnung – derlei Empfindungen durfte er sich nicht gestatten.

»Irgend etwas stimmt hier nicht«, sagte Louis in Gabrielles Gedanken hinein, die sich unstatthafterweise in der Erinnerung daran ergingen, wie Pater Guy sie am Abend zuvor bei ihrem Wutausbruch in die Arme genommen hatte.
»Was hast du gesagt, Bruder?« fragte sie verträumt.
»Dieser Pater erscheint mir sehr weltlich für einen Gottesmann«, meinte Louis.
Es beunruhigte sie, daß er ihren Eindruck bestätigte, aber sie erwiderte: »Sei nicht so mißtrauisch. Er ist ganz offensichtlich keiner von Onkel Quennels Männern – sonst wären wir seine Gefangenen und auf dem Weg nach London. Wir werden bald bei Onkel Alec sein.«
»Es sind noch zwei Tagesreisen bis dorthin.«
»Um so dankbarer müssen wir für diese Schutzwache sein.« Die Unterwerfung der Sachsen durch den Herzog der Normandie, König Wilhelm, war den Schotten eine Warnung gewesen. »Es wäre mir nicht wohl in meiner Haut, wenn wir allein zu unserem Onkel reisen müßten. Mit den Schotten ist nicht gut Kirschen essen.«
»Du hättest im Kloster bleiben sollen«, meinte Louis unwillig.
»Ich konnte dich doch nicht deinem Schicksal überlassen. Schließlich habe ich geschworen, dich zu beschützen.«

»Ich weiß – aber ich komme mir wie ein kleiner Junge vor, den seine große Schwester an der Hand führen muß, damit er nicht hinfällt.«

»Du bist alles, was mir an Familie geblieben ist, Louis«, sagte sie mit vor Kummer darüber erstickter Stimme. »Ich werde mich bis zu meinem letzten Atemzug um dich sorgen.«

»Dein Mann und deine Kinder tun mir jetzt schon leid«, erwiderte er spöttisch.

»Wenn Onkel Quennel seinen Willen bekäme, müßte *ich* dir leid tun«, gab sie zurück und schüttelte sich unwillkürlich, als sie an den schrecklichen Bayard de Bellemare dachte, den er als Gatten für sie ausgesucht hatte.

»Keine Angst, Schwester«, versuchte Louis sie zu beruhigen. »Ich würde eher sterben, als diese Verbindung zuzulassen.«

»Sprich nicht so leichtfertig über deinen Tod!« mahnte sie ihn erschrocken.

Er wollte gerade antworten, als ein schriller Schrei die Luft zerriß und gleich darauf eine Horde bewaffneter Wegelagerer über die Reisegesellschaft herfiel. Ein Mann brüllte Befehle. Gabrielle erkannte, daß die Stimme Pater Guy gehörte, und sah voller Verblüffung, daß die Krieger ihm aufs Wort gehorchten. Innerhalb weniger Augenblicke stand eine Verteidigungslinie.

Plötzlich brach auf der anderen Seite eine zweite Gruppe von Angreifern aus dem Gebüsch hervor und attakkierte die ungeschützte Flanke des Zuges.

»Gott steh uns bei«, flüsterte Louis.

Schreie von Verwundeten wurden um sie herum laut,

als Gabrielles Bruder sein Schwert zog und sich in das Getümmel stürzte.
Die Mönche waren innerhalb kürzester Zeit überwältigt, und obwohl die sie begleitenden Geharnischten sich erbittert zur Wehr setzten, hatten sie allein aufgrund der zahlenmäßigen Übermacht der Gegner keine Chance. Plötzlich erschien Pater Guy neben Louis. Er benutzte seinen eichenen Pilgerstab, um die Wegelagerer abzuwehren. »Denkt an das, was ich Euch heute nacht gesagt habe!« schärfte er dem Jungen ein. »Reitet los!«
Da Gabrielle zögerte, ihrem Bruder zu folgen, schlug er ihrem Pferd mit der flachen Hand aufs Hinterteil, als die Banditen sie einkreisten. Das Tier bäumte sich erschrocken auf, preschte zwischen zwei feindlichen Pferden hindurch und galoppierte in heller Panik davon. Gabrielle mußte all ihr reiterliches Geschick aufbieten, um sich auf dem Pferderücken zu halten, denn der Boden war steinig und führte durch dichtes, fast undurchdringliches Gesträuch. Jenseits der Hügelkuppe ging es einen steilen Abhang hinunter, durch das Tal schlängelte sich ein Bach, den sie übersprangen, und dann führte sie ihr Weg erneut bergauf. Oben angekommen, stieg Louis ab und wies seine Schwester an, es ihm nachzutun. Dann führten sie die Pferde vorsichtig den unwegsamen Hang hinunter. Auf halbem Weg ins Tal blieb Louis, der voranging, plötzlich stehen und zog ein Gewirr von Beerenranken beiseite. Ein breiter Spalt im Fels wurde sichtbar.
»Woher wußtest du denn von diesem Platz?« fragte Gabrielle verwundert, als er die muffig riechende Höh-

le betrat. Die feuchtkalte Luft, die ihnen entgegenströmte, ließ sie frösteln, doch bei aller Ungemütlichkeit bot dieses Versteck ihnen immerhin Sicherheit.
»Pater Guy hat mir davon erzählt. Wir haben uns letzte Nacht, nachdem du schlafen gegangen warst, unterhalten. Wir haben dabei auch über die Möglichkeit eines Überfalls gesprochen. Und in diesem Zusammenhang beschrieb er mir für den Fall eines solchen den Weg hierher.« Er nahm nun die Pferde am Zügel und führte sie in die Höhle.
»Ich werde zu Gott beten, daß er am Leben bleibt«, sagte Gabrielle, senkte den Kopf, schloß die Augen und schickte ein Stoßgebet gen Himmel.
»Ich denke, das wird er«, meinte Louis. »Er versteht sich aufs Kämpfen. Er wird nachkommen.«
»Aber ein Mann der Kirche darf kein Blut vergießen, und darüber hinaus sind die Angreifer in der Überzahl.«
Louis schwieg – was hätte er auch dazu sagen sollen? Er sammelte etwas Reisig, öffnete dann seinen Segeltuchsack, kramte nach Feuerstein, Stahl und Zunder, machte Feuer, schüttete etwas Gerstensaft aus dem Lederbehälter in seinen Becher, süßte ihn mit Honig und hielt ihn übers Feuer. Gabrielle saß erschöpft auf dem Boden, ergriff dann dankbar den gereichten dampfenden Becher und umfaßte ihn mit beiden Händen, um sie zu wärmen. »Ich würde zwar am liebsten gleich weiterreiten, solange es hell ist«, sagte sie, »aber wir können Pater Guy nicht im Stich lassen. Immerhin hat er für unser Überleben gesorgt.«
»Das stimmt. Aber Pater Guy sagte, wenn er bis Ein-

bruch der Dunkelheit sich nicht zu uns gesellt hätte, sollten wir uns allein und auf dem schnellsten Weg nach Schottland begeben.«

»Das können wir nicht tun.« Gabrielle trank einen großen Schluck. »Wir müssen ihm mehr Zeit einräumen – wer weiß, was ihm widerfährt. Bis zum Morgengebet sollten wir warten.«

»Du hast recht«, nickte Louis. »Wir werden warten – das sind wir ihm schuldig.«

»Ehrenhaftes Benehmen ist kein Zeichen von Schwäche, Bruder. Ich freue mich, daß du soviel Einsicht zeigst.«

Obwohl er wie ein Kind strahlte, erschien er ihr plötzlich sehr erwachsen.

»Was ist, Gabby?« fragte er, als er ihren sinnenden Blick sah.

»Du erinnerst mich an Vater.«

Louis lächelte geschmeichelt. »Das höre ich gerne.«

»Ich vermisse ihn so sehr.«

»Mir geht es ebenso – aber da er nicht mehr unter uns ist und uns nicht mehr helfen kann, müssen wir selbst sehen, wie wir zurechtkommen.«

»Ja, das müssen wir. Wie weit ist es noch bis zu Onkel Alec?«

»Zwei Tagesritte – vielleicht auch mehr.«

»Sobald Pater Guy zu uns stößt, brechen wir auf«, sagte Gabrielle.

Als die Dämmerung hereinbrach, breitete sie ihren Mantel auf dem Boden aus, ließ sich darauf nieder und legte den Kopf auf ihren angewinkelten Arm. Sie hatte kaum die Augen geschlossen, als sie ein Bild sah. Blut strömte aus einer klaffenden Wunde in des Paters Brust. Sein gutgeschnittenes Gesicht war schmerzentstellt. Mit seinen naßglänzenden, rotklebrigen Händen versuchte er, den Blutstrom zu stoppen. Er hob den Blick und schaute mit seinen Augen, die so blau und geheimnisvoll waren wie die Nacht, geradewegs in die ihren.

Plötzlich kam dichter Nebel auf und verhüllte sein Bild. Gabrielle erwachte schweißgebadet aus dem Halbschlaf. Angstvoll starrte sie ins Feuer. Sollte sie Louis von ihrer Erscheinung erzählen?

Er hielt am Höhleneingang Wache. Als spüre er ihr Entsetzen, drehte er sich zu ihr um. »Hast du schlecht geträumt?«

»Ja.« Sie beschloß, für sich zu behalten, was sie gesehen hatte. Wenn ihre Erscheinung sich verwirklichte – und ihre Visionen hatten sie noch nie getrogen –, könnte er ohnehin nichts daran ändern.

»Schlaf noch ein wenig, Schwester. Ich wecke dich, wenn ich müde werde. Dann mußt du Wache halten.«

Sie schloß gehorsam die Augen, doch an Schlaf war nicht zu denken. Als er ihr Stunden später die Hand auf die Schulter legte, um sie, wie er meinte, zu wecken, war sie noch immer wach. Sie verließ ihren warmen Platz am Feuer und bezog am Höhleneingang Posten.

Es wehte ein frischer Wind. Fröstelnd wickelte sie sich fest in ihren Mantel, setzte sich auf den Boden, zog die Knie bis ans Kinn und schaute auf die in silbernes Mondlicht getauchte Landschaft hinaus. Immer wieder erschrak sie, packte sie das Entsetzen, wenn die Schattenspiele ihr einen sich nähernden Angreifer vorgau-

kelten. Mit der Zeit ermüdeten ihre Augen, ihre Konzentration ließ nach, und sie nickte immer wieder ein. Jedesmal, wenn sie schuldbewußt hochfuhr, hörte sie Louis' tiefe, gleichmäßige Atemzüge. Der Junge schlief den Schlaf des Gerechten.
Der Mond stand schon ziemlich tief, als sie plötzlich ganz in der Nähe das Knacken eines Zweiges vernahm. Sie erstarrte. Angestrengt lauschend spähte sie in die Richtung, aus der das Geräusch gekommen war. Diesmal narrte sie kein Schattenspiel – was sich da zwischen den Büschen hindurch auf sie zubewegte, war die massige Gestalt eines Mannes.
»Louis!« Sie wagte nur zu flüstern, weil sie fürchtete, den Fremden sonst auf sich aufmerksam zu machen, doch um Louis zu wecken, hätte sie schreien müssen. Panik stieg in ihr auf, aber gleich darauf erfaßte sie eine Woge der Erleichterung, als sie in dem vermeintlichen Feind Pater Guy erkannte. Doch ihre Freude ging mit Erschrecken einher, denn seine vom Mondlicht beschienenen Züge wirkten wie eine aus Stein gehauene, beängstigend grimmige Maske. Als er, sein Pferd hinter sich herziehend, grußlos an ihr vorbeiging, streifte sie seine zerfetzte, schmutzige Kutte. Wortlos führte er sein Pferd zu den anderen in die Höhle, sattelte es ab und kam zurück, wobei er im Gehen seinen Gürtel löste. Am Feuer angekommen, ließ er seinen Pilgerkrug und den Proviantbeutel achtlos auf den Boden fallen, zog seine Lederschuhe aus und rollte sich in eine Dekke ein.
»Seid Ihr verletzt?« fragte sie atemlos.
Seine Antwort erschöpfte sich in einem Kopfschütteln.

Gott sei Dank! Dieses eine Mal hatte sie ihr Gesicht getrogen.

Obwohl er ganz offensichtlich dringend Schlaf brauchte, konnte sie ihre Fragen nicht bis Sonnenaufgang zurückhalten. Sie kniete sich neben ihn. »Was ist mit den anderen?« fragte sie.

»Sie sind alle tot.« Er legte einen Arm über die Augen.

»Ich werde für sie beten« sagte sie erschüttert.

»Es waren übrigens keine Straßenräuber, sondern Normannen, die uns im Auftrag eines gewissen Quennel d'Aumont überfielen.« Er nahm den Arm von den Augen und schaute sie an. »Sagt Euch der Name etwas?«

»Aumont war der Mädchenname meiner Mutter. Der Mann ist mein Onkel.«

»Die Männer sollten Euch in die Normandie bringen.« Er richtete sich auf und stützte sich auf einen Ellbogen. »Aber ich glaube, sie führten nichts Gutes im Schilde.«

»Nein«, bestätigte sie. Das Feuer war heruntergebrannt, die Glut jedoch noch nicht erloschen, und ihr weicher, goldener Schimmer spielte über das Gesicht des Mannes mit den langen Wimpern und dem schöngeschwungenen Mund, und wieder dachte sie: Was für eine Verschwendung. Sie erschrak. Was, wenn er ihren Blick zu deuten wüßte? Hastig senkte sie die Lider. »Sie hätten uns getötet.«

»Warum sollte ein Onkel Verwandten so etwas antun?« wollte er wissen.

»Aus Habgier. Mich wollte er eigentlich loswerden, indem er mich verheiratete – aber mein Bruder«, sie schaute zu dem immer noch fest schlafenden Louis hinüber, »stellt ein ernsthaftes Hindernis für ihn dar: Damit unser Onkel unseren Grund und Boden und das zugehörige Vermögen erben kann, muß Louis sterben.«

»Ein Onkel mütterlicherseits ist doch überhaupt nicht erbberechtigt«, sagte Pater Guy. »Laut Gesetz hätte nur ein Onkel väterlicherseits Anspruch auf den Besitz.«

»In diesem Fall nicht. Es wurde ehevertraglich festgelegt, daß die Ländereien in der Normandie Eigentum der Aumonts bleiben, nicht an die Campbells übergehen. Mein Vater erhielt eine Abfindung für sein Einverständnis.«

»Also geht es Aumont um das Vermögen und nicht Campbell.«

»So ist es. Laird Alec Campbell legt keinen Wert auf Reichtum – für ihn zählt nur die Familie.«

»Woher wißt Ihr das?«

»Mein Bruder und ich haben ihn schon oft besucht.«

»Normannen besuchen Schotten? Höchst ungewöhnlich.«

Sie lachte leise. »Ja – aber auch sehr lehrreich.«

»Was habt Ihr denn bei den Schotten gelernt?«

»Mut, Pater«, antwortete Gabrielle. »Mut.«

»Das kann ich bestätigen«, sagte er und drehte sich ohne ein weiteres Wort auf die andere Seite, um zu schlafen.

Guy hörte sie zu ihrem Ausguck am Höhleneingang zurückkehren. Was für eine außergewöhnliche Frau, dachte er. Ein Jammer, daß er sich verpflichtet hatte, sie zurückzubringen. Aumont hatte ihr mit Sicherheit keinen Ehemann zugedacht, der sie glücklich machen würde. Guy hatte die Normandie zwar vor einem Jahr verlassen, um an der Eroberung Englands teilzunehmen,

aber er hatte lange genug dort gelebt, um den Hofadel zu kennen.
Er drehte sich zu Gabrielle um und fragte: »Wen hat Aumont zu Eurem Zukünftigen bestimmt?«
Sie schwieg so lange, daß er schon glaubte, sie würde ihm nicht antworten, als sie schließlich sagte: »Der Mann ist ein Unhold, der schlimmste Tyrann der Normandie. Ich möchte meinem Mund nicht zumuten, seinen Namen auszusprechen.«
Sein Gewissen bereitete ihm zusehends größere Probleme. Um es zu beruhigen, tat er ihre Schilderung als Übertreibung ab und rief sich ins Gedächtnis, daß ihr Schicksal ihn nichts anging. Er hatte einen Auftrag übernommen und durfte sich nicht von Gefühlen übermannen lassen.
»Gute Nacht, Schwester Gabrielle.«
Nach einem Moment des Schweigens wehte ihre Stimme zu ihm herüber wie ein zartes Frühlingslüftchen. »Ich bin keine Nonne, Pater – nur eine Novizin.«
»Das habe ich schon am Habit erkannt«, antwortete er. »Aber Ihr habt Euch entschieden, Euer Leben Gott zu weihen?«
»Wir sind alle Diener Gottes, und ich tue mein Bestes, um ihm gerecht zu werden, doch ich fühle mich nicht berufen, der Weltlichkeit gänzlich zu entsagen.«
Angesichts seiner Unehrlichkeit erschütterte dieses ehrliche Geständnis ihn zutiefst. Die Erkenntnis, daß diese Frau nicht nur das Gesicht eines Engels hatte, sondern auch das Herz, packte ihn bei seiner Ehre.
»Darf ich Euch eine Frage stellen?« sagte sie in seine Gedanken hinein.

»Natürlich«, antwortete er, doch er war auf der Hut.
»Glaubt Ihr, daß Gott die Rechtschaffenen beschützt?«
»Das muß jeder guter Christ.«
»Da stimme ich Euch zu – aber ich muß gestehen, daß es mir nicht gelingt, darauf zu vertrauen. Es wäre so schön, endlich einmal ohne Sorgen und Angst einschlafen zu können. Ich habe seit dem Tod unseres Vaters nicht mehr ruhig geschlafen.«
Scham erfüllte ihn. Mit einer fließenden Bewegung kam er auf die Füße.
»Laßt mich die Wache übernehmen und ruht Euch aus, Schwester Gabrielle. Heute nacht müßt Ihr nicht um Euer Leben fürchten. Ich schwöre, daß ich Euch und Euren Bruder unter Einsatz des meinen verteidigen werde, falls es nötig sein sollte.«
»Ich danke Euch für Euer Angebot, Pater, aber mein Bruder ist bald wieder an der Reihe, auf Posten zu stehen. Er hat lange geschlafen, und Ihr habt Euch weiß Gott Ruhe verdient.«
»Ich bestehe darauf«, insistierte er.
Als sie sich widerstrebend ans Feuer begab, lachte er in sich hinein. Sie war dickköpfig wie ein Kind, doch er vermutete, daß die Tracht durchaus erwachsene Rundungen verhüllte.
Er rief seine Gedanken zur Ordnung, wickelte sich fest in seine Decke und bezog am Höhleneingang Posten. Wenn er auch vom König den Auftrag bekommen hatte, sie in ihr Unglück zu führen – heute nacht würde er sie wie versprochen beschützen. Es sollte ihn eigentlich nicht kümmern, was mit ihr geschah, doch, bei Gott, es war so.

Sie weckte längst vergessene Vorstellungen von der Gestaltung seines Lebens in ihm, und für einen kurzen Moment gestattete er sich die Beschäftigung damit, doch dann verbannte er sie wieder in den hintersten Winkel seines Gedächtnisses. Manche Erinnerungen waren einfach zu schmerzhaft, um sich länger damit zu befassen.

Er konzentrierte sich auf das vor ihm liegende Gelände. Plötzlich legte sich eine Hand auf seine Schulter, und obwohl er natürlich wußte, daß von hinten aus der Höhle kein Angriff kommen konnte, fuhr er instinktiv herum, entspannte sich jedoch sofort, als er sich Louis gegenübersah.

»Ihr habt mich erschreckt«, gestand Guy verlegen.

»Legt Euch schlafen, Pater Guy«, sagte der Junge. »Ich übernehme die Wache.«

Guy honorierte Louis' Fürsorge mit einem Lächeln. »Das ist sehr freundlich von Euch – dann kann ich meinen alten Knochen die Erholung gönnen, der sie bedürfen, um den morgigen Ritt durchzustehen.«

»Da Ihr das gerade erwähnt, Pater – ich möchte Euch meine Schwester ans Herz legen.«

»Wie meint Ihr das?« fragte Guy verwundert.

»Es ist noch weit bis zu unserem Onkel Alec in Schottland, und ich bitte Euch, mir zu schwören, sie nicht in die Hände von Onkel Quennels Leuten fallen zu lassen, falls mir unterwegs etwas zustoßen sollte.«

Guy befand sich in einer Zwangslage. Er konnte dem Jungen den gewünschten Schwur ebensowenig leisten, wie er ihm eingestehen konnte, ein Mann König Wilhelms zu sein. Jetzt galt es, die richtige Formulierung

zu wählen. »Ich denke, ich habe Euch bereits bewiesen, daß mir Euer beider Wohlergehen ein Anliegen ist – sonst wäret Ihr jetzt nicht hier«, sagte er.
»Ihr habt recht, Pater – aber ich sorge mich eben so um sie. Obzwar sie es nie zugeben würde, ist sie ohne männlichen Schutz verloren.«
»Ich verstehe Euch«, gab Guy sich nachsichtig. Schon wieder schlug ihm das Gewissen. »Und nun haltet die Augen offen – man weiß nie, wer des Weges kommt.« Und er ging zur Feuerstelle und streckte sich neben der schwelenden Glut aus.
»Gute Nacht, Pater Guy«, rief Louis ihm leise zu. »Schlaft gut.«
Guy lächelte. »Das werde ich bestimmt.« Als er sich in seine Decke wickelte, traf er eine Entscheidung. Er würde den Jungen nicht bei Wilhelm abliefern, sondern ihn nach Schottland zu Laird Campbell bringen, wo er in Sicherheit zum Mann heranreifen könnte. Das würde Gabrielles Entführung zwar erschweren, aber er würde schon eine Möglichkeit finden. Er hatte geschworen, Wilhelm das Mädchen zu überantworten, und er mußte wenigstens den Knaben retten, um sein Gewissen zumindest teilweise zu beruhigen. In Schottland würde ihn niemand verraten – für den normannischen Königshof konnte Guy nicht die Hand ins Feuer legen. Zu viele habgierige Männer trieben sich dort herum. Aber war er denn besser? Immerhin hatte er sich bereit erklärt, für eine Belohnung eine hilflose Frau den Wölfen zum Fraß vorzuwerfen. Voller Selbstverachtung und zornig darüber schob er die unangenehmen Gedanken energisch beiseite, schloß die Augen und zwang

sich, an nichts zu denken. Er brauchte wirklich Schlaf.

Als Guy die Augen aufschlug, fiel Sonnenlicht in die Höhle, und ein Mann stand mit gezogener Waffe über ihm.

»Es ist nur ein Pater«, sagte der Mann auf französisch zu seinem Kumpan, der Louis fest im Griff hatte und Gabrielle nicht aus den Augen ließ. »Entledigen wir uns des Jungen und erfreuen uns dann an den Reizen der Jungfer. Oder du nimmst dir den Jungen vor und ich mir die *demoiselle.*«

Louis fixierend, bekreuzigte Guy sich, kam auf die Füße und faltete die Hände. Der Zorn, der in den Augen des Jungen loderte, ließ darauf schließen, daß er sich nicht kampflos in sein Schicksal ergeben würde.

»Hab keine Angst, Gabby«, rief Louis seiner Schwester zu. »Die Kerle werden bald in der Hölle schmoren.«

»Ich habe geschworen, dich zu beschützen, aber ich habe versagt. Vergib mir, Bruder«, sagte Gabrielle mit tränenerstickter Stimme.

»Kümmere dich nicht um deinen Bruder, Jungfer«, sagte der Mann, der Louis' Arm umklammert hielt. »Der ist ohnehin verloren. Aber dich lasse ich vielleicht am Leben – wenn du nett zu mir bist.«

Das war zuviel für Louis. Er nutzte den Augenblick der Unaufmerksamkeit des Mannes, um sich loszureißen, und ließ seine Faust in sein Gesicht krachen. Das war das Signal für Guy, sich an dem Kampf zu beteiligen. Aus dem Augenwinkel sah er, daß Gabrielle mit seinem eichenen Pilgerstab auf den Mann eindrosch, der sich mit Louis prügelte, und duckte sich gerade noch rechtzeitig, um einem tückischen Hieb des anderen Angreifers auszuweichen. Als Mann der Kirche war er unbewaffnet. Er mußte verhindern, daß sein Gegner Gelegenheit bekam, sein Schwert zu ziehen. Also landete er Faustschlag auf Faustschlag im Gesicht des Normannen. Als dieser schließlich rückwärts stolperte, setzte Guy ihm nach – und dann sah er plötzlich eine Klinge in seiner Hand blitzen. Er sprang zur Seite.

Der Mann stürzte sich mit einem bösartigen Lachen auf ihn, doch Guys geschulte Reflexe ermöglichten es ihm auch diesmal, elegant auszuweichen. Mit einem Wutschrei holte sein Angreifer erneut aus, aber Guy schaffte es, noch einige Attacken abzuwehren, ohne eine Verletzung davonzutragen. Nun versuchte er, den Arm zu packen, der das Messer schwang, doch der Gegner verfügte über Bärenkräfte. Bei der nächsten Attakke fuhr das Messer von Guys Schulter über seine Brust hinunter. Der Schnitt brannte wie Feuer, und Guy fühlte seine Kräfte schwinden.

Der Normanne stürzte sich erneut auf ihn. Guy taumelte rückwärts, bekam jedoch endlich die Hand mit dem Messer zu fassen und riß sie nach oben, dann sanken sie beide zu Boden. Als Guy seinen Griff für einen Moment lockerte, genügte das dem Angreifer, um ihm das Messer an den Hals zu setzen, und gleich darauf zog die Klinge eine blutige Linie über Guys Kehle. Schiere Todesangst befähigte Guy, den Arm des Gegners zu quetschen und die Waffe wegzustoßen. Noch eine Attacke würde er nicht überstehen, dachte Guy, und in diesem Moment sackte der Mann über ihm zusammen, blieb regungslos auf ihm liegen.

Mit letzter Kraft wand Guy sich unter ihm hervor. Er

richtete sich auf – und traute seinen Augen nicht: Im Rücken des Mannes steckte ein Dolch, wie ihn Frauen benutzten.

Gabrielle kniete sich neben Guy, um seine Verletzungen zu untersuchen.

»Ihr ... Ihr habt einen Menschen getötet«, sagte Guy verwirrt.

»Es war unumgänglich, Pater«, gab sie äußerlich gelassen zurück. »Ihr habt Euch wirklich wacker geschlagen, aber der Mann war Euch überlegen.«

Guy wollte gerade protestieren, als er von Schwindel erfaßt wurde. Gabrielle sagte zwar noch etwas, doch ihre Stimme schien aus weiter Ferne zu kommen, und er konnte ihre Worte nicht verstehen. Er klammerte sich wie ein Ertrinkender an ihren Arm, weil er hoffte, auf diese Weise nicht die Verbindung zur Wirklichkeit zu verlieren, und starrte hilfesuchend in die veilchenblauen Augen, die milde auf ihn herunterblickten. Dann wurde es dunkel um ihn.

»Es ist die einzige Möglichkeit«, insistierte Gabrielle.

»Aber ich will dich nicht allein lassen«, erwiderte Louis.

»Du mußt. Pater Guy ist schwer verletzt – er kann unmöglich reiten. Onkel Alec wird uns helfen.«

»Wenn ich gehe, bist du ohne Schutz.«

»Einer von uns beiden muß Hilfe holen – und ich wäre draußen in noch größerer Gefahr. Mach dich auf den Weg – mir wird schon nichts geschehen.«

Louis nahm widerstrebend Abschied von ihr. »Ich wünschte, es gäbe eine andere Möglichkeit. Aber der tapfere Mönch hat sein Leben für uns eingesetzt, und man darf Mut nicht mit Feigheit vergelten. Ich bin bald wieder zurück.«

»Ja, beeile dich.« Sie reichte ihm die Zügel und sah ihm nach, als er das Pferd durch das Gestrüpp führte. »Gott mit dir«, flüsterte sie. Als er ihrem Blick entschwunden war, kehrte sie an den Ort des Gemetzels zurück.

Er war ein großer Mann. Wie er da in tiefer Ohnmacht auf dem Boden lag, erinnerte er sie an einen gefällten Baum. Sie zog ihren Dolch aus dem Rücken des toten Normannen und wischte angeekelt das Blut von der Klinge, wandte sich Pater Guy zu, schnitt seine wollene schwarze Kutte und sein leinenes Hemd auf. Vorsichtig legte sie die Stoffe zur Seite und schaute auf die breite Brust hinunter, über die sich Muskeln zogen, die so dick wie die Platten eines Brustpanzers waren. Als sie mit einem Zipfel des Leinens das Blut abtupfte, entdeckte sie eine Menge Narben. Der Pater mußte auf vielen Schlachtfeldern gekämpft haben, bevor er in den Dienst Gottes trat.

Guy stöhnte, und sie hob den Blick zu seinem Gesicht. Die Lider mit den langen, schwarzen Wimpern waren geschlossen, doch die angespannten Züge verrieten, daß er sogar im Zustand der Bewußtlosigkeit von Schmerzen geplagt war.

Sie fachte das Feuer an und machte das Wasser von gestern wieder heiß. Sie würde die Wunden nähen müssen. Nadel und Faden, das wußte sie, hatten Soldaten immer im Gepäck. Die Gürteltaschen der Toten mußte sie untersuchen. Sie zog ihr schwarzes Wollkleid aus und dann das weiße Unterkleid, wonach sie eilends wie-

der das rauhe Gewand überstreifte. Sie riß das Leinen in Streifen, reinigte dann seine Wunden, kochte Nadel und Faden aus, wie sie es bei Mutter Ambrose im Krankensaal des Klosters gesehen hatte.
Sie war zwar schon zu Hause in der Krankenpflege unterwiesen worden, hatte sie aber selbst noch nie praktiziert. Gleichwohl. Der Pater würde sterben, wenn sie seine Wunden nicht versorgte.
Als alles bereit war, hob sie den Blick gen Himmel. »Ich bitte Dich, Herr – dieser Mann ist einer der Deinen. Verleihe mir die Geschicklichkeit, ihm zu helfen.«
Nach dem Gebet machte sie sich ans Werk. Als die Nadel die Haut auf seiner Brust durchbohrte, spannten sich seine Muskeln an, und sie hielt inne, bis sie sich wieder lockerten. »Bitte, Gott, hilf mir!« flehte sie.
Gabrielle atmete tief durch und setzte ihre Arbeit fort, ohne sich noch um die Muskelreaktionen zu kümmern. Sie konnte nicht verhindern, ihm weitere Schmerzen zuzufügen – diese Schnittwunde mußte geschlossen werden, sie war tief und blutete stark. Gabrielle litt bei jedem Stich, als füge sie ihn sich selbst zu, und als Guy gequält aufstöhnte, entrang sich auch ihren Lippen ein Schmerzenslaut. Es schien eine Ewigkeit zu dauern, bis die Wunde auf seiner Brust endlich geschlossen war, und dann nähte sie, ohne eine Pause zu machen, die Schnittverletzung an seinem muskulösen Oberarm.
Was hatte ihn bewogen, sein Leben als Krieger – denn ein solcher war er zweifellos gewesen – gegen das eines Ordensmannes einzutauschen? Nach dem letzten Stich an seiner Schulter verband sie die beiden Wunden mit

ihrem Leinen. Gottlob war der Schnitt an seiner Kehle nur so flach, daß ein Verband genügte.
Nachdem alle Wunden versorgt waren, richtete Gabrielle ihren Blick erneut gen Himmel. »Ich danke Dir, daß Du ihn nicht hast aufwachen lassen«, flüsterte sie.
Sie beugte sich über Guy, um die Decke, die ihr Bruder dagelassen hatte, über ihn zu breiten, und merkte plötzlich, wie erschöpft sie war. Doch bevor sie sich Schlaf gönnen durfte, mußte sie erst noch die beiden Toten begraben, so gut, wie es hier und ihr möglich war. Sie wußte nicht, woher sie die Kraft nahm, aber es gelang ihr, die schweren Körper hinaus ins Freie und ins Unterholz zu zerren, wo sie sie unter Laub und Steinen begrub. Eigentlich wäre es ihre Christenpflicht gewesen, jetzt ein Gebet zu sprechen, auch diese Männer hatten ein Recht darauf, doch sie fand beim besten Willen kein Wort zugunsten der beiden Normannen.
Als sie in die Höhle zurückkehrte, fachte sie in dem hereinfallenden Mondlicht das heruntergebrannte Feuer an und legte sich erschöpft neben Pater Guy auf den Boden, doch ihre Sorge ließ sie nicht ruhen. Sie würde nicht einschlafen können, wenn sie sich nicht vergewissert hätte, daß es ihm den Umständen entsprechend gutging. Seine Stirn war kühl, und die Überprüfung der beiden Nähte ergab nichts Bedrohliches, die Wunden bluteten nicht. Als sie ihm die Decke überlegen wollte, fiel ihr etwas ein. Eine solche Gelegenheit würde sich mit Sicherheit nie wieder ergeben. Seine gleichmäßigen Atemzüge verrieten, daß er tief schlief. Jetzt oder nie! Vorsichtig hob sie Kutte und Hemd an.

Grundgütiger Gott! Sie faßte es nicht, konnte es nicht fassen.
Gabrielle rief sich ins Gedächtnis, wie ihre Kinderfrau ihr die Vereinigung von Mann und Frau beschrieben hatte, aber das konnte unmöglich stimmen. Wie sollte das, was sich da unter der leinenen Wäsche abzeichnete, in einer Frau Platz finden?

Guy litt unsägliche Qualen, doch sie rührten nicht von seinen Verletzungen her. Wenn Gott beabsichtigte, ihn für seinen Betrug zu strafen, hätte er keine wirkungsvollere Methode ersinnen können. Im ersten Moment hatte es ihm geschmeichelt, daß diese wunderschöne Jungfer Interesse an ihm bekundete, doch nun stellte er fest, daß es nichts Schlimmeres gab als eine Erregung, der keine Erfüllung beschieden war.
Er spürte, daß sie ihn zudeckte und sich dann dicht neben ihn legte. Schon nach kurzer Zeit kündeten ihre regelmäßigen Atemzüge davon, daß sie eingeschlafen war.
Er drehte den Kopf in ihre Richtung und musterte – das erste Mal in aller Ruhe – ihr makelloses Gesicht. Doch nicht nur ihr Äußeres faszinierte ihn, sondern auch ihr Wesen. Daß sie ihn bewunderte und sich zu ihm hingezogen fühlte, steigerte sein Interesse noch. Aber eine Beziehung zwischen ihnen war undenkbar – das durfte er nicht vergessen. Sie rollte sich auf die andere Seite, und er setzte sich auf. Seine Brust schmerzte höllisch. Er besah sich die zerschnittene Kutte, das Hemd, prüfte die ordentliche Naht, mit der sie die Wunde geschlossen hatte. Sie mußte Stunden dafür gebraucht haben.

Vorsichtig bewegte er den Arm. Ausgezeichnet – es waren keine Muskeln oder Sehnen durchtrennt. Er war schon schlimmer dran gewesen – diese Verletzungen würden bald verheilt sein. Guy ließ sich wieder zurücksinken. Er hatte bemerkt, daß Louis' Pferd fehlte. War der Junge etwa allein nach Schottland geritten? Nun, das käme ihm zupaß, denn dann könnte er die *demoiselle* ohne Verzögerung nach London zurückbringen.
Der Gedanke mißfiel ihm. Wie konnte er sie jetzt noch in ihr Unglück führen, da sie ihm das Leben gerettet hatte? Er zermarterte sich den Kopf nach einem Ausweg. Natürlich könnte er König Wilhelm vorlügen, daß sie bei einem Überfall getötet worden sei, doch seltsamerweise glaubte er nicht, daß die Jungfer bei diesem Betrug mitspielen würde.
Es war lächerlich, aber er wünschte sich tatsächlich, sie vor ihrem Schicksal bewahren zu können.

Viertes Kapitel

Guy lag auf dem Rücken und starrte an die Decke der Höhle. Nach einer Woche kannte er inzwischen jede Felsenzacke und jede Rille dort oben.
Die Wunde auf seiner Brust juckte. Geistesabwesend versuchte er sich zu kratzen, doch seine Finger trafen auf den Verband, den Gabrielle ihm angelegt hatte. Der Stoff verströmte noch immer einen leichten Duft, den er jedoch keiner Blume zuzuordnen vermochte.
Sein Blick wanderte zu Gabrielle, die neben ihm am Feuer saß, und er sah, daß sie ihn lächelnd betrachtete. Sie füllte einen Becher mit Gerstensaft und reichte ihn ihm.
»Wann laßt Ihr mich endlich aufstehen?« wollte er wissen. »Diese Untätigkeit ist eine Qual für mich.«
Ihr Lachen war wie Musik. »Eure Ungeduld ist ein gutes Zeichen. Aber Ihr müßt schon noch ein wenig ausharren.«
»Vergebt mir, Schwester Gabrielle. Ich bin ein undankbarer Patient.«
»Ich kann Euch verstehen, Pater«, sagte sie mit einem sehnsüchtigen Blick nach draußen. »Das Warten fällt auch mir nicht leicht.«
Guy richtete sich auf und stützte sich auf einen Ellbo-

gen. »Wann hätte Euer Bruder denn Eurer Berechnung nach zurück sein sollen?«

»Gestern. Ich mache mir große Sorgen, denn immerhin ist er mit seinen kurzen Haaren auf den ersten Blick als Normanne zu erkennen. Wahrscheinlich mußte er Umwege reiten, um nicht schottischen Clans oder flüchtenden Sachsen in die Hände zu fallen.«

Er hörte Mitleid in ihrer Stimme mitschwingen.

»Ihr, eine loyale Normannin, verurteilt die Eroberung Britanniens?«

Sie seufzte. »Es haben zu viele um des Ehrgeizes eines einzelnen willen leiden müssen.«

Er setzte sich auf. »Das war unumgänglich – und sie werden irgendwann begreifen, daß es so das Beste für sie war. Immerhin haben wir diesem barbarischen Land den christlichen Glauben und Gesetz und Ordnung gebracht.«

»Seht Ihr das tatsächlich so, Pater? Was gibt uns das Recht, dieses Volk zu beherrschen?«

»Es ist, wie alles andere auch, Gottes Wille«, gab er zurück.

»Meiner Ansicht nach haben wir es hier mit dem Willen eines Menschen zu tun: mit dem von Wilhelm, Herzog der Normandie, nun König von England.«

Mit den hübschen, aber hohlköpfigen Frauen am Hof in London hätte Guy ein solches Gespräch niemals führen können. Diese kleine Novizin sah nicht nur hinreißend aus – sie hatte dazu auch noch einen scharfen Verstand. Und er konnte sich ihrer Argumentation nicht verschließen. »Vielleicht habt Ihr recht«, gestand er ihr zu.

Ein Lächeln umspielte ihre Mundwinkel. »Ihr erstaunt mich, Pater.« Sie lachte leise. »Männer lassen sich für gewöhnlich nicht von ihren Ansichten abbringen.«
»Nur unser Heiland war unfehlbar«, packte Guy die Gelegenheit beim Schopf, den Ordensgeistlichen herauszukehren. »Wir sind Menschen und als solche nicht gegen Irrtümer gefeit. Ebensowenig wie gegen die Sünde, denn es mangelt nicht an Versuchungen.«
»Wie wahr, wie wahr«, nickte sie.
Als sie nicht weitersprach, hakte er nach: »Welche Sünden belasten denn Eure Seele, meine Tochter?«
Als sie den Blick senkte, erinnerte er sich an den Mann, den sie getötet hatte. »Gott ist gnädig, Schwester Gabrielle. Ihr habt getötet, um mir das Leben zu retten.«
»Ihr versteht das nicht, Pater Guy. Ich bin Seiner Gnade nicht würdig.«
»Soldaten wird vergeben – warum solltet Ihr es weniger verdienen?«
Tränen glänzten in ihren Augen, als sie hervorstieß: »Ich hatte keinerlei Bedenken bei der Tat.«
»Aber jetzt bereut Ihr sie doch, oder?«
»Ja – und ich bete um Vergebung.«
»Ihr müßt Euch selbst vergeben – erst dann wird Eure Seele Frieden finden«, sagte er.
»Das wird mir schwerfallen«, erwiderte sie bedrückt.
»Gott ist viel gnädiger mit seinen Kindern als sie mit sich selbst«, erwiderte Guy. Er hätte sie am liebsten in die Arme genommen und getröstet, doch das eine durfte er nicht, und das andere konnte er nicht. Dennoch streckte er die Hand aus, hielt aber mitten in der Bewegung inne und verzog das Gesicht.

Gabrielle runzelte besorgt die Stirn. »Laßt mich nach Euren Wunden sehen, Pater.«
Er schüttelte den Kopf. »Das ist nicht nötig – es geht schon wieder.«
»Bitte. Ich muß mich vergewissern, daß sie sich nicht entzündet haben. Wenn Ihr Fieber bekommt, könntet Ihr sterben.«
Sie hatte recht – doch er fürchtete sich vor den Empfindungen, die ihre Berührungen in ihm wecken würden.
»Also gut«, gab er widerstrebend nach.
Sie deutete sein Zögern fälschlich als Furcht, daß sie ihm weh tun könnte, und lächelte ihn beruhigend an. Dann beugte sie sich über ihn, um den Verband von seiner Brust zu lösen. Und wieder stieg ihm dieser Duft in die Nase. Sie roch nach Veilchen – und das im Herbst! Von heute an würde er sich immer an Gabrielle erinnern, wenn er diese Blumen sähe.
Die Zähne in die Unterlippe gegraben, begutachtete sie die Naht. »Die Heilung schreitet gut voran«, stellte sie zufrieden fest.
Sie erneuerte den Verband, und jedesmal, wenn ihre Finger seine Haut streiften, spannten sich seine Muskeln an. Und als sie die Wunde an seinem Arm zu überprüfen begann, standen winzige Schweißperlen auf Guys Stirn.
Nachdem sie ihre Inspektion beendet hatte, hob sie den Kopf, und ihre Blicke trafen sich. Sie hatte im wahrsten Sinne des Wortes bezaubernde Augen, und Guy mußte alle Willenskraft zusammennehmen, um ihrer Magie nicht zu erliegen. Zum zweiten Mal war er versucht,

ihr zu gestehen, welchen Auftrag er hatte – doch wieder siegten sein Ehr- und Pflichtgefühl. Er hatte seinem König sein Wort gegeben, und er würde die Mission erfüllen.
Er zwang sich, die Lider zu senken, und sagte hölzern: »Ich danke Euch, Schwester Gabrielle.«
»Habe ich Euch verstimmt?« fragte sie.
»*Non* – ich habe es nur satt, tatenlos hier herumzuliegen«, erwiderte er, denn was ihn wirklich bewegte, konnte er ihr ja nicht gestehen.
»Bald seid Ihr wieder auf den Beinen«, tröstete sie ihn und legte ihre Hand auf die seine. Die Berührung ließ sein Blut flüssigem Feuer gleich durch seine Adern schießen, und er war froh, als sie ihn losließ. Gabrielle stand auf. »Mein Proviant ist aufgebraucht«, erklärte sie. »Habt Ihr vielleicht noch etwas Eßbares im Gepäck?«
»Nein – leider nur Meßwein und Medizin«, antwortete er.
»Ich wünschte, ich hätte davon gewußt, bevor ich Eure Verletzungen versorgte«, sagte sie.
»Würdet Ihr mir bitte eine frische Kutte und den Wein bringen, Schwester?« bat er sie.
Sie zerrte den Segeltuchsack zu ihm hinüber. »Nehmt lieber selbst heraus, was Ihr braucht, ich möchte nicht in fremden Sachen herumkramen. Und nun werde ich Euch ein Weilchen allein lassen.«
»Wo wollt Ihr denn hin?«
»Zum Fluß hinunter. Wir brauchen Wasser, und vielleicht habe ich Glück und kann ein paar Fische fangen.«
»Und wenn nicht?«

»Dann werden wir uns mit einer angeregten Unterhaltung von unserem Hunger ablenken«, erwiderte sie lächelnd.

Als sie bei Sonnenuntergang noch immer nicht zurück war, schob Guy sein Eßmesser in den Stiefel und richtete sich mit Hilfe seines Pilgerstabes auf. Als er auf den Füßen stand, wurde ihm schwindlig, und kalter Schweiß brach ihm aus allen Poren, aber er wagte nicht, seiner Schwäche nachzugeben – er mußte herausfinden, ob Gabrielle etwas zugestoßen war. Eine Hand auf seine Brustverletzung pressend, humpelte er zum Höhleneingang, wo er sich an die Felswand lehnte und angestrengt in die hereinbrechende Dämmerung hinauslauschte.

Kein Laut war zu hören.

Er würde die kleine Novizin suchen müssen. Mit einem tiefen Seufzer verließ er den Schutz der Höhle und machte sich, wie ein Betrunkener taumelnd, auf den Weg. Er kam nur sehr langsam voran, mußte oft rasten und hatte sich gerade wieder zum Verschnaufen an einen Baumstamm gelehnt und die Augen geschlossen, als plötzlich das Knacken eines Zweiges die Stille zerriß. Guy hatte gerade noch Zeit, hinter einem Busch in Deckung zu gehen, ehe zwei Männer in Sicht kamen und unmittelbar an ihm vorbeigingen. »Wir müssen die beiden unbedingt finden«, sagte der eine. »Ich habe keine Lust, mir Aumonts Zorn zuzuziehen.«

»Ist es das in Aussicht gestellte Geld wirklich wert?« fragte der andere.

Sie sprachen französisch. Der Schnitt ihrer Kleider und Haare wies sie als Soldritter aus.

»Hast du plötzlich Bedenken, Stanislaus?«
»Ich bin Krieger – eine Frau und einen halbwüchsigen Knaben ins Verderben zu führen behagt mir nicht.«
»Dann hättest du das gleich sagen müssen«, gab sein Kumpan zurück – und dann legte er plötzlich den Finger an die Lippen und zog sein Schwert.
Guy stöhnte in sich hinein. Auch er hatte das Rascheln trockener Blätter gehört. Gabrielle kam zurück!
Guy griff nach seinem Eßmesser und hielt den Atem an. Wenn er dieser beiden Kerle in seinem geschwächten Zustand Herr werden wollte, mußte er sie überrumpeln.

Der Mond lugte über den Horizont, und die Abendröte war verblaßt, als Gabrielle sich an den Aufstieg zur Höhle machte. Sie hatte sich eigentlich nicht so lange aufhalten wollen, aber es hatte eine Weile gedauert, die beiden Forellen zu fangen, die es nun zum Abendessen geben würde. Die Zeit war ihr nicht lang geworden, und sie hatte sich auch nicht allein gefühlt, denn in ihren Gedanken war der Pater bei ihr gewesen. Sie hatte von seinen nachtblauen, geheimnisvollen Augen geträumt, von seinem Lächeln, sein leises Lachen hatte in ihren Ohren geklungen, ihre Wangen glühten, als sie an seinen muskulösen Körper dachte, und die Erinnerung an das, was sie unter seinem Mönchsgewand entdeckt hatte, trieb ihr den Schweiß auf die Stirn. Noch nie hatte ein Mann derartige Empfindungen in ihr geweckt, und nun war es ausgerechnet ein Ordensgeistlicher, nach dem es sie gelüstete! Sie schämte sich bis auf den Grund ihrer Seele.

Der Aufstieg zur Höhle war mühsam, und der Lederbehälter mit dem Wasser und die Fische schienen immer schwerer zu werden. Auf halbem Wege ließ sie ihre Lasten fallen und sank ermattet zu Boden, doch ihr Pflichtgefühl erlaubte ihr keine ausgiebige Rast, und so erhob sie sich, kaum, daß sie zu Atem gekommen war, wieder.

Sie war nicht mehr weit von ihrem Versteck entfernt, als plötzlich eine seltsame Erregung von ihr Besitz ergriff und sie zu frösteln begann. Sie wußte, was kommen würde – es waren die vertrauten Vorboten einer Vision.

Die Welt um sie her versank, und sie sah Blut und das schmerzverzerrte Gesicht eines Fremden. Seine Augen quollen aus den Höhlen, und sein Mund war zu einem stummen Schrei aufgerissen. Das Bild erlosch, doch obwohl sie es nur einen Herzschlag lang gesehen hatte, war es in ihr Gedächtnis eingebrannt. Sie blinzelte, schüttelte den Kopf, und ein eiskalter Schauer rann über ihren Rücken. Sie konnte nicht sagen, woher, aber sie wußte, daß sich die Vorhersage hier und jetzt erfüllen würde.

Ihr Mund war wie ausgedörrt, und sie konnte nicht schlucken. Gefahr! schrillte eine Stimme in ihrem Kopf.

Großer Gott – Pater Guy war allein und schutzlos! Wenn er, ein Mann der Kirche, durch ihre Schuld den Tod fände, würde sie sich das niemals verzeihen.

Sie hängte sich den Lederbehälter über die Schulter, band die Fische daran und griff nach ihrem Dolch. Pater Guy war auf sie angewiesen.

Es war windstill. Dennoch war ein Rascheln zu vernehmen. Die Luft war geladen wie vor einem Gewitter.
Wieder raschelte es im Gesträuch. Und dann schnellte plötzlich ein Mann hervor, stürmte auf sie zu. Vor Entsetzen starr, stand sie wie angewurzelt und schaute wie gebannt in sein Gesicht. Voller Grauen sah sie ihn den Mund aufreißen, und der Schrei, den er ausstieß, ließ ihr das Blut in den Adern gefrieren. Es war genau wie in ihrer Vision. Der Mann riß die Arme hoch und stürzte wie ein gefällter Baum vornüber. Ein Messer ragte aus seinem Rücken.
Verblüfft und unendlich erleichtert sah sie Guy sich den Weg aus dem Gestrüpp ins Freie bahnen. Gütiger Himmel! Er hatte einen Menschen getötet! Ein Mann der Kirche hatte ihretwillen Blut vergossen!
»Pater!« Sie lief zu ihm, ergriff seinen Arm, legte ihn um ihre Schulter, um ihn zu stützen – und in diesem Moment sah sie einen zweiten Toten auf dem Boden liegen.
»Auch diese beiden waren von Aumont gedungene Schergen«, stieß er atemlos hervor. »Ich hörte sie miteinander sprechen, als ich nach Euch suchte.«
»Ihr habt getötet, um mich zu retten!«
Er atmete ein paarmal tief durch. »Macht Euch deswegen keine Gedanken. Gott wird Verständnis dafür haben.«
Er war bleich wie ein Leinentuch. »Werdet nur nicht ohnmächtig hier draußen«, flehte sie.
»Ohnmächtig – ich?« fragte er gekränkt, doch er stützte sich so schwer auf sie, daß sie beinahe unter seinem Gewicht zusammenbrach, als sie sich mit ihm den stei-

nigen Pfad zur Höhle hinaufschleppte. Sein Atem ging keuchend, als sie ihr Versteck schließlich erreichten, und er schaffte es gerade noch bis ans Feuer, bevor er auf die Knie fiel und Gabrielle mit sich zu Boden riß. Er stöhnte auf und verlor das Bewußtsein.

Guy war zur Seite gesunken, und als sie ihn auf den Rücken drehte, sah sie voller Entsetzen, daß seine Kutte blutdurchtränkt war. Sie schnitt sie auf der Brust auf, der Atem stockte ihr. Der Verband hatte sich gelöst, die Naht war aufgegangen, und Blut strömte aus der klaffenden Wunde. Sie würde sie ausbrennen müssen. Übelkeit würgte sie, als sie sich daran erinnerte, wie sie Mutter Ambrose einmal dabei zugesehen hatte. »Ich kann das nicht«, flüsterte sie erstickt und schluckte von Ekel geschüttelt die Galle wieder hinunter, die ihr in den Mund geschossen war.

Wenn du es nicht tust, wird der Mann sterben, mahnte ihr Gewissen sie. Gabrielle schloß die Augen, und Tränen der Verzweiflung quollen unter ihren Lidern hervor. Der Pater wird wahrscheinlich ohnehin sterben, versuchte sie sich in Gedanken herauszureden, aber sie wußte, daß sie nicht damit würde leben können, wenn sie ihn jetzt seinem Schicksal überließe. Mit zitternder Hand legte sie ihren Dolch in die Glut und kramte den Meßwein aus dem Proviantbeutel des Ordensmannes hervor. Sie trank einen großen Schluck, atmete tief durch und nahm einen zweiten. Dann bekreuzigte sie sich und griff nach der rotglühenden Waffe. Als die Klinge sich der Wunde näherte, öffnete er die Augen und packte ihr Handgelenk, als wolle er sie an ihrem Vorhaben hindern, doch dann trat ein gottergebener

Ausdruck in seine Augen, und gleich darauf sank seine Hand kraftlos herab, als ihn erneut eine barmherzige Ohnmacht umfing. Es gab keinen Zweifel – diese unvergleichlichen Augen hatte sie in ihren Erscheinungen gesehen. Gabrielle richtete den Blick gen Himmel. »Was hat das zu bedeuten, Herr?« flüsterte sie, doch es kam keine Antwort.

Nach einem dritten Schluck Wein faßte sie sich endlich ein Herz und senkte die Klinge auf die Wunde. Als sie die Haut berührte, knisterte sie und schrumpfte zusammen, und der widerliche Geruch verbrannten Fleisches stieg ihr in die Nase, aber sie vollendete ihre Arbeit, wenn sie dabei auch die Zähne so fest zusammenbiß, daß ihre Kiefer schmerzten. Als sie ihn schließlich verbunden hatte, schaute sie mit Tränen in den Augen auf Pater Guy hinunter, der ein zweites Mal sein Leben für sie aufs Spiel gesetzt hatte. Ihr blieb jetzt nichts mehr zu tun, als für ihn zu beten – alles andere lag in Gottes Hand.

Er stöhnte, und sie streichelte zart seine Wange. »Schsch … schlaft«, sagte sie leise, und während sie ihn weiter liebkoste, musterte sie sein Gesicht, das selbst im Zustand der Bewußtlosigkeit Stärke ausstrahlte und einen unwiderstehlichen Zauber auf sie ausübte.

Gabrielle schüttelte den Kopf. Es war eine Sünde, so zu empfinden. Ihr freidenkerisches schottisches Blut mußte daran schuld sein. Die Schotten waren zwar ein ehrliches, anständiges Volk, aber sie ließen sich von keiner Religion einengen. »Es ist doch ganz natürlich, daß du dich von einem so gutaussehenden Mann angezogen fühlst«, würde ihr Onkel Alec sagen.

Aber Pater Guy sah nicht nur gut aus, er war darüber hinaus auch noch mutig und klug.
Gabrielle schloß wieder die Augen und zwang sich, an etwas anderes zu denken, und das war gut so, denn ihr fiel ein, daß die beiden Männer, die der Pater zur Hölle geschickt hatte, beseitigt werden mußten. Sie würden sicherlich vermißt und bald gesucht.
Sie sah auf. Der Gedanke, zwei weitere Leichen wegschaffen zu müssen, ließ sie frösteln. Sie schaute auf Pater Guy hinunter und seufzte. »Halte Deine schützende Hand über ihn, solange ich fort bin, Herr«, flüsterte sie und verließ die Höhle.
Trotz des Mondlichtes war es im Unterholz so dunkel, daß sie einen der beiden Toten erst auffand, nachdem sie über seine Füße gestolpert und bäuchlings auf seiner Brust gelandet war. Hastig richtete sie sich auf. Ihre Hände, mit denen sie sich instinktiv rechts und links von ihm abgestützt hatte, waren klebrig. Er lag offenbar in seinem Blut. Angeekelt wischte sie ihre Handflächen am Erdboden ab. Dann zerrte sie den Leichnam ans Steilufer und stieß ihn hinunter. Ein Platschen kündete vom Auftreffen des Körpers auf der Wasseroberfläche des tief in den Fels eingeschnittenen dahinrauschenden Flusses. Mit schmerzendem Rücken machte sie sich auf die Suche nach dem anderen Toten. Sie hoffte, daß die beiden Leichen von der Strömung mitgerissen würden. Wenn man sie dann irgendwann fände, könnte nicht mehr festgestellt werden, woher sie gekommen waren.
Sobald der Tag anbräche, würde sie zurückkommen und die verräterischen Schleifspuren beseitigen. Trotz

ihrer Erschöpfung stieg sie zum Fluß hinunter, um ihre Hände und Arme zu waschen. Wieder oben in der Höhle angekommen, zog sie sich, als sie sah, daß Pater Guy fest schlief, frische Sachen an, bevor sie ihm sanft ihre Hand auf die Stirn legte, um die Temperatur zu prüfen. Er fühlte sich beunruhigend warm an.

»Bitte, Herr, laß ihn kein Wundfieber bekommen«, flehte sie und ließ sich dann neben ihm nieder, nachdem sie noch das Feuer angefacht hatte. Kurz darauf brachte die Regelmäßigkeit der Atemzüge Pater Guys sie zum Einschlafen.

Dann aber weckte sie Gemurmel. Schlaftrunken fuhr sie hoch. Es war seine Stimme. Sie beugte sich zu ihm hinüber.

»Bethany«, murmelte er.

Der Pater träumte von einer Frau! Nun, sagte sie sich, warum auch nicht – schließlich hatte er ein sehr weltliches Leben geführt, bevor er es in den Dienst Gottes stellte. Dennoch – und lächerlicherweise – hoffte sie, der Name, den sie gehört hatte, sei der einer Nonne und nicht der einer ehemaligen Geliebten.

Plötzlich begann er sich hin und her zu werfen. Sie packte ihn bei den Schultern, um ihn zu beruhigen. Seine Lippen waren trocken und aufgesprungen, und sein Kopf rollte von einer Seite zur anderen. Als sie behutsam ihre Hand auf seine Stirn legte, spürte sie, daß seine Haut glühte. Sie erschrak zutiefst, machte einen der Fetzen naß, die sie aus ihrem Unterkleid gerissen hatte, und legte ihn auf seine Stirn. Doch damit war es nicht getan – sie würde auch seine Brust und seine Beine kühlen müssen. Das hatte ihr Mutter Ambrose beigebracht.

Sie zog die Wolldecke weg, schlug das zerschnittene Oberteil der Kutte auf und legte ihm eine kalte, nasse Kompresse auf die Brust. Dann machte sie ihm Umschläge um die Waden. Obwohl er sich in einem kritischen Zustand befand, konnte sie nicht umhin, wieder seinen muskulösen Körper zu bewundern. Was war sie für ein verderbtes Geschöpf!

Plötzlich öffnete er seine Augen, und sie fühlte sich ertappt, aber sein Blick war glasig, nahm sie nicht wahr.

»Royce«, flüsterte er. »Sie liebt dich, Royce.«

Er packte Gabrielles Handgelenk und starrte sie an, doch er sah sie nicht. »Er verdient dich nicht, Bethany.« Dann ließ er sie los und fiel wieder in einen unruhigen Schlaf.

Was konnte sie noch tun, um sein Fieber zu senken? Richtig – er brauchte Flüssigkeit. Und einen Heiltrank. Sie hatte keine Kräuter bei sich, aus dem sie einen solchen hätte kochen können. Sie wollte schon verzagen, als ihr einfiel, daß ja der Pater Medizin in seinem Gepäck hatte. Sie betete, daß es die richtige wäre.

Sie drehte den Segeltuchsack mit der Öffnung zum Feuer und spähte hinein. Dann griff sie zu, zog ein paar Kleidungsstücke heraus und entdeckte darunter einen kleinen Lederbeutel. Als sie ihn öffnete, fand sie neben einem kleinen Medaillon an einer Kette verschiedene Säckchen mit Kräutern und auch eines mit einem weißen Pulver. Sie erinnerte sich, daß Mutter Ambrose ein solches Kranken zu verabreichen pflegte. Aber war es das gleiche? Und wenn ja, wieviel sollte sie ihm dann davon geben?

»Hilf mir, Herr! Hilf mir, ich bitte Dich, Herr!« flehte sie, doch das einzige, was ihr antwortete, war das Echo

ihrer leisen Worte. Sie erwog, das Schicksal des Mannes in Gottes Hand zu legen, doch wieder zwang ihr Gewissen sie, etwas zu unternehmen. Was hatte er schon zu verlieren – noch kränker, als er war, könnte sie ihn kaum machen.
Sie rührte eine Messerspitze des Pulvers in Wasser ein. Der Geruch erinnerte sie an Mutter Ambroses Heiltrank. »Wenn es Dein Wille ist, diesen Mann heute zu Dir zu holen, Herr, dann kann natürlich nichts, was ich tue, etwas daran ändern, aber ich finde, Du solltest ihn noch eine Weile auf Erden und Gutes tun lassen.«
Als auch diesmal keine Antwort kam, hob sie vorsichtig seinen Kopf an und ließ die milchige Flüssigkeit in seinen leicht geöffneten Mund tröpfeln. Sie rann wieder heraus und über sein Kinn. Sie versuchte es noch einmal, und schließlich schluckte er ein wenig davon. Aufseufzend ließ sie seinen Kopf wieder sinken. »Das Leben wäre viel einfacher, wenn Du Deinen Willen kundtun würdest, Herr«, sagte sie leise und hörte in Gedanken ihren Onkel Alec antworten: »Einfacher schon, aber nicht so interessant, Mädchen – nicht so interessant.«
Sie lachte leise. »Du hast recht – es wäre wirklich langweilig«, gab sie zurück, und dann glühten ihre Wangen plötzlich, als ihr bewußt wurde, daß sie nicht nur mit sich selbst gesprochen, sondern ein Zwiegespräch geführt hatte.
Sie lauschte dem Atem des Kranken. Gottlob rasselte er nicht, wie sie es bei Fiebernden oft erlebt hatte. Sie rollte sich neben ihrem Patienten zusammen und schlief in Gedanken an ihre geliebte Familie ein.

Der Nebel lichtete sich, und sie sah Pater Guy mit einem Mann sprechen, den sie augenblicklich als seinen Bruder erkannte. Seine Züge waren nicht so fein gezeichnet, doch die Ähnlichkeit war unverkennbar. Sie konnte nicht hören, worüber sie redeten. Als sie näher kam, lösten die Gesichter sich auf, und an ihre Stelle traten die strengen, berechnenden Mienen von König Wilhelm und Onkel Quennel.

Sie erwachte zitternd und versuchte einen Sinn in ihrem Traum zu erkennen. Die Erscheinungen, die sie im Schlaf hatte, waren stets schwieriger zu deuten, aber eines erschien ihr klar, und es erschreckte sie zutiefst. Sie schaute zu Pater Guy hinüber. Konnte es tatsächlich sein, daß dieser Mann, der mehr als einmal sein Leben aufs Spiel gesetzt hatte, um das ihre zu retten, trotzdem in irgendeiner Weise Anteil an ihrem Verderben hatte? Sie wollte es nicht glauben, und doch ... Eine eiskalte Hand schloß sich um ihr Herz. Onkel Quennel würde seinen Willen bekommen. Ihr Schicksal würde sich erfüllen. Bald. Sehr bald.

Als Gabrielle bei Sonnenaufgang erwachte, fühlte sie sich wie zerschlagen, was allerdings kein Wunder war, da sie immer nur kurz gedöst hatte, bevor ihr Pflichtgefühl sie wieder weckte, weil es an der Zeit war, die erhitzten Umschläge zu wechseln. Sie setzte sich auf, beugte sich hinüber und legte Pater Guy sanft die Hand auf die Stirn. Sie wahr kühl! »Herr, ich danke Dir!« schickte sie ein kurzes Gebet gen Himmel, und dann flüsterte sie, ebenso, um sich wieder Mut zu machen: »Es wird alles gut. Onkel Alec muß bald hiersein.«

Seine Lider blieben zwar geschlossen, doch er griff nach ihrer Hand. Die Berührung ließ ihren ganzen Körper beben. Sie riß sich los und verbarg ihre Hände in den Falten ihres Gewandes.
»Ob Hilfe kommt oder nicht, *Mademoiselle* – ich empfinde keine Furcht.«
Das glaubte sie ihm aufs Wort – sie hatte erlebt, wie unerschrocken er war.
»Ich bin nicht so tapfer«, gab sie zurück. »Mein Herz ist voller Angst. Wenn Onkel Quennel vor Onkel Alec hier ankommt, ist es um uns geschehen.«
Er öffnete die Augen, und sie sah, daß sein Blick wieder ganz klar war. »Möchtet Ihr vielleicht für alle Fälle Eure Sünden bekennen?« fragte er.
Sie senkte die Lider. Niemals könnte sie ihm offenbaren, welche Gefühle er in ihr weckte! »Ich danke Euch, Pater.« Sie schenkte ihm einen Becher Wasser ein. »Aber vorläufig halte ich das doch noch nicht für so dringend.«
»Wie Ihr wünscht.« Als sie den Blick hob, sah sie, daß er sie über den Rand seines Bechers hinweg musterte, während er trank. Es schien ihr, als könne er bis auf den Grund ihrer Seele schauen, und Schuldbewußtsein ließ ihre Wangen erglühen.
Er ließ den Becher sinken und fuhr mit seiner Zunge über seine feuchtglänzenden Lippen. Gabrielle schluckte.
Obwohl seine Miene ernst war, glaubte sie, ein Lächeln in seinen Augen glimmen zu sehen, als er sagte: »Ein Ordensgeistlicher maßt sich niemals ein Urteil über einen Menschen an, der zu ihm zur Beichte kommt, *Mademoiselle.*«

»Das ist es auch nicht, was mich zögern läßt, Pater«, antwortete sie. »Es fällt mir nur schwer, mich jemandem zu offenbaren, den ich kenne.«
»Ich verstehe. Wenn Ihr Eure Bedenken überwunden habt, laßt es mich wissen. Ich bin jederzeit für Euch da.« Sein Lächeln sollte sie beruhigen, doch es bewirkte genau das Gegenteil. Unfähig, seinem Blick standzuhalten, senkte sie die Lider. Wenn nur ihr Onkel Alec endlich käme – diese Nähe, die zwischen ihnen entstanden war, ging über das Erträgliche hinaus!
Plötzlich drangen Geräusche an ihr Ohr. Guy legte warnend den Finger an die Lippen, raffte seine Kutte über der Brust zusammen, richtete sich mit schmerzverzerrtem Gesicht auf und schleppte sich zum Höhleneingang.
Als in unmittelbarer Nähe ein Zweig knackte, hielt Gabrielle den Atem an.
»Hallo, Gabby!« rief eine Stimme. »Wir sind da – komm heraus!«
»Louis!« hauchte sie und wollte hinauslaufen, aber der Pater hielt sie zurück. »Es könnte eine Falle sein!« flüsterte er.
»Nein, Pater – mein Bruder würde eher sterben als mich ins Verderben locken«, erwiderte sie, entwand ihm ihre Hand und lief ins Freie, wo Louis ihr mit seinem Cousin Ian entgegenlächelte und ihr Onkel Alec einladend die Arme ausbreitete.
»Gott sei Dank!« rief sie an seiner Brust mit von seinem Kilt gedämpfter Stimme. »Ich fürchtete schon, ihr kämt gar nicht mehr.«
»Nun sind wir ja da.« Alec Campbell tätschelte ihren

Rücken. »Laß uns gleich aufbrechen – wir haben einen langen Ritt vor uns.«
»Und was wird aus Pater Guy?« fragte Gabrielle.
Alec Campbells Blick wanderte zu Guy, der im Höhleneingang stand. »Wenn er in seinem Zustand reiten kann«, meinte der schottische Grundherr lächelnd, »dann nehmen wir ihn mit. Könnt Ihr Euch auf einem Pferderücken halten?«
Guy erwiderte das Lächeln. »Ich denke, ja. Und ich danke Euch für die Einladung. Ich freue mich darauf, Euer Heim zu sehen, Campbell.«
»Ich weiß nicht, ob es Euch gefallen wird«, sagte der Laird. »Die Normannen haben ja doch ein gänzlich anderes Schönheitsempfinden.«
»Ich bin kein typischer Normanne«, gab Guy zurück und fügte hinzu: »Ebenso wie Ihr meinem Verständnis nach kein typischer Schotte seid.«
»Vielleicht entdecken wir sogar Gemeinsamkeiten zwischen uns«, lächelte Campbell.
Von Normannen war er verwundet worden, und von einem Schotten erfuhr er nun Freundlichkeit und Hilfsbereitschaft. Er hielt nichts mehr für unmöglich.

Fünftes Kapitel

»Eure Nichte und Euer Neffe sind entkommen, Herr«, meldete der soeben eingetroffene Soldat.

Quennel d'Aumont biß ob dieser Eröffnung so fest die Zähne zusammen, daß seine Kiefer schmerzten.

»Es heißt, sie seien in Schottland«, beendete der von der Reise erschöpfte, hagere Mann seine Meldung. Als er sich verbeugen wollte, traf Aumonts Faust ihn mitten ins Gesicht. Der Hieb riß den Mann von den Füßen, und er fiel auf den Rücken.

»Ihr wagt es, mir eine solche Nachricht zu überbringen!« brüllte Aumont.

Der Soldat hielt sich seine blutende Nase, richtete sich mühsam vom Boden auf und floh, allenthalben mit Binsen behängt, aus der Halle.

»Verdammt!« fluchte Aumont. »Es muß doch möglich sein, der beiden habhaft zu werden.« Er rieb sich die von dem Schlag brennenden Fingerknöchel. »Perrin!« Der Junge, der sich dienstbeflissen im Hintergrund gehalten hatte, kam herbeigelaufen. »Ja, Herr?« Ein zögerndes Lächeln spielte um seine Lippen.

»Laß dieses unverschämte Gegrinse!« blaffte Aumont ihn an, streichelte dabei jedoch lüstern die weiche Wange des Jünglings. »Daß du das Bett mit mir teilst, macht dich mir noch lange nicht gleichberechtigt. Vergiß das nicht.« Er versetzte dem Knaben einen Backenstreich, zog einen Beutel mit Münzen aus der Tasche an seinem Gürtel und gab ihn dem Jungen.

»Finde jemanden, der den Auftrag erledigen kann.« Aumont packte Perrin grob an der Schulter und fuhr mit der anderen Hand zwischen seine Beine. »Ich möchte nicht noch einmal enttäuscht werden. Haben wir uns verstanden?« Er drückte die Genitalien seines Lustknaben so fest zusammen, daß diesem die Tränen in die Augen schossen. Als sein Peiniger ihn freigab, rannte der Junge, sich mit beiden Händen sein Geschlecht haltend, vornübergebeugt hinaus, als sei er ein Krüppel.

Aumont lächelte zufrieden. Es gefiel ihm, Knaben zu quälen, und er freute sich schon darauf, seinen Neffen in die Knie zu zwingen.

Und seine Nichte. Ihr schuldete er eine ganz besondere Vergeltung. Gabrielle hatte damals den Alarm geschlagen, der zu seiner Verbannung aus seinem Heim in der Normandie geführt hatte. Er betastete den Hökker auf seiner Nase. Er rührte von einem falsch verheilten Bruch her, den er dem Fausthieb verdankte, den Hamish Campbell ihm versetzt hatte, als er erfuhr, daß sein Schwager Quennel sich an den Jungen der Dienerschaft verging. Er schniefte und wischte sich mit dem Ärmel die Nase ab, die seither sein ehemals anziehendes Gesicht verunstaltete und dazu noch ständig lief.

Seine Lippen verzogen sich zu einem häßlichen Grinsen. Er würde seinen Neffen nicht nur in die fleischli-

chen Genüsse einführen, sondern dem Mädchen Gelegenheit geben, es mitzuerleben.
Haß durchflutete ihn. Seine schöne Schwester hatte einen Schotten geheiratet! Der bloße Gedanke bereitete ihm Übelkeit. Die Schotten waren so … unzivilisiert. Außerdem hatte Hamish Campbell sich nicht beeinflussen, geschweige denn, über sich bestimmen lassen, und seine zwanzig Jahre in der Normandie waren eine Zeit unausgesetzter Qual für Quennel gewesen. Glücklicherweise hatte Campbells früher Tod Blanchefleurs Ehe und Quennels Pein beendet.
Würden sie je dahinterkommen, daß es kein Feind auf dem Schlachtfeld gewesen war, der Campbell zum Verhängnis wurde, sondern ein Familienmitglied? Teufel auch – Campbells verdammte Brut war schwerer aus dem Weg zu räumen als der Vater! Vielleicht wurden die Überlebensinstinkte ja mit jeder Generation stärker. Gleichwohl. Wenn seine Soldritter auch versagten, so hatte er es doch immerhin geschafft, sich den König zu verpflichten. Er schenkte sich einen Becher seines Lieblingsweines ein und leerte ihn in einem Zug. Er befand sich in einer glücklichen Lage.
Quennel füllte den Becher erneut, doch diesmal trank er nur kleine Schlucke und genoß den Geschmack des süßen Nektars, während er sich sein Glied rieb. Er hatte sich an den Tisch gesetzt, und nun lehnte er sich auf seinem Stuhl zurück, schloß die Augen und ließ den Landbesitz vor seinem geistigen Auge erstehen, nach dem es ihm seit frühester Jugend gelüstete. Seine Hand glitt in seine leinene Wäsche, und er massierte genüßlich sein Glied, wobei er sich vorstellte, nach dem Tod

seines Neffen der mit allen Rechten und Befugnissen ausgestattete Herr über Land und Dienstleute zu sein. Das Atmen wurde ihm schwer. Seine Männlichkeit wuchs und wuchs in seiner Hand. »Verdammt!« fluchte er mit zusammengebissenen Zähnen. Jetzt hätte er Perrin gebraucht – oder irgendeinen anderen Knaben. Er konnte diese körperliche Ertüchtigung nie richtig genießen, wenn er nicht die Möglichkeit hatte, jemand dabei zu quälen. Und so beschleunigte er seine Bemühungen zwar, jedoch ohne Enthusiasmus. Voller Wut dachte er an seinen Vater, diesen elenden Mistkerl, der das Land, das ihm, Quennel, zugestanden hätte, seiner Tochter vermachte, um die Leute vor einem, wie er meinte, grausamen Despoten zu bewahren. Mistkerl! Er packte fester zu, bis es schmerzte, stellte sich vor, sein Glied sei der Hals seines Vaters, dem er die Luft abdrückte. »Ha!« schrie er, als der Samen sich in einem warmen Strom über seine Hand ergoß, wischte sich die klebrige Flüssigkeit an seinem Gewand ab und hob seinen Becher zu einem spöttischen Trinkspruch. »Ihr habt nicht sorgfältig genug geplant, Alter Herr. Wenn Ihr sicherstellen wolltet, daß ich Euren Grund und Boden niemals erben würde, hättet Ihr die Gefahr beseitigen sollen, so wie ich es getan habe und wieder tun werde, bis alle Bedrohungen aus dem Weg geräumt sind.« Schwachköpfe. Niemand verdächtigt mich – außer meiner verfluchten Nichte. Irgendwie hatte sie jeden seiner Winkelzüge durchschaut. Wie machte dieses Kind das? Es schien fast so, als habe sie das Zweite Gesicht. Immerhin war das in ihrer Familie schon vorgekommen. Er hatte zwar nie etwas an ihr bemerkt, das darauf hätte schließen lassen, doch war ihr keiner seiner Pläne verborgen geblieben. Sollte er sie, anstatt sie mit Bayard de Bellemare zu verheiraten, vielleicht lieber bei sich behalten, damit sie ihm die Zukunft weissagte? *Non.* Wenn er sie nicht mit der Drohung, einen von ihr geliebten Menschen zu töten, unter Druck setzen könnte, würde Gabrielle ihm niemals helfen. Sie war ein widerspenstiges, junges Ding, hatte von ihrem Vater die schottische Halsstarrigkeit geerbt, und von der hatte er die Nase voll.

Non, er würde an seiner Strategie festhalten, den Jungen beseitigen und die Jungfer verheiraten. Der Tod seines Neffen war die einzige Möglichkeit für ihn, sich die Grundherrschaft zu sichern – und vielleicht würde Gabrielle sich ja bereit erklären, ihm zu helfen, um der Hölle zu entfliehen, die ihr Ehemann ihr zweifellos bereiten würde.

Zufrieden mit sich trank er genüßlich noch einen Schluck Wein. Sein Plan war gut. Wieder hob er den Becher zu einem Trinkspruch. »Auf Euer Wohl, Alter Herr. Seht Euch an, was Euer schändlicher Sohn ersonnen hat.«

Quennel leerte seinen Becher und knallte ihn auf den Tisch.

Liebevoll drehte er den Ring an seinem Finger und beobachtete fasziniert, wie das Licht die Topase, Saphire und Rubine aufleuchten ließ, mit denen er besetzt war. Er hatte seinem Vater gehört, war das Hoheitssymbol derer von Aumont, wurde stets nur vom Oberhaupt der Familie getragen. »Er gehört jetzt mir, und ich werde ihn auf keinen Fall meinem Neffen übergeben. Ich wer-

de herrschen, und wer sich mir in den Weg stellt, wird sterben«, schwor er. Das tiefe Rot der Rubine erinnerte ihn an Blut. Es war alles voller Blut gewesen, als er Hamish den Ring vom Finger zog.
Die Worte, mit denen sein Vater den Ring an seinen Schwiegersohn weitergegeben hatte, hallten durch die Verliese seiner Erinnerung: »Nehmt diesen Ring, Hamish Campbell, und herrscht mit Anstand und Gerechtigkeit.«
Ha! höhnte Quennel im stillen. Jetzt hatte *er* den Ring, und er würde herrschen, wie es ihm gefiel.

Gabrielle erklomm die Hügelkuppe, zügelte ihren Hengst, als die anderen innehielten, und schaute ins Tal hinunter, das von einer grauen, steinernen Burg mit Türmen und Söllern beherrscht wurde. Der Anblick der schottischen Festung erfüllte sie mit Stolz und Erleichterung. Hier wäre Louis in Sicherheit – und das nicht nur, weil dieser Steinklotz den Eindruck der Uneinnehmbarkeit vermittelte, sondern auch, weil ein ganzes Heer schottischer Krieger auf den Mauern und Befestigungen patrouillierte. Gabrielle atmete zum ersten Mal seit zwei Jahren auf.
»Keine Sorge, Mädchen«, sagte ihr Onkel, als habe er ihre Gedanken gelesen. »Sollte der normannische Weichling anklopfen kommen, werden wir ihn lehren, seiner Familie mit Respekt zu begegnen. Ich werde nicht zulassen, daß der Kerl euch etwas antut.«
»Er wäre ein Narr, wenn er sich hierherwagte.« Tränen glänzten in Gabrielles Augen, und sie blinzelte sie hastig weg. »Es tut mir leid, Onkel«, entschuldigte sie

sich, als zu ihrer Beschämung trotzdem eine Träne über ihre Wange rollte.
»Das muß es nicht, Mädchen«, erwiderte Campbell. »Angesichts der Last, die auf deinen schmalen Schultern liegt, wäre es unverständlich, wenn du nicht hie und da ein, zwei Tränen vergießen würdest.« Sanfter Humor blitzte in den Augen des schottischen Grundherrn. »Laß es nur nicht zur Gewohnheit werden«, fügte er hinzu.
Sein Gesicht verschwamm hinter einem wäßrigen Schleier. »Keine Sorge, Onkel – ich möchte meine Verwandten nicht in Verlegenheit bringen«, antwortete sie, wobei sie in seine Sprache verfiel.
»Brav gesprochen, Nichte. Wie ich sehe, besteht trotz deiner zu Hälfte normannischen Herkunft Hoffnung für dich.« Der Laird lachte leise und tätschelte ihre Hand. Dann lenkte er sein Pferd zu seinen Männern hinüber.
Louis gesellte sich zu ihr. »Du kannst jetzt wieder ruhig schlafen, Schwester«, sagte er. »Du hast dein Versprechen gehalten. Unsere Reise ist zu Ende.« Lächelnd deutete er ins Tal hinunter, wo ihnen aus der Feste die Männer des Clans entgegengeritten kamen.
Gabrielle atmete genießerisch die würzige Luft des schottischen Hochmoors ein. »Ich bin glücklich«, erwiderte sie Louis' Lächeln. Als ihr Blick an ihm vorbeiglitt, begegnete er den nachtblauen Augen von Pater Guy. Wie jedesmal raubte diese nachtblaue Eindringlichkeit ihr den Atem. Sie ritt zu ihm hinüber.
»Ich kann mir vorstellen, daß auch Ihr Euch freut, daß wir am Ziel sind«, strahlte sie ihn an. »Jetzt könnt Ihr Euch erholen.«

Er ging nicht darauf ein. »Ihr solltet öfter lächeln, *Mademoiselle* Gabrielle«, sagte er statt dessen. »Vielleicht werdet Ihr ja jetzt, da Ihr mit Eurer Familie vereint seid, Grund dazu haben.«

Das gleiche hatte Mutter Ambrose zu ihr gesagt. »Ich hoffe, auch Ihr werdet Grund zum Lächeln finden, Pater.«

Das warme Leuchten, das daraufhin in seine Augen trat, ließ ihren Atem stocken, und sie war froh, als Ian und Louis vorbeiritten und damit den Zauber brachen. Sie folgte den beiden mit dem Blick, als sie den Hang um die Wette hinuntergaloppierten.

»Ich bin froh, daß Onkel Alec Louis unter seine Fittiche nehmen wird.« Gabrielle vermied sorgsam, Guy anzusehen. »Mein Bruder braucht eine starke Hand – sonst wird ihm sein Ungestüm irgendwann zum Verhängnis.«

»Ich bin sicher, Euer Onkel wird ihn zur Vernunft bringen«, erwiderte Guy, und als sie sich ihm in einem Moment der Unachtsamkeit nun doch zuwandte, sah sie die Lachfältchen, die sich in seinen Augenwinkeln kräuselten, und schon wieder war es um ihre Fassung geschehen. Da sie ihrer Stimme nicht traute, beschränkte sie ihre Antwort auf ein Nicken. Sie riß sich mit Gewalt von seinem Blick los, drückte ihrem Pferd die Fersen in die Flanken und folgte den anderen zum Burghügel.

Guy sah ihr von Gewissensqualen gepeinigt nach. Hätte er diesen Auftrag nur nicht übernommen! Aber jetzt saß er in der Falle. Wenn er dem Befehl seines Königs zuwiderhandelte, wäre das Hochverrat. Verdammt! Er hatte sich in seinem eigenen Netz gefangen, müßte das ahnungslose Lamm zur Schlachtbank führen. Der Gedanke machte ihn krank. Plötzlich verlor die Aussicht auf Landbesitz und Titel ihren Reiz. Wie gerne hätte er den Handel rückgängig gemacht – aber ein Ehrenmann konnte sein dem König gegebenes Wort nicht zurücknehmen. Guy atmete tief ein, doch das Wissen um seine Hinterlist ließ die klare Luft auf einmal faulig schmecken.

Zu seinem Verrat an Gabrielle kam nun auch noch, daß er diesen netten Menschen ihre Freundlichkeit und Hilfsbereitschaft mit Verlogenheit vergalt. Trotz allem zwang er sich zu einem Lächeln, als er in den Burghof ritt.

Mit schmerzverzerrtem Gesicht ließ er sich von zwei schottischen Hünen vom Pferd helfen, und als sie seine Arme über ihre Schultern legten, um ihn zu stützen, hätte er beinahe aufgeschrien.

»Paßt auf«, ermahnte Campbell seine Männer mit spöttischem Unterton. »Ihr habt es mit einem schwächlichen Normannen zu tun.«

»Paßt auf, Schotte – Ihr verhöhnt die Kirche«, fuhr Guy, der diesen Angriff nicht unerwidert durchgehen lassen wollte, seinen Gastgeber an.

»Erregt Euch nicht, Gottesmann – das ist nur der Humor des Nordens. Ihr werdet Euch bald daran gewöhnt haben – falls Ihr Eurer Brustverletzung nicht erliegt und sie Euch gestattet zu lachen.«

Gabrielle kam herübergelaufen. »Wie könnt Ihr so mit einem Kranken reden, Onkel«, entsetzte sie sich.

»Keine Sorge, *Mademoiselle*«, beruhigte Guy sie. »Ich

werde dank Eurer Pflege bald wiederhergestellt sein. Euer Onkel hat nur versucht, einen Scherz zu machen.«

Der Laird lachte. »Wie übel Euch auch mitgespielt wurde – Euer Mundwerk hat die Attacken unbeschadet überstanden.« Er wandte sich seiner Nichte zu. »Du siehst, du brauchst dir keine Gedanken um diesen Mann zu machen.«

»Geht bitte trotzdem pfleglich mit ihm um«, bat Gabrielle ihn mit einem flehenden Ausdruck in ihren veilchenblauen Augen inständig.

Guy spürte Hitze in sein Gesicht steigen, als zwei Wächter ein Kichern unterdrückten.

Auch Alec Campbell war ob Gabrielles Besorgnis amüsiert.

»Jetzt wißt Ihr, wie ich mich gefühlt habe, Pater«, sagte Louis in neckendem Ton. »Ich hatte Euch doch erzählt, daß meine Schwester einen mit ihrer Fürsorge und ihren guten Absichten regelrecht erstickt. Es ist ein Jammer, daß unsere Mutter krank wurde, als Gabrielle ins heiratsfähige Alter kam. Jetzt ist sie zu alt, um noch einen Mann und Kinder bekommen zu können, die ihr die Möglichkeit gäben, ihrer übertriebenen Mütterlichkeit zu frönen.«

Flammende Röte übergoß Gabrielles Wangen, und sie starrte verlegen auf ihre Schuhe hinunter.

Als er die zornigen Blicke der Männer sah, hob Louis die Hände. »Was ist?« fragte er.

»Es reicht!« herrschte sein Onkel ihn an und durchbohrte ihn mit einem strafenden Blick, ehe er sich seiner Nichte zuwandte.

»Louis' Erziehung liegt, was den Umgang mit Menschen betrifft, offenbar im argen. Ich werde das Versäumte nachholen, verlaß dich darauf. Was den Mönch betrifft, so kannst du sicher sein, daß er hier nichts auszustehen haben wird. Und nun lauf deine Tante begrüßen.«
Schamröte färbte Louis' Gesicht, als er die sanften Augen sah, aus denen die Männer des Clans seine Schwester anschauten. Selbst hartgesottene Krieger wurden angesichts dieser zarten Unschuld weich, dachte Guy, dem es ebenfalls auffiel. Sie weckte den Wunsch in einem Mann, sie zu beschützen.
Gabrielle umarmte ihren Bruder und wandte sich dann wieder ihrem Onkel zu. »Ihr müßt meine Sorge verstehen«, sagte sie. »Pater Guy ist mir lieb und teuer.«
Guy sah ihr nach, wie sie die Stufen hinauflief und die Flügeltür des Wohnturms für sie offenließ. Dann hörte er sie nach ihrer Tante rufen.
»Daß meine Nichte sich so für Euch erwärmt hat, spricht für Euren guten Charakter, Pater«, meinte Alec Campbell.
Wenn du wüßtest! dachte Guy. An dem Tag, an dem sie erfahren würde, wem sie da ihre Sympathie geschenkt hatte, würde ihr das Herz brechen.
»Seid Ihr bereit, mein Junge?« fragte Campbell. »Die Treppe wird Euch einige Schmerzen bereiten. Wollt Ihr lieber getragen werden?«
»Ihr könnt mich tragen, wenn das Leben aus mir gewichen ist«, gab Guy zurück. »Vorher nicht.«
Campbell nickte lobend. »Ian, lauf zu und sag deiner Mutter, sie soll ihren Medizinkasten bereithalten.« Er deutete auf Louis. »Und du gehst mit ihm«, befahl er.

Dicke Schweißperlen erschienen auf Guys Stirn. Jedesmal, wenn er eine neue Stufe in Angriff nahm, war es, als stieße ihm jemand ein glühendes Messer in die Brust.
Als sie den Eingang endlich erreichten, der sich nur zehn kurze Schritte über dem Boden befand, fühlte Guy sich, als habe er einen Gewaltmarsch absolviert. Sein Atem ging keuchend, und Nebel wallten vor seinen Augen. Als er einen erstickten Aufschrei hörte, kniff er die Augen zusammen und sah sich Gabrielle gegenüber, die ihre Sorge offensichtlich nicht bei ihrer Tante gehalten hatte.
»Wir werden Euch sehr bald wieder auf den Beinen haben, mein Junge«, sprach Campbell ihm Mut zu. »Laßt Euch nicht von meiner Nichte beunruhigen. Sie ist wie alle Frauen, sorgt sich übermäßig. Aber auch wenn es manchmal lästig ist, so würden wir Männer es doch nicht anders haben wollen.« Der Onkel scheuchte Gabrielle beiseite und ging seinen Männern voran, die Guy durch die Große Halle zu dem Strohlager schleppten, das in aller Eile an der Feuerstelle für ihn hergerichtet worden war.
»Da muß ich Euch aber entschieden widersprechen, Onkel«, meldete Louis sich zu Wort. »Ich möchte von keiner Frau verhätschelt werden wie ein kleines Kind.«
Eine ältere Frau mit einem stattlichen Umfang und einem ebensolchen Busen schüttelte ob Louis' Bemerkung mißbilligend den Kopf und schlug dann die Wolldecke zurück. »Alec, sag deinen Männern, sie sollen vorsichtig sein – er ist ja halb ohnmächtig vor Schmerzen.«
»Ja, Mairi.« Alec Campbell nickte seinen Männern zu

und wartete ab, bis Guy den Vorstellungen der Burgherrin entsprechend auf das Stroh gebettet worden war, bevor er sich dem Jungen zuwandte. »Louis, es wird eine Zeit kommen, da dir die Aufmerksamkeiten eines Mädchens sehr angenehm sein werden, und du wirst vielleicht sogar, wenn dir in Wahrheit gar nichts fehlt, jammern und stöhnen, um dich ihrer Fürsorge zu versichern. Auch ich habe gelegentlich zu dieser List gegriffen, um ein wenig Zuneigung von meiner lieben Frau zu erfahren«, sagte er und lachte leise, als er sah, daß Lady Mairi errötete.

»Onkel Alec!« entsetzte sich Louis.

»Vater!« entsetzte sich Ian.

Alec lächelte. »Der Kampf zwischen den Geschlechtern ist ein listenreicher – und der einzige, den wir Männer mit Genuß verlieren.«

Unglauben malte sich auf den beiden jungen Gesichtern.

Campbell legte lachend die Arme um die Schultern der Jungen. »Wir sprechen uns wieder, wenn ihr ein hübsches, junges Mädchen kennenlernt, das eure Knie weich und euer Herz zu einer hämmernden Trommel werden läßt.«

Als die Knaben wie aus einem Munde aufstöhnten, fing Guy Gabrielles Blick ein. Er streckte die Hand aus. »Steht mir bei.«

Sie kniete sich neben ihn, während ihre Tante, Lady Mairi, seine Verletzungen untersuchte, und nahm seine Hand.

Campbell hatte recht: Auch er, Guy, würde jammern und stöhnen, um sich der Fürsorge dieser jungen Frau zu versichern. Ihre Berührung und der Blick in ihre veilchenblauen Augen wirkte Wunder: Er verspürte plötzlich kaum noch Schmerzen.

»Du hast gute Arbeit geleistet, Gabrielle«, lobte Lady Mairi ihre Nichte. »Jetzt braucht er Ruhe.«

Guy begann sich regelrecht wohl zu fühlen, als die Burgherrin ihm einen dampfenden Becher reichte und Gabrielle zart seine Hand streichelte, während die Mitglieder des Clans sich in der Halle einfanden und an dem langen Tisch Platz nahmen.

Der schottische Grundherr hob Ruhe gebietend die Hände. »Es steht zu erwarten, daß der normannische Hund, der seiner Nichte und seinem Neffen, Gabrielle und Louis d'Aumont, die beide Mitglieder unseres Clans sind, übelwill, hierherkommen wird. Wenn er unsere Grenze überschreitet, werden wir ihm ein herzliches Willkommen bereiten.«

Die Männer hoben ihre Krüge und bellten ihre Zustimmung zu dieser sarkastischen Aufforderung.

Guy schauderte es, als er den Trinkspruch hörte. »Nur ein toter Normanne ist ein guter Normanne.«

Louis war hier in Sicherheit – aber war *er* es auch? Auf keinen Fall mehr, wenn sie von seiner Mission erführen.

Der Burgherr hob seinen Becher erneut. »Auf das Wohl unseres Freundes, Pater Guy, der sein Leben für zwei Campbells aufs Spiel gesetzt hat.«

Guy musterte die ihm zugewandten Gesichter. Diese Männer waren ihrem Gebieter treu ergeben – es wäre unmöglich, aus ihren Reihen Helfer für sich zu rekrutieren.

Guy lächelte und hob ebenfalls seinen Becher. »Auf die göttliche Weisheit. Möge Er allen in der Stunde der Not Hilfe angedeihen lassen, seien sie Sachsen, Schotten oder Normannen.« Guy trank einen Schluck Glühwein und mußte feststellen, daß sein unterschwelliger Tadel sie nicht beschämt, sondern erheitert hatte. In fröhlicher Einigkeit erhoben sie ihre Becher und prosteten ihm lachend zu.

Erschöpft ließ er sich zurücksinken. Gabrielle legte sanft ein feuchtes, kaltes Tuch auf seine Stirn und ermahnte ihn leise, still zu liegen. Sobald er wieder bei Kräften wäre, würde er bitten, gehen zu dürfen, und er müßte sie irgendwie überreden, ihn zu begleiten. Er fing ihre Hand ein und drückte ihre Handfläche an seine Wange. Wie weich und glatt und kühl sie sich anfühlte. Wie könnte er sie veranlassen, Schottland den Rücken zu kehren? Wie er es sah, würde es dazu schon eines königlichen Befehls bedürfen.

Ein königlicher Befehl – ja, das wäre die Lösung. Alec Campbell war zwar verantwortlich für seine Nichte und seinen Neffen, aber dafür einen Krieg mit England zu riskieren, wäre ihm vielleicht doch des Guten zuviel. Aber wie sollte er, Guy, mit Wilhelm Verbindung aufnehmen? Mehrere Ideen schossen ihm durch den Kopf, aber keine nahm wirklich Gestalt an. War das dem Wein zuzuschreiben? Plötzlich begriff er: Der Wein enthielt ein Schlafmittel. Seine Lider wurden schwerer und schwerer. Er versuchte wach zu bleiben, nickte jedoch ein, und als er die Augen unter Aufbietung aller Willenskraft wieder öffnete, war ihm schwindlig und sein Verstand umnebelt.

»Gabrielle«, flüsterte er, als seine Augen wieder zufielen, und als er spürte, wie ihre Hand sich um die seine schloß, überließ er sich dem herrlichen Gefühl der Schwerelosigkeit, das dem tiefen, erholsamen Schlaf voranging, nach dem sein Körper lechzte.

König Wilhelm zerknüllte Quennel d'Aumonts Schreiben. »Der Kerl stellt doch tatsächlich Forderungen!« tobte er mit zornrotem Gesicht.
Aumont war zu weit gegangen. Niemand machte einem König Vorschriften. Wenn sein angeblich loyaler Untertan begriffe, daß sein König befahl und nicht er, könnte ihr Verhältnis sich vielleicht wieder normalisieren. »Verdon!« bellte er.
Sein Sendbote stürzte herein und verneigte sich tief. »Sire?«
»Ihr werdet in die Normandie reisen und Aumont auskundschaften. Ich will alles über ihn und seine Familie wissen. Wie er seine Leibeigenen behandelt und in welchem Zustand seine Grundherrschaft ist. Laßt nichts unberücksichtigt. Ich wünsche jedes Detail zu erfahren, einschließlich der Vergangenheit. Am Ende möchte ich diesen Mann besser kennen, als ich Euch kenne.«
»Sehr wohl, Sire.« Verdon zog sich zurück.
Wilhelm legte die Fingerspitzen aneinander. Die Politik schuf die seltsamsten Verbindungen, und er spürte instinktiv, daß Quennel d'Aumont als Verbündeter gefährlicher war, als er es je als Gegner sein könnte.

Gabrielle schaute über die steinerne Balustrade in die Große Halle hinunter, wo Guy schlafend an der Feuerstelle lag. Sie konnte sich gar nicht satt sehen an dem gutgeschnittenen Gesicht. Mit einem Seufzer riß sie sich los und wandte sich ihrem Onkel zu, der am Tisch sein Ale trank. Nachdem sie noch einen verstohlenen Blick zu Pater Guy geworfen hatte, lief sie die Treppe hinunter.

»Onkel Alec?«

Er schaute auf. »Was gibt es, Mädchen?«

Gabrielle rang die Hände. »Es fällt mir schwer, aber ich muß es Euch sagen, Onkel: Ich fürchte, meine Anwesenheit hier wird Euch Ärger einbringen.«

Sie erstickte seinen Protest, indem sie die Hand hob. »Laßt mich bitte aussprechen. Onkel Quennel hat nach dem Gesetz das Recht, meine Rückkehr zu fordern. Wenn König Wilhelm es verlangt, müßt Ihr mich nach London schicken. Aber um keinen Preis dürft Ihr ihm Louis überantworten. Aumont trachtet ihm nach dem Leben.«

»Und dir nicht, Mädchen?«

»Mich beabsichtigt er zu verheiraten«, antwortete sie. »Aber Louis steht seinem Erbe im Wege. Er würde alles tun, um das Aumontsche Geburtsrecht für sich zu gewinnen.«

Der Laird trank einen großen Schluck. »Glaubst du denn, der König wird sich in seinem Sinne einmischen?«

»Ich glaube, er wird nicht umhinkönnen. Die Aumonts sind eine wichtige und mächtige Familie. Ich möchte nicht, daß man dir einen Kampf aufzwingt.«

»Wenn es nur um mich ginge, würde ich selbstverständlich alles tun, um dich zu beschützen, Mädchen«, erwiderte Campbell. »Aber wie die Dinge liegen, muß

ich mich, so leid es mir tut, deiner Meinung anschließen. Doch eines kann ich dir versichern: Solange ich atme, wird niemand deinem Bruder ein Leid zufügen.«
»Ihr seid ein anständiger, großherziger Mann, Onkel. Vater wäre ebenso stolz auf Euch, wie ich es bin.«
»Es widerstrebt mir zutiefst, dich zu opfern, um deinen Bruder zu retten. Könntest du dich nicht bei jemand anderem verstecken?«
Sie schüttelte den Kopf. »Ich habe sonst niemanden.«
Der Onkel fuhr sich mit der Hand durch die Haare und starrte nachdenklich in seinen Becher. Plötzlich schlug er mit der flachen Hand auf den Tisch. »Wenn du einen Ehemann hättest, wäre das Problem gelöst.«
Ihr Blick glitt sehnsüchtig zu Pater Guy hinüber und kehrte dann hastig zu ihrem Onkel zurück. »Aber wer sollte das sein?« fragte sie bang, obwohl sie sicher war, daß keiner so schlimm sein könnte wie das Ungeheuer, das Onkel Quennel für sie ausgesucht hatte.
»Das spielt doch keine Rolle – wichtig ist nur, daß du dann in Sicherheit wärst. Wir könnten dich mit einem Clanhaupt aus dem Norden vermählen. Dann würde nicht einmal Wilhelm darauf bestehen, daß du zu Aumont zurückkehrst, weil er fürchten müßte, die Dänen gegen sich aufzubringen.«
Ein Lächeln umspielte ihre Lippen, als Hoffnung in ihrem Herzen aufkeimte. »Damit wären Onkel Quennels Pläne null und nichtig. Ist es denn tatsächlich möglich, eine solche Heirat zu arrangieren?«
»Einen Versuch ist es auf jeden Fall wert. Ich werde noch heute abend eine Boten ausschicken.«
Gabrielle schlang die Arme um die breiten Schultern

ihres Onkels und drückte ihm einen herzhaften Kuß auf die Wange. »Ich wußte doch, daß sich alles zum Guten wenden würde, wenn wir es schafften, lebend hierherzukommen.«

Guy hob seine bleischweren Lider. Hatten die beiden von Heirat gesprochen, fragte er sich benommen, oder hatte er das geträumt? Nebelschwaden waberten in seinem Kopf. Wenn Gabrielle heiratete, wäre seine Mission gescheitert! Er mußte es verhindern. Das letzte, was er im Geiste vor sich sah, bevor der Schlaf ihn erneut übermannte, war ihr hübsches Gesicht, doch diesmal rahmte es kein Nonnen-, sondern ein Brautschleier ein.

Sechstes Kapitel

Nachdem Guys beide Kutten notgedrungen Gabrielles Dolch zum Opfer gefallen waren, hatte er dankbar den Kilt angenommen, den Alec Campbell ihm angeboten hatte.

Er fand diese Art der Kleidung unglaublich bequem, bei der eine meterlange Bahn aus Wollstoff in der Taille in Falten gelegt und von einem Gürtel festgehalten wurde, während man den Rest lediglich locker über eine Schulter warf. Die Tracht hatte nur einen Nachteil – sie war extrem luftig, und er fragte sich immer wieder, wie um alles in der Welt man in diesem Aufzug den Winter überstand. Aber natürlich hätte er seine Bedenken niemals eingestanden, um nicht für einen Weichling gehalten zu werden. Und so wanderte er, obwohl auch die Herbstluft schon recht frisch war, in seinem zugigen Gewand, das allen die eindrucksvolle Naht auf seiner Brust offenbarte, mit noch vorsichtigen Schritten auf dem Burghof herum und beobachtete das Leben und Treiben.

Auf dem Exerzierplatz wurde heute mit Zweihändern und Streitäxten geübt, und Louis verlor jeden Kampf. Niemand, nicht einmal sein Cousin Ian, ließ ihm eine bevorzugte Behandlung angedeihen. Im Gegenteil – er wurde sogar härter herangenommen. Guy bedauerte

den Jungen, begriff jedoch den Grund für diese Strenge. Wenn es Louis irgendwann gelänge, sich gegen Campbells Männer zu behaupten, wäre er soweit, seinem Onkel Quennel gegenübertreten zu können.
»Wie steht es, Pater – habt Ihr Lust, Euch an unserem kleinen Spiel zu beteiligen?« fragte der Burgherr, der ihn bemerkt hatte und vom Trainingsplatz auf ihn zukam.
Obwohl er als Mann der Kirche eigentlich nur kämpfen durfte, um sich zu verteidigen, konnte Guy nicht widerstehen – doch als Zugeständnis an seinen angeblichen Beruf bestand er darauf, nur seinen Pilgerstab als Waffe zu benutzen.
Campbell baute sich grinsend ihm gegenüber auf. »Keine Angst, Pater – ich werde Rücksicht nehmen.«
»Wie ausgesprochen freundlich von Euch«, gab Guy lächelnd zurück.
Als er den Schalk in den Augen seines Gegners blitzen sah, wußte Guy, daß er es ihm nicht leicht machen würde, und zum ersten Mal seit langer Zeit verspürte er die Erregung, die eine Herausforderung in ihm auslöste.
Am Anfang beschränkte er sich darauf, die Hiebe nur abzuwehren, denn er wollte erst die Taktik des Schotten ergründen, ehe er in die Offensive ginge. Und Campbell überraschte ihn. Der Grundherr führte sein Schwert nicht ungestüm, sondern bedächtig und präzise. Es war klar ersichtlich, daß hier ein scharfer Verstand am Werk war, und Guy würde seine ganze geistige und körperliche Tüchtigkeit aufbieten müssen, um diesem Krieger Paroli bieten zu können.

Campbells fröhliche Miene zeigte ihm, daß er den Wettkampf ebenfalls genoß.
»Es nimmt mich wunder, daß Ihr als Pater so bewandert in der Kampfeskunst seid.«
»Ich wurde nicht als Geistlicher geboren. Bevor ich in den Dienst Gottes trat, stand ich in König Wilhelms Diensten.«
»Da hat er einen guten Krieger verloren«, bemerkte Alec Campbell.
»Wenn Ihr meint«, gab Guy bescheiden zurück und stach im nächsten Moment blitzschnell mit seinem Stock zu.
Laird Campbell war so verblüfft, daß er nicht reagieren konnte, und Guy nutzte seinen Vorteil dazu, ihn rückwärts an die Wand zu drängen. »Gebt Ihr auf?«
»Ja, das tue ich. Alle Achtung, Pater«, lobte der Schotte nicht im mindesten gekränkt darüber, besiegt worden zu sein.
Es erstaunte Guy, daß der Mann seine Niederlage so ungerührt einsteckte. Vielen anderen wäre es peinlich gewesen, vor den eigenen Männern vorgeführt zu werden. Was seinen Charakter betraf, stand er seinem Bruder Royce in nichts nach, dachte Guy, und ein größeres Kompliment hatte er an einen Mann nicht zu vergeben.
»Ihr müßt mich dieses Manöver lehren«, sagte Campbell.
»Ich lehre heutzutage die Bibel«, erinnerte Guy ihn, »und ich werde Euch gerne als Schüler akzeptieren, wenn Ihr am kommenden Sonntag der Messe beiwohnt.«

Der Laird lachte. »Ja, ich werde dasein – aber erwartet nicht, einen Heiligen aus diesem Sünder machen zu können. Ich bin ein Mann und nicht bereit, auf die Freuden zu verzichten, die das Leben mir zu bieten hat.«
»Dagegen ist nichts zu sagen«, gab Guy zur Antwort.
Campbell sah ihn scharf an. »Ich werde nicht schlau aus Euch. Es will mir nicht in den Kopf, daß ein Mensch wie Ihr der Weltlichkeit den Rücken gekehrt hat.«
»Vielleicht war ich es müde, Männer zu töten und sterben zu sehen.«
»Dafür habe ich Verständnis – aber trotzdem halte ich es für einen Fehler, daß Ihr diese Konsequenz gezogen habt. Ihr gehört ebensowenig hinter Klostermauern wie ich.«
»Nun – jeder tut, was das Schicksal ihm bestimmt.«
»Mag sein. Aber falls es Euch noch nicht aufgefallen sein sollte – ich bin nicht der einzige, der findet, daß Ihr Eure Talente verschwendet.«
Guy wurde dunkelrot.
Campbell schlug ihm auf die Schulter. »Tut mir leid, daß ich Euch in Verlegenheit gebracht habe. Laßt uns nicht länger Worte darüber verschwenden, was sein könnte – es kommt ohnehin, wie es kommen muß. Kommt, es ist Essenszeit. Ihr habt Euch eine kräftigende Mahlzeit verdient.«
Als er etwas von Essen hörte, kam Louis angelaufen, doch sein Onkel war unerbittlich. »Ich bin noch nicht zufrieden mit deiner Leistung, Neffe – für dich gibt es erst etwas, wenn du deine Sache besser machst.«
»Aber Onkel!« protestierte der Knabe. »Ich bin am Verhungern!«

»Dann wirst du dich jetzt um so mehr anstrengen. Es ist allemal besser, hungrig zu sein als tot.« Damit ließ er ihn stehen, aber als er mit Guy auf das Haus zuging, fragte er: »Meint Ihr, ich war zu streng mit ihm?«

»*Non.* Auch ich erfuhr einmal Strenge von jemandem, dem mein Wohl am Herzen lag.« Guy lachte leise. »Damals haßte ich meinen Bruder dafür, aber heute bin ich ihm dankbar.«

Als sie in die Große Halle kamen, trat der Laird an den Tisch, schenkte zwei Becher Ale ein und reichte Guy einen davon.

»Ihr habt es begriffen«, sagte er. »Ein Mann muß frühzeitig lernen, daß die Welt, die ihn draußen erwartet, nicht so liebevoll und entgegenkommend ist wie seine Familie zu Hause. Das Leben ist hart, und wenn man nicht untergehen will, muß man das ebenfalls sein. Meine Nichte hat ein viel zu weiches Herz – wenn sie das auch niemals zugeben würde.«

»Es ist mir nicht entgangen, daß sie ihren Bruder bis zur Selbstaufgabe beschützt. Wie ist es dazu gekommen, daß sie die Verantwortung für ihn übernommen hat?«

Alec Campbell wischte sich mit dem Handrücken das Bier aus dem Bart.

»Ihr Onkel, Quennel d'Aumont, hat sie dazu getrieben. Ich schwöre bei allem, was mir lieb und teuer ist – wenn dieser Mann den Fuß auf schottischen Boden setzt, erwürge ich ihn ohne Reue mit meinen bloßen Händen.«

»Ihr sprecht eine deutliche Sprache, Alec Campbell.«

»Ja, das tue ich, und ich werde mich auch nicht für das

entschuldigen, was ich gesagt habe. Ich werde zweifellos auf ewig in der Hölle schmoren, doch das wird mir nichts ausmachen, wenn dieser Schurke das gleiche Schicksal erleidet.«

»Was hat der Mann getan, um Euch so zu erzürnen?«

»Es ist seine Gier nach Gabrielles und Louis' Erbe, die seit Jahren an seiner Seele frißt und einen Unmenschen aus ihm gemacht hat, was mich so gegen ihn aufbringt.«

Guy fühlte Unbehagen in sich aufsteigen. Auch er hatte um seiner Bereicherung willen seine Menschlichkeit hintangestellt.

»Ja, die Habgier hat schon viele Menschen zerstört.«

»Es ist nicht nur das, was ihn antreibt. Er ist auch von einem glühenden Rachedurst beseelt. Mein Bruder Hamish brachte ihn fast um, als er erfuhr … nein, das kann ich Euch nicht erzählen. Aber Ihr könnt mir glauben, daß Aumont die Kinder abgrundtief haßt.«

»Ich bin ein Ordensgeistlicher – meine Ohren sind für alles offen«, sagte Guy. Sie hatten sich an den Tisch gesetzt, und er beugte sich zu Campbell hinüber, damit er nicht so laut sprechen müßte, wenn er ihm mitteilte, was hinter der ganzen Tragödie steckte.

»Also gut«, gab der Laird nach. »Aber behaltet für Euch, was Ihr jetzt hört. Die kleine Gabrielle ertappte Aumont dabei, wie er sich gerade an Louis und einem jungen Bedienten vergehen wollte. Sie lief zu ihrem Vater, der seinen Schwager verprügelte, daß ihm Hören und Sehen verging. Als dem alten Aumont zu Ohren kam, was geschehen war, enterbte er seinen Sohn, und die Grundherrschaft ging an seine Tochter

Blanchefleur und ihre Nachkommen. Quennel d'Aumont hat Gabrielle das nie verziehen, und Louis, der Erbe, steht ihm heute im Weg.«

»Ich verstehe.« Die Abartigkeit dieses Mannes drehte Guy den Magen um. Jetzt verstand er, warum Gabrielle Aumont so fürchtete. »Als nach Hamish Campbell auch noch seine Frau Blanchefleur starb, war das Leben der Kinder in Gefahr.«

»So ist es«, nickte Alec Campbell. »Ich hatte übrigens von Anfang an den Verdacht, daß Aumont beim Tod meines Bruders die Hand im Spiel hatte.«

»Warum habt Ihr Eure Nichte nicht längst zu Euch geholt?«

Der schottische Grundherr lachte bellend. »Ich konnte mich doch nicht einmischen, solange sie sich auf englischem Boden und damit in König Wilhelms Reichweite befand.«

»Aber Ihr habt es doch *getan*«, hielt Guy ihm vor Augen. Schließlich hatte der Mann die Grenze überschritten, um sie zu retten.

»Warum, glaubt Ihr, habe ich Euch mitgenommen, Pater? Ich erfüllte meine Christenpflicht, indem ich einen Kirchenmann rettete – daß sich meine Nichte bei ihm befand, war reiner Zufall. So zumindest hätte ich es erklärt, wenn ich ertappt worden wäre.« Der Laird trank einen herzhaften Schluck und fuhr fort: »Meine Nichte hat meiner Schwägerin auf dem Totenbett versprochen, sich um den Bruder zu kümmern, und nachdem Blanchefleur gestorben war, entführte Gabrielle Louis von dem Herrenhof, an den er zur Ausbildung geschickt worden war, und floh mit ihm nach England.«

Guy dachte voller Unbehagen an Wilhelm, der seinem Ritter Quennel d'Aumont den Gefallen zu erweisen versprochen hatte, für dessen Durchführung er, Guy, eingespannt worden war. Der König mußte unbedingt erfahren, wem er da seine Gunst geschenkt hatte. Er würde niemals gutheißen, was Aumont getan hatte. Aber wie auch immer Wilhelm nach Guys Bericht entscheiden würde – zuerst müßte er Gabrielle nach London bringen, denn so lautete sein Auftrag. Der Gedanke bereitete ihm Unwohlsein. Wenigstens war Louis hier in Sicherheit und würde es auch bleiben. Guy war froh, daß er diesen Entschluß gefaßt hatte, auch wenn er nur ein vergleichsweise geringes Zugeständnis an sein Gewissen war.
Alec Campbell schaute ihn eindringlich an. »Versteht Ihr, was in mir vorgeht?«
»Ja, das tue ich. Ich begreife die Gefühle, die Ihr diesem Mann entgegenbringt. Er würde zwar bei Gott Vergebung finden, bei Euch jedoch vergebens auf Erbarmen hoffen – und ich werde nicht versuchen, Euch umzustimmen, indem ich Euch an die vorher von Euch erwähnte Christenpflicht erinnere.«
»Ihr seid ein seltsamer Heiliger. Ich sage Euch – wenn Ihr am Sonntag die Messe lest, werde ich, wie versprochen, daran teilnehmen.«
Guy lächelte. »Das ist mir den Muskelkater wert, der mich morgen plagen wird.«
»Ich werde Euch Gabby schicken, damit sie Eure Schmerzen lindert. Das Mädchen hat wahre Zauberhände.«
»Nein!« widersprach Guy heftig. »Ich bin zwar ein

Mann der Kirche, aber ich bin sicher, daß Ihr Euch darüber klar seid, daß Eure Nichte selbst einen Engel in Versuchung führen könnte.«
Campbell lachte. »Eure Ehrlichkeit gefällt mir. Keine Angst, Normanne – ich werde Euch das häßlichste Weib schicken, das in diesen Mauern zu finden ist. Einverstanden?«
Als aufgetischt wurde, lud der Laird Guy ein, zu seiner Linken Platz zu nehmen, eine Ehre, die er nur selten gewährte.
Sie hatten sich gerade gesetzt, als Gabrielle hereingelaufen kam. »Onkel, ich bitte Euch, seid nicht so streng mit Louis.«
»Du möchtest doch, daß er sich behaupten kann, wenn er eines Tages dieser Natter Aumont gegenübertritt, Mädchen. Also überlaß seine Erziehung mir und mische dich nicht mehr ein.«
Mit zitternder Unterlippe und Tränen in den Augen hielt sie dem Blick ihrer Onkels stand, und Guy begriff, daß die Knaben nicht nur zur Ausbildung an andere Höfe geschickt wurden, sondern auch, um ihren Müttern und Schwestern zu ersparen, das harte Training mit ansehen zu müssen.
»Euer Onkel hat recht, Fräulein Gabrielle«, sagte er. »Ihr müßt ihm in diesem Fall wirklich freie Hand lassen. Wenn Ihr Euch einmischt und Louis bedauert, wird alles nur noch schwieriger für ihn.«
»Ich weiß … aber ich habe mich immer um ihn gekümmert.«
Der gequälte Ausdruck ihrer großen, veilchenblauen Augen zerriß ihm fast das Herz, und wieder ermahnte

er sich, keine Gefühle für die *demoiselle* zu entwickeln, so bezaubernd sie auch sein mochte.

»Sei ein gutes Mädchen und bring uns noch Ale«, sagte ihr Onkel. Als sie auf dem Weg zur Küche war, wandte er sich an Guy. »Ich danke Euch für Eure Unterstützung, Pater. Meine Nichte gebärdet sich, als sei sie Louis' Mutter und nicht seine Schwester, aber das kann man ihr nicht verübeln. Die Mutter war kränklich, und so oblag es im großen und ganzen Gabrielle, Louis aufzuziehen. Doch sie darf sich trotzdem nicht einmischen. Ich möchte Euch bitten, Euch ihrer anzunehmen, damit sie auf andere Gedanken kommt.«

»Und ich möchte Euch bitten, einen anderen mit dieser Aufgabe zu betrauen«, erwiderte Guy mit einem schiefen Grinsen.

»O nein – ich werde weder dem Jungen noch Euch gegenüber Milde walten lassen. Betrachtet es als Training.«

Der Schotte war ein gerissener, alter Teufel, dachte Guy, und auch wenn die Vorstellung, in nächster Zeit ständigen Anfechtungen ausgesetzt zu sein, ihm den Magen umdrehte, konnte er nicht umhin, ihn dafür zu bewundern, wie er ihn manipuliert hatte.

»Nun gut«, gab er sich geschlagen. »Wenn es darum geht, der Jungfer zu helfen, kann ich mich als Mann der Kirche nicht weigern.«

»Schön, daß Ihr das einseht.« Campbell lachte leise. »Ich wünsche Euch viel Glück.«

Gabrielle hatte bisher Ihre Ordenstracht getragen, doch nun, eine Woche nach ihrer Ankunft in Schottland auf

Campbell Castle, hatte ihr Onkel angeordnet, daß sie bei ihrer Vorstellung als Heiratskandidatin das traditionelle Gewand der Frauen des Clans Campbell anlegte.

Als sie vor dem Metallspiegel stand, fuhr sie sich mit den gespreizten Fingern durch die Haare und schüttelte sie aus. Sie waren so lange unter dem Schleier eingezwängt gewesen, daß sie es unendlich genoß, die Luft darin zu spüren. Die seidige, dunkle Pracht, die sich in üppigen Wellen über ihre Schultern und ihren Rücken ergoß, verlieh ihrem Spiegelbild eine Sinnlichkeit, die sie verblüffte.

Sie drehte sich hin und her und beobachtete, wie der weiche, bunte Stoff mit jeder ihrer Bewegungen mitging und sich an ihre Rundungen schmiegte. Sie hatte so lange Schwarz getragen, daß sie sich in den grünen und blauen Karos wie eine Frühlingsblume vorkam. Gabrielle lächelte sich an und fragte sich, wie Pater Guy wohl reagieren würde, wenn sie in dieser Aufmachung zum Abendessen erschiene.

Was für eine Närrin sie doch war. Da machte sie sich Gedanken darüber, wie sie dem Mönch gefallen würde, obwohl sie doch eigentlich Eindruck auf den Brautwerber machen sollte, den ihr Onkel eingeladen hatte.

Umweht von dem herrlichen Geruch des noch warmen Brotes, das sie auftragen sollte, durchquerte Gabrielle mit zögernden Schritten die Große Halle. Louis und Ian lächelten ihr ermutigend entgegen, und ihr Onkel nickte wohlwollend, doch ihre Unsicherheit schwand erst, als sie den anerkennenden Blick von Pater Guy sah.

Alec Campbells Gast, Laird Drummond, ein Hüne mit nordischen Gesichtszügen, tat seine Billigung mit einem Grunzen kund, als Gabrielle das Brett mit dem Brot auf dem Tisch absetzte. »Euer Onkel hat mir von Eurer Einmischung berichtet. Es ziemt sich nicht, daß Ihr Euch mit Männerangelegenheiten befaßt. Ihr habt Euch ausschließlich Euren Pflichten zu widmen.«
Flammende Zornesröte färbte ihre Wangen. Im Kloster hatte Disziplin geherrscht, aber sie war niemals erniedrigt worden. Ohne dem warnenden Blick ihres Onkels Beachtung zu schenken, hob sie trotzig das Kinn und fragte geradewegs in die Augen des Grundherrn aus dem Norden in zuckersüßem Ton: »Ach ja? Und welche genau sind das, Laird Drummond?«
»Stellt Euch nicht dumm, Fräulein. Was Männer und Frauen betrifft, kann die Normandie sich nicht wesentlich von Schottland unterscheiden. Ich bin sicher, daß auch dort der Ehemann Vorrang vor den Geschwistern genießt.«
»Ist es Eurer Aufmerksamkeit entgangen, daß ich nicht verheiratet bin?«
»Nein – aber Euer Onkel hat Schritte unternommen, um das zu ändern. Ich werde seine Botschaft in den Norden bringen und ihr meine Beurteilung hinzufügen.«
Gabrielles Blick glitt zu ihrem Onkel, während sie im stillen betete, daß dieser ungeschlachte Bursche kein repräsentatives Beispiel für ihre zukünftigen Freier war.
»Dreht Euch, damit ich Euch von allen Seiten betrachten kann, Jungfer«, befahl Laird Drummond.

Sie versteifte sich. Sollte sie hier wie eine Ware auf dem Markt begutachtet werden?
»Laird Drummond, es ist nicht nötig, so rüde mit der jungen Dame umzugehen«, mischte Pater Guy sich ein.
»Ihr habt recht, Pater«, gab der Mann zu. »Ich war so lange im Krieg, daß ich nicht mehr weiß, wie man sich in der Gesellschaft von Damen zu benehmen hat.« Er beugte sich vertraulich zu ihm hinüber. »Mir wäre sie zu mager – aber wenn die Mitgift üppig ist, muß die Braut es ja nicht auch sein, stimmt's?«
Gabrielle schloß die Augen. Sie wäre am liebsten im Boden versunken, als die demütigende Bemerkung durch die Halle schallte. »Laird Drummond!« klang Pater Guys tadelnde Stimme durch die plötzliche Stille, und Stuhlbeine schabten über den Boden.
Gabrielle öffnete die Augen und begegnete dem mitfühlenden Blick des Mönchs, der Louis und Ian am Arm gepackt hatte, um sie daran zu hindern, sich auf den Gast zu stürzen.
Laird Drummond schoß die Schamröte ins Gesicht. Er stand auf und verbeugte sich vor Gabrielle. »Ich bitte um Vergebung, Mylady.«
Obwohl seine abfällige Bemerkung sie bis ins Mark getroffen hatte, wäre sie eher gestorben, als es sich anmerken zu lassen. »Ich nehme es Euch nicht übel, Laird Drummond«, sagte sie und suchte Zuflucht in einem tiefen Knicks, um ihre Beherrschung zurückzugewinnen. Als sie sich wieder erhob, hielt sie seinen Blick fest, bis aller Augen im Raum auf ihn gerichtet waren und er die seinen niederschlug. Dann drehte sie sich um und verließ hocherhobenen Hauptes die Halle.

Kaum außer Sichtweite, raffte sie die Röcke und hastete die von Fackeln erhellte Treppe hinauf und lautlos den verlassen daliegenden Gang hinunter, doch als sie ihre Kammer erreichte, war es mit der Stille vorbei. Sie riß die Tür auf und knallte sie mit solcher Wucht zu, daß der Aufruhr, der in ihr tobte, durch die ganze Burg hallte. »O Vater«, schluchzte sie, »es ist ein Segen, daß es Euch erspart geblieben ist, mitzuerleben, wie Euer eigen Fleisch und Blut im Heim Eurer Ahnen zum Opfer männlicher Verachtung wurde.«

Ihre Augen brannten, doch sie wollte nicht schon wieder weinen. Onkel Alec hatte zugelassen, daß der Grundherr aus dem schottischen Norden sie so behandelte, und er tat nie etwas ohne Grund.

Wie ehemals im Kloster begann sie auf und ab zu gehen. Die Äbtissin hatte ihre Ruhelosigkeit als störend empfunden und ihr kontemplative Gebete empfohlen, aber die Bewegung half ihr beim Denken und in diesem Fall auch, ihre Fassung wiederzuerlangen.

Doch sie hatte ihre Wanderung kaum begonnen, als es klopfte. Sie riß die Tür so heftig auf, daß der Griff ihr aus der Hand glitt und die Tür gegen die Wand krachte. Zum zweiten Mal in ebenso vielen Minuten echote ein von ihr verursachter Donnerschlag durch die Gänge und ließ sie wie eine Närrin erscheinen.

Zu allem Übel war es ausgerechnet der Mönch, der Zeuge ihres kindischen Verhaltens geworden war. Sie fühlte ihre Wangen vor Verlegenheit glühen und verspürte ein würgendes Gefühl, als sie den besorgten Ausdruck auf seinem Gesicht sah.

»Pater?« sagte sie mit erstickter Stimme.
»Ich würde gerne mit Euch sprechen, wenn es Euch recht ist. Es wird nicht lange dauern, und ich denke, es wird von Nutzen sein.«
Unbehagen stieg in ihr hoch.
»Vielleicht machen wir einen kleinen Spaziergang?«
Sie nickte. »Ich treffe Euch unten.«
In ihren Umhang gehüllt, durchquerte sie mit Pater Guy den Burghof, wobei sie die neugierigen Blicke der Männer des Clans wie Nadelstiche empfand.
Die Sonne ging gerade unter, als sie aus dem Torhaus kamen, und der Himmel schien in Flammen zu stehen. Die Luft roch nach Herbst. Nachdem sie eine Weile schweigend nebeneinanderher gegangen waren, Minuten, die an ihren Nerven zerrten, begann sie zu frösteln und zog ihren Mantel enger um sich, während Pater Guy den karierten Wollstoff über seiner Schulter zurechtrückte.
Er hatte sich den schottischen Gebräuchen erstaunlich schnell angepaßt, dachte sie, als sie einen verstohlenen Blick zu ihm hinüberwarf – und er sah in dem Kilt der Campbells ganz und gar nicht wie ein Ordensgeistlicher aus. Wie ein zu kleiner Wandteppich nicht vermochte, Schäden an einer Mauer zu verdecken, gelang es den dunklen, gekräuselten Haaren auf seiner breiten, muskulösen Brust nicht, die vielen kreuz und quer verlaufenden Narben zu verdecken. Der Anblick erinnerte sie daran, wie seine Haut sich angefühlt hatte, als sie seine Wunden versorgte, und wie seine Muskeln sich unter ihrer Berührung anspannten, und das Atmen wurde ihr schwer.

Er wandte sich ihr zu. Offenbar hatte er bemerkt, daß sie ihn musterte, denn er fragte: »Ist etwas, *Mademoiselle*?«
»Ich … ich dachte gerade an Louis«, log sie stammelnd. »Ich mache mir Sorgen um seine Zukunft.«
»Eure übertriebene Fürsorge wird ihm eines Tages vielleicht zum Schaden gereichen, *Mademoiselle* Gabrielle.«
»Inwiefern?«
»Um ein Mann zu werden, muß er allein laufen – Ihr dürft ihn nicht ständig an der Hand führen. Es wäre gut, wenn Ihr eine Beschäftigung fändet, die Euch auf andere Gedanken brächte.«
Diesen Rat zu befolgen wäre nicht nur wegen ihres Bruders gut für sie. Von jetzt an würde sie von morgens bis abends arbeiten, damit sie erschöpft ins Bett fiele und keine Gelegenheit mehr hätte, sich ihren Sorgen hinzugeben – oder sündigen Sehnsüchten. »Ich danke Euch für diese Anregung, Pater – ich werde sie beherzigen. Ihr habt mir sehr geholfen.«

Ihre Dankbarkeit beschämte ihn zutiefst. Was war er doch für ein Heuchler! Zarter Veilchenduft wehte zu ihm herüber und drohte ihn zu berauschen. Aber nein! Er durfte Gabrielle nicht als begehrenswerte Frau betrachten. Er mußte seinen Auftrag ausführen und seine Rolle spielen. Unwillig schüttelte er den Kopf, um seine unerwünschten Gedanken zu verscheuchen, und brachte das zweite Thema zur Sprache, das ihm am Herzen lag.
»Euer Onkel hat Euch vorhin nicht aus Boshaftigkeit

den Grobheiten des Lairds aus dem Norden ausgesetzt – er wollte Euch einen Vorgeschmack davon geben, was Euch erwarten könnte. Seid Ihr nach Eurer heutigen Erfahrung noch immer gewillt, eine Ehe mit einem Mann von dort einzugehen?«

»Ich werden tun, was mein Onkel wünscht«, gab sie zurück. »Er will nur das Beste für Louis und mich, und ich vertraue auf seine Weisheit.«

»Ihr seid eine erstaunliche junge Frau, Gabrielle«, sagte er.

»Ihr lobt mich, obwohl Ihr mich wegen meines kindischen Benehmens vorhin eigentlich bestrafen müßtet?« wunderte sie sich.

»Ich denke, daß Ihr Euch für Euren Bruder opfert, ist Strafe genug«, meinte er.

»Es ist keine Strafe!« widersprach sie heftig. »Es war mein freier Entschluß, Onkel Quennels Plan zu vereiteln.«

»Ich habe auch einen Bruder«, erzählte er. »Royce … Was ist?« fragte er, als er sie aufhorchen sah.

»Ihr erwähntet seinen Namen, als Ihr im Fieber lagt«, erklärte sie. Es war also Guys Bruder, den eine Frau mit dem Namen Bethany liebte.

Er lächelte. »Aus Eurer Miene ersehe ich, daß ich mehr gesagt habe als nur seinen Namen. Royce und ich stehen uns zwar sehr nahe, aber manchmal könnte ich ihn erwürgen.«

Sie lachte. »Ihr? Ein Mann der Kirche? Ich dachte, diese Männer entsagten dem Jähzorn, wenn sie die Gelübde ablegten.«

»Das ist leichter gesagt als getan.« Er nahm ihre Hand

und half ihr über einen kleinen Bach, der ihren Weg kreuzte.

»Ich verstehe, was Ihr meint«, nickte sie. »Ich für meinen Teil habe allerdings nicht mit Jähzorn zu kämpfen, sondern mit meinem Hochmut, und ich habe wenig Hoffnung, den Kampf zu gewinnen.«

»Ihr seid hochmütig?«

»Nun – Ihr habt doch selbst erlebt, daß ich mich nicht scheue, meine Meinung kundzutun.«

»Und das nennt Ihr hochmütig?«

»Was sollte es sonst sein?«

Ein Zeichen für einen wachen Verstand und ein gesundes Selbstvertrauen, dachte er. Von Hochmut hatte er bei dieser Frau, die offenbar gar nicht wußte, was für ein wertvoller Mensch sie war, noch keine Spur entdeckt.

»Wenn ich einen Mann wie Laird Drummond heiraten muß«, fuhr sie fort, als er nicht antwortete, »wird er nicht viel Freude an mir haben.«

Guy lachte leise. Ihre Eigenständigkeit würden viele Männer als Bedrohung empfinden, doch der Richtige wüßte sie als Vorzug zu schätzen.

»Die Ehe ist eine ernste Angelegenheit«, zwang er sich, sie zu ermahnen. »Ihr werdet Eurem Gemahl natürlich in jeder Hinsicht nachgeben müssen. So ist es nun einmal der Brauch.«

Jetzt war es an ihr, zu lachen. »O nein, Pater – da irrt Ihr Euch. Meine Eltern teilten alles miteinander, liebten sich sehr, aber meine Mutter dachte nicht daran, meinem Vater immer nachzugeben. Ich erinnere mich an einige ausgesprochen heftige Auseinandersetzungen zwischen ihnen.«

»Ihr wollt Unfrieden in Eurer Ehe?«
»Aber nein. Ihr habt nicht begriffen, worauf ich hinauswill. Meine Eltern waren zwar nicht immer einer Meinung, aber sie vertraten ihre Standpunkte nicht mit Bösartigkeit. Sie achteten einander, und jeder wußte, wann es angebracht war, dem anderen ein Zugeständnis zu machen. Ihre Differenzen gaben ihrer Beziehung sogar einen zusätzlichen Reiz.«
»Ihr vermißt sie sehr, nicht wahr?«
»O ja.« Tränen schossen ihr in die Augen, und sie wischte sie hastig weg.
In diesem Moment wirkte sie so kindlich und verloren, daß er sie am liebsten in die Arme genommen hätte. Wieder einmal verwünschte er die Rolle, die zu spielen er versprochen hatte.
»Manchmal fühle ich mich schrecklich einsam«, fuhr sie fort. Sie waren stehengeblieben, und er nahm sie bei den Schultern. »Ihr braucht dringend einen Ehemann«, sagte er. Als er den vertrauensvollen Blick sah, mit dem sie zu ihm aufschaute, mußte er alle Willenskraft aufbieten, um sie nicht an sich zu ziehen und ihre schon wieder feucht glänzenden Augen zu küssen. Um nicht doch schwach zu werden, hielt er bis auf Armeslänge Abstand. »Dann hättet Ihr jemanden, der Euch Eure Bürde abnähme – oder sie zumindest mit Euch teilte, wenn Euch das lieber ist.«
»Der Gedanke hat etwas Verlockendes«, erwiderte sie. »Aber die Ehe, die mir bevorsteht, wird aus einer Notlage heraus geschlossen werden, nicht aus Liebe, und in diesem Fall habe ich von meinem Ehemann kein Entgegenkommen zu erwarten.«

Bei aller Sachlichkeit konnte sie jedoch nicht verhindern, daß ihre Stimme zitterte, als sie dieses trostlose Zukunftsbild malte. »Gibt es nicht noch eine andere Möglichkeit für Euch?« fragte Guy.

»Nein. Im Gegensatz zu Euch kann ich mir nicht aussuchen, wie ich leben möchte.»

»Wie meint Ihr das?«

»Nur Männer können über ihr Leben bestimmen.«

»Wenn Ihr es könntet – wofür würdet Ihr Euch dann entscheiden?«

»Ich denke, wenn ich meinen Bruder in Sicherheit wüßte, würde ich einen Mann heiraten wollen, den ich liebe.«

Diese Eröffnung traf ihn wie ein Schlag. »Ich wußte nicht, daß es einen Mann gibt, dem Eure Zuneigung gehört«, sagte er mühsam beherrscht.

»Es gibt ihn noch nicht, aber obwohl ich schon so alt bin, hoffe ich immer noch, daß irgendwann ein Mann kommt, der mich jung und hübsch genug findet, um sich in mich zu verlieben und mich zur Frau zu nehmen.«

Ihr sehnsuchtsvoller Blick griff ihm ans Herz. »Das ist alles, was Ihr Euch wünscht?«

»Wenn ich das hätte – was sollte ich mir dann noch wünschen?«

»Wäret Ihr nicht gerne vermögend, um auf niemandes Gnade angewiesen zu sein?«

»Ich bin eine Aumont und in Reichtum aufgewachsen. Wäre ich eine Kuhmagd, hätte ich ein sehr viel unkomplizierteres Leben.«

»Aber Ihr seid es nicht.«

»Und darum bin ich jetzt in dieser unglücklichen Lage.

Nun – ich werde versuchen, das Beste aus meiner Ehe zu machen. Allerdings muß ich gestehen, daß die intime Seite dieser Beziehung mir doch einige Furcht einflößt.«

Guy sah sich plötzlich mit Gabrielle nackt und eng umschlungen unter Decken liegen, spürte weiche, glatte Haut und atemberaubende Rundungen unter seinen liebkosenden Händen. Das Blut hämmerte in seinen Schläfen, und seine Erregung drohte übermächtig zu werden. Er fuhr sich mit gespreizten Fingern durch die Haare und rang verzweifelt um Fassung.

»Bereitet Euch irgend etwas Kummer, Pater?« fragte sie besorgt.

Er wagte nicht, ihr in die Augen zu schauen, ließ seinen Blick statt dessen in die Ferne schweifen und atmete tief durch. »Jedesmal, wenn ich glaube, den Lauf der Welt begriffen zu haben, kommt etwas daher, das mich verwirrt.«

»Macht Euch deswegen keine Gedanken, Pater – Ihr werdet die Antwort auf Eure Frage bald finden.«

Und wenn sie darin bestand, daß er seinen Gefühlen folgen sollte? Er räusperte sich. »Ich war gekommen, um Euch zu trösten, *Mademoiselle,* und nun werde ich von Euch getröstet. Ich bete zu Gott, daß das Leben Euch alles schenken wird, was Ihr verdient.«

»Dazu wird ein Gebet nicht ausreichen.« Sie wandte sich ab.

Ihre erstickte Stimme trieb ihn dazu, sie erneut bei den Schultern zu packen und an seine Brust zu ziehen. »Warum wird es mehr als ein Gebet brauchen, um Euch Glück zu bescheren?«

»Ich muß einen Mann des Clans aus dem Norden heiraten, um der Rache von Onkel Quennel zu entkommen – aber wer sagt mir, daß dieser Mann nicht genauso ein Unhold sein wird wie der, den er mir zugedacht hatte? Es wäre ein Wunder, wenn der Schotte mich liebte. Viel wahrscheinlicher ist, daß ich nichts sein werde als ein Besitz.«
Guy drehte sie zu sich herum und hob sanft ihr Kinn an, damit sie ihn ansah. Das Hochmoor lag verlassen da, der Mond war aufgegangen und ließ das Gras silbern glänzen. Guy umfaßte ihr Gesicht. »Die Hoffnung währet lebenslang, Gabrielle«, sagte er. »Ihr dürft sie nie verlieren.«
Eine große Träne rollte über ihre Wange. »Vergebt mir, Pater«, flüsterte sie. »Es ist nicht recht, daß ich mir so viel mehr wünsche, als ich bekommen kann.«
»Was Ihr Euch wünscht, ist keine Sünde – es ist das Natürlichste von der Welt.« Er strich mit dem Daumen über ihre nasse Wange. Ihre Haut fühlte sich an wie das Blütenblatt einer Rose. Sie schmiegte sich in seine Hand, und als ihre Blicke sich trafen, las er Sehnsucht und Einsamkeit und ein stummes Flehen in ihren großen, veilchenblauen Augen und neigte ihr den Kopf entgegen, langsam, um ihr Gelegenheit zu geben, ihm Einhalt zu gebieten. Doch sie war offenbar ebensowenig Herr ihrer Gefühle wie er seiner.
Der Kuß, zu dem ihre Lippen sich fanden, war nicht leidenschaftlich, sondern von einer Innigkeit, wie sie sonst nur Liebende erlebten, die einander schon lange vertraut waren. Guy zog Gabrielle in seine Arme.
Die unschuldige Hingabe, die sie ihm entgegenbrachte,

ließ all seine Erlebnisse verblassen, und als sie seine Wange streichelte, geriet er derart in Erregung, daß ihm der Schweiß aus allen Poren brach und sein Herz raste. Er riß sich von ihrem Mund los und atmete tief durch, um sich zu fassen, erreichte jedoch nur, daß er ihren Körper noch deutlicher an dem seinen fühlte. Sein Verlangen drohte ihn zu überwältigen, und als er sie erbeben spürte, erkannte er, daß es ihr nicht anders erging. »Gabby«, flüsterte er.

Mondlicht und Bestürzung spiegelten sich in ihren Augen, als sie sich zu befreien versuchte. »Das hätten wir nicht tun dürfen.« Ihre Unterlippe zitterte, und Tränen verschleierten ihren Blick. »Ich bitte Euch um Vergebung, Pater.«

Mit einem Seufzer ließ er sie los. »Verbotene Früchte schmecken stets am süßesten«, sagte er in dem Bemühen, ihr Gewissen zu beruhigen. »Und *ich* war es, der Euch dazu verführte, sie zu kosten. Es ist also an mir, um Vergebung zu bitten.«

Sie senkte den Kopf. »Auch ich bin nicht ohne Schuld.«

Er nahm ihren Arm, und sie gingen schweigend zur Burg zurück, wo er sie bis zur Tür ihrer Kammer begleitete und ihr eine gute Nacht wünschte. Auf dem Weg nach unten dachte er daran, was für ein Schicksal Gabrielle erwartete. Er würde sie bei Wilhelm abliefern und sich für den Rest seines Lebens dafür hassen.

Seine Gefühle für die Jungfer wurden immer stärker. Wenn er nicht an dieser Episode zerbrechen wollte, sollte er Gabrielle möglichst schnell nach London bringen.

Als er auf seinem Strohsack lag, zermarterte er sich

zum wiederholten Male den Kopf, um eine Lösung für das Problem zu finden, doch auch jetzt fiel ihm keine ein. Er hatte seinem König das Wort gegeben. Es gab keinen Ausweg.

»Hilf mir, Herr!« schickte er ein stummes Gebet gen Himmel. »Ich weiß nicht mehr ein noch aus. Ob ich meinen Auftrag erfülle oder nicht – ich werde nie mehr ruhig schlafen können.«

Siebentes Kapitel

In dem riesigen Kamin in der Großen Halle von Campbell Castle loderte ein behagliches Feuer, und zuckende Schatten tanzten über die Wände. Der Laird saß am Tisch und starrte blicklos auf das Pergament in seinen Händen.

»Was gibt es?« fragte Guy, der gerade von einem Spaziergang zurückkam, besorgt, denn der Ausdruck auf Campbells Gesicht verhieß nichts Gutes.

»Laird Drummonds Brautwerbung hat eine Antwort gezeitigt«, berichtete er.

Guy nahm das Schreiben, das er ihm reichte. »Der Mann ist also einverstanden«, konstatierte er, nachdem er es gelesen hatte.

»Ja – aber ich möchte meine Nichte nicht in seine Hände geben.«

»Dann weigert Euch.«

Campbell stand auf und trat ans Feuer. »Das kann ich nicht. Ich habe einen Bräutigam gesucht, und es wäre eine Beleidigung, wenn ich diesen Anwärter ablehnte.«

»Welcher Art sind Eure Bedenken denn?« fragte Guy, der an seine Seite getreten war.

»Sinclair ist ein grober Klotz. Ich glaube kaum, daß er dieses zarte Pflänzchen zu würdigen wüßte.«

»Dann *müßt* Ihr die Verbindung verhindern. Ihr seid

verantwortlich für Eure Nichte. Euer Bruder würde es nicht billigen, wenn Ihr seine Tochter sehenden Auges zu einer Ehe zwingen würdet, in der sie, wenn schon kein Glück, nicht einmal erträgliche Lebensumstände erwarteten.«

»Ich weiß – aber die Alternative ist noch schlimmer.«

»Das wißt Ihr nicht«, gab Guy zu bedenken. »Wie ich die Sache sehe, wäret Ihr nicht besser als Aumont, wenn Ihr diese Heirat zuließet – und vor dessen Machenschaften wollt Ihr sie doch bewahren.«

Der Laird seufzte hilflos. »Vielleicht hat Sinclair sich ja geändert.«

»Gibt es denn keinen anderen Bewerber?« fragte Guy.

Campbell schüttelte den Kopf. »Diese Zusage ist die einzige, die ich erhalten habe. Wenn Ihr kein Ordensbruder wäret, würde ich ja Euch bitten, sie zu heiraten.«

»Mich?« fragte Guy mit erstickter Stimme.

»Ja. Ihr seid wie geschaffen füreinander.«

»Ihr müßt den Verstand verloren haben«, protestierte Guy und hob abwehrend die Hände.

»O nein – der ist so scharf wie eh und je.«

»Selbst wenn Ihr recht hättet und ich kein Mann der Kirche wäre, käme ich als ihr Ehemann nicht in Frage, denn ich habe weder Macht noch Grundbesitz und könnte ihr keinen Schutz bieten.«

Alec Campbell blickte ihm eindringlich in die Augen. »Würdet Ihr Euer Leben für sie hingeben?«

Nach einigem Zögern antwortete Guy: »Das würde ich, wenn ich sie liebte.«

Campbell lächelte. »Oh, Ihr liebt sie – Ihr habt es Euch nur noch nicht eingestanden.«

Guy schüttelte den Kopf. »Das bildet Ihr Euch ein.«
Der Laird kehrte an den Tisch zurück und schenkte sich einen Becher Ale ein. »Ich möchte Euch jedenfalls sagen, daß ich Euch mit Freuden in der Familie willkommen heißen würde.«
Guy war gerührt von dieser gewichtigen Sympathiebezeugung des schottischen Grundherrn. »Es wäre mir eine Ehre, aber Ihr wißt, daß es nicht dazu kommen kann. Doch selbst wenn es möglich wäre, würde nichts daraus, denn sie nähme mich gar nicht.«
»Seid Ihr mit Blindheit geschlagen, Mann?« Campbell knallte seinen Becher auf den Tisch. »Sie kann doch die Augen nicht von Euch lassen.«
»Ihr müßt Euch irren«, gab Guy betont barsch zurück.
»Manchmal frage ich mich, ob Ihr Euch absichtlich dumm stellt, Pater. Gabbys Interesse an Euch geht weit über das zwischen guten Christen Übliche hinaus. Und Ihr könntet ihr wenigstens gestehen, daß Ihr Euch Eurerseits zu ihr hingezogen fühlt, damit das arme Kind sich nicht länger mit Gewissensqualen herumplagen muß, sondern begreift, daß das, was sie empfindet, völlig natürlich ist.«
»Ihr billigt es?« fragte Guy entgeistert.
»Nun – wenn es Euch beiden bestimmt ist, könnt Ihr ohnehin nichts dagegen tun. Ist Euch noch nicht in den Sinn gekommen, daß dies ein Beispiel für die sprichwörtlichen unerforschlichen Wege des Herrn sein könnte? Daß Eure Verbindung von Ihm geplant sein könnte?«
»Ihr Schotten habt die Fähigkeit, alles so zu drehen, daß es euren Wünschen zupaß kommt.«

»Ja – darum werden wir allenthalben beneidet«, grinste Campbell.
»Ich wünschte wirklich, ich könnte Gabrielles Lage zum Guten wenden, aber ich unterstehe einer höheren Macht.«
»Habt Ihr je erwogen, aus dem Orden auszutreten?«
Guy wollte diese Möglichkeit eigentlich verneinen, doch er hörte sich zu seinem Schrecken antworten: »Ich könnte es mir vorstellen.«
»Ich werde Euch gelegentlich daran erinnern.«
Guy de Bellemare schenkte sich einen Becher Ale ein. Er wünschte, er hätte dem Schotten die Wahrheit sagen können. Er mußte seinen Becher leeren, ehe er den Mut fand, Campbell in die Augen zu blicken.
Alec Campbell schenkte ihnen beiden nach. »Ich hoffe inständig, daß sich noch Bewerber melden, doch zunächst wird mir nichts anderes übrigbleiben, als Sinclair zu einem Gespräch einzuladen.«
»Trefft nur keine übereilte Entscheidung«, ermahnte Guy ihn.
»Ich möchte, daß Ihr an der Unterredung teilnehmt. Ihr könnt mir helfen zu beurteilen, ob dieser Mann für Gabby in Frage kommt.«
»Es wird mir eine Ehre sein.« Seine Anwesenheit würde ihm Gelegenheit geben, diese Heirat zu verhindern. Er hatte zwar einem Spielmann ein Schreiben für König Wilhelm mitgegeben, das dieser, wenn alles gutgegangen war, inzwischen bereits gelesen haben müßte, doch wenn er ihm nicht bald in Form von Verstärkung oder einer königlichen Verfügung zu Hilfe käme, müßte Guy nicht nur diese Hochzeit vereiteln, sondern Ga-

brielle auch noch nach London entführen, bevor sie einen anderen Schotten heiraten könnte.

»Hier sind weitere Antworten auf die Brautwerbung, Herr«, sagte Campbells Mann, Paden, der an den Tisch getreten war, in Guys Gedanken hinein. Er legte einen ganzen Stapel versiegelter Schreiben hin.

Campbell riß sie hastig auf und überflog ihren Inhalt. »Zwanzig neue Anwärter«, berichtete er nach dem letzten.

»Und sind welche darunter, die Eure Billigung fänden?« erkundigte sich Guy.

»Nur fünf von den zwanzig. Aber ich werde mich erst entscheiden, wenn ich mit ihnen gesprochen habe. Meine Nichte liegt mir am Herzen wie eine eigene Tochter, und ich will nichts übereilen."

Das hörte Guy gerne, doch es wartete eine schwere Aufgabe auf ihn: Er würde an all diesen fünf Männern wesentliche Mängel finden müssen, aber wenn sie für Campbell in die engere Wahl kamen, konnten sie so schlimm nicht sein. »Wann werden sie kommen?«

»Innerhalb eines Monats.«

Guy atmete insgeheim auf – jeder Tag mehr war ein Gewinn für ihn.

Die Küche lag im Erdgeschoß des Wohnturms. Als Gabrielle den großen Raum kurz nach Tagesanbruch betrat, war ihre Tante an dem riesigen Tisch dabei, Brotteig zu kneten. Einige andere Frauen des Clans bearbeiteten Gemüse und Obst, während sie Familienanekdoten austauschten. Köstliche Düfte hingen in der Luft. Über einem der offenen Feuer briet Fleisch an einem Spieß, und auf den beiden anderen Feuerstellen kochten in Töpfen dicke Puddinge und Getreidebreie vor sich hin.

»Kocht Ihr gerne, Tante Mairi?« fragte Gabrielle und krempelte die Ärmel hoch, um zu helfen.

»Darauf kommt es nicht an – ich muß es tun. Schließlich wollen wir alle essen.«

In der Normandie bereiteten die Dienstboten die Mahlzeiten zu und nicht die Herrinnen. Gabrielle nahm sich einen großen Teigklumpen und begann ihn nach Anweisung ihrer Tante zu kneten. Wie sie zu ihrer Überraschung feststellte, machte es ihr Spaß.

»In der Normandie durfte ich niemals in die Küche – und wenn ich die schützenden Mauern verließ, mußten mich immer Leibwächter begleiten. Eure Bräuche gefallen mir sehr viel besser.«

»Wir haben hier keine so große Angst – aber es wäre mir lieb, wenn du nicht allein ausreiten würdest, denn dir droht schließlich Gefahr.« Lady Mairi sah lächelnd zu, mit welchem Eifer ihre Nichte den Teig walkte. »Ich freue mich, daß du dich nicht vor Arbeit scheust«, sagte sie. »Da muß deine schottische Seite durchschlagen.«

Meine bäuerliche Seite, dachte Gabrielle belustigt. Wenn ihre normannischen Freundinnen sie jetzt sehen könnten, wären sie entsetzt, doch seltsamerweise gefiel ihr diese Art der Haushaltsführung. »Welche Freiheiten haben die schottischen Frauen sonst noch? Ihr müßt mir alles erzählen.«

»Du bist ja ein neugieriges, kleines Ding«, sagte die Burgherrin, und die Frauen des Clans, deren Aufmerksamkeit die Unterhaltung auf sich gezogen hatte, stimmten in ihr Lachen ein.

»Bitte, Tante Mairi! Wenn Ihr es mir nicht erzählt, wie soll ich es dann erfahren?«

»Durch Beobachten und Zuhören. Ist dir aufgefallen, wie dein Onkel Alec mit mir umgeht? Ich habe großes Glück – nicht alle Frauen in Schottland werden so gut behandelt.«

»Und warum Ihr?«

»Weil mein Ehemann mich über alles liebt«, antwortete sie voller Zuneigung, und die anderen Frauen lächelten.

»Und Ihr ihn.«

»Ja – und das schon, seit ich dieses unglaubliche Gesicht zum ersten Mal sah.«

Onkel Alecs Gesicht sollte unglaublich sein? Großer Gott, wie konnte jemand diese wie aus Stein gehauenen, wettergegerbten Züge anziehend finden? Nun – ihre Tante tat es offensichtlich. Es trat ein regelrecht verträumter Ausdruck in ihre Augen, wenn sie von ihrem Ehemann sprach.

»Alec war der kühnste Mann, denn ich je kennengelernt hatte. Ich glaube, ich liebe ihn heute noch mehr als damals, als er um mich warb.«

»Ihr habt wirklich großes Glück.« Gabrielle kämpfte mit den Tränen und schlug mit den Fäusten auf den Teig ein.

»Ach, mein Liebes«, erwiderte ihre Tante voller Mitgefühl, »auch dir kann noch Liebe beschieden sein.«

»Ihr seid eine Träumerin, Tante«, erwiderte Gabrielle.

»Ja, das bin ich – aber ich denke, ohne Träume wäre die

Welt ein Jammertal.« Sie rettete den Teig vor Gabrielles Mißhandlungen und schaute sie an. »Bist du nicht auch dieser Meinung?«

»Doch. Aber was ist, wenn alle meine Träume und Hoffnungen aufgebraucht sind?«

»Wenn dieser Tag kommt, wird man in die Erde gebettet und hat keine Sorgen mehr«, antwortete ihre Tante, legte den Teig in eine Schüssel und breitete ein Tuch darüber.

Gabrielle lächelte. Tante Mairi vertrat die gleiche Ansicht wie Pater Guy: Die Hoffnung währte ein Leben lang.

»Und jetzt habe ich eine Überraschung für dich, mein Mädchen«, sagte Lady Mairi, als sie sich die Hände an ihrer Schürze abwischte. »Komm mit.«

Die rundliche Frau war wie ein Sonnentag – strahlend und wärmespendend. Gabrielle folgte ihr von Kammer zu Kammer und dankte ihrem Schöpfer, bei dieser guten, liebevollen Familie Aufnahme gefunden zu haben. Als sie vor der Tür der ehelichen Gemächer standen, drehte ihre Tante sich zu ihr um. »Du mußt die Augen schließen, Liebes.« Gabrielle gehorchte, wurde an die Hand genommen und hineingeführt, und dann hörte sie, wie die Tür zuschlug und ihre Tante an ihr vorbeihuschte. »Nicht blinzeln!« befahl sie, und dann vernahm Gabrielle das Klappen eines Truhendeckels und wieder eilige Schritte.

»Jetzt darfst du die Augen aufmachen.«

Gabrielle tat wie geheißen, und dann stockte ihr der Atem. Das Gewand, das ihre Tante hochhielt, war die herrlichste schottische Tracht, die sie je gesehen hatte.

»Wie wunderschön!«
»Das Kleid gehört dir.«
»Mir?« Tränen der Rührung schossen ihr in die Augen. »Aber ich habe doch schon eines.«
»Wem sollte ich das Kleid deiner Großmutter geben, wenn nicht meiner Lieblingsnichte?«
Gabrielle nahm das Kleid und umarmte ihre Tante. »Ihr seid zu gütig. Viele andere Frauen würden dieses Erbstück selbst behalten – aber nicht meine Tante Mairi.«
»Nun mach schon«, sagte die Ältere verlegen ob des Lobes. »Probier es an.« Sie schob sie hinter den Wandschirm. »Wir müssen doch feststellen, ob es irgendwelcher Änderungen bedarf.«
Gabrielle begann sich auszuziehen und dachte dabei an die Geschichten ihrer Großmutter, die ebenfalls die Gabe des Gesichts gehabt hatte. Plötzlich verblaßte ihre Umgebung, wich zurück und machte der nebelumwaberten Hochmoorlandschaft Platz. Stimmen, die sie kannte, riefen Louis' Namen, und sie sah ihn mit schmerzverzerrtem Gesicht auf dem Boden liegen und hörte ihn ihren Namen flüstern.
Die Erscheinung verschwand so unvermittelt, wie sie sich gezeigt hatte. Mit zittrigen Händen griff Gabrielle nach dem weichen Wollkleid. Sie wollte gerade hineinschlüpfen, als draußen ein Ruf erscholl, und gleich darauf hörte man Hufschlag im Burghof und Pferde wiehern.
Gabrielles Nackenhaare sträubten sich. »Was ist los, Tante?« Sie spähte hinter dem Wandschirm hervor.
»Ich weiß es nicht.« Lady Mairi lief zum Fenster und

schaute hinunter. »Irgend jemand wird gerade hereingetragen«, berichtete sie.
»Wer?« Gabrielle hielt den Atem an.
»Das konnte ich nicht sehen – ich war zu spät dran.«
In fliegender Hast zog Gabrielle wieder ihr altes Kleid an, warf das neue aufs Bett und lief hinaus. »Schnell, Tante!« rief sie über ihre Schulter.
»Ich komme gleich, Kind. Ich hole schnell meinen Medizinkasten.«
Gabrielle war mitten auf der Treppe, als sie ihren Onkel unten in der Halle sagen hörte: »Ian – such Gabby und halt sie fern.«
Es war etwas mit Louis! Gabrielle stürmte die Stufen hinunter und schob ihren Cousin, der sich ihr in den Weg stellen wollte, grob beiseite. Männer umstanden den großen Tisch, und aus ihrer Mitte war Stöhnen zu hören. Die Laute gingen ihr durch Mark und Bein, während sie versuchte, sich nach vorne durchzudrängen. Ihr Onkel erwischte sie am Arm und zog sie zurück. »Ich verbiete dir, es dir anzusehen, Mädchen«, sagte er energisch.
Entsetzen packte sie. »So schlimm ist es?« Guy hatte sich zu ihnen gesellt, und sie schaute verzweifelt von einem zum anderen, als ihre Tante vorbeieilte und in der Menge verschwand.
Guy legte ihr die Hand auf den Arm. »Schlimm ist es nicht – es wäre Eurem Bruder nur peinlich, wenn Ihr ihn so sehen würdet. Und es wäre hart für ihn, aus Angst, sich vor Euch lächerlich zu machen, jeden Schmerzlaut zu unterdrücken.«
»Bitte schont meine Gefühle nicht – sagt mir, was ge-

schehen ist«, bat sie. Seine Berührung war Balsam für ihre Seele.

»Wir waren auf einem Manöverritt. Bei einem Scheinangriff wurde Louis vom Pferd gestoßen. Keine Sorge – nur sein Stolz und sein Hinterteil haben gelitten.«

»Gottlob!« seufzte sie erleichtert. »Und wie kam es dazu?«

»Er landete in einem Dornenstrauch.«

»Oh. Und wie hat der Strauch die Sache überstanden?« fragte sie.

»Mit Müh und Not«, ging er lächelnd auf ihren Scherz ein.

Sie ließ sich von ihm ins Freie führen. Als sie auf dem Treppenabsatz standen, hörte sie ihren Bruder aufschreien und erschauderte.

»Laßt Euch nicht davon erschüttern«, sagte Guy und legte tröstend den Arm um sie, was sie auf andere Weise – und noch tiefer – erschütterte. »Ihr habt recht«, antwortete sie mit zittriger Stimme. Nur gut, daß er ihr Mitleid mit Louis für das Zittern ihrer Stimme verantwortlich machen würde. »Aber ich glaube nicht, daß ich jemals aufhören werde, mich um ihn zu sorgen. Er ist alles, was mir an Familie geblieben ist.« Sie entschlüpfte seinem Arm, blieb stehen und sah ihn an.

Seine Brauen hoben sich. »Ihr habt doch auch noch Eure Tante und Euren Onkel.«

»Ja, aber das ist nicht dasselbe.« Seufzend drehte sie sich um und verschwand im Torhaus.

Guy holte sie mit ein paar Schritten ein. »Ihr seid zu gutherzig.«

Wieder blieb sie stehen und schaute zu ihm auf. »Weil

ich mich um meinen Bruder sorge, wie es jede andere Schwester auch täte?«

»Nicht nur darum. Erinnert Euch daran, wie Ihr Euch um mich gekümmert habt, als ich verletzt war.«

»Auch das hätte jeder andere genauso getan.«

»Wenn wir in einer so menschenfreundlichen Welt leben, warum müssen dann Reisende von Bewaffneten begleitet werden?«

»Das ist etwas anderes.«

»Das ist richtig. Aber Ihr seid wirklich besonders gutherzig«, beharrte er auf seiner Meinung. »Das müßt Ihr mir einfach glauben.«

Als sie in seine fast trotzig dreinblickenden Augen hinaufsah, mußte sie lachen. »Pater, streiten wir uns darum, wie nett ich bin?«

Er stimmte in ihr Lachen ein, als er seine Hand auf ihren Rücken legte, um sie an den Wegesrand zu dirigieren, weil ihnen ein Heuwagen entgegenkam.

Die Berührung ließ ihre Wirbelsäule kribbeln und ihre Wangen erglühen.

»Ist es nicht herrlich in Gottes Kirche?« fragte er.

»In Gottes Kirche?«

»*Oui.*« Er umfaßte mit einer ausladenden Geste die Landschaft. »Die Wunder seiner Schöpfung spiegelt jedes einfache Blatt ebenso wider wie die hochragenden Berge, die weißen Wolken oder die strahlende Sonne. Ich spüre ihn hier überall, und seine Gegenwart hilft mir, meine Gedanken zu ordnen.«

Gabrielle atmete tief die frische Herbstluft ein und ließ den Blick über den blauen Himmel schweifen, über die gepflügten Felder und das farbenfrohe Laub an den

Bäumen. »Ihr habt recht, Pater. Dies ist seine wahre Kirche, und sie ist prachtvoll. Welch eine Gnade, daß er uns diese Schönheit zuteil werden läßt.«
»Ich fühle mich Gott in der Natur näher als in den für ihn errichteten Gebäuden«, sagte Guy und fügte leise hinzu: »Seltsam, daß ich Euch diese Dinge offenbaren kann.«
Sein intimes Geständnis berührte sie tief.
»Ihr errötet ja, *Mademoiselle* – bereite ich Euch Unbehagen?«
»Ja ... nein ... ich weiß nicht«, stammelte sie. »Ihr stürzt mich in einen solchen Tumult der Gefühle.« Sie senkte den Kopf. »Vergebt mir, Pater.«
Er hob mit dem Finger ihr Kinn an. »Ihr habt Euch nichts vorzuwerfen – der Fehler liegt bei mir. Ich habe die Kunst der Selbstverleugnung bis heute nicht erlernt und bezweifle sehr, ob es mir je gelingen wird.«
Sie lächelte ihn mit zitternden Lippen an. Seine blauen Augen erinnerten sie an das dunkle, geheimnisvolle Meer, und obwohl sie wußte, daß es verboten war, sehnte sie sich danach, in die Tiefen seiner Seele hinabzutauchen. Sie räusperte sich. »Ich hoffe, Ihr werdet mich trotzdem für wert erachten, Eure Freundin zu sein.« Sie reichte ihm die Hand.
Der durchdringende Blick, mit dem er sie musterte, ließ sie erschauern. Einen Moment lang glaubte sie, er würde ihr Angebot ablehnen.
»Meine Freundin?« Er ergriff ihre Hand. »Das wäre mir lieb.«
Doch als er sie berührte, wußte sie, daß Freundschaft ein törichter Vorschlag von ihr gewesen war. Hastig

entzog sie ihm ihre Hand. »Pater, Ihr müßt schon früher Bewunderung bei Frauen geweckt haben«, sagte sie in der Überzeugung, daß ein so männlich wirkender Mann nicht nur für sie anziehend war. »Wie habt Ihr Euch da verhalten?«

Großer Gott, er errötet ja, dachte sie.

»Es tut mir leid, Pater – ich wollte Euch nicht in Verlegenheit bringen«, ersparte sie ihm die Antwort. »Bitte verzeiht mir.«

Guy räusperte sich. »Macht Euch keine Gedanken, *Mademoiselle* – es besteht kein Grund zu Zerknirschung.«

Wie freundlich er war. »Ich danke Euch.« Obwohl er sich unbehaglich fühlte, versuchte er, es ihr leichter zu machen. Und er gewann bei ihr weiter an Wertschätzung.

Als sie ihren Spaziergang fortsetzten, nahm er ihre Hand und legte sie in seine Armbeuge. »Habt Ihr Euch mit dem Gedanken befaßt, in den Schoß der Kirche zurückzukehren? Damit könntet Ihr die Ehe mit einem ungeliebten Mann umgehen.«

Sie schaute auf ihre Hand hinunter, die sicher im Schutz seines Armes ruhte. »Nein. Ich bin ungeeignet für dieses Leben. Auch wenn ich mein Bestes täte, könnte ich Gottes Willen nie gerecht werden.«

Er lachte leise. »Eure Ehrlichkeit ist erfrischend. Um meinerseits die Wahrheit zu sagen: Es gibt Zeiten, da ich mich frage, ob ich für das Leben geeignet bin, das ich gewählt habe.«

War etwa sie verantwortlich für seine Zweifel?

»Aber diese Unsicherheit sucht jeden von uns hin und

wieder heim«, fuhr er fort, und sie atmete erleichtert auf.

Sie gingen eine Weile schweigend dahin, und dann sagte er plötzlich: »Ich werde Schottland und die Menschen hier schmerzlich vermissen.«

Es war, als habe ihr jemand einen Schlag in den Magen versetzt. »Ihr geht fort?« brachte sie mühsam heraus.

»Mein Platz ist in London, und dahin muß ich zurück.«

»Oh, das tut mir leid, Pater.« Und das tat es, mehr als sie sagen konnte. Sie hatte Gefühle für ihn entwickelt, die weit über die statthaften hinausgingen, und sein Fortgang würde eine qualvolle Leere in ihrem Leben hinterlassen.

»Schaut nicht so bekümmert drein – es wird noch eine Weile dauern, bis ich abreise.«

Es war nicht zu glauben – der Mann schien ihre Gedanken lesen zu können. Er verstand sie besser als alle Menschen, die sie je gekannt hatte. Sie würde ihn schmerzlich vermissen. Wahrscheinlich ihr ganzes Leben lang.

Guy konnte es nicht fassen – er war tatsächlich errötet! Er war kein unerfahrener Jüngling, doch in ihrer Gesellschaft fühlte er sich wie ein Anfänger.

Und, Schurke, der er war, ließ er sie an ihn glauben. Dieses Ränkespiel, zu dem er sich in Unkenntnis ihrer Person bereit erklärt hatte, geriet für ihn allmählich zu einer Reise durch die Hölle.

Vielleicht würde Wilhelm ja eine Entscheidung fällen und ihn erlösen, doch vorläufig war er noch an sein Wort gebunden. Wenn der König ihm nicht hülfe, blie-

be ihm nichts anderes übrig, als ihre Heirat zu vereiteln und sie nach London zu entführen.
London. Wie entsetzt sie dreingeblickt hatte, als sie von seiner Abreise hörte. Gott helfe ihm – ihr Kummer hatte ihm tatsächlich gutgetan. Er war wahrhaftig ein Schurke.
Sie kamen zu einer Abzweigung. »Wo führt die hin?« fragte er.
»Zu einem geheimen Versammlungsort der Feen«, lächelte sie.
»Dann laßt uns dorthin gehen«, sagte er aufgeregt wie ein kleiner Junge. »Ich habe noch nie eine Fee gesehen.«
Der Weg endete in einem Tal, in dem riesige Findlingsblöcke, hohe, mistelbehängte Eichen und kleine, verkrüppelt wirkende Büsche ein mit weichem Gras bewachsenes Rund einfriedeten. Er wandte sich Gabrielle zu, um seine Verwunderung über diesen seltsamen Ort kundzutun, dessen Flora so ganz anders war als die im Hochmoor übliche, und sah einen merkwürdigen Ausdruck auf ihrem Gesicht.
»Gabrielle?«
Sie reagierte nicht. Er begriff, daß sie sich in einem Zustand der Entrückung befand. Was sollte er tun?
Obwohl es nur ein paar Sekunden dauerte, erschien es ihm wie eine Ewigkeit, und er war zutiefst erleichtert, als sie aus ihrer Trance erwachte und ihn ansah. »Es liegt eine schwere Entscheidung vor Euch, Pater – die schwerste Eures Lebens. Ihr werdet nicht tun wollen, was richtig ist, aber Ihr werdet es tun.«
»Woher wißt Ihr das?« fragte er.
Sie zuckte mit den Schultern. »Ich weiß es einfach.«

Sie wich ihm aus, doch das wollte er nicht zulassen. »Vertraut Ihr mir?«
Sie nickte.
»Wenn Ihr mir vertraut, dann werdet Ihr Euch mir anvertrauen.«
Sie überlegte eine Weile und sagte schließlich: »Ich habe nichts *gesehen* – es waren nur Eindrücke und Gedanken. Ihr seid sehr besorgt. Hin- und hergerissen. Trifft das zu?«
»Es ist erstaunlich. Ich habe schon gehört, daß es Menschen gibt, die das Zweite Gesicht haben, aber noch nie jemand kennengelernt.« Er nahm ihre Hand, spürte, daß sie zitterte, und drückte sie leicht. »Gott hat Euch mit dieser Gabe ein Geschenk gemacht«, lächelte er und sah die Zurückhaltung aus ihrem Blick schwinden. »Wie lange habt Ihr diese ungewöhnliche Fähigkeit schon?«
Sie seufzte. »Mein ganzes Leben. Manchmal *sehe* ich auch Dinge – und sie bewahrheiten sich immer.«
Die kindliche Unsicherheit in ihren Augen rührte ihn. »Ihr habt bestimmt nicht vielen Menschen davon erzählt.«
»Nein – nur meiner Familie. Mein Vater und mein Onkel Alec fanden es ganz natürlich, aber meiner Mutter, Gott segne sie, sie liebte mich, flößte es Angst ein.«
Der unbefangene Umgang mit dieser Gabe war typisch schottisch – nicht überraschend bei einem Volk, das an Feen glaubte und viele mystische Dinge, die andere belächelten.
»Ich habe mich schon lange an meine Gabe gewöhnt, aber wenn sie Euch Unbehagen bereitet, so sagt es frei

heraus – Ihr müßt nicht aus Höflichkeit Verständnis heucheln.«

»Wie ich schon sagte, halte ich sie für ein Geschenk Gottes.«

»Ich hätte wissen müssen, daß Ihr mich nicht als Hexe oder Ketzerin verteufeln würdet. Großherzigkeit ist leider eine wenig verbreitete Tugend und dabei die am dringendsten benötigte. Das Grundübel ist, daß die Menschen fürchten, was sie nicht begreifen.«

»Das ist wahr – aber Ihr wißt ja: Die Hoffnung währet lebenslang.«

»Ja, Pater. Trotzdem möchte ich Euch bitten, denn es gibt sogar hier engstirnige Menschen, mein Geheimnis nicht preiszugeben.«

»Ihr habt mein Wort, daß ich Euch nicht verraten werde«, versprach er ihr, und er wunderte sich, daß die Worte ihm so leicht über die Lippen kamen, denn genau das würde er tun, wenn er seinen Auftrag ausführte – sie verraten.

Achtes Kapitel

Begleitet von einem ohrenbetäubenden Rumpeln rollte eine Lawine aus Erde und Felsbrokken den Nordhang hinunter und riß die dort weidenden Schafe und die Hütekinder mit sich. Das panische Blöken der Tiere und die Entsetzensschreie der Jungen und Mädchen erstickten innerhalb von Sekunden, als die erbarmungslosen Massen die hilflos in der Luft herumrudernden Kinder und weißen Wollknäuel unter sich begruben. Als der Erdrutsch schließlich zum Stillstand kam, war nur noch die Weide auf der gegenüberliegenden Seite unversehrt.

Gabrielle, die in ihrer Kammer am Fenster gestanden und in das Gewitter hinausgeschaut hatte, das schon seit den frühen Morgenstunden tobte, erwachte schweißgebadet und am ganzen Leibe zitternd aus ihrer Trance. Sie hatte den Tod der Kinder und Tiere des Dorfes geschaut! Für gewöhnlich behielt sie ihre Erscheinungen für sich, doch in diesem Fall durfte sie nicht schweigen. Wie von Furien gehetzt rannte sie den Gang entlang und die Treppe hinunter. Ein Donnerschlag ließ Campbell Castle in seinen Grundfesten erzittern, als sie unten ankam, wo vom Greis bis zum Kleinkind alle zum allmonatlichen Hallengericht versammelt waren. Gabrielle kämpfte sich durch die Menge bis zu ihrem Onkel am Gerichtstisch vor und schnitt dem jungen Schotten, der gerade dabei war, seine Beschwerde vorzubringen, kurzerhand das Wort ab. »Es wird ein schreckliches Unglück geben, Onkel!« erklärte sie atemlos. »Ihr müßt die Schafe von der Nordweide holen!«

Alec Campbell hob die Brauen und musterte sie mit einem durchdringenden Blick. Es war mucksmäuschenstill geworden. Und als der Grundherr aufstand und sich über den Tisch zu ihr vorbeugte, richteten sich alle Augen auf sie. »Was sagst du da, Mädchen?«

»Es wird einen Erdrutsch geben. Ihr müßt sofort handeln, sonst sind die Kinder und die Tiere verloren!«

Als ihr Onkel nichts dazu sagte, drehte sie sich zu den Leuten in der Halle um: »Es ist mir bedeutet worden!« Gemurmel wurde laut.

»Bitte!« flehte sie. »Ihr müßt mir glauben!« Ihre großen, veilchenblauen Augen suchten Unterstützung in den ihr zugewandten Gesichtern. Ihr stummer Appell griff Guy, der im Hintergrund an der Wand lehnte, ans Herz. Gabrielle hatte etwas Rührendes, und darüber hinaus war sie die hübscheste Frau, die er je gesehen hatte. Es kostete ihn seine ganze Willensanstrengung, ihr nicht zu Hilfe zu eilen.

Campbell hob schweigengebietend die Hand und wandte sich seiner Nichte zu: »Erkläre das!« forderte er sie auf.

Hocherhobenen Hauptes trat sie neben ihren Onkel und richtete wiederum das Wort an die Leute. »Ich habe das Zweite Gesicht. Meine Bilder haben mich noch nie getrogen. Ich habe einen Erdrutsch gesehen, der das

Ende eurer Kinder, eures Tierbestandes, eures ganzen Dorfes bedeuten wird, wenn ihr nicht auf mich hört!«
»Was meint *Ihr* dazu, Pater?« rief eine zweifelnde Frau zu Guy hinüber.
Diese Frage eröffnete ihm eine einzigartige Möglichkeit: Wenn er Gabrielle jetzt als Phantastin hinstellte, würde sie keiner der Freier mehr ehelichen wollen und niemand hier würde ihr eine Träne nachweinen, wenn er sie mit sich nähme. Er hatte schon den Mund geöffnet, um ihr Schicksal zu besiegeln, als sein Blick ihren vertrauensvollen Augen begegnete. »Ich hatte bereits Gelegenheit, mich von Lady Gabrielles Fähigkeiten zu überzeugen«, hörte er sich sagen, »und ich denke, es wäre klug, ihre Warnung zu beherzigen.« Er hatte seinen Interessen zuwidergehandelt, doch als er Gabrielles Erleichterung sah, konnte er ob seiner Entscheidung keine Reue empfinden.
»Was ist, wenn Ihr Euch irrt, Pater?« brummte ein Bauer. »Dann haben wir uns die ganze Arbeit umsonst gemacht.«
»Wenn ich mich tatsächlich irren sollte, hat euch das nur etwas Zeit und Schweiß gekostet – aber wenn ich recht behalte, rettet ihr eure Kinder und euer Vieh.«
Hier und da wurde noch unwillig gemurmelt, aber die Männer erklärten sich doch bereit, Gabrielles dringender Empfehlung Folge zu leisten.
»Ihr müßt sie auf die Südweide bringen«, schärfte sie ihnen ein, als sie mit ihnen die Große Halle verließ.
Der Hofmeister wandte ein: »Dort ist das Gras viel spärlicher.«
»Aber dort bleiben sie am Leben«, gab sie zurück. »Der

Erdrutsch wird auch Teile des östlichen und westlichen Hügels mitreißen.«
Die Hofleute und Bauern eilten in das noch immer tobende Gewitter hinaus. Guy gesellte sich zu Gabrielle, die an der Tür stehengeblieben war: »Ich denke, wir sollten für den Erfolg ihres Vorhabens beten«, meinte er, und sie nickte, schloß die Augen und faltete die Hände. Es regnete die ganze Nacht hindurch, doch nichts geschah.
Der nächste Tag begann mit strahlendem Sonnenschein, und nichts deutete auf eine drohende Katastrophe hin. Guy bemerkte die ablehnenden Blicke, die Gabrielle folgten, als er mit ihr durch das Dorf ging. Er bedauerte sie ob der Feindseligkeit, die ihr entgegenschlug, war sich aber andererseits im klaren darüber, daß sie für seine Pläne von Nutzen war.
»Vielleicht hätte ich verschweigen sollen, was ich gesehen habe«, sagte Gabrielle unglücklich.
»Ihr habt es mit den besten Absichten offenbart«, hielt Guy ihr entgegen.
»Ich wünschte, die Leute von Campbell Castle könnten das auch so sehen.«
»Ich glaube nicht, daß sie sich wirklich gegen Euch stellen werden – aber falls doch, kann ich Euch jederzeit in Sicherheit bringen.«
»Ich danke Euch, Pater.« Sie schaute den Leuten, an denen sie vorüberkamen, ins Gesicht, doch keiner von ihnen war bereit, ihr in die Augen zu blicken. »Ich werde den heutigen Tag zur inneren Einkehr verwenden«, gab sie sich schließlich geschlagen und ging mit hängenden Schultern davon.

Als der Hügel auch am darauffolgenden Morgen noch an seinem Platz stand, nahm die Feindseligkeit der Dorfbewohner ernste Formen an.
»Lügnerin!« spuckte eine Frau Gabrielle ins Gesicht, als sie durch den Burghof ging.
Lady Mairi versetzte der Frau eine Kopfnuß. »Hüte deine Zunge, sonst wirst du die Hand meines Gemahls zu spüren bekommen!«
»Regt Euch nicht auf, Tante«, bat Gabrielle. »Ich nehme die Beschimpfung nicht übel.«
Lady Mairi tätschelte ihre Hand. »Das mag sein, Liebes – aber ich schon.«
»Mach dir nichts draus«, meinte Louis, als die Tante sich entfernte.
»Das ist leicht gesagt«, erwiderte Gabrielle bedrückt. »Nur die Familie und Pater Guy sprechen noch mit mir. Ich fürchte, die Leute wollen, daß ich gehe. Ich habe beschlossen, noch eine Woche auszuharren. Wenn es bis dahin nicht zu dem Erdrutsch gekommen ist, werde ich ins Kloster zurückgehen. Ich möchte auf keinen Fall, daß es meinetwegen böses Blut zwischen meinem Onkel und seinen Leuten gibt.«
»Pater!« rief Louis Guy zu, »bitte kommt her und nehmt Euch meiner Schwester an. Sie hat Angst, daß ihre Prophezeiung meiner Familie Unfrieden bringen wird. Wenn ich Zeit hätte, würde ich die Angelegenheit selbst mit ihr besprechen, aber ich muß auf den Exerzierplatz.« Louis beugte sich herunter, küßte seine Schwester auf die Wange und entfernte sich.
Gabrielle schaute Guy verzagt an. »Meine Erscheinungen haben sich bisher immer verwirklicht«, sagte sie.

»Und darum hatte ich auch keine Bedenken, den Clan zu warnen.«
Guy umfaßte ihren Ellbogen. »Kommt, wir werden die Sache bereden.«
Als sie ein paar Schritte gegangen waren, kam ein kleiner Junge des Weges, stolperte und fiel hin. Gabrielle bückte sich, hob ihn hoch und drückte das schluchzende Kind tröstend an ihre Brust. Eine Frau kam auf sie zugestürzt. »Laßt meinen Sohn in Ruhe!« fauchte sie, entriß ihn ihr und eilte mit ihm auf dem Arm davon.
Gabrielle atmete tief durch. »Wenn Ihr mich begleiten wollt, Pater – ich werde am Sonntag aufbrechen.«
»Ein weiser und selbstloser Entschluß, meine Tochter.«
»Und heute werde ich am besten außer Sicht bleiben«, setzte sie mit Tränen in den Augen hinzu. »Entschuldigt mich.«
Als er sie mit gesenktem Kopf davongehen sah, konnte er keine Freude darüber empfinden, wie leicht es ihm gemacht wurde, sie aus Schottland fortzubringen. Er sah ihre Schultern beben und erkannte, daß sie den Kampf um ihre Fassung verloren hatte. Nachdem sie im Torhaus verschwunden war, wandte er sich an die umstehenden Frauen: »Ihr solltet euch allesamt schämen.« Er starrte sie so lange an, bis sie den Blick senkten oder flohen. Wenn doch nur schon morgen Sonntag wäre, dachte er voller Ungeduld.
Am Samstag morgen ließ ein schreckliches Rumpeln die Erde erzittern. Die Dorfbewohner flüchteten in wilder Panik aus ihren Hütten. Als der Lärm und das Be-

ben verebbt waren, lag der gesamte Nordhang im Tal. Der Südhang war unversehrt, den Kindern und Schafen nichts geschehen.

Mit lautem Hallo stürmten Männer und Frauen durch das Burgtor und in die Große Halle und verlangten Lady Gabrielle zu sehen.

Als Gabrielle an das steinerne Geländer trat, schlug sie die Hände an die Wangen und unterdrückte nur mit Mühe einen Aufschrei. Die Leute waren auf die Knie gesunken. Und dann sprang die Frau, die sie als Lügnerin beschimpft hatte, auf, kam die Stufen heraufgelaufen und küßte den Saum ihres Kleides.

»Mein Sohn läge jetzt unter den Erdmassen begraben, wenn Ihr uns nicht gewarnt hättet. Gott segne Euch, Mylady. Vergebt mir, daß ich an Euch zweifelte.«

Gabrielle beugte sich vor und zog die Frau auf die Füße. »Bitte, erniedrige dich nicht so«, bat sie.

»Herrin …«

»Schsch«, unterband Gabrielle jede weitere Entschuldigung. »Es ist alles verziehen.«

Obwohl so viele Menschen zusammengekommen waren, daß die Große Halle sie nicht alle aufnehmen konnte, war kein Laut zu hören, als Gabrielle die Hände hob, um die Menschen zu veranlassen, sich zu erheben. »Ich danke euch für eure Wertschätzung.«

Hurrarufe erschollen.

Guy stand am Kamin und sah zu, wie sein Traum, Gabrielle ohne Schwierigkeiten von hier wegzubringen, im Taumel der Bewunderung unterging. Mit einem spöttischen Lächeln blickte er gen Himmel. »Du hättest Dir mit der Erfüllung ihrer Prophezeiung ruhig bis

nach unserer Abreise aus Schottland Zeit lassen können«, schalt er im stillen.
»Na, schickt Ihr ein Dankgebet nach oben?« lachte Campbell leise und schlug ihm auf den Rücken.
»Ich spreche oft mit Gott«, antwortete Guy.
»Ich glaube, das werde ich mir auch angewöhnen«, meinte der Burgherr und gesellte sich zu seinen glücklichen Leuten.
Guy sah voller Rührung die Freude auf Gabrielles Gesicht, und er gönnte sie ihr von Herzen. Er schüttelte den Kopf – wenn es um diese Frau ging, verließ ihn sein gesunder Menschenverstand. Noch einmal dürfte er das nicht zulassen.

Die Nachricht von Lady Gabrielles zutreffender Vorhersage ging wie ein Lauffeuer durch das Land, ihr Ansehen bei den Schotten stieg in schwindelnde Höhen, und plötzlich konnte Laird Alec Campbell sich vor Männern, die um seine Nichte freiten, gar nicht mehr retten. Der Ansturm der potentiellen Ehemänner setzte Mitte Oktober ein, und die verschiedensten Dialekte vermischten sich in der Großen Halle.
»Diese Grundherren sind lebende Legenden«, flüsterte Ian seinem Cousin Louis ehrfürchtig zu. »Allesamt siegreiche Helden.«
»Ja«, lachte ihr Onkel, der die Bemerkung gehört hatte. »Es ist wirklich eine eindrucksvolle Versammlung. Wie soll ich unter ihnen nur den Besten herausfinden?«
»Warum überlaßt Ihr die Wahl nicht Eurer Nichte?« schlug Guy vor.
Louis schüttelte den Kopf. »Tut das nicht, Onkel – mei-

ne Schwester würde nicht erkennen, wer am besten zu ihr paßt.«

»Nein, nein – die Wahl werde schon *ich* treffen. Aber ebenso wichtig, wie den Richtigen zu finden, ist es, keinen der anderen zu kränken. Ich denke, das Problem ist am einfachsten durch einen Wettstreit zu lösen.«

Louis und Ian nickten.

»Das ist die einzig gerechte Methode. Seid Ihr nicht auch dieser Meinung, Pater? Die Schotten sind allzeit bereit, sich und anderen ihre Tüchtigkeit und ihren Wert zu beweisen, und die Freier werden sich mit dieser Art der Wahl bestimmt gerne einverstanden erklären.«

Guy ließ seinen Blick über die muskulösen Männer wandern, von denen sich jeder nicht nur durch Körperkraft auszeichnete, sondern auch Macht repräsentierte. Alec hatte ihn ursprünglich gebeten, ihm bei der Entscheidung behilflich zu sein, und Guy war in der Hoffnung darauf eingegangen, das Ansehen der Freier herabsetzen zu können, aber die neue Regelung vereitelte diesen Plan. »Ihr habt recht«, gab er widerstrebend zu. »Es ist die einzige Möglichkeit, Unfrieden zu vermeiden.«

»So ist es.« Campbell schlug ihm auf den Rücken. »Schaut nicht so zweifelnd drein, Pater – der Sieger in diesem Wettstreit wird in der Lage sein, meine Nichte zu beschützen.«

Der Laird wandte sich den Freiern zu, hob schweigengebietend die Hände und hielt eine Begrüßungsansprache an die Clanhäupter. Alle lauschten in respektvoller Stille, als er die Bewerber aufzählte, die sich eingefunden hatten.

Verdammt! fluchte Guy im stillen. Er mußte irgendwie verhindern, daß Gabrielle mit dem stärksten dieser Krieger vermählt wurde! Nicht nur, weil ihn das an der Ausführung seines Auftrages hindern würde, sondern auch, weil er die Vorstellung nicht ertrug, daß einer dieser ungeschlachten Kerle die zarte *demoiselle* als Siegertrophäe mit nach Hause nähme.

Es fielen ihm nur zwei Alternativen ein: Er konnte sie entweder sofort entführen und nach London bringen oder selbst um das Edelfräulein freien. Beides wären Notlösungen, und er hatte es noch nie so bedauert, nicht das strategische Vermögen seines Bruders Royce zu besitzen.

Als er den Blick über die versammelten Hünen gleiten ließ, erwachte plötzlich sein Ehrgeiz und nahm ihm die Entscheidung ab. Ja, er würde um Gabrielle kämpfen! Die Schotten waren ein sehr weltlich orientiertes Völkchen und würden Verständnis dafür haben, daß seine fleischlichen Bedürfnisse seine geistlichen in den Hintergrund drängten.

Alec Campbell beraumte den Wettstreit für Anfang November an. Er hob seinen Becher, und die Freier taten es ihm hurrarufend gleich. Alec prostete ihnen zu, und dann wandte er sich an Guy und sagte leise: »Vielleicht wollt Ihr ja selbst zum Kampf antreten, Pater.«

Guy begegnete seinem wissenden Blick und schwieg.

»Ich würde Euch jederzeit als Bewerber billigen«, fuhr der schottische Grundherr fort.

»Euer Angebot ehrt mich«, sagte Guy. »Ich werde darüber nachdenken.«

»Aber nicht zu lange, mein Bester – die Gegner werden täglich zahlreicher.«
»Obwohl ich natürlich begreife, daß Eure Nichte viele Bewerber anlockt, wundert es mich doch, wie viele Männer bereit sind, sich den Zorn König Wilhelms zuzuziehen.«
»Die meisten von ihnen sind mit den Dänen im Bunde, und der englische König wird es zu keiner kriegerischen Auseinandersetzung kommen lassen, bevor er seine Herrschaft in England gefestigt hat.«
»Es erstaunt mich, daß Ihr mich als Bewerber akzeptieren würdet«, sagte Guy. »Immerhin bin ich Normanne und besitze weder Land noch Titel.«
»Die Mitgift meiner Nichte ist beträchtlich. Es geht mir darum, Gabrielle mit einem anständigen Mann zu verheiraten, der sie vor meinem Schwager in der Normandie beschützt – es geht mir nicht um ein Vermögen.«
»Unter meinem Schutz könnte Aumont ihr nichts anhaben«, erklärte Guy mit einem Nachdruck, der ihn selbst überraschte, doch gleich darauf gemahnte er sich an den eigentlichen Zweck seines Entschlusses, an dem Wettkampf teilzunehmen: Wenn er als Sieger daraus hervorginge, könnte er die Jungfer nach London bringen und sich dieser ganzen leidigen Angelegenheit ein für allemal entledigen.

König Wilhelm war höchst beunruhigt über Ancils Bericht. »Habt Ihr Beweise dafür?«
»Nein, Sire – aber ich glaube, daß Aumont nicht nur für den Tod seines Schwagers verantwortlich ist, sondern auch für den seiner Schwester.«

»Dann überbringt ihm eine Einladung an den Hof – ich möchte diesen Schurken kennenlernen.«
»Wie Ihr wünscht, Sire.« Der Sekretär notierte die Anweisung.
»Und«, wandte sich der König erneut an Ancil, der seine Pergamente eben hatte zusammenrollen wollen, »schickt eine Botschaft an die Äbtissin Ambrose. Ich wünsche einen detaillierten Bericht über das Edelfräulein von ihr.«
»Von der Äbtissin Ambrose?«
»Ich brauche jede nur mögliche Information, bevor ich mit dem Spiel beginne.«
Ancil machte gerade wieder Anstalten, seine Utensilien zusammenzupacken, als der König von neuem begann. Seufzend griff der kleine Mann wieder zur Feder.
»Schickt ein Schreiben an Alec Campbell und sagt ihm, daß ich den Aufenthalt seiner Nichte bei ihm als Besuch betrachte und erwarte, daß sie nach London kommt, sobald ich es wünsche.«
»Warum denn dies, Sire?« fragte Ancil.
»Weil ich dem Mann vor Augen führen möchte, daß ich über die Vorgänge auf dem laufenden bin. Er muß wissen, daß er nicht nach eigenem Gutdünken schalten und walten kann.«
Ancil raffte die Pergamente zusammen, drückte sie an seine Brust und steuerte auf die Tür zu. Doch es war ihm nicht vergönnt, sie ungehindert zu erreichen.
»Noch drei Schreiben«, ergänzte der König die Liste.
»Eines an Royce de Bellemare, Kriegsherr von Northumberland. Er soll sich seiner schottischen Verwandtschaftsbeziehungen bedienen, denn ich fürchte, sein

Bruder Guy ist in großer Gefahr. Er soll nach Campbell Castle reiten und unseren Pater Guy und das Fräulein mit zu sich nach Northumberland nehmen. Und packt dies dazu in die Tasche.« Er reichte seinem Sekretär einen versiegelten Brief.

»Ja, mein König?«

»Schickt zusammen mit diesen persönlichen Dokumenten«, er hielt ein versiegeltes Päckchen in die Höhe, »eine Anfrage an den Herrenhof, an dem Louis d'Aumont zur Ausbildung war. Und dann sendet noch eine Antwort an Guy de Bellemare. Teilt ihm mit, daß ich mit seinem Vorschlag einverstanden bin: Louis d'Aumont darf in Schottland bleiben. Was das Fräulein betrifft ...« König Wilhelm begann auf und ab zu gehen. Er mußte erst alle Berichte studiert haben, ehe er das Edelfräulein nach London beorderte, »... so soll er mit ihr in Northumberland bleiben, bis ich nach ihm schikke. Und er muß unter allen Umständen verhindern, daß die Jungfer einen Schotten heiratet.« Er schlug mit der Faust auf den Tisch. »Wir können es uns nicht leisten, die Aumont-Besitzungen zu verlieren.«

»Ist das alles, Sire?« fragte Ancil zögernd.

»Ja. Sobald Ihr die Briefe auf den Weg gebracht habt, dürft Ihr Euch zur Ruhe begeben.«

Gabrielle schaute von ihrem Fenster aus staunend auf die im Burghof versammelten, muskulösen, langhaarigen Grundherren hinunter, die aus dem Norden Schottlands gekommen waren, um sie zu heiraten.

»Ihre Haare sind ja fast so lang wie meine«, wunderte sie sich. Die Männer des Clans Campbell hier im Sü-

den trugen ihre Haare zwar auch nicht kurz, aber nicht annähernd so lang wie die Männer im Norden.
Pater Guy wirkte mit seinem normannischen Kurzhaarschnitt unter ihnen wie ein geschorenes Schaf, dachte sie, als sie ihn in ihrer Mitte entdeckte, aber abgesehen von der Frisur hätte er durchaus als einer von ihnen durchgehen können, so groß und stark, wie er war. Ein wohliger Schauer rann über ihren Rücken, als sie sich daran erinnerte, wie seine Haut sich angefühlt hatte. Als spüre er ihre lüsternen Gedanken, hob er den Kopf, und ihre Blicke trafen sich. Als er sie anlächelte, flatterte ihr Herz in ihrer Brust wie ein gefangener Schmetterling.
»Nun, mein Liebes, es ist an der Zeit, ihnen noch einmal vorzuführen, worum sie sich schlagen werden«, sagte ihre Tante, Lady Mairi.
Gabrielle drehte sich zu ihr um. »Es gefällt mir nicht«, erklärte sie. Sie kam sich wie ein Sack Getreide bei einer Versteigerung vor – und außerdem hatten sie sie schon oft genug gesehen: In dieser letzten Woche hatte sie auf dem gesamten Areal keinen unbehelligten Schritt tun können.
Lady Mairi streichelte ihre Wange. »Ich kann dich ja verstehen, mein Kind, und ich wünschte bei Gott, du müßtest nicht auf diese Weise verheiratet werden, aber dein Onkel Alec ist ein kluger Mann, und seine Entscheidung, dich so vor Quennel von Aumont in Sicherheit zu bringen, ist die richtige, glaube mir. Jeder der Bewerber da unten würde, ohne zu zögern, sein Leben für dich geben, dich bis zum letzten Blutstropfen verteidigen.«

»Ich weiß, ich weiß – wenn nur ihre gierigen Blicke nicht wären!«
»Sie begehren dich eben, Liebes.«
Gabrielle errötete, als plötzlich Bilder von Pater Guy vor ihrem geistigen Auge erschienen. »Bitte, Tante – ich möchte nicht über diese Dinge sprechen.«
»Hat dir niemand gesagt, was dich nach der Hochzeit erwartet?« fragte ihre Tante.
»Mein Kindermädchen hat es mir erklärt – aber nicht ausführlich.«
»Dann werde ich das jetzt nachholen«, beschloß Lady Mairi.
»Nein! Ich will es nicht hören«, protestierte Gabrielle in Erinnerung daran, wie sie unter Pater Guys Kutte gespäht hatte.
Die Burgherrin schüttelte den Kopf. »Ich kann dich doch nicht in Unwissenheit in diese Ehe gehen lassen«, sagte sie, doch als sie Gabrielles unglückliche Miene sah, gab sie nach. »Also gut – wie du willst. Aber ich kann dir so viel prophezeien, daß dich, wer auch immer von den Freiern da unten dein Ehemann wird, in der Hochzeitsnacht nicht enttäuschen wird.«
»Bitte, hör auf!« flehte Gabrielle, der es vor Angst den Magen umdrehte. Wenn sie ihrer Tante doch nur hätte offenbaren können, daß ihre abwehrende Haltung nicht auf Unwissenheit fußte, sondern auf der Entdekkung, die ihre unziemliche Neugier ihr beschert hatte.
»Laß mir noch ein wenig Zeit – es geht ohnehin alles so schrecklich schnell.«
»Wie du willst, Mädchen.« Lady Mairi zupfte Gabrielles Haare und ihr Kleid zurecht, schob sie auf Armes-

länge von sich weg und nickte zufrieden. »Jetzt bist du bereit, deinem Schicksal ins Auge zu sehen.«
Gabrielle konnte sich nicht erinnern, jemals in ihrem Leben weniger dazu bereit gewesen zu sein.

Als Gabrielle auf den Burghof hinaustrat, stockte Guy der Atem. Schön war ein viel zu armseliges Wort, um sie zu beschreiben. Die Sonne zauberte blaue Lichter in ihre seidigen, schwarzen Flechten, ihre Wangen waren rosig überhaucht. Ein Blick in die Runde zeigte ihm, daß die anderen Männer seine Bewunderung teilten, doch die Lüsternheit in ihren Augen störte ihn ganz empfindlich.
»Meine Nichte, Lady Gabrielle«, stellte Alec Campbell sie den versammelten Freiern erstmals förmlich vor.
Gabrielle sank in einem tiefen Knicks zu Boden, und ehrfürchtige Stille breitete sich aus.
»So stelle ich mir eine Prinzessin vor«, flüsterte Ian andächtig.
»Ich weiß nicht, was ihr alle habt«, erwiderte Louis, der neben ihm stand, unwillig. »Es ist doch nur Gabby.«
Guy nahm an, daß Kummer über die bevorstehende Trennung den Jungen zu dieser verächtlichen Äußerung trieb.
»Eure Schwester wird Euch sehr vermissen«, versuchte er Louis zu trösten, wobei er allerdings den Freier fixierte, der Gabrielle gerade seine Aufwartung machte.
»Ja, das wird sie allerdings – weil sie dann niemanden mehr hat, den sie herumkommandieren kann«, erwiderte der Junge spitz.

Guy lächelte über diese spöttische Bemerkung, wurde jedoch schnell wieder ernst, als ein besonders verliebter Bewerber seine Vorstellung über Gebühr in die Länge zog.
»Was ist?« fragte Louis, als er die grimmige Miene des Paters bemerkte.
Guy antwortete nicht, und Ian stieß seinem Cousin den Ellbogen in die Seite und deutete mit dem Kinn auf Gabrielle und dann auf den Ordensbruder. »Liebe!« flüsterte er grinsend.
Louis schüttelte spontan den Kopf, aber dann musterte er seine Schwester und den Mönch doch nachdenklich.
Guy war so in das Schauspiel vertieft, das sich ihm bot, daß er nicht merkte, was neben ihm vorging. »Es geht nicht an, daß kein Freier dabei ist, den Eure Schwester kennt«, meinte er schließlich.
»Damit muß sie sich abfinden«, erwiderte Louis ungerührt.
»*Ich* werde mich für sie schlagen.«
»Das dürft Ihr nicht!« Louis packte ihn am Arm. »Ihr seid doch ein Mann der Kirche!«
»Ich habe beschlossen, den Orden zu verlassen«, erklärte Guy und atmete tief durch, um seinem Unbehagen über die Freier Herr zu werden, die nacheinander vor Gabrielle hintraten und ihr schöne Augen machten.
Louis stand da wie vom Donner gerührt, während Ian zustimmend nickte.
Guy wußte, daß er Unheil für sich damit heraufbeschwor, doch er konnte nicht anders: Er trat vor und verbeugte sich vor Campbell und Gabrielle. »Mit Eurer Erlaubnis werde ich mich an dem Wettstreit beteiligen.«

Laute der Verblüffung mischten sich mit mißbilligendem Gemurmel.
Campbell hob die Hände. »Ich nehme die Bewerbung an. Dieser Mann hat ebenso das Recht auf eine Chance wie alle anderen hier Anwesenden.«
Seine Erklärung stieß auf Protest.
»Er ist ein Ordensbruder«, konstatierte ein Clanhaupt, worauf ein zustimmender Chor einsetzte.
»Ein Ordensbruder kann seine Gelübde widerrufen.« Alec wandte sich an Guy. »Sagt ihnen die Wahrheit«, forderte er ihn auf. »Wie sieht es in Eurem Herzen aus?«
Guy drehte sich zu den Männern um. »Ich habe festgestellt, daß ich nicht wirklich berufen bin, und folge meinem Gewissen. Ich gehöre nicht in den Orden, und das bekenne ich hiermit vor Gott und diesen Männern.«
Tiefe Stille senkte sich über den Burghof.
Alec trat neben Guy, bekundete ihm und den anderen auf diese Weise seine Loyalität. »Hat jemand etwas gegen die Bewerbung dieses Mannes einzuwenden?«
Ein vierschrötiger Grundherr in der Mitte des Runds lachte bellend. »Ob Geistlicher oder nicht – mein Schwert macht da keinen Unterschied. Soll er seine Chance haben.«
Die anderen schlossen sich seiner Äußerung bereitwillig an.
Auf Campbells Nicken hin wanderte Guys Blick zu Gabrielle, die ihn verblüfft anstarrte. Als langsam ein weiches, hinreißendes Lächeln ihre Züge erstrahlen ließ, war seine Freude über ihre Zustimmung ihm jede Un-

bill wert, die seine aberwitzige Entscheidung ihm bescheren würde. Was ihm die Zukunft auch brächte – niemals würde er vergessen, wie ihre veilchenblauen Augen leuchteten, als sie begriff, daß er um ihre Hand kämpfen würde.

Alec Campbell schlug ihm kameradschaftlich auf den Rücken. »Ihr habt den richtigen Entschluß gefaßt.«

Guy war zwar auch davon überzeugt, aber trotzdem war ihm nicht wohl dabei. Er hatte das Gefühl, eine Schwelle in seinem Leben zu überschreiten, die eine Umkehr unmöglich machte. Er hatte immer den größten Wert auf seine Unabhängigkeit gelegt, und was er jetzt fürchtete, war nicht der Kampf gegen die anderen Freier, sondern dem Zauber Gabrielles zu erliegen.

Neuntes Kapitel

»Würdet Ihr mir ein Schwert und einen Schild leihen, Laird?« fragte Guy, als sie die Stufen hinaufgingen, die in die Große Halle führten.

»Ja. Ich wäre stolz, wenn Ihr mit meiner Waffe und in meiner Tracht zum Kampf anträtet«, erwiderte Campbell.

Guy schaute auf seinen blau-grünen Kilt hinunter. Worin sollte er sonst zum Kampf antreten?

Als er aufblickte, sah er ein Lächeln um die Lippen des Lairds spielen.

»Meine Vorfahren kämpften unbekleidet«, sagte er, als habe er seine Gedanken gelesen.

»Das wäre nichts für mich«, erwiderte Guy.

Alec lachte. »Ihr seid eben kein Schotte.«

»Aber ich bewerbe mich um die Hand einer Schottin. Zumindest einer halben.«

»Ich begrüße es, daß Ihr Euch dazu entschlossen habt. Sagt mir – wart Ihr jemals wirklich und wahrhaftig der Überzeugung, für das Ordensleben geschaffen zu sein?«

»Ich nicht – aber meine Familie«, hörte Guy sich zu seinem Entsetzen ehrlich antworten. Warum vertraute er diesem Mann die Wahrheit an? Weil sie beide Freunde geworden waren, und das hätte er niemals zu-

lassen dürfen. Schließlich hatte er einen Auftrag zu erfüllen.
»Geht mit Ian und Louis in die Waffenkammer«, sagte Campbell und wandte sich an seinen Sohn, der sich ihnen mit seinem Cousin angeschlossen hatte. »Gib Guy mein bestes Schwert.«
»Sehr wohl, Vater«, antwortete Ian, während Louis ob dieser Ehre der Mund offenstand.
Guy folgte Ian aus der Halle, Louis ging neben ihm her.
»Warum tut Ihr das?« fragte Louis, und Ian schaute in Erwartung der Antwort neugierig über seine Schulter.
»Ihr müßt noch viel über Frauen und Männer lernen, Louis.«
»Was ich weiß, genügt mir eigentlich.«
»Haltet an dieser Einstellung fest, und Ihr werdet ein einsamer Mann.«
»Was ist denn so besonders an meiner Cousine?« fragte Ian, als sie in einen langen, schmalen Gang einbogen.
»Es gibt nichts Schöneres, als wenn die richtige Frau unseren Namen ausspricht«, erwiderte Guy.
»Pater Guy!« hallte eine schrille, aber dennoch eindeutig erkennbare Stimme von den Wänden wider.
Louis kicherte und bedachte Guy mit einem spöttischen Blick, der diesem allerdings nicht auffiel, weil er sich umgedreht hatte. Gabrielle kam auf sie zugelaufen.
»Das dürft Ihr nicht!« keuchte sie atemlos und kam abrupt vor ihnen zum Stehen.
Einen Augenblick lang konnte er nichts tun, als sie, bezaubert von ihrer kindlich-unschuldigen Schönheit, regungslos anzustarren. Ihre Wangen waren rosig, ihre

Augen weit geöffnet wie die Blüten der Sonne zugewandter Veilchen. Sie streckte die Hand aus und legte sie auf seinen Arm. »Ich fühle mich zwar sehr geehrt, aber Ihr dürft den Orden nicht verlassen, Pater.«

»Es wäre eine Sünde, wenn ich, ohne eine Berufung zu verspüren, in ihm bliebe.«

Ihr Blick irrte umher, und sie rang die Hände. »Aber …«

»Meine Entscheidung ist endgültig. Wollt Ihr denn nicht, daß ich um Euch kämpfe?«

»Doch!« stieß sie hervor, und glühende Röte überspülte ihre zarten Wangen.

Der Anblick ihrer leicht geöffneten Lippen weckte den überwältigenden Wunsch in ihm, sie zu küssen.

»Ich *möchte*, daß Ihr an dem Wettstreit teilnehmt – und genau das ist das Problem.« Sie schlug die Augen nieder. »Vergebt mir. Ich habe versucht, dagegen anzukämpfen, aber wenn Ihr in meiner Nähe seid, schlägt mein Herz schneller, und wenn Ihr es nicht seid, bewirken es Erinnerungen. Ich sehe Euch vor mir, höre im Geiste Eure Stimme. Sosehr ich mich auch bemühe, ich kann die Anziehung nicht verleugnen, die Ihr auf mich ausübt. Der Klang Eurer Stimme erregt mich, und Eure Berührung läßt mich erbeben. Ich hätte nicht zu träumen gewagt, daß Ihr meine Zuneigung erwidert, und die Erkenntnis, daß Ihr ebenso für mich empfindet wie ich für Euch, raubt mir den Verstand.« Sie atmete zittrig ein, und ihre Schultern zuckten. »Jetzt, da ich weiß, daß Ihr in Reichweite seid, wird es mir das Herz brechen, Euch besiegt zu sehen.«

»Gabrielle!« rief Louis entsetzt ob ihrer Befürchtung.

Sie hob den Blick und bedachte ihren Bruder mit einem Stirnrunzeln. »Ich wollte die Tüchtigkeit des Paters nicht in Abrede stellen, Louis – aber er ist noch nicht gänzlich genesen. Wie sollte er sich da gegen diese kerngesunden Männer behaupten?«
Guy nahm sie bei der Schulter und drehte sie zu sich herum. Ihre Blicke trafen sich, und er ertappte sich dabei, daß er mit Begehren auf die unschuldige Sehnsucht und Besorgnis in ihren Augen reagierte. Sie befeuchtete mit der Zungenspitze ihre Lippen und brachte das Blut in seinen Adern zum Kochen. Mit hämmerndem Herzen zog er sie in seine Arme und spürte ihren Körper an dem seinen. Sie senkte die Lider, doch er zwang sie, indem er mit dem Finger ihr Kinn anhob, ihn anzusehen. »Ich verspreche Euch, ich werde in den Kämpfen meinen Mann stehen.«
»Ich will nicht, daß Ihr verwundet werdet«, sagte sie unglücklich.
Er strich ihr eine verirrte Haarsträhne aus dem Gesicht. Ihre Haut unter seinen Fingern zu spüren stellte seine Willenskraft auf eine harte Probe. O wie er sich danach sehnte, sie zu küssen. »Habt Vertrauen – es wird mir schon nichts passieren«, sagte er und fügte lächelnd hinzu: »Aber natürlich kann es nicht schaden, wenn Ihr ein Gebet für mich sprecht.«
»Ich werde *viele* Gebete für Euch sprechen!« erklärte sie voller Inbrunst.
Ihr Eifer rührte ihn, um so mehr, als er ihre Augen plötzlich in Tränen schwimmen sah.
»Ich muß gehen – man wird mich sicher schon vermissen. Viel Glück, Pater.«

Sie wollte sich aus seiner Umarmung lösen, aber er hielt sie fest. »Könntet Ihr Euch unter diesen Umständen dazu überwinden, mich bei meinem Vornamen zu nennen?«

»Guy.« Ihr kehliges Flüstern hüllte ihn ein wie der Schleier, den sie ihm reichte. »Bitte tragt dies Zeichen meiner Gunst, denn Ihr seid es, den ich mir als Sieger wünsche.« Sie legte die Hand an seine Wange und flüsterte noch einmal: »Guy.« Ihre Stimme enthielt eine Verheißung, die sein Herz bis zum Hals schlagen ließ.

Er sah ihr wie gebannt noch nach, als sie schon längst um die Ecke verschwunden war. »Ihr beide werdet es auch erleben«, sagte er zu Ian und Louis. »Wenn die richtige Frau euren Namen ausspricht, ist das wie Musik, eine Melodie, die euch im Gedächtnis bleibt und euch Kraft und Trost spendet, wann immer ihr deren bedürft.«

»Dann hat Ian recht – es liegt Euch tatsächlich etwas an ihr?«

»O ja«, nickte Guy, und nachdem er es ausgesprochen hatte, konnte er es auch sich selbst gegenüber nicht mehr leugnen: Es lag ihm viel an ihr. Sehr viel.

»Kommt – ich werde Euch helfen, die beste Waffe für die kommende Woche zu wählen«, sagte Louis, als Ian wiederum voranging.

»Ihr scheint ebensowenig Vertrauen in meine kriegerische Tüchtigkeit zu haben wie Eure Schwester«, lachte Guy angesichts des besorgten Gesichtsausdrucks von Louis.

»Ihr seid ein Mann des Geistes, aber die Männer, denen

Ihr in ein paar Tagen gegenübertreten werdet, sind Krieger und dementsprechend geübt im Umgang mit dem Schwert. Hättet Ihr da an meiner Stelle keine Zweifel, Pater?«

»Doch – aber Ihr müßt wissen, daß ich, bevor ich in den Dienst der Kirche trat, meinen Lebensunterhalt als Reiterkrieger verdiente.«

»Ihr wart Soldritter?« fragte Ian verblüfft.

»So ist es – und Ihr werdet sehen, daß ich es durchaus mit meinen Gegnern aufnehmen kann.«

»Lassen wir uns überraschen«, meinte Ian und öffnete die Tür zur Waffenkammer. Hier war es an Guy, überrascht zu sein. Es gab nicht nur die verschiedensten Arten von Waffen, sondern sie waren auch allesamt hervorragend gearbeitet und gepflegt.

Ian ging zur gegenüberliegenden Wand hinüber und nahm ein Schwert mit einem blutroten Rubin im Knauf herunter. »Das gehört meinem Vater«, erklärte er und reichte es Guy, der sofort die Handlichkeit prüfte. »Eine schöne Waffe«, lobte er, hängte sie zum Erstaunen von Ian und Louis jedoch wieder an ihren Platz. »Es ehrt mich, daß Laird Alec mir sein Schwert für den Wettkampf überlassen würde, aber es ist das Symbol des Clans Campbell und gehört als solches nur in die Hand eines seiner Lairds«, sagte er und wählte ein weniger prächtiges Exemplar.

»Das ist eine schlechte Wahl«, protestierte Louis, aber Guy widersprach ihn. »Die Waffe liegt gut in der Hand und ist angenehm leicht. Da wir zu Fuß gegeneinander antreten werden, entscheidet nicht die schwerste Waffe über den Sieg, sondern die Kraft und Schnelligkeit,

mit der sie geführt wird. Würden wir zu Pferde kämpfen, hätte ich mich anders entschieden.«
Louis war nicht überzeugt.
»Vertraut mir – ich weiß, was ich tue.«
»Ich hoffe, der Herr wird Seine schützende Hand über Euch halten«, sagte der Junge, »denn wie ich die Sache sehe, werdet Ihr göttlichen Beistand brauchen. Ein Glück, daß Ihr eine Woche Zeit zum Üben habt, bevor der Wettstreit beginnt.«
Guy lachte. So sicher er seines Sieges auch war – Hilfe von oben konnte nie schaden. Er bekreuzigte sich und sprach ein kurzes Gebet.

Royce de Bellemare, Kriegsherr von Northumberland, legte das königliche Handschreiben beiseite und seufzte. »Bruder, o Bruder.«
»Was ist, mein Herr und Gebieter?« fragte Lady Bethany, die mit einer Stickarbeit am Fenster saß.
»Guy ist in Schwierigkeiten«, sagte er und erklärte seiner Ehefrau die Lage. »Ich muß ihm helfen.«
Lady Bethany trat zu ihrem Mann, der an seinem Schreibpult saß, und küßte ihn, als er sich auf seinem Stuhl zurücklehnte, zärtlich auf den Mund. »Paß auf dich auf. Deine Söhne wären tief betrübt, wenn dir etwas zustieße, von deiner Frau ganz zu schweigen.«
»Ich liebe dich, Weib«, sagte er, zog sie auf seinen Schoß und drückte ihr einen herzhaften Kuß auf die Lippen.
»Ich dich auch«, strahlte sie ihn an. »Und nun mach dich auf den Weg, die beiden zu retten.«
»Halt, halt – so schnell wirst du mich nicht los. Ich wer-

de morgen früh reiten. Zunächst muß ich mir überlegen, wie ich es am klügsten anstelle, nach Schottland hineinzukommen. Ich hoffe nur, daß Guy nichts geschieht, bevor ich eintreffe.«

»Meint der König, es könnte Ärger geben?« fragte Bethany besorgt.

»Ja – und darum will er, daß ich Mactavish als Verstärkung mit nach Campbell Castle nehme.«

»Das wird nicht so einfach sein«, gab sie zu bedenken.

»Ich weiß – aber ich hoffe doch, daß ich ihn davon überzeugen kann, sich für die Ziele unseres Königs einzusetzen. Das Leben meines Bruders steht auf dem Spiel – ich werde Mactavish bei seinem Familiensinn packen. Wilhelm wünscht ohnehin nur eine friedliche Zurschaustellung von Macht.«

Der Nebel lichtete sich, und ein hochgewachsener, weißhaariger Krieger mit den gleichen unglaublich blauen Augen wie Guy de Bellemare hob sein Schwert. »Ihr habt meiner Familie Unrecht zugefügt, meine Söhne und mich entehrt. Ich muß das Unrecht ahnden, das vor zwanzig Jahren geschehen ist.«

Der vor ihm auf dem Boden kniende Soldat hob flehend die Hände. »Gnade, Lemieux. Ich tat doch nur, was mein Herr mir befahl.«

Le chevalier Lance de Lemieux durchbohrte den Mann mit seiner Klinge. Als er sie langsam aus der Brust des Toten zog, sagte er zu der neben ihm stehenden, jüngeren Ausgabe seiner selbst: »Ich war ein Idiot, Rule. Wir müssen nach England. Royce und Guy ist bitteres Unrecht widerfahren.«

Der junge Mann sah nicht erfreut aus. »Laßt die Vergangenheit doch ruhen, Vater.«
»Würdest du das auch sagen, wenn es um dich ginge?«
»Nein – aber nach all dieser Zeit werden sie Euch ohnehin nicht verzeihen.«
»Ich muß zumindest versuchen, ihre Vergebung zu erlangen.«
Gabrielle wachte schweißgebadet auf. War der kaltblütige Mörder aus ihrem Traum tatsächlich Guys Vater? Wie auch immer – er würde bald in sein Leben treten. Sie hätte Guy gerne von ihrer Vision erzählt, doch der Zeitpunkt war denkbar ungünstig, denn morgen würde der Wettkampf stattfinden, und Guy mußte einen klaren Kopf bewahren.

*

Der sehnsüchtig erwartete Tag des Wettstreits dämmerte mit wolkenlosem Himmel herauf. Viele Schaulustige waren gekommen, und es herrschte reges Treiben auf der Wiese vor dem Burgtor.
Da er als ehemaliger Ordensbruder nicht als ernstzunehmender Kämpfer angesehen wurde, hatte man Guy zunächst die weniger bekannten Lairds zugeteilt. Er war froh, daß sein Bruder, Kriegsherr von Northumberland, diese Demütigung nicht miterleben mußte. Obwohl sein Stolz verletzt war, erkannte er auch den Vorteil, den ihm dieses Vorgehen brachte: Da er leichtes Spiel mit seinen Gegnern hatte – er absolvierte am Vormittag zwei siegreiche Kämpfe, die allerdings, da

mehrere gleichzeitig stattfanden, nicht viele Zuschauer anlockten –, konnte er seine wahren Fertigkeiten vorläufig noch verheimlichen.
Um die Wettstreiter herum, die sich auf den mit Seilen umspannten Kampfplätzen gegenübertraten, schnabulierten die Dorf- und Burgbewohner gebratenes Fleisch oder süßes Gebäck, und auf der Wiese tollten übermütige Kinder herum. Die Bewaffneten der schottischen Grundherrn versammelten sich zwar vor den Schranken, um ihren Herren zuzusehen, mischten sich – Campbells Anordnung entsprechend – aber nicht ein, wenn einer der Kontrahenten am Ende verletzt vom Platz getragen werden mußte.
Zwischen den Kämpfen wanderte Guys Blick immer wieder zu Gabrielle, die mit ihrem Onkel und ihrer Tante von einem eigens für das Turnier errichteten Podest aus das Schauspiel verfolgte, doch im Unterschied zu Laird Alec Campbell, der mit sichtlicher Begeisterung bei der Sache war, malte sich auf ihren feinen Zügen zunehmende Anspannung.
Nach der Mittagspause mußte Guy gegen seinen dritten Gegner antreten, und diesmal war es nicht so einfach für ihn, denn es galt, sich jetzt in der nächsten Runde zu behaupten. Guy trug eine Wunde am Bein davon, ehe es ihm gelang, seinen Gegner zu Boden zu schicken. Dieser Sieg brachte ihn in die Endrunde.
Nachdem seine Verletzung genäht worden war, deutete Ian auf den Kampfplatz, wo sich gerade zwei langhaarige, rauschebärtige Hünen gegenübertraten. Der rothaarige Mann kam Guy bekannt vor.
»Wer sind diese Männer?« fragte Guy.

»Fenrir Gunn aus Caithness«, sagte Ian und zeigte auf den Rothaarigen, »und der Grundherr Mackay. Ich bin sicher, daß mein Vater *ihn* als Sieger sehen will.«
Guy runzelte die Stirn. Fenrir Gunn war vor nicht allzu langer Zeit in einem Zweikampf von Royce besiegt worden, was diesen allerdings einige Mühe gekostet hatte. Nach einem brutalen Kampf ging heute unglücklicherweise Gunn als Sieger vom Platz.
Damit stand es fest: Den Entscheidungskampf würden er und Guy ausfechten. Es war nur zu hoffen, daß er ihn nicht wiedererkannte, dachte Guy, sonst würde der Ingrimm seinem Gegner zusätzliche Kräfte verleihen, denen er vielleicht doch nicht gewachsen wäre.
Auf dem Weg zum Turnierplatz fing er Gabrielles besorgten Blick auf, und dann sah er, wie ihre verführerischen Lippen die Worte formten: »Seid vorsichtig, Guy!« Und da war sie, in seinem Kopf, die weiche, erotische Stimme, mit der sie seinen Namen ausgesprochen hatte, und plötzlich fühlte er sich unbesiegbar. Sobald er Gunn außer Gefecht gesetzt hätte, würde er sie in die Arme schließen. Die Vorstellung beflügelte ihn.
Fenrir Gunn war nicht nur stark, sondern auch ungemein wendig, aber Guy hatte bei den vorangegangenen Kämpfen etwas Verräterisches bei ihm festgestellt: Sein Gegner senkte die linke Schulter, ehe er zum Angriff ausholte und von oben herab zustieß. Und so gelang es Guy, ihm mehrere empfindliche Schläge zu versetzen und jeden seiner Hiebe abzuwehren.
Das Gesicht des Schotten lief dunkelrot an, während er immer wieder vergeblich versuchte, Guy zu überlisten.
Das Ende kam schnell. Als Gunn sich auf ihn stürzen

wollte, machte Guy einen eleganten Schritt zur Seite, wodurch der Schotte ins Leere lief, das Gleichgewicht verlor und zu Boden fiel.
Guy setzte ihm die Schwertspitze auf die Kehle und rief: »Ergebt Euch!«
Haß loderte in Fenrirs Augen, und dann leuchtete plötzlich Erkennen darin auf. »Ihr!« keuchte er.
»Ergebt Euch«, wiederholte Guy und verstärkte den Druck der Schwertspitze.
Campbell verließ das Podest und trat an die Schranke. »Ergebt Euch, Fenrir!« befahl er.
Außer dem leisen Rascheln des Herbstlaubes in der leichten Brise war kein Laut zu hören.
Als der Krieger schließlich einen zustimmenden Grunzlaut ausstieß, wurde der Kampf offiziell beendet und Guy zum Sieger erklärt. Das Publikum jubelte, als Guy sein Schwert in die Scheide schob, und der besiegte Laird erhob sich mühsam und schlurfte vom Platz. Gabrielle drängte sich durch die johlende Menge zu ihrem Helden durch.
Alec strahlte Guy an und fragte: »Werdet Ihr die Lady heiraten?«
Guy schaute Gabrielle an und erwiderte, von ihrer Schönheit bezaubert, mit verträumter Stimme: »Ja, das werde ich.«
»Nein!« brüllte Fenrir, der ein paar Meter entfernt stehengeblieben war, und zeigte anklagend mit dem Finger auf seinen Bezwinger. »Das wird er nicht! Zumindest nicht in nächster Zeit, denn dazu benötigt er die Erlaubnis des Papstes. Soll die Lady etwa so lange warten? *Ich* kann sie sofort heiraten!«

Einige aus Gunns Clan bekundeten ihre Zustimmung, die anderen Schotten schwiegen.
»Muß ich Euch daran erinnern, daß auch Ihr zugestimmt habt, den Pater an dem Wettstreit teilnehmen zu lassen, Gunn?« fragte Campbell. »Er hat den Kampf gewonnen und sich damit das Recht erworben, meine Nichte zu ehelichen.«
»Aber wann wird das sein?« rief ein Clanmitglied, und Gunn verschränkte höhnisch grinsend die Arme auf der Brust.
Guy trat vor und sagte: »Ich habe mein Wort gegeben, und ich werde es halten.«
Campbell wandte sich an die Männer: »Würde es euch zufriedenstellen, wenn er sie gemäß den Bräuchen unserer Vorfahren zur Frau nähme?«
Die Mienen der schottischen Grundherren drückten einhellige Zustimmung aus.
»Ich bin einverstanden«, nickte Guy. »Ich werde mich den heidnischen Riten unterziehen, um die Gemüter zu beruhigen.« Dann wandte er sich Gabrielle zu, und als er in ihre Augen blickte, wußte er, daß er sich *jedem* Ritus unterzogen hätte, um sie zur Ehefrau zu bekommen. »Ich werde die Jungfer heiraten!« erklärte er mit Nachdruck.

Zehntes Kapitel

Laird Alec Campbell nickte. »Ihr hört es – Ihr habt sein Wort darauf. Morgen wird Hochzeit gefeiert.« Damit schlug er Laird Fenrir Gunn auf die Schulter und ging mit ihm Richtung Torhaus. Die übrigen Lairds und ihr Gefolge sowie die Dorfbewohner und Hofleute schlossen sich an, und kurze Zeit später standen Guy und Gabrielle allein auf der Wiese.

»Ihr habt tatsächlich gesiegt!« sagte sie ehrfürchtig. »Und ich hatte es Euch nicht zugetraut. Bitte nehmt meine Entschuldigung an. Ihr seid ein ebenso außergewöhnlicher Kämpfer wie Mann.«

»Ich hoffe, daß ich mir Eure Achtung als Euer Gemahl erhalten kann.«

Sie lachte leise. »Oh, da bin ich ganz sicher.«

Ihre Augen strahlten, und ihre halbgeöffneten Lippen waren so verführerisch, daß ihm das Atmen schwer wurde.

Gabrielle, die es bemerkte, versuchte die Atmosphäre durch eine sachliche Bemerkung zu lockern. »Mein Onkel hat uns allein gelassen. In der Normandie wäre das nicht gestattet.«

»Ich kann nicht verstehen, warum Schottland als hinterwäldlerisch verschrien ist – die Menschen hier haben Sinn für Liebe und Begehren.«

Ihre Wangen röteten sich, und sie senkte den Blick.
Er hob ihr Kinn an. »Wir sind verlobt – es besteht kein Grund, verlegen zu werden«, flüsterte er. Als seine Lippen die ihren berührten, war er verloren. Zärtlich begehrte er Einlaß, sie öffnete ihm den Mund wie eine Blüte sich der Sonne, und er kostete berauscht ihren Nektar, während er ihre Arme, ihren Nacken und ihren Rücken streichelte. Er konnte nicht genug von ihr bekommen, und sie ging in ihrer Unschuld begierig auf seine Liebkosungen ein. Zu erleben, wie ihr Verlangen über ihre Schüchternheit siegten, rührte und erregte ihn gleichermaßen. Seine Hände glitten über ihre sanften, weiblichen Rundungen, und als er sie an sich zog, schmiegte sie sich so bereitwillig an ihn, daß sein Begehren fast zum Schmerz wurde. In diesem Moment erkannte Guy, daß er es niemals fertigbringen würde, diese Frau einfach beim König abzuliefern und zu vergessen. Was auch immer das Schicksal für ihn bereithalten mochte – sie würde bis ans Ende seiner Tage in seinen Gedanken sein.
»Wirst du mich immer so glühend lieben?« fragte sie atemlos.
»Immer«, nickte er und sah einen verträumten Ausdruck in ihre Augen treten. Er umfaßte ihr Kinn und hauchte einen zarten Kuß auf ihre Lippen. »Meine Gefühle für dich werden sich nie ändern, Gabrielle.«
Sie legte fast ehrfürchtig die Hand an seine Wange. »Ich fühlte mich vom ersten Moment an zu dir hingezogen.«
Ihm war es ebenso ergangen.
Errötend senkte sie den Blick. »Ich ... nicht einmal dei-

ne Kutte vermochte mich an sündigen Gedanken zu hindern.«
Er lächelte. »Und mich nicht deine Ordenstracht.«
Ihre Lider flogen auf. »Wirklich?«
»Wirklich«, versicherte er ihr.
Ihre veilchenblauen Augen leuchteten. Sie löste sich aus seiner Umarmung. »Komm – gehen wir auch zurück.«
»*Oui*«, stimmte er zu. Er durfte nicht zulassen, sich noch tiefer in Gefühle für sie zu verstricken – er war ein Ritter des Königs und diesem verpflichtet.
Als sie die Große Halle betraten, winkte der Burgherr sie lächelnd zu sich an die Hohe Tafel. »Ich bin froh, daß der Wettstreit vorüber ist und die Männer wieder abreisen.«
»Habt Ihr die Gesellschaft denn nicht genossen?« fragte Gabrielle, mit einer Geste die drei Tische umfassend, an denen die Grundherren aus dem Norden die Abendmahlzeit einnahmen.
»Doch, schon – aber sie essen mir die Haare vom Kopf. Es ärgert mich, daß sie meine Großzügigkeit ausnützen.«
»So schlimm ist es nun auch wieder nicht«, lachte Lady Mairi. »Und der Ausgang des Wettstreits sollte dir die Bewirtung allemal wert sein.«
»Wenn Pater Guy sich früher entschlossen hätte, der Kirche Lebewohl zu sagen, wären unsere Vorratshäuser jetzt noch voll.«
Lady Mairi tätschelte die Hand ihres Ehemannes. »Nimm es nicht so schwer – wir werden deswegen keinen Hunger leiden müssen.«

In diesem Augenblick betrat ein Mann der Wache die Halle und meldete seinem Gebieter: »Ein normannischer Soldat steht vor dem Tor, Herr. Er bittet, Euch ein königliches Schreiben überbringen zu dürfen.«
Campbell nickte. »Laßt ihn ein.«
Gabrielle starrte wie gebannt auf die Tür, und als sie mit zitternden Fingern nach ihrem Becher griff, stieß sie ihn um. Louis, der neben ihr saß, stellte ihn wieder auf und legte ihr die Hand auf die Schulter.
Als der Bote eintrat, erstarb jegliche Unterhaltung in der Großen Halle. Der Mann ließ unsicher den Blick über die Anwesenden wandern, durchquerte dann jedoch entschlossen den Saal.
»König Wilhelm schickt ein Schreiben an Alec Campbell«, verkündete er, als er an der Hohen Tafel angelangt war, und übergab dem Laird den Brief mit einer Verbeugung.
Alle Augen waren auf den Burgherrn gerichtet, als er das Siegel erbrach. Er las die Nachricht und ließ das Pergament dann sinken.
»Der Brief enthält eine sanfte Warnung und die Forderung, ihm Gabrielle d'Aumont zu schicken, sobald er es wünscht.«
Gabrielle lehnte sich zurück und schloß die Augen. Ihr Bruder tätschelte beruhigend ihre Schulter.
Guy spürte, wie sich die Schlinge des Königs um seinen Hals zuzog.
»Mit Euch an ihrer Seite wird ihr auf der Reise nichts geschehen«, sagte Alec zu ihm.
Guy empfand das Vertrauen des Schotten wie Salz auf einer offenen Wunde und fragte sich nicht zum ersten

Mal, in welchem Zustand seine Seele aus diesem Ränkespiel hervorgehen würde.
Campbell stand auf und trat zu seiner Nichte. Er nahm ihre Hände in die seinen und küßte sie auf die Wange. »Es ist spät, Zeit, dich zur Ruhe zu begeben. Geh mit Lady Mairi. Ich werde am Morgen nach dir schicken, sobald der Priester hier ist.«
Sie erhob sich, knickste vor ihrem Onkel und schaute dann zur Seite, wo ihre Augen Guys bewunderndem Blick begegneten. Zart errötend drehte sie sich um und folgte ihrer Tante aus der Großen Halle.
Guy sah ihr nach und stellte sich vor, wie es wäre, mit ihr zusammenzubleiben. Einen Moment lang spielte er mit dem Gedanken, den Befehl seines Königs zu mißachten, verbannte ihn jedoch sofort wieder aus seinem Kopf. Wie bezaubernd sie auch war und wie sehr er sie auch begehrte – er würde sie bei Wilhelm abliefern. Doch seine Königstreue verlangte ihm ein unsägliches Opfer ab: Er wußte, wenn er nur einmal das Lager mit ihr teilte, wäre es um ihn geschehen, und er würde seinen Auftrag nicht mehr ausführen können. Also müßte er sich versagen, was er ersehnte wie nichts anderes auf der Welt: seine Frau. Aber wie sollte er es ertragen, mit ihr zusammenzuleben, ohne die Ehe zu vollziehen? Jetzt wußte er, daß es die Hölle gab: Er hatte sie gefunden.

Bei Tagesanbruch stand Gabrielle auf, ging ans Fenster und schaute mit müden Augen auf die Landschaft hinaus. Sie hatte in dieser Nacht kaum ein Auge zugetan. König Wilhelms Schreiben hatte sie daran erinnert,

daß sie noch immer in Gefahr war. Aber sie mußte ihren Onkel Quennel aus ihren Gedanken verbannen – heute war ihr Hochzeitstag, und den sollte nichts trüben.
Nach einem leisen Klopfen öffnete sich die Tür, und Lady Mairi und Dienstmägde, die einen Zuber und Wassereimer schleppten, kamen herein.
Gabrielle konnte es noch gar nicht ganz glauben, daß sie den Mann heiraten würde, den sie liebte. Daß ihre Liebe erwidert wurde, hatte sie nicht zu hoffen gewagt. Übermütig vor Glück wirbelte sie durch den Raum.
Ihre Tante lachte leise.
»Ich komme später wieder, um dein Haar zu richten«, sagte sie lächelnd, schob die Mägde hinaus und folgte ihnen.
Gabrielle ließ die Hand durchs Wasser gleiten und atmete den lieblichen Blumenduft ein, der daraus emporstieg. Dann streifte sie ihr Hemd ab und stieg in den Zuber, lehnte sich zurück, schloß die Augen und überließ sich, umspült von den wohlriechenden Fluten, Träumereien von einer sorglosen Zukunft an Guys Seite. Nachdem sie sich gewaschen hatte, wickelte sie sich in ein großes Leinentuch und kämmte ihre Haare durch.
Plötzlich überfiel sie Furcht. Guy hatte ihretwegen der Kirche den Rücken gekehrt! Sie sank auf die Knie und faltete die Hände. »Bitte, Herr, laß uns glücklich sein«, betete sie. »Verstehe es bitte nicht als Mißachtung, daß wir uns ineinander verliebt haben – wir können nichts dafür.« Dann fiel ihr ein, daß alles, was auf Erden geschah, Gottes Wille war, und ihre Furcht schwand. Er

hatte ein Wunder wahr werden lassen. »Ich danke Dir, Herr«, flüsterte sie himmelwärts.

Die Äbtissin Ambrose hatte recht: Man darf nie aufhören zu glauben, denn sogar in den dunkelsten Stunden hat Er ein offenes Ohr für uns, hatte sie gesagt. Es hatte eine Zeit gegeben, da Gabrielle dessen nicht mehr sicher gewesen war, doch von nun an würde sie nie wieder an Ihm zweifeln.

Sie dachte an ihre Eltern. »O Mutter, Vater – ich wünschte, Ihr hättet ihn kennenlernen können. Ich weiß, daß Ihr ihn auch geliebt hättet.« Sie atmete zittrig ein. »Jetzt kann ich Euch nur im Gebet um Euren Segen bitten. Bewahrt uns in Euren Herzen.«

Sie stand auf. Welch innerer Friede sie erfüllte. Guy war die Antwort auf ihre Gebete. Jetzt wußte sie, warum sie durch ihre Gesichter schon als Kind seine Augen gesehen hatte. Sie würde ihn ihr Leben lang lieben und verehren.

Die Tür ging auf, und Lady Mairi kam mit einem veilchenblauen Kleid herein, dessen Saum und Ärmel mit einer zarten Bordüre besetzt waren, die die grünen Blättchen der Mistel und ihre weißen Beeren darstellte.

Gabrielle berührte das prächtige Kleid ehrfürchtig. »Es ist wunderschön.«

»Du mußt dieses Gewand tragen, wenn du nach alter Tradition getraut werden sollst. Eine von einem Druiden vollzogene Trauung unterscheidet sich von der christlichen Zeremonie«, erklärte ihre Tante und hielt es hoch, damit Gabrielle es richtig sehen konnte.

»Warum?« fragte sie.

»Weil du nach dem Ritual, wenn alle gegangen sind, einfach das hier aufziehst«, sie spielte mit dem Bändchen am Hals, »und dann gleitet es herunter.«
»Ihr meint, ich stehe dann im Hemd vor meinem Gemahl?«
Ihre Tante schüttelte den Kopf.
Gabrielle schluckte. Sie spürte, daß ihre Wangen glühten, und ihre Haut kribbelte vor Erregung, als sie sich ausmalte, was ihre Tante da andeutete.
»Nun, mein Liebes, ich denke, es ist an der Zeit für das Gespräch, das du neulich nicht führen wolltest.«
»Ich bitte Euch, Tante – ich möchte es noch immer nicht führen. Ich halte es wirklich nicht für notwendig«, erwiderte Gabrielle entsetzt.
»Heute kann ich darauf keine Rücksicht nehmen. Ich würde meine Pflicht vernachlässigen, wenn ich dich nicht darauf vorbereiten würde, was dich nach der Zeremonie erwartet. Setz dich.«
Gabrielle ließ sich widerstrebend auf einen Stuhl sinken, doch kurz darauf hatte ihre Tante sie mit ihren Ausführungen in ihren Bann geschlagen.

In einiger Entfernung von der Festung gab es ein Wäldchen, das aus einem Kreis von Bäumen bestand, an deren inzwischen spätherbstkahlen Ästen dicke Mistelbüschel hingen. Schottische Lairds mit gezogenen Schwertern standen zwischen den dunklen Stämmen, wodurch ein Ring aus Holz und Muskeln geschaffen wurde. Klagend stiegen Dudelsack-Klänge in den klaren Himmel hinauf. Gabrielle trug zwar einen warmen Umhang, doch die Kälte stahl sich unter den Saum ihres Kleides und ließ sie frösteln. Dennoch lächelte sie die ihren Weg säumenden Leute von Campbell Castle strahlend an, als sie am Arm ihres Bruders zum Hochzeitsplatz schritt. Die Menge jubelte, und eine Frau hängte ihr eine Mistelgirlande um. Louis führte sie in das Wäldchen, in dessen Mitte der Priester stand.

Plötzlich brach die Musik ab, und dann betrat Guy von der anderen Seite her den Kreis und stellte sich neben sie. Er nahm ihre Hand aus Louis', drehte sie um und drückte einen zärtlichen Kuß darauf, ehe er sie fest umfaßte.

Ihr Herz flatterte in ihrer Brust, und seine Berührung ließ ihre Haut wie im Fieber glühen. Als ihre Blicke sich begegneten, erschauerte sie angesichts des Verlangens, das sie in seinen nachtblauen Augen sah. Guy trat mit ihr vor den Priester hin, und Louis gesellte sich im Hintergrund zu Laird Alec.

Der Priester hob die Hände, um sich Gehör zu verschaffen.

»Wir sind heute hier zusammengekommen, um diesen Mann und diese Frau zu vereinen.« Er streckte der Braut die Hand hin.

Gabrielle entzog Guy die ihre und empfand die kalte des Priesters danach als regelrecht erschreckend.

Der Druide nahm ihr die Mistelgirlande ab, hob sie kurz hoch, damit alle sie sehen konnten, und schlang sie dann um Gabrielles und Guys Handgelenke. Dann richtete er das Wort an den Bräutigam. »Von heute an wirst du diese Jungfer lieben und beschützen.«

»Mit meinem Leben«, sagte Guy.

Der Schwur ließ sie erschauern.

Nun wandte der Priester sich ihr zu und schenkte ihr ein zahnlückiges Lächeln. »Von heute an wirst du ihm gehorchen. Er ist dein Leben, und nur ihm gehört deine Liebe. Gib ihm alles, was ihm als gutem Ehemann zusteht.«

»Das werde ich«, flüsterte sie.

»Dann neigt die Köpfe zur Vollziehung der Trauung.« Er reckte die Arme gen Himmel. »Hört mich, Ihr Götter des Himmels und der Erde! Ich rufe Euch an, um Eure Zustimmung zu der Verbindung dieser beiden hier zu erbitten. Laßt ihre Ehe fruchtbar sein wie die Erde, und ihre Liebe ihre Nächte erwärmen, wie die Sonne ihre Tage. Lehrt sie, das Leben zu lieben, und sie werden einander lieben. Zeigt ihnen die Schönheit der Welt um sie herum, damit sie sie stets in sich selbst sehen. Und lehrt sie zu vergeben, auf daß sie bis an ihr Ende in Frieden miteinander leben.« Er ließ die Arme sinken, entfernte die Mistelgirlande und hielt sie über ihre Köpfe. »Bräutigam – umarme deine Braut.«

Guy tat wie geheißen. Als seine Lippen die ihren berührten, erfaßte sie eine Welle der Erregung, doch zu ihrer Enttäuschung war es nur ein flüchtiger Kuß, Teil der Zeremonie. Zum Abschluß der Trauung drapierte der Druide die Mistelgirlande um ihrer beider Schultern. Dann wandte er sich ohne ein Wort den Zaungästen zu und bedeutete ihnen mit einer Handbewegung, sich zur Burg zurückzubegeben. Die Musik setzte wieder ein, und begleitet von ihren Klängen machten die Leute sich auf den Heimweg.

Als sie allein waren, wandte sich Gabrielle ihrem Ehemann zu. Es würde ihr schwerfallen, sich hier im Freien zu entkleiden, aber sie wußte, daß sie es tun mußte. »Hilf mir!« bat sie im stillen. Sie schaute flehend in seine Augen, doch er machte keine Anstalten, ihr entgegenzukommen.

Sie überwand ihre Schüchternheit und schüttelte den Umhang mit einem tapferen Schulterzucken ab. Sofort fiel die Kälte über sie her, aber dennoch glühten ihre Wangen. Mit zitternden Fingern löste sie die Bändchen und ließ das veilchenblaue Kleid zu Boden sinken. Seine Augen weiteten sich, und seine Kiefermuskeln spielten.

Als sie nackt und wehrlos vor ihm stand, kroch Furcht in ihr hoch, und sie senkte die Lider: Sie wollte es nicht sehen, falls er enttäuscht wäre.

»Mein Gott, bist du schön!« hörte sie ihn heiser flüstern, und eine Woge der Erleichterung spülte all ihre Bedenken fort. Ihr Blick wanderte über seine Brust zu seinen Augen, die voller Bewunderung waren. Gott sei Dank fand sie seine Billigung. Er streckte die Arme aus und zog sie an sich – und plötzlich war ihr überhaupt nicht mehr kalt.

»Laird Alec hatte mir die Zeremonie vorher beschrieben«, murmelte er in ihre Haare. »Ich wußte also, was kommen würde, hatte aber trotzdem keine wirkliche Vorstellung davon, was für eine bewegende Erfahrung mich erwartete.« Seine Hände glitten über ihren Rükken und hinterließen glühende Spuren auf ihrer Haut. Sie erschauerte wohlig.

Plötzlich ließ er sie los, und die Furcht kehrte zurück. Er griff nach ihrem Gewand, streifte es ihr zu ihrem

Befremden über und band es mit zitternden Fingern zu. Dann hob er den Umhang auf und legte ihn ihr um.
Stirnrunzelnd sah sie ihn an. Was tat er da?
»Du mußt doch frieren«, sagte er und warf seinen Mantel um sie beide.
Sie spürte seine Wärme, als sie sich an ihn schmiegte.
»Ich kann es nicht erwarten, deine Frau zu werden. Es ist schamlos, das zuzugeben, aber ich habe davon geträumt.« Sie stellte sich auf die Zehenspitzen und küßte ihn, doch seine Lippen blieben abweisend geschlossen. Und auf einmal fror sie wieder.
»Was ist, Guy?« fragte sie.
Er atmete tief durch und lehnte seine Stirn an die ihre.
»Ich möchte dich bitten, dich damit zu gedulden, bis wir die Erlaubnis des Papstes haben und kirchlich getraut werden können.«
Sie seufzte. »Wenn du es so wünschst, bin ich selbstverständlich gezwungen, mich damit abzufinden, doch leicht wird es nicht werden. Sogar ausgesprochen schwierig.«
Er räusperte sich so heftig, daß seine breite Brust erbebte. »Schwierig, sagst du? Nein – es wird die Hölle.«
Freude durchflutete sie, während er ihre Arme und ihren Rücken rieb, um sie zu wärmen.
»Komm, gehen wir zurück ins Haus. Es ist zu kalt hier draußen.«
Sie schlang die Arme um seinen Hals, wollte den kostbaren Moment noch nicht enden lassen. »Würdest du mich bitte küssen, mein Herr und Gebieter? Nur einmal, um unsere Verbindung zu besiegeln?«

Er zog sie so fest in seine Arme, daß sie kaum noch atmen konnte. »Mit Vergnügen, Frau«, grollte er, und gleich darauf nahm sein Mund den ihren in Besitz. Es war ein fast brutaler Kuß, und sie erwog gerade, sich zu lösen, als die Härte sich plötzlich in Sanftheit verwandelte. Jetzt liebkosten seine Lippen die ihren weich wie Blütenblätter, und sie öffnete sie mit einem kehligen Seufzen seiner sanft drängenden Zunge.

Während sie wohlige Schauer überrannen, ging Gabrielle auf jede seiner Zärtlichkeiten ein, genoß ebenso die seinen wie die ihren, und als er sie zu sich heranzog, schmiegte sie sich an ihn. Sie spürte seine Muskeln und seine Erregung und dachte, wie recht ihre Tante Mairi doch hatte. Wie sollte sie es nur bis zur Hochzeitsnacht aushalten?

Sein Kuß wurde fordernder, seine Hand fand das Band, von dem ihr Kleid zusammengehalten wurde, öffnete es und begann, ihre Brüste zu streicheln. Die intime Zärtlichkeit ließ Gabrielle vor Erregung aufstöhnen. Ihre Hände glitten über seine Brust, spielten mit den Löckchen darauf. Als sie spürte, wie seine Muskeln sich anspannten, wußte sie, daß sie ihn ebenso erregte wie er sie.

Sie wollte mehr. Viel mehr. Während ihr Kuß immer leidenschaftlicher wurde, erforschten ihre Hände seinen Körper ebenso wie seine den ihren.

Als ihre Lippen sich schließlich voneinander lösten, waren sie beide außer Atem.

»O Gott, *chérie*«, stöhnte er. »Wir müssen aufhören, sonst kann ich mich nicht mehr zurückhalten.«

»Aber ...«

»Bitte, Gabby! Ich muß mich beruhigen, und du mußt das ebenfalls.«
Gabrielle war einerseits tief enttäuscht, aber andererseits glücklich darüber, daß er sie so unwiderstehlich fand. Es mußte schrecklich sein, mit jemandem verheiratet zu werden, den man nicht begehrte. Ein kleines Lächeln stahl sich auf ihr Gesicht. Sie war froh, daß das auf sie beide nicht zutraf.

Elftes Kapitel

Eine Woche lang betete Gabrielle jeden Morgen in der Kapelle vor dem kleinen hölzernen Altar, dankte Gott, daß er Guy hatte siegreich aus dem Wettstreit hervorgehen lassen, und flehte um eine rasche Erteilung der Heiratserlaubnis. Guy hatte dem Boten des Königs die Bitte für den Bischof in London mitgegeben. Natürlich ahnte sie nicht, daß der Brief dort nie eintreffen würde.

Heute hatte Louis sich ihr angeschlossen, und sie mußte ihn immer wieder ansehen. Sie hatte der Entscheidung ihres Onkels Alec zwar zugestimmt, ihn um seiner Sicherheit willen zu einem anderen Clan zu schicken, doch ihr Herz war voller Trauer, denn sie würde nichts über seinen Verbleib erfahren.

Nachdem alle anderen die Kapelle nach der Messe verlassen hatten, legte Louis die Hand auf Gabrielles gefaltete Hände. »Was ist, Gabby?«

»Wir werden uns bald trennen müssen. Du wirst zu einem anderen Clan gehen, und ich werde früher oder später von König Wilhelm nach London beordert. Ich möchte dir noch so vieles sagen, aber ich weiß nicht, wo ich anfangen soll.«

Louis' Mund verzog sich zu dem verlegenen Lächeln, mit dem er sie jedesmal mitten ins Herz traf. »Zu meiner Überraschung bin auch ich betrübt über unsere bevorstehende Trennung. Früher habe ich gedacht, ich würde endlich Frieden finden, wenn du mich in Ruhe ließest, doch ich weiß schon jetzt, daß ich dich vermissen werde.«

Gabrielle schluckte den Kloß hinunter, der sich in ihrem Hals gebildet hatte. »Es tut mir leid.«

»Was?« fragte er.

»Ich hatte den heiligen Eid geschworen, dich zu beschützen, und wenn ich es manchmal übertrieben habe, verzeih mir bitte. In Wahrheit war ich von Angst gepeinigt.«

»Ich weiß«, sagte er.

Sie blinzelte verblüfft. »Offenbar war der einzige Mensch, den ich glauben machen konnte, dieser Aufgabe gewachsen zu sein, ich selbst. O Louis – ich wollte niemals das Familienoberhaupt sein! Es wurde mir aufgezwungen, und ich fürchte, ich habe jämmerlich versagt.«

»Aber nein. Du hast deine Sache sehr gut gemacht, Gabby. Um so mehr, als ich mich stets bockbeinig stellte, weil es meinen Stolz verletzte, von meiner Schwester beaufsichtigt zu werden wie ein Kleinkind.«

Sie lächelte. »Ich entschuldige mich dafür, daß ich dich manchmal so behandelt habe, aber ich kann nicht bedauern, was ich tat. Ich würde mein Leben für deine Sicherheit aufs Spiel setzen. Irgendwann wirst du in die Normandie zurückkehren und beanspruchen, was dir rechtmäßig zusteht.«

»Und diese Möglichkeit verdanke ich allein deinem Mut. Vater und Mutter wären stolz auf dich. Wenn ich eines Tages unseren Besitz zurückerlangt habe, werde ich dich um Rat fragen, was seine Verwaltung betrifft.«

»Das würde mir gefallen.« Wehmut erfaßte sie. »Es ist so viel geschehen, seit unsere Eltern gestorben sind.« Ihre Stimme zitterte. »Ich hoffe, ich habe dir nicht zu viel abverlangt.«

Louis legte den Arm um seine Schwester, und sie schmiegte sich trostsuchend an seine starke Schulter. Sie weinte um ihre Eltern und in Erinnerung an die Ängste, die sie auf ihrer Flucht aus der Normandie ausgestanden hatten, wonach sie sich auf dem Weg nach Schottland durch das kriegszerrissene England hatten schlagen müssen. Ihre aufgestauten Gefühle brachen sich Bahn, und sie weinte sich bei dem einzigen Menschen aus, der ihre Seelenpein verstehen konnte.

Die Tränen spülten Jahre der Angst und Sorge davon. Louis' Sicherheit wäre gewährleistet. Er würde zu einem anderen Clan gehen und niemand, nicht einmal sie, würde erfahren, zu welchem.

»Ich werde unsere ganze Familie rächen, Gabby«, versprach Louis ihr. »Von heute an werde ich sowohl die Vorzüge genießen als auch die Nachteile erdulden, die der Name Aumont mit sich bringt.«

Sie setzte sich auf und wischte die Tränen ab. »Entschuldige: Ich bin die Ältere und weine dir hier etwas vor wie ein kleines Kind. Das ziemt sich nicht.«

»Aber es ist durchaus verständlich. Ich hätte auf dich hören sollen, anstatt deine Autorität anzuzweifeln.«

»Sei nicht so streng mit dir, Bruder. Du hast etwas Wichtiges gelernt, und ich auch, und insofern war das

Erlebte für uns ein Gewinn. Aber ich möchte nie wieder etwas so mühsam lernen.«
Louis lächelte. »Und wirst du denn nun deinem Ehemann gestatten, dir deine Bürden abzunehmen?«
Auf diese Frage war sie nicht gefaßt gewesen. »Das würde ich, aber ich spüre, daß ihn irgend etwas quält.«
»Dagegen ist kein Mensch gefeit. Aber er ist ein guter Mann und wird seine Probleme lösen.« Er tätschelte ihre Hand. »Ich wünsche euch Glück.«
Sie schaute ihn an und sah zum ersten Mal nicht den kleinen Jungen aus ihrer Kinderzeit, sondern einen ernsthaften, starken jungen Mann, der ihrem Vater nicht unähnlich war. »Du bist erwachsen geworden«, sagte sie. »Ich wünschte, ich hätte das früher bemerkt.«
Erleichterung leuchtete in seinen Augen, als er sie umarmte und ihr dann auf die Füße half. »Komm – man wird uns schon vermissen.«
Als sie die Tür der Kapelle öffneten, wären sie beinahe mit einer Dienstmagd zusammengestoßen, die ihnen atemlos entgegenkam. »Mylady, es ist Besuch gekommen!«
»Und was ist daran so aufregend?« erkundigte sich Gabrielle.
»Er ist Euretwegen hier«, antwortete das Mädchen.
»Bitte sage mir, was mich erwartet«, bat Gabrielle mit wild klopfendem Herzen.
»Das weiß ich nicht, Mylady – Lady Mairi hat mich nur geschickt, Euch schnell zu holen.«
»Mach dir keine Sorgen«, versuchte Louis, sie zu beruhigen. »Ich werde dir beistehen.«
»Das hört sich gut an«, meinte Gabrielle und hakte sich

bei ihm ein. »Dann werden wir uns dem Problem stellen!«
»Nach Euch, Mylady.« Er verbeugte sich.
»O nein.« Sie lachte leise. »Ich werde nicht vorangehen. Diesen Stier packen wir gemeinsam bei den Hörnern.«
Sie durchquerten den Hof, und Gabrielle atmete tief durch, als sie die Stufen zur Großen Halle hinaufstiegen. Oben angekommen öffnete Louis die schwere Flügeltür, und ein zorniger Wortwechsel brandete ihnen entgegen. Laird Alec stritt sich mit Guy, aber es waren auch noch andere, ihr unbekannte, Stimmen beteiligt. Hocherhobenen Hauptes trat sie am starken Arm ihres Bruders ein.
Ein riesiger Baumstumpf brannte im Kamin und tauchte den Raum in ein goldenes Licht. Laird Alec, Guy, Ian und zwei Fremde standen in der Mitte des Saales beieinander.
»*Non*, ich werde nicht mit dir reiten, Bruder!« sagte Guy mit zornrotem Gesicht.
Gabrielle sah sich an, mit wem er sprach, und ihre Augen weiteten sich. Dieser Hüne war also Guys Bruder. Royce. Es war zwar eine gewisse Ähnlichkeit vorhanden, doch neben Guy wirkte dieser Mann mit den wie aus Stein gehauenen Gesichtszügen beinahe unansehnlich.
Der Kriegsherr von Northumberland knallte seinen Becher so heftig auf den Tisch, daß der Wein herausschwappte. »Hast du das bißchen Verstand verloren, mit dem Gott dich gesegnet hat? Was ist mit deiner Pflicht gegenüber der Kirche?«

»Ich habe der Kirche Lebewohl gesagt, Royce. Die Idee, daß ich einen guten Geistlichen abgeben würde, war lächerlich.«
»Du hast *was?*« entsetzte sich Royce. »Grundgütiger! Guy – das wird unserer Mutter das Herz brechen.«
»Sie wird es überleben.« Guy verschränkte die Arme auf der Brust. »Warum bist du gekommen?«
»Unser König hat mich gebeten, dich und *demoiselle* Gabrielle nach Northumberland zu bringen.«
»War es ein Befehl?«
»*Non*, ein Ansuchen. Hätte er es verlangt, hätte ich hier nicht friedlich vorgesprochen, sondern die Festung angegriffen.«
Gabrielle zuckte zusammen.
Alec Campbell wandte sich an den Schotten, der Royce de Bellemare begleitete: »Und warum seid Ihr hier?«
Der stämmige Krieger antwortete: »Ich muß den Mann unterstützen – er ist mit meiner Tochter, Bethany von Northumberland, verheiratet.«
Alec Campbell nickte verstehend, runzelte jedoch die Stirn. »In letzter Zeit stehen wir immer häufiger am entgegengesetzten Ufer des Flusses, Mactavish.«
Niemand achtete auf Gabrielle oder Louis. Sie ging auf Guy zu. »Was geht hier vor?«
»*Madame* Gabrielle – dies ist Royce de Bellemare, Kriegsherr von Northumberland, durch unsere Heirat Euer Bruder.«
»Heirat?« echote Royce dröhnend.
Louis' und Ians Augen verengten sich. Im Gegensatz zu Alec Campbell hatten sie noch nicht gelernt, ihre

Empfindungen zu verbergen. Laird Bram Mactavish prostete dem jungen Paar nur schweigend zu.
»Ja«, nickte Guy gelassen. »Wir sind nach einem alten Ritus getraut worden.« Er hob Gabrielles Hand an die Lippen. »Mein Bruder hat den Auftrag, Euch und mich nach Northumberland zu bringen.«
Der Gedanke, nach England zurückzukehren, ließ ihre Knie so weich werden, daß sie fürchtete, sie würden nachgeben, doch sie sagte scheinbar leichthin: »Nun, dann gehen wir eben mit ihm nach Northumberland, mein Herr und Gebieter.«
Royce ging, die Hände auf dem Rücken, um sie herum, als begutachte er ein Pferd. »Sie ist also der Grund für deine Abkehr von der Kirche. Sehr verführerisch, das muß ich zugeben.«
Ihre Angst wurde von Verlegenheit verdrängt, und Gabrielles Gesicht glühte. Das Gesicht ihres Ehemannes hingegen war verbissen, doch sie erkannte dahinter die Anstrengung, die Beherrschung zu wahren. Sie spürte, daß es einen Grund dafür gab, daß er nicht auf seinen Bruder losging. Louis jedoch war durch keinerlei Hemmnis behindert.
Er packte den Normannen am Arm und fuhr ihn an: »Ihr habt meine Schwester beleidigt. Ich verlange, daß Ihr Euch bei ihr entschuldigt.«
Dieser blickte mit zusammengekniffenen dunklen Augen auf ihn hinunter. »Ihr fordert mich zum Zweikampf?«
Gabrielle erschrak zutiefst. Louis hatte zwar viel gelernt, aber längst nicht genug, um es mit diesem Ritter aufnehmen zu können.

Es war still geworden, und alle warteten atemlos auf Louis' Antwort.
»Ich ersuche Euch noch einmal, Euch zu entschuldigen. Meine Schwester hat eine solche Beleidigung nicht verdient.«
Gabrielle grub vor Anspannung die Fingernägel in Guys Arm.
»Royce!« Guys Stimme klang hart, und es schwang ein warnender Unterton darin mit. »Bringe mich mit deinen ungehobelten Manieren nicht in Verlegenheit.«
Der normannische Kriegsherr ließ Louis nicht aus den Augen. »Ihr habt recht, Sir. Ich entschuldige mich.«
Gabrielle ließ den angehaltenen Atem entweichen und applaudierte Guy im stillen für sein Einschreiten, aber obwohl die Gemüter sich wieder beruhigt hatten, war die Atmosphäre noch immer gespannt. Mißtrauen waberte im Raum und wartete darauf, sich zu entladen. Sie suchte den Blick ihres Onkels, doch der fixierte Guy.
»Meine Nichte wird mit ihrem Gemahl nach Northumberland reisen«, bestimmte er. »Ich lege ihr Wohl in Eure Hände, Sir Guy.« Seine Augen wanderten durch den Raum.
Gabrielle hatte das ungute Gefühl, daß etwas ganz entschieden im argen lag. Es schauderte sie.
»Louis – verabschiedet Euch von Eurer Schwester«, wandte der schottische Grundherr sich an seinen Neffen. »Sie wird noch heute aufbrechen.«
Gabrielle umarmte Louis und flüsterte: »Ich werde dich

schrecklich vermissen – und ich bin nie stolzer auf dich gewesen.«

»Verliere nicht den Mut – ich werde unseren Besitz zurückholen.« Er bedachte Royce mit einem vielsagenden Blick und sagte leise: »Du wirst immer eine Zuflucht haben.«

Gabrielle nickte mit Tränen in den Augen. Sie wußte, daß es ihm ernst war mit seinem Versprechen, und sie wußte auch, wie gefährlich es für ihn würde, es einzulösen.

Er löste sich von ihr und trat vor Guy hin. »Beschützt sie, oder Ihr bekommt es mit mir zu tun. Ich hoffe, Ihr wißt, was für einen Schatz Ihr da Euer eigen nennt.«

Stolzen Schrittes ging er davon, und einige Clanmitglieder folgten ihm. Bevor er die Halle verließ, warf er Gabrielle noch einen Blick zu, dann fiel die Tür hinter ihm zu.

»Gott mit dir«, flüsterte Gabrielle.

Gleich nach dem Mittagessen hieß es Abschied nehmen. »Ich werde nie vergessen, wie freundlich Ihr uns aufgenommen habt«, sagte Gabrielle zu ihrer Tante.

Lady Mairi streckte mit tränenumflortem Blick die Arme aus, drückte ihre Nichte einen Moment lang fest an sich und gab sie dann frei, um Ian Gelegenheit zur Verabschiedung zu geben.

»Paß auf dich auf, Cousine.« Auch er umarmte sie. »Und wenn du mich jemals brauchen solltest, laß es mich wissen.«

»Das werde ich«, versprach sie und wandte sich mit feuchten Augen dem Laird zu. »O Onkel Alec ...«

»Sorge dich nicht, Mädchen.« Er zog sie so vorsichtig an sich, als sei sie zerbrechlich. »Du hast Verwandte, die um deiner Sicherheit willen Himmel und Hölle in Bewegung setzen würden.«
Er küßte sie sanft auf die Wange und überantwortete sie Guy. »Achtet auf meine Nichte – sie ist eine ganz besondere Frau.«

Der Himmel war wolkenverhangen, und Gabrielle begann zu zittern, als die ersten, dicken Flocken herabtanzten. Es wurde Winter.
Guy kam von der Spitze des Zuges angeritten und setzte sich mit seinem Pferd neben sie. »Royce hat mir soeben eine Änderung unserer Reisepläne eröffnet.«
»Worauf gründet sie sich?« Gabrielle sah ihrem Ehemann an, daß die Neuigkeit ihm Unbehagen bereitete.
»Mactavish erklärte sich nur unter der Bedingung einverstanden, ihn zu begleiten, daß Royce sich zu einem Abstecher in den Norden nach Caithness bereitfände, wo er mit einem Clanhaupt etwas zu klären hat.«
»Stammt nicht Fenrir Gunn von dort?« fragte Gabrielle alarmiert, wollte jedoch angesichts der so dichtauf reitenden Krieger nicht ausführlich darüber sprechen.
»Macht Euch seinetwegen keine Gedanken. Ich verspreche Euch, daß es keinen Ärger geben wird.«
Sie bezweifelte zwar, daß er das wirklich glaubte, verfolgte das Thema jedoch nicht weiter.
Am späten Nachmittag war es so kalt geworden, daß Gabrielles Wangen von dem beißenden Wind brannten und sie sich immer tiefer in ihren wollenen Umhang verkroch.

»Ich werde Euch noch etwas Warmes zum Anziehen aus dem Gepäckwagen holen«, sagte Guy besorgt.
»Das ist nicht nötig«, protestierte sie in dem Versuch, den Elementen ebenso ungerührt zu trotzen, wie die Männer es taten.
»O doch, es *ist* nötig – Eure Zähne klappern«, stellte er fest. Als er davonritt, wurde sie augenblicklich von zwei Geharnischten flankiert.
Es schneite immer heftiger, und bald konnte Gabrielle nicht einmal mehr ihren Vordermann sehen. Ihre Finger waren von der Kälte taub, und sie konnte die Zügel kaum noch halten. Plötzlich veränderte sich die Szenerie. Angst erfaßte sie, und sie wollte schreien, aber irgend etwas hinderte sie daran. Sie war gefesselt. Sie sah erschöpfte, besorgte Männer an einem Lagerfeuer Lose ziehen und wußte, daß es um die Entscheidung ging, wer ihrem Leben ein Ende setzen würde. Schließlich trat ein Mann auf sie zu. Er holte aus, und sie sah die Klinge eines Dolches in seiner Hand blitzen. Sie versuchte wieder zu schreien, wenigstens zu schlucken, konnte jedoch beides nicht. Sie dachte an Guy, und dann …
Als sie aus der Trance erwachte, war wieder alles um sie her blendendweiß, doch anstatt zu schwinden wie ihre Erscheinung, wuchs ihr Furcht. Gefahr! gellte eine Stimme durch ihren Kopf. Verzweifelt hielt sie Ausschau nach Guy, aber das dichte Schneetreiben machte es ihr unmöglich, etwas jenseits des weißen Vorhangs zu erkennen. Sie mußte ihn warnen!
Gabrielle schrie, doch der Wind verschluckte ihre Stimme. Nicht einmal ihre Eskorte hörte sie.

Panik packte sie. Bleib ruhig, beschwor sie sich. Wenn sie vor lauter Schnee nichts sehen konnte, dann mußte es dem Angreifer ebenso ergehen.
Sie lauschte angestrengt nach einem verräterischen Geräusch, aber der Schnee erstickte jeden Laut. Ihr Körper schmerzte vor Anspannung.
Plötzlich sah sie ihren Leibwächter zur Rechten vom Pferd stürzen. Das ihre brach erschrocken nach links aus und traf auf keinen Widerstand: Der Krieger, der dort neben ihr geritten war, fehlte. Sie spürte einen heftigen Ruck hinter sich, und ihr Pferd wieherte und begann ob des zusätzlichen Gewichts auf seinem Rücken nervös zu tänzeln, und dann spürte Gabrielle eiskalte Hände im Gesicht, die ihr den Mund zuhielten. Sie schrie und wehrte sich wie wild, aber niemand konnte sie sehen oder hören. Tränen der Angst strömten über ihre Wangen. Sie kämpfte verbissen, aber es war alles vergebens.
Der Angreifer hielt sie grob an sich gepreßt und griff nach den Zügeln. Sie entfernten sich von dem Zug, und Gabrielle hatte keine Möglichkeit, die anderen zu alarmieren. In ihrer Verzweiflung drehte und wand sie sich so lange, bis es ihr gelang, sich ihres Mantels zu entledigen und ihn fallen zu lassen. Der Wind schlug seine Klauen in ihr dünnes Gewand, doch sie spürte die Kälte nicht – sie hatte ihrem geliebten Mann einen Hinweis auf ihren Verbleib hinterlassen können.
Guy! schrie sie im stillen und betete inbrünstig, daß er ihr lautloses Flehen hören würde. Als nichts geschah, ließ sie entmutigt die Schultern sinken. Guy konnte sie ebensowenig hören wie mit den Augen den Schneevor-

hang durchdringen. Sie war einem Fremden ausgeliefert, ohne jede Aussicht auf Hilfe.

*

Guy ritt mit gegen den Wind gesenktem Kopf zurück, um seiner kleinen Frau einen zweiten Pelzumhang zu bringen, der sie in diesem unerwarteten Schneesturm wärmen würde. Nach einem Gespräch mit Royce hatten sie angehalten, auf daß niemand verlorengehe. Flocken flogen ihm in die Augen, aber er ritt mit der Unbeirrbarkeit eines an solche Unbilden gewöhnten Kriegers die Reihe entlang. Als er zu der Stelle kam, wo er Gabrielle verlassen hatte, rief er ihren Namen, bekam jedoch keine Antwort. Furcht regte sich in seinem Herzen. Natürlich war es möglich, daß sie mit ihren Leibwächtern dem Ruf der Natur gefolgt war, aber er bezweifelte es. Beunruhigt stieg er vom Pferd und schritt die Karawane zu Fuß ab, an deren Ende er zwei halb betäubte Männer im Panzerrock entdeckte. Sein Herz schlug zusehends schneller, während er sich ihren Bericht anhörte. Gabrielle war entführt worden!

Verzweifelt suchte er nach einem Hinweis – und dann entdeckte er plötzlich ihren Pelz! Es war an einem Busch hängengeblieben und dadurch nicht völlig eingeschneit. Er applaudierte Gabrielle im stillen für ihre Geistesgegenwart. Wie kalt ihr jetzt wäre, darüber mochte er nicht nachdenken. Wenn er ihre Entführer fände, und er würde sie finden, dann würden sie büßen.

Die Karawane folgte der schmalen Spur zu Fuß. Daß die Hufabdrücke noch zu sehen waren, deutete darauf hin, daß die Entführer ziemlich dicht vor ihnen sein mußten.

Nach einer Stunde ließ der Schneefall nach, und Guy sah ein Stück voraus einen Lichtschein flackern. Er schloß die Augen und schickte ein stummes Gebet gen Himmel. Ein Lagerfeuer leuchtete zwischen den Stämmen der Bäume hindurch. Guy und Royce verteilten ihre Männer. Bäuchlings robbten sie auf das Feuer zu.

Guy spähte durchs Unterholz. Zehn Männer standen auf einer Lichtung an dem Lagerfeuer. Auf der anderen Seite saß gefesselt und geknebelt Gabrielle. Nachdem sie geknobelt hatten, ging einer der Männer auf sie zu.

Guy wollte aufspringen, aber Royce hielt ihn zurück. »Warte, bis unsere Männer auf ihren Positionen sind«, flüsterte er.

Der Mann hatte Gabrielle erreicht und zog einen Dolch heraus. Guy entwand sich Royce' Griff, doch Royce bekam ihn wieder zu fassen und hielt ihn am Boden. »Grundgütiger! Schau doch!«

Guy schüttelte die Hand seines Bruders ab und blickte in die angegebene Richtung.

Der Mann holte mit dem Dolch aus, doch bevor er ihn benutzen konnte, fiel von hinten ein Kamerad über ihn her. Er stürzte vornüber zu Boden, und sein Angreifer zog seinerseits einen Dolch heraus. »Vergebt mir, *Mademoiselle*«, sagte er und bückte sich, um Gabrielle zu befreien, »aber ich habe Befehl, Euch in die Normandie und zu dem neuen Herrn zu bringen. Es gefällt mir nicht, aber ich habe keine Wahl. Dieser Soldritter«, er deutete auf den Toten, »wollte Euch heute abend töten, und das konnte ich nicht zulassen. Er hatte uns gezwungen zu losen.«

»Evarard!« sagte sie mit von dem Knebel pelziger Zunge und rieb sich die geschundenen Handgelenke. »Warum tut Ihr mir das an?«

»Unsere Familien werden als Geiseln festgehalten, *Mademoiselle.* Es ist ein Glück, daß wir Euch fanden und nicht die Söldnerbande von Aumont. Der Mann hier«, Evarard wischte das Blut von seinem Dolch, »war unserem Trupp zugeteilt.«

»Ich habe bereits ihre Bekanntschaft gemacht«, sagte Gabrielle mit klappernden Zähnen.

Als Guy die Erklärung des Bauern hörte, atmete er auf. Es würde ihr nichts geschehen. Aber sie war blaß und zitterte am ganzen Leibe, und es griff ihm ans Herz, sie wie ein kleines Mädchen mit angezogenen Beinen und um die Knie geschlungenen Armen auf dem Boden hocken zu sehen.

Ungeduldig wartete er darauf, daß Royce' und Mactavishs Männer ihre Plätze einnähmen und der Bauer sich von Gabrielle entfernte.

In dem Moment, als er an das wärmende Feuer zurückkehrte, fielen Royce' Normannen und Mactavishs Schotten über die Bande her. Guy rannte zu Gabrielle, zog sie in seine Arme und drückte sie fest an sich. Ihre Hände waren kalt wie Eis, und er steckte sie in sein Hemd und wärmte sie an seiner Brust.

Der Kampf war sehr schnell beendet, denn sie hatten es nicht mit ausgebildeten Kriegern, sondern mit Bauern zu tun. Als ihr Anführer Royce zur Verurteilung

vorgeführt wurde, riß Gabrielle sich von Guy los und trat zwischen die Gegner.
Sie schaute Evarard an, der verängstigt im Schnee kniete, und wandte sich dann an Royce. »Ihr werdet ihm und seinen Männern nichts tun. Sie konnten die Flut der Ereignisse ebensowenig aufhalten wie Ihr oder ich. Es sind loyale Hofleute, die aus Angst tun, was mein Onkel von ihnen verlangt.«
»Aber Ihr könnt hier doch keine Milde walten lassen«, meldete sich Mactavish tadelnd zu Wort.
»Er hat recht«, schloß Royce sich ihm an.
Gabrielle schüttelte den Kopf, und eiskalte Tränen rannen über ihre Wangen. »Ich versteht das nicht. Ihre Familien werden als Geiseln auf unserem Besitz festgehalten, um ihren Gehorsam zu gewährleisten. Würdet Ihr nicht auch alles tun, um Eure Familien zu retten?«
»Was schlagt Ihr vor, *Madame?*« fragte Guy, der sich ihrer Argumentation nicht zu verschließen vermochte.
»Wir müssen ihnen helfen. Sie sind nur ein Pfand in einem ihnen aufgezwungenen Spiel.«
Auf Royce' Nicken hin wandte sich Guy an die vor ihm stehenden Männer. »Dank der Großzügigkeit Eurer Herrin bleibt Euch mein Schwert erspart, aber bedenkt – ein Mann kann nicht zwei Herren dienen.« Er kniete sich neben den toten Soldritter, durchsuchte seine Taschen und förderte einen Beutel mit Goldmünzen zutage. »Das sollte genügen, damit Ihr Eure Familien nach England bringen könnt. Ich werde in naher Zukunft einen Besitz in Lleyn haben, und Ihr wäret mir dort willkommen.« Er stand auf, übergab Everard den Beutel, damit er seinen Inhalt verteilte. Dankbarkeit für die

Gnade ihrer Herrin und die Hilfe des Herrn leuchtete in den Augen der Bauern. Sie verbeugten sich tief.
Guy hüllte Gabrielle in seinen Mantel, legte den Arm um sie und drückte sie an sich.
»Jetzt kann ich dich verstehen, Guy«, sagte Royce. »Ich kenne nur noch eine Frau, der ihre Leute so bedingungslos ergeben sind – meine. Und als ich erkannte, was für ein wertvoller Mensch sie ist, war es auch um mich geschehen. Wir haben offenbar einen Blick für das Besondere, Bruder.«
»Bei dir überrascht mich das, Bruder«, gab Guy trokken zurück, »denn du bist immer eher Soldat gewesen als Feingeist.«
Royce' schallendes Lachen ließ die Stille erzittern.
»Um die Wahrheit zu sagen – Guy hat wesentlich zu meiner Heirat beigetragen«, gestand er Gabrielle augenzwinkernd.
Nachdem die anderen Männer sich für die Nacht zurückgezogen hatten und schließlich auch Royce sich entfernte, sagte Gabrielle zu Guy: »Du liebst deinen Bruder ebenso wie ich den meinen.«
»*Oui,* das tue ich«, nickte er und fügte spöttisch hinzu: »Auch wenn er manchmal fürchterlich halsstarrig ist.«
»Ich freue mich schon darauf, seine Ehefrau kennenzulernen«, erwidere Gabrielle. »Wie weit ist es denn bis nach Renwyg Castle?«
»Von hier aus wäre es nur ein Tagesritt, aber wir müssen ja vorher noch mit Mactavish in den Norden hinauf. Ich denke, du wirst Lady Bethany in einer Woche begrüßen können.«
»Du klingst nicht erfreut«, wunderte sie sich.

»Ich kann es zwar kaum erwarten, meine Neffen zu sehen und Lady Bethany, aber nach England zieht es mich nicht, denn dann muß ich mich von dir trennen.«
»Weshalb denn das?« fragte sie erschrocken.
»Ich muß nach London, um mit meinem Bischof zu sprechen.«
»Dann laß mich doch mit dir reisen.«
»Nein. Bis der König dein Kommen fordert, bleibst du bei meiner Familie – das ist sicherer.«
»Aber ich will dich begleiten«, insistierte sie.
»Ich habe nein gesagt.«
»Nun – das müssen wir nicht hier und jetzt entscheiden«, lenkte sie angesichts seines Starrsinns lächelnd ein. »Wir sind ja noch nicht einmal in Northumberland. Wollen wir uns diesen Streit aufheben, bis er unvermeidbar wird?«
»Was habe ich doch für eine kluge kleine Frau«, sagte er zärtlich. »Wenn in allen Ehen so viel Vernunft waltete, würde viel weniger Unfrieden herrschen.«
»Wir werden das unseren Kindern mit auf den Lebensweg geben«, meinte sie, und er lachte. »Du bist der Zeit ja schon *weit* voraus. O Gabby – ich glaube, ich habe mein ganzes Leben lang nach dir gesucht.« Er nahm sie in die Arme, und sie schaute voller Liebe zu ihm auf. »Wenn ich morgen sterben sollte, dann in der Gewißheit, das wahre Glück erlebt zu haben«, sagte sie leise.
Er wurde ernst. »Gabby – was immer auch geschieht, vergiß nie, daß ich dich liebe. Versprichst du mir das?«
»Ich verspreche es«, nickte sie feierlich.
»Mein Herz gehört dir, und ich werde dich bis zu mei-

nem letzten Atemzug verteidigen. Du darfst niemals an meinen Gefühlen für dich zweifeln – was auch passiert.«
Sie schluckte den Kloß hinunter, der sich in ihrem Hals gebildet hatte, und flüsterte: »Ich werde immer an deine Liebe glauben.«
Sie hatte ihn noch nie so strahlend gesehen wie in diesem Moment. »Ich nehme dich beim Wort«, sagte er.
»Das kannst du getrost tun«, lächelte sie.
Hand in Hand gingen sie zu ihrem Zelt hinüber, und als sie davor stehenblieben, zog Guy sie wieder an sich. Er senkte seinen Mund auf den ihren und brachte ihren Körper damit zum Glühen. Sie schlang die Arme um seinen Hals und schmiegte sich eng an ihn. Seine Erregung zu spüren ließ Flammen der Leidenschaft in ihr auflodern, und sie erwiderte seinen Kuß mit einer Wildheit, die ihn vor Lust aufstöhnen ließ. Lichterloh brennend, klammerte sie sich so fest an ihn, daß er sich mit sanfter Gewalt aus ihrer Umschlingung befreien mußte. »Nicht!« protestierte sie enttäuscht.
»Ich muß es tun.« Sein Atem ging keuchend. »Wir haben das doch besprochen.«
»Aber es ist unsäglich schwer, sich daran zu halten.« Auch ihr Atem ging stoßweise.
»Es hilft nichts.«
Sie seufzte. »Du hast recht. Ich hätte dich nicht in Versuchung führen dürfen.«
Er hauchte einen sanften Kuß auf ihre Stirn. »Geh jetzt schlafen, meine Liebe. Gute Nacht.«
Nachdem er die schwere Plane hinter ihr heruntergelassen hatte, blieb er noch eine Weile vor dem Zelt ste-

hen, um seine Fassung wiederzugewinnen. Noch nie in seinem Leben hatte er eine Frau so begehrt – und ausgerechnet von ihr hielt ihn eine Lüge fern.
Ein Betrug, zu dem er sich freiwillig bereit erklärt hatte. Wobei es ein Glück war, daß Wilhelm ausgerechnet diese Maskerade für ihn gewählt hatte, denn wenn er die Ehe vollzöge, wäre es endgültig um ihn geschehen, und weiß der Himmel, welche Folgen sich daraus ergäben.
Als er sich umdrehte, sah er, daß sein Bruder ein paar Schritte entfernt auf ihn wartete.
Royce bedeutete ihm, ihn zu begleiten. Als sie außer Gabrielles Hörweite waren, blieb er stehen und sagte kopfschüttelnd: »Du hast dich da ja in eine vertrackte Lage gebracht, Bruder. Was willst du tun, wenn unser König sie nach London beordert, um sie wieder zu diesem Aumont zurückzuschicken?«
»Ich werde hinreiten und mit ihm sprechen. Er kennt noch nicht alle Tatsachen. Ich bin zuversichtlich, daß er, wenn er wirklich Bescheid weiß, davon Abstand nehmen wird, Gabrielle zu der Ehe mit dem Mann zu zwingen, den Aumont ihr zugedacht hat.«
»Wenn du das glaubst, bist du ein Narr. Den König interessiert es doch nicht, ob Gabrielle unglücklich wird. Er wird tun, was das Beste für sein Land ist. Du kannst dich allenfalls unbeliebt bei ihm machen.«
Guy ballte die Fäuste. »Es wäre so gut wie ein Todesurteil für sie. Ich habe es fast mit dem Leben bezahlt, sie vor Aumonts Schergen zu beschützen. Der Kerl schreckt vor nichts zurück, und er haßt sie.«
»Und wenn Wilhelm seine Meinung nicht ändert?«

Guy rieb sich das Kinn und seufzte. »Dann muß ich mir etwas einfallen lassen.«
»Du bist bereit, zum Verräter zu werden – und alle, die dir helfen würden, auch dazu zu machen?«
»Keine Sorge, Royce – ich würde dich da nie mit hineinziehen.«
»Ich stünde selbstverständlich zu dir, und es ist für mich sehr kränkend, daß du denkst, ich ließe dich im Stich. Aber du würdest dich ganz unnötig ins Unglück stürzen. Nimm sie mit nach London, und trage dein Anliegen vor – und falls der König hart bleibt, kannst du immer noch einen Plan schmieden, sie vor ihrem Verlobten zu retten.«
Guy dachte darüber nach. »Dieser Gedanke hat etwas für sich«, nickte er schließlich. »Auf diese Weise könnte ich mir beide Schurken vornehmen – Aumont und ihren Zukünftigen.« Sinnend blickte er vor sich hin und sagte dann mit kummervoller Miene: »Sie wird mich hassen, wenn sie erfährt, wie ich sie hinters Licht geführt habe.«
»Dann laß sie es nicht von einem anderen hören – offenbare es ihr selbst.«
»*Non* – das kann ich nicht.« Er hätte es nicht ertragen, das Vertrauen in ihren Augen erlöschen zu sehen.
Royce seufzte. »Du machst einen Fehler.«
»Das ist gut möglich – aber ich kann nun mal nicht anders.« Guy lächelte spöttisch. »Jetzt kann ich nachempfinden, wie es für dich war, als ich dir Ratschläge bezüglich Bethany gab.«
»Vielleicht fällt *ihr* ja etwas ein«, meinte Royce und schlug seinem Bruder auf den Rücken. »Laß uns schla-

fen gehen. Morgen machen wir uns auf den Weg nach Caithness, und wenn Mactavish erledigt hat, was ihn dort hinführt, reiten wir nach Renwyg.« Bei der Erwähnung seines Heimes schwang Wärme in seiner Stimme mit.

Guy lächelte. Sein Bruder war glücklich verheiratet. Wenn *er* sich dessen nur auch rühmen könnte.

Zwölftes Kapitel

Sie kamen um die Mittagszeit in Caithness an und ritten an der zerklüfteten Küste entlang, bis sie zu einer steinernen Burg gelangten, die aus dem Meer emporzuwachsen schien. Auf einer Landspitze erbaut und von der Gischt der gegen die Felsen schlagenden Brecher umsprüht, wirkte die Feste uneinnehmbar und ungastlich.

Gabrielle schauderte es. Dies wäre jetzt ihr Heim, wenn Guy Fenrir Gunn nicht besiegt hätte!

»Mein Name ist Bram Mactavish, ich begehre Einlaß und komme wegen meines Mannes Brian und dessen Sohn Angus. Laut Laird Fenrir Gunns Schreiben brauchen sie dringend Hilfe.« Selbst Mactavishs volltönende Stimme vermochte sich nur mit Mühe gegen das Tosen der Brandung durchzusetzen.

Das Flügeltor wurde geöffnet. Im Burghof wuchs Moos an den Mauern, so feucht war es hier.

»Gunn hat mich angewiesen, Euch unverzüglich zu Euren Männern zu bringen«, sagte der Hauptmann der Wache und wollte sich gerade umdrehen, um voranzugehen, als Guy fragte: »Kann meine Gemahlin irgendwo ausruhen? Wir waren lange unterwegs, und das bei höchst widrigem Wetter.«

Der Burghauptmann zuckte mit den Schultern. »Ich

habe lediglich Anweisung, Mactavish zu seinen Männern zu geleiten.«

Gabrielle zitterte, doch daran war nicht die Kälte schuld. Dankbar schmiegte sie sich in Guys tröstenden Arm. »Wir werden den Laird begleiten.«

Der Hauptmann setzte zu einem Protest an, überlegte es sich dann jedoch und steuerte auf eine in die Tiefe führende Treppe zu.

Gabrielle drehte es den Magen um, als sie roch, welch übler Gestank von dort heraufstieg. Eine kalte Hand legte sich um ihr Herz. Gunn hatte eine merkwürdige Art, seine Gäste unterzubringen. Eng an ihren Mann gepreßt ging sie mit ihm die Stufen hinunter.

Als sie unten ankamen, sah sie sich zu ihrem Entsetzen an eine Wand geketteten Jammergestalten gegenüber. Aus mehreren Zellen drangen Stöhnlaute, die eher aus tierischen Kehlen zu kommen schienen als aus menschlichen. Der Hauptmann der Wache schloß eine der Türen auf. »Der Junge ist da drin«, sagte er.

Guy griff sich eine Fackel und leuchtete in den feuchten Raum hinein. Dort lag Angus auf schmutzigem Stroh.

Mactavish ging hinein und zog den Jungen an seinem Rock hoch. »Was ist dir widerfahren?« verlangte er zu wissen. »Sprich!«

Er war offensichtlich aufs übelste mißhandelt worden. »Ihr hättet nicht kommen dürfen, Herr«, flüsterte er mühsam. »Gunn wird Euch töten.«

»Hilf dem Jungen, Guy«, flehte Gabrielle leise.

»Ich kann mich da nicht einmischen – das ist allein Mactavishs Angelegenheit«, erwiderte er, doch sie sah

Zorn in seinen Augen lodern. Die Kleidung des Jungen hing in Fetzen, und er schien keinen heilen Fleck am Körper zu haben. Er mochte etwa so alt sein wie Louis, doch der Ausdruck in seinen Augen war der eines Greises, der nur Leid in seinem Leben erfahren hatte.

Mactavish ließ ihn los. »Euer Vater ist mein Freund. Ich bin gekommen, um Euch beide nach Hause zu holen.«

Der Junge blinzelte. Seine Augen glänzten verdächtig feucht. »Gott segne Euch, Mylord, aber ich beschwöre Euch, verlaßt die Burg, solange Ihr noch könnt.«

»Warum sollte er mir ans Leben wollen?« fragte Mactavish.

»Bevor er damals nach Renwyg Castle ritt, um Lady Bethany aus der Sklaverei zu befreien, spie er allenthalben große Worte, und so war er der Lächerlichkeit preisgegeben, als er von Royce de Bellemare besiegt zurückkehrte. Seit damals sinnt er auf Rache, und darum hat er Euch hierher gelockt, Mactavish, denn seiner Ansicht nach hättet Ihr ihn darauf vorbereiten müssen, was für ein Gegner ihn erwartete.«

Mactavish fuhr sich mit der Hand durch die Haare. »Wie es scheint, habe ich den Mann völlig falsch eingeschätzt.«

Angus begann wie ein Betrunkener zu schwanken, und Gabrielle eilte zu ihm und legte den Arm um seine Mitte, um ihn zu stützen. »Ihr müßt ruhen«, drängte sie ihn, um ihr Gleichgewicht kämpfend.

»Gabrielle!« Guy befreite sie von ihrer Last und half dem Jungen, sich hinzulegen.

Angus packte ihn am Arm. »Ist das Lady Gabrielle von Aumont?«

Auf Guys Nicken hin schloß Angus die Augen und seufzte tief. »Gunn kam letzte Woche übelster Laune von Campbell Castle zurück, nachdem er den Kampf um die Hand der Lady verloren hatte.«

»Das ist ja wohl auch kein Wunder!« dröhnte eine Stimme hinter ihnen. Als sie herumfuhren, sahen sie Fenrir Gunn mit gezogenem Schwert dastehen. »Ich hatte gehofft, mein Ansehen durch einen Sieg bei Campbells Wettstreit wiederzugewinnen, aber wie sich zeigte, wurde mir wieder ein Normanne zum Verhängnis – Pater Guy, der Bruder des Teufels, der mir die erste schändliche Niederlage bescherte.«

Der Haß in seiner Stimme ließ Gabrielle erschaudern. Auf dem Kampfplatz bei ihrem Onkel war er ihr hünenhaft erschienen – hier unten wirkte er wie ein Riese.

Er setzte einen Fuß in die Zelle und stieß Angus mit der Stiefelspitze an. »Du lebst ja immer noch«, stellte er mißbilligend fest.

»Dein Vater hat meine Gastfreundschaft nicht so lange ausgehalten.«

»Ihr lügt!« Der Junge wollte aufspringen, aber Guy hielt ihn zurück.

»Ich kann mir vorstellen, daß du ihn vermißt – ich werde dafür sorgen, daß du ihn bald wiedersiehst«, höhnte Gunn in süßlichem Ton. Dann ließ er den Blick über die Anwesenden wandern. »Schau, schau, was mir da alles in die Falle gegangen ist«, grinste er selbstzufrieden. »Nicht nur Mactavish, sondern auch gleich die *beiden* Männer, die meinen guten Ruf zerstört haben. Was will ich mehr?«

»Es war sowohl damals als auch jetzt auf Campbell Castle ein ehrlicher Kampf«, warf Mactavish ein.

»Das mag ja sein«, gab Gunn zu, »aber die letzte Niederlage führte dazu, daß der Clan nun meinen Bruder zum Oberhaupt gewählt hat.«

»Das habt Ihr einzig und allein Euch selbst zuzuschreiben«, hielt Mactavish ihm vor Augen.

»Wie auch immer – jedenfalls seid Ihr mir jetzt auf Gedeih und Verderb ausgeliefert.«

»Ein reizender Gastgeber«, meinte Guy spöttisch und zog Gabrielle an seine Seite.

Gunn stieß ein häßliches Lachen aus. »Ich werde mich als Menschenfreund erweisen und Euch Gelegenheit geben, das Leben der Lady zu retten«, sagte er.

»Wie das?«

»Ihr werdet hier unten verrotten, aber wenn Ihr sie mir abtretet, werde ich sie nach Eurem Tod heiraten, womit für ihre Sicherheit gesorgt ist – und die liegt Euch doch so am Herzen, nicht wahr? Also – was sagt Ihr dazu?«

Gabrielle schlang die Arme um Guys Mitte und starrte ihn mit tränenblinden Augen an. »Das dürft Ihr nicht zulassen, mein Herr und Gebieter!« flehte sie.

Obwohl es ihm das Herz im Leibe herumdrehte, antwortete er: »Ich muß es tun – um Euretwillen. Wenn Ihr an meiner Stelle wäret, würdet Ihr genauso entscheiden.«

»Ich liebe Euch«, flüsterte sie erstickt. »Laßt mich hier mit Euch sterben!«

Seine Lippen senkten sich zu einem Kuß auf die ihren, aus dem Leidenschaft und Trauer sprachen, und sie klammerte sich an ihn wie eine Ertrinkende. Es war unvorstellbar für sie, daß sie ihn niemals wiedersehen, niemals wieder seine Wärme spüren – und niemals das Lager mit ihm teilen würde. Oh, warum nur hatte er sie vertröstet? Mit zitternden Fingern streichelte sie sein Gesicht, während Tränen über ihre Wange strömten.

Er wollte sich von ihr lösen, doch sie hielt ihn fest.

»Geht«, bat er inständig, aber sie schüttelte wild den Kopf.

»Royce«, bat er seinen Bruder mit heiserer Stimme um Hilfe.

Royce legte die Hand auf ihren Arm, doch sie reagierte nicht.

»Es ist Zeit, Gabrielle«, sagte Royce.

»Nein, ich will nicht!« flüsterte sie mit brüchiger Stimme. »Guy!«

Royce zog sie mit sanfter Gewalt zur Tür. Sie stolperte, den Blick nach hinten gewandt, neben ihm her. Guy stand mit geballten Fäusten regungslos da. Seine Züge wirkten wie aus Stein gemeißelt, doch in seinen Augen sah sie den Schmerz, den er zu verbergen suchte.

»*Adieu*«, flüsterte sie erstickt.

Als die Tür des Verlieses mit einem Donnerschlag zuknallte, erschrak sie bis ins Mark. Ihr Herzschlag dröhnte in ihren Ohren und aberwitzige Rettungs- und Fluchtpläne schossen ihr durch den Kopf, während Fenrir Gunn sie den Gang hinaufzerrte. An der Treppe angelangt, gab er ihr ein schmuddeliges Tuch. »Wischt

Euch die Tränen ab. Ihr werdet den Männern, die mit Euch gekommen sind, versichern, daß alles in Ordnung ist. Heute abend, wenn sie etwas getrunken haben, werden meine Leute sie überwältigen.«
»Werdet Ihr ihnen etwas in ihr Bier mischen?« fragte sie, während sie ihre Tränen trocknete.
»Kümmert Euch nicht um meine Angelegenheiten«, schnauzte der Laird sie an. »Euer Gemahl hat Euch an mich abgetreten, und je eher Ihr begreift, daß jetzt ein anderer Wind weht, um so besser für Euch.«
Sie senkte scheinbar untertänig den Blick, doch in Wahrheit tat sie es, damit er den Haß in ihren Augen nicht sähe. Sie mußte einen Weg finden, Guy und die anderen zu retten!
In der Großen Halle standen Royce' und Bram Mactavishs Stellvertreter am Kamin. »Mylady?« sagten sie wie aus einem Munde.
»Die Männer sind noch bei Angus, aber sie kommen gleich«, erklärte sie den beiden, während sie sich den Kopf nach einer Möglichkeit zermarterte, ihnen die Wahrheit kundzutun.
»Wißt Ihr, ob wir die Nacht hier verbringen, Mylady?«
Sie spürte, daß Gunn sie fixierte.
»Das kann ich Euch nicht sagen«, erwiderte sie. Als ihr Blick auf das silberne Kreuz am Hals des Normannen fiel, kam ihr eine Idee. »Was haltet Ihr davon, wenn wir, während wir warten, ein Dankgebet sprechen?«
»Die Männer sind müde – belästigt sie nicht, Lady«, fuhr Gunn sie an.
Royce' Mann bedachte ihn ob dieser Despektierlichkeit

mit einem empörten Blick und zog seinen stämmigen schottischen Kameraden mit sich auf die Knie. »Ein Mann ist nie zu müde, um Gott für eine sichere Ankunft zu danken, Gunn.«

Auch Gabrielle sank auf die Knie und begann zu beten. Sie hatte kaum drei Worte gesprochen, als Fenrir Gunn sie unterbrach: »Ich beherrsche die lateinische Sprache nicht – betet in unserer«, befahl er.

»Latein ist die Sprache der Kirche«, mischte der Normanne sich in herablassendem Ton ein.

Gabrielle hielt den Atem an. Würde der ungeschlachte schottische Barbar diese Zurechtweisung ungeahndet durchgehen lassen?

Zu ihrer Erleichterung knurrte Gunn: »Also gut«, und sie begann noch einmal von vorne. Immer wieder fügte sie das französische Wort »embuscade« in den Text ein, das soviel wie »Hinterhalt« bedeutete und, entsprechend ausgesprochen, fast lateinisch klang. Vachel ließ nicht erkennen, daß er ihren Hinweis begriffen hatte. Er bekreuzigte sich am Ende des Gebetes und küßte ihr die Hand. »Ich danke Euch, Herrin«, sagte er und verbeugte sich.

Als Royce' und Mactavishs Stellvertreter sich entfernt hatten, sagte Gunn mit einem zynischen Grinsen: »Es war klug von Euch, mir zu gehorchen, Lady.« Er packte sie grob am Arm, doch sie jammerte nicht.

»Wohin bringt Ihr mich?« fragte sie, als er sie zur Treppe zerrte.

»In den Turm.«

»Aber wird es denn nicht auffallen, wenn ich plötzlich verschwunden bin?« versuchte sie ihn umzustimmen.

»Wenn jemand fragt, werde ich sagen, Ihr seid müde gewesen und hättet mich gebeten, Euch ein wenig ausruhen zu dürfen.«
Als sich die Tür ihres Gefängnisses schloß, sank sie auf die Knie, um zu beten. Sie hatte versagt. Wenn jetzt nicht Gott hülfe, würde Guy sterben.

*

Es war schon lange dunkel, als Vachel die Tür des Verlieses öffnete. »Die Männer erwarten Eure Befehle, Herr«, sagte er und beantwortete Royce' fragenden Blick lächelnd. »Die *demoiselle* hat uns wissen lassen, daß Ihr in eine Falle gegangen seid.«
Guy trat auf Vachel zu und packte ihn am Panzerrock. »Wie geht es ihr?« fragte er drängend.
»Gunn hat sie in den Turm gesperrt.« Vachel machte sich los. »Er dachte natürlich, wir hätten es nicht bemerkt. Während des Abendessens, als er damit beschäftigt war, sich vor seinen Leuten großzutun, schickte ich einen Mann, sie zu befreien.« Er trat grinsend beiseite.
Unsägliche Erleichterung durchflutete Guy, als er Gabrielle sah. Er breitete die Arme aus, und sie stürzte sich hinein. Oh, wie gut sie sich anfühlte! Er drückte sie an sein Herz. »Ich danke Euch«, flüsterte er. Seine Gebete waren erhört worden.
Angus richtete sich mühsam auf. »Mylord, Gunn erwartet die Männer seines Bruders. Wenn Ihr ihn überwältigen wollt, dann müßt Ihr das vor deren Ankunft tun.«
Mactavish wandte sich an Royce' Mann. »Können wir es denn?«

Vachel nickte. »Gunns Leute sind größtenteils betrunken.«
»Während Ihr kämpft, werde ich meinen Vater suchen«, erklärte Angus, aber Vachel hielt ihn zurück. »Mactavishs Männer haben Euren Vater gefunden. Man hatte ihn aufs Rad geflochten. Er ist offenbar lieber gestorben, als Gunn zu offenbaren, was er wissen wollte.«
Der Junge schüttelte den Kopf. »Ich kann es nicht glauben. Heute morgen waren wir noch zusammen!«
Guy gab Gabrielle frei, damit sie den Jungen trösten könnte. Sie nahm ihn in den Arm, drückte seinen Kopf an ihre Schulter, und er klammerte sich verzweifelt schluchzend an sie.
Als sie sich über ihre Strategie einig waren, gingen Royce, Bram Mactavish und Vachel hinaus. Guy blieb zurück und zog Gabrielle an sich, und als er sie küßte, legte er all das hinein, was bisher zwischen ihnen ungesagt und unerlebt geblieben war. Als er sie losließ, gaben ihre Knie nach. Er packte zu und hielt sie fest, bis sie wieder allein stehen konnte. »Bleib hier bei Angus«, sagte er und lief hinaus. Sie wäre ihm am liebsten gefolgt, doch sie sah ein, daß sie nur im Weg gewesen wäre, und so ging sie, die Arme um sich geschlungen, in der Zelle auf und ab.
Als nach einer Ewigkeit Schritte auf der Treppe zu hören waren, erhob sich Angus mühsam von seinem Strohlager und stellte sich vor Gabrielle. Die Zellentür flog auf, und er spannte, zu allem entschlossen, die Muskeln in seinem geschundenen Körper an.

Dreizehntes Kapitel

Gabrielle trat hinter Angus hervor. »Wollt Ihr Euer Ansehen zurückgewinnen, indem Ihr einen halbwüchsigen Jungen und eine Frau tötet?« fragte sie den vor ihr aufragenden Fenrir Gunn in spöttischem Ton, obwohl ihr vor Angst die Knie zitterten.

Der Laird lief zornrot an. »Ich bin kein Feigling, Weib.«

Gabrielle deutete auf die nach oben führende Treppe und hätte sich fast verraten, als sie Mactavish auf der obersten Stufe erscheinen sah. Doch sie schaffte es fortzufahren: »Dann solltet Ihr oben gegen die Männer kämpfen, die Euch Eurer Meinung nach Unrecht zugefügt haben, und Euch nicht hier unten bei uns verstecken.«

»Dafür habe ich meine Männer«, erwiderte Gunn herablassend.

»Was für ein Ehrenmann«, tat Bram Mactavish seine Gegenwart höhnisch kund.

Fenrir Gunn fuhr herum und stürmte mit gezogenem Schwert die Treppe hinauf. »Ihr verhöhnt mich nicht ungestraft!« keuchte er.

Mactavish wich dem Angriff mit Leichtigkeit aus.

»Macht Euch bereit, vor Euren Schöpfer hinzutreten«, brüllte Gunn, doch auch diese Attacke parierte Mactavish. Die Männer tanzten schwerterschwingend die Stufen hinauf und hinunter.

Plötzlich stolperte Gunn, aber als Mactavish sich auf ihn stürzen wollte, warf er ihm eine Handvoll Dreck und Stroh ins Gesicht. »Stirb!« brüllte Gunn und sprang auf, um den Geblendeten anzugreifen. In diesem Augenblick kam Guy die Treppe heruntergelaufen. »Ihr habt mich einmal besiegt – glaubt Ihr, Ihr schafft es noch einmal?« forderte Fenrir Gunn Guy heraus und ging auf ihn los, doch sein Zorn trübte seinen Blick, und so konnte Guy alle Angriffe ohne Anstrengung abwehren. Aber dann rutschte er aus und fiel auf ein Knie. Gabrielle schrie auf. Gunn attackierte den Gestürzten wieder und wieder, aber Guy parierte jeden Hieb, und dann stach er auf einmal blitzschnell zu. Der Schotte sank zur Seite. Überraschung malte sich auf seinen Zügen.

Gabrielle lief zu ihrem Ehemann und schlang die Arme um ihn.

Angus trat zu ihnen und starrte auf den Toten hinunter. »Er hat meinen Vater umgebracht – *ich* hätte ihn töten müssen.« Er spuckte ihm ins Gesicht.

Bram Mactavish, der seine Augen inzwischen gereinigt hatte, ging zu dem Jungen und legte den Arm um seine Schulter. »Von heute an bist du mein Sohn. Dein Vater, Brian, hat mir das Leben gerettet, als wir noch Knaben waren, und nun kann ich diese Schuld begleichen.«

Angus hatte Tränen in den Augen, doch er bekundete sein Einverständnis mit einem würdevollen Nicken.

Renwyg Castle stand wie aus einem riesigen Stein gehauen in der Landschaft, und als die Sonne durch die

Wolken brach und die Mauern in einem bräunlichen Rosa schimmerten, wirkte die Burg auf Gabrielle wie ein Märchenschloß. Als sie im Burghof von den Pferden stiegen, kam eine schöne Frau mit wallenden, roten Locken und leuchtenden, braunen Augen angelaufen und fiel Royce um den Hals.

Guy beobachtete die Begrüßung mit einem Lächeln. Als sein Bruder die Frau freigab, breitete er die Arme für sie aus, und Gabrielle schalt sich beschämt für den Anflug von Eifersucht, den der Anblick in ihr auslöste.

Nach einer herzlichen Umarmung sagte die Frau zu Gabrielle: »Ihr müßt Lady Gabrielle sein – ich bin Bethany von Northumberland. Nachdem wir einander nun kennen, kommt gleich mit mir.« Sie nahm Gabrielle an der Hand, die einen unsicheren Blick zu Guy hinüberwarf, der ihr jedoch aufmunternd zulächelte.

»Überlassen wir die Männer ihren Gesprächen«, lachte Lady Bethany. »Wir haben Wichtigeres zu bereden.«

»Wohin gehen wir?« fragte Gabrielle, die mit großen Augen die prächtigen Wandbehänge in der Halle bewunderte.

»In meine Gemächer – dort sind wir ungestört. Sonst können wir uns ja gar nicht richtig kennenlernen, meint Ihr nicht auch?«

»Ihr seid ein richtiger Wirbelwind, Lady Bethany«, stellte Gabrielle, die Mühe hatte, mit ihr Schritt zu halten, atemlos fest.

»Ihr könnt verschnaufen, wenn wir außer Hörweite sind«, antwortete Lady Bethany und zog sie durch die Große Halle und die Treppe hinauf.

Gabrielle mußte lachen. »Ich hoffe sehr, es dauert nicht mehr allzu lange.«
»Nein, nein, wir sind gleich da«, versprach ihre Gastgeberin.

Innerhalb einer Woche hatte Gabrielle nicht nur ihre Schwägerin liebgewonnen, sondern auch die Zwillinge, die in ihr die Sehnsucht nach einer eigenen Familie weckten.
»Royce und ich waren nicht immer so glücklich miteinander«, erzählte Bethany, während sie Bram – oder war es Lance? – frische Sachen anzog. »Es gab eine Zeit, da hielt er mich seiner für unwürdig.«
»Unwürdig?« echote Gabrielle, die gerade das andere Kind in seinem Bettchen bewunderte. Der Kleine hielt ihren Finger fest und schenkte ihr ein herzerwärmendes, zahnloses Lächeln.
»Ja. Ich bin Sächsin, und er war der normannische Eroberer. Eigentlich hatte er eine Normannin heiraten wollen, um am Hof Anerkennung zu finden.« Als sie Gabrielles verständnislosen Blick sah, fragte sie: »Du kennst die Familiengeschichte nicht?«
Als Gabrielle den Kopf schüttelte, murmelte sie: »Männer!« und legte den zweiten Zwilling in das Bettchen, wogegen dieser sofort protestierte. »O Lance, warum kannst du nicht so friedlich sein wie dein Bruder?« seufzte sie ungehalten, nahm ihren Sohn jedoch wieder hoch und bedeutete Gabrielle, ihr ins angrenzende Zimmer zu folgen. Nachdem sie leise die Tür geschlossen hatte, nötigte sie Gabrielle auf einen Stuhl.
»Du brauchst es mir nicht zu erklären«, sagte Gabri-

elle, die das Gefühl hatte, ihre Schwägerin in eine unangenehme Lage gebracht zu haben.

»Unsinn. Du gehörst zur Familie und hast ein Anrecht darauf, alles zu erfahren.« Bethany ging langsam auf und ab, wobei sie beruhigend den Rücken des Kleinen tätschelte, der noch immer quengelte. »Royce und Guy führten ein Leben in Ansehen und Luxus, bis ihr Vater plötzlich öffentlich erklärte, nicht ihr Vater zu sein. Ihre Mutter ist von hoher Geburt, und der Name de Bellemare war ein am Hof geachteter. In den Augen des Hauses Lemieux aber waren die beiden nichts als Bastarde.«

Gabrielle traute ihren Ohren nicht – Guy war mit ihrem Verlobten, Bayard de Bellemare, verwandt und mit der Familie, an deren Herrenhof Louis als Page gedient hatte?

»Sie büßten nicht nur die Liebe ihres Vaters ein, sondern auch ihr schönes Leben, und darum lag Royce so viel daran, in diese Welt zurückzukehren. Wobei ich glaube, daß es ihm gar nicht um den Status an sich ging, sondern darum, seinem Vater zu zeigen, daß er es auch ohne ihn schaffen konnte.«

»Und Guy hat diesen Ehrgeiz nicht?« fragte Gabrielle.

»Nein. Du hast ja sicherlich bereits bemerkt, daß die Brüder in vielerlei Hinsicht sehr verschieden sind. Macht es dir etwas aus, daß Guy ein Bastard ist? Immerhin bist du von hoher Geburt.«

»O nein«, lächelte Gabrielle. »Seine Herkunft ist mir nicht wichtig.«

Bethany erwiderte ihr Lächeln anerkennend.

»Ich hatte befürchtet, ihr würdet es mir übelnehmen,

daß Guy sich meinetwegen von seinem Orden abgewandt hat«, wechselte Gabrielle das Thema.
Bethany hätte ihr gerne reinen Wein eingeschenkt, doch sie sagte lediglich: »Es war seine Entscheidung.«
»Ich hoffe nur, er bereut sie nicht eines Tages. Ich liebe ihn so sehr – ich möchte, daß er glücklich ist.«

Bethany verschränkte kriegerisch die Arme. »Royce, ich bestehe darauf, das Guy Gabrielle die Wahrheit sagt!«
»Glaubst du, ich hätte ihn noch nicht bekniet? Er läßt einfach nicht mit sich reden.«
»Vielleicht kann *ich* ja etwas erreichen. Ich mag Gabrielle, und es widerstrebt mir zutiefst, sie zu belügen.«
»Mir auch«, nickte Royce.
»Such Guy und schicke ihn zu mir in die Halle«, bat sie ihren Ehemann.
»Ich bin schon unterwegs.«
Die Dienstboten waren dabei, die Tische fürs Mittagessen zu decken, und Bethany, die ihnen dabei zusah, hatte den Saal bereits viermal der Länge nach durchmessen, als Guy endlich erschien. Bevor sie den Mund aufmachen konnte, sagte er: »Ich will heute mit Gabrielle ausreiten. Das Wetter ist schön, und ich glaube, der Ausflug wird ihr guttun. Habt ihr beide Lust, euch uns anzuschließen?«
Wenn sie zusagte, wäre er vielleicht eher geneigt, sich anzuhören, was sie ihm zu sagen hatte.
»Eine wunderbare Idee. Ich bin seit der Geburt der Zwillinge nicht mehr ausgeritten.«
»Sehr schön. Gabby wird sich freuen ...«

»Hast du dich entschlossen, ihr von dem Befehl unseres Königs zu erzählen?«
»Nein. Vielleicht ändert er seine Meinung ja noch.«
»Und wenn nicht – wirst du ihr dann sagen, welche Rolle du in diesem Ränkespiel einnimmst?«
»Das kann ich nicht. Ich will sie nicht verlieren.«
»Aber das wirst du – wenn sie es von jemand anders erfährt.«
»Sosehr ich dich auch respektiere, Schwester – ich möchte dich herzlich bitten, dich hier nicht einzumischen.«
»Oh! Du bist genau so starrsinnig wie dein Bruder!« schimpfte sie. »Aber irgendwann wirst du einsehen, daß ich recht hatte – und dann komm ja nicht angekrochen und jammere mir die Ohren voll!« Damit ließ sie ihn stehen und rauschte hinaus, ohne ihren Ehemann, der ihr entgegenkam, auch nur eines Blickes zu würdigen.
Royce trat zu seinem Bruder, der mit finsterer Miene vor sich hin starrte. »Wie es scheint, ist die Unterhaltung zu beiderseitiger Unzufriedenheit verlaufen«, grinste er.
»Deine Frau hat mir heute eine Seite an sich offenbart, die ernsthafte Zweifel in mir weckt, ob ich dir wirklich einen Gefallen damit tat, dir diese Ehe einzureden«, knurrte Guy.
»Oh, ich komme bestens mit ihr zurecht«, meinte Royce gut gelaunt.
»Wie schön für dich!« giftete Guy ihn an.
Das Erscheinen von Vachel beendete ihren Wortwechsel. »Das hat Cedric von einem Boten entgegengenom-

men«, sagte er und reichte Royce einen Brief. Er trug das königliche Siegel. Mit einem unguten Gefühl erbrach Royce es, überflog den Inhalt und reichte das Schreiben seinem Bruder.

Guys Magen krampfte sich zusammen. Wie konnte er sie zum König bringen? Aber wie konnte er es *nicht?* Der Befehl war klar: »Kommt mit der Jungfer nach London.«

»Denke nicht einmal darüber nach!« warnte Royce ihn, als habe er seine Gedanken gelesen. »Du *mußt* sie an den Hof bringen.«

»Royce ...«

»Sprich mit König Wilhelm. Wenn du glaubst, daß es etwas nützt, bin ich gerne bereit, mich ebenfalls zu äußern.«

»Aber wenn Wilhelm diesem Aumont einen Gefallen schuldet, wird er sich nicht davon abbringen lassen.«

»Du mußt es auf jeden Fall versuchen.«

»Wenn nötig, werde ich den Befehl Seiner Majestät mißachten.«

»Und was dann, Guy? Wo könntest du dich verstecken, um Wilhelms Zorn zu entgehen?«

»Darüber werde ich nachdenken, falls es notwendig werden sollte. Jetzt laß uns mit den Damen ausreiten.«

Der Tag war ungewöhnlich warm für die Jahreszeit. Der Geruch feuchter Erde hing in der Luft. Nach zwei Stunden erreichten sie die Steilküste, wo sie von einem frischen Westwind empfangen wurden. Hier roch es nach Salz und Tang. Gabrielle schaute zu Guy hinüber

und sah, daß er sie betrachtete. Sie errötete und strich sich die Haare aus dem Gesicht, mit denen der Wind sein Spiel trieb. »Es ist wunderschön hier«, sagte sie ehrfürchtig.
»*Du* bist wunderschön«, gab er zurück.
Sie war gerade dabei, sich in seinen nachtblauen Augen zu verlieren, als sie eine Vision kommen spürte. Guy sah es ihr an, zog sie vom Pferd und nahm sie fest in die Arme. Royce und Bethany beobachteten es verwundert.
»Meine Frau hat das Zweite Gesicht«, erklärte Guy.
Gabrielle hörte seine Stimme wie von weit her. Er suchte keine Entschuldigung für sie, behauptete nicht, sie fühle sich plötzlich unpäßlich, und allein dafür würde sie ihn ewig lieben.
Ihre Lider flatterten. Der weiße Nebel wich zurück und enthüllte Gesichter, aus denen eine gnadenlose Entschlossenheit sprach. Das Bild verblaßte.
»Es droht uns große Gefahr«, flüsterte sie und krallte sich in Guys Mantel. »Wir müssen sofort nach Renwyg zurückkehren.«
Royce wollte etwas sagen, aber Bethany kam ihm zuvor. »Ich halte das für eine ausgezeichnete Idee. Schaut!«
Fünf bewaffnete Reiter kamen auf sie zu.
»Bethany, reite mit Gabrielle nach Hause und schicke uns ein paar Männer von der Wachmannschaft«, ordnete er an.
Bethany wendete ihr Pferd. »Komm mit, Gabrielle.«
»Ich will dich nicht allein lassen!« sagte Gabrielle zu Guy.

»Aber es muß sein. Ich kann nicht kämpfen und mich gleichzeitig um dich sorgen.«
Das leuchtete ihr ein. Sie stieg wieder auf ihr Pferd und ritt mit Bethany Richtung Renwyg Castle.
Auf halbem Weg brach plötzlich ein Reiter in Harnisch aus dem Gebüsch und zerrte Gabrielle von ihrem Pferd zu sich auf den Sattel. Auf ihren angstvollen Schrei hin riß Bethany ihr Pferd herum und ritt geradewegs in das des Angreifers hinein. Er holte auf und schlug sie mit der Faust mitten ins Gesicht. Sie stürzte zu Boden und blieb regungslos liegen.
»Neiiiin!« schrie Gabrielle verzweifelt und wehrte sich wie wild gegen den Klammergriff des Fremden. Nun rührte Bethany sich. Da Gabrielle fürchtete, der Mann würde sie zu Tode trampeln, wenn er es bemerkte, zog sie ihm ihre Fingernägel durchs Gesicht.
»Rette dich, ich bitte dich!« flehte sie ihre Schwägerin an, als Bethany sich erhob.
Der Angreifer wendete fluchend sein Pferd und preschte auf den Wald zu, der hier die Küste Northumberlands säumte.
Gabrielle drehte und wand sich in seinem Arm, bis er mit stinkendem Atem eine Warnung zischte: »Halt still, Frau, oder auch du bekommst meine Faust zu spüren!« Sie hatte gesehen, was er Bethany angetan hatte, und sie wollte nicht wie sie niedergeschlagen werden. Es mußte ihr etwas einfallen, wie sie diesem Unhold entkommen könnte.

Als Vachel Bethanys Bericht gehört hatte, stieg er auf sein Pferd, um mit der Hälfte der Besatzung zu Royce

und Guy hinauszureiten. Ein anderer Trupp machte sich unter dem Kommando des alten Sachsen Cedric auf die Suche nach Gabrielle.
Guy und Royce kämpften Rücken an Rücken. Die Soldritter verstanden ihr Handwerk, und die Brüder mußten ihre ganze Geschicklichkeit aufbieten, um ihnen Herr zu werden. Als der letzte Mann auf ihn losging spürte Guy plötzlich, daß Gabrielle in Gefahr war, und auf einmal ging es ihm nicht mehr nur darum, sein Leben zu retten, sondern um Vergeltung. Wie von Sinnen schlug er auf seinen Gegner ein.
Und wieder hatte er das Gefühl, daß Gabrielle etwas passiert war, daß sie ihn brauchte. »Gabby!« keuchte er und sah seinen Bruder angstvoll an. »Ich glaube, dieser Überfall war ein Ablenkungsmanöver. Eine Falle.«
Royce schüttelte den Kopf. »Da, schau, Guy, da kommt die Garde. Bethany und Gabrielle sind wohlbehalten zu Hause.«
Das klang zwar einleuchtend, doch Guys Furcht minderte es nicht, und als er die bestürzten Mienen der Männer sah, wußte er Bescheid.
Vachel sprang bereits vom Pferd, bevor es zum Stehen gekommen war, und erstattete Bericht. Guy drehte es das Herz im Leib um, als er von der Entführung seiner Frau erfuhr. Royce und er setzten sich an die Spitze der Patrouille, und sie machten sich an die Verfolgung, doch die Spur verlor sich am Küstenabbruch, wo sie mit Cedrics Männern zusammentrafen. Guy trat der Schweiß auf die Stirn. Was, wenn Gabby auf ein Boot gebracht worden war? Dann hätten sie keinerlei Anhaltspunkt für ihren Verbleib.

Grauen erfaßte ihn, als er sie sich hilflos Aumont ausgeliefert vorstellte. Panik machte ihm das Atmen schwer. »Beschütze sie, Herr!« flehte er, während er blicklos auf die schäumenden Wellen starrte, die tief unter ihm an die Felsen schlugen.
Royce schickte Kundschafter aus, und sie kamen gottlob nach kurzer Zeit mit der Meldung zurück, die Spur gefunden zu haben. Erleichterung durchströmte Guy, doch sie war nicht von langer Dauer, als er hörte, daß sie in Richtung Hafen führte. Er trieb sein Pferd gnadenlos an, um den Kai vor der Flut zu erreichen. Er mußte Gabrielle vorher finden. Es dämmerte bereits, als sie in der Flußbiegung ein Lager entdeckten. Auf dem Bauch liegend, sah Guy die sichtlich frierende Gabrielle in einem Boot sitzen, während eine Gruppe von Männern in Panzerröcken um ein kleines Lagerfeuer hockte.
Wenn Royce ihn nicht zurückgehalten hätte, wäre er in seinem Ingrimm losgestürmt und hätte es mit allen auf einmal aufgenommen.
»Sie töten sie, wenn du angreifst«, flüsterte Royce beschwörend, und das brachte Guy wieder zu sich.
»Hast du einen Plan?« fragte er seinen Bruder.
»Wir haben es hier nicht mit Bauern zu tun, sondern mit Soldrittern. Die müssen wir überraschen.«
»Und wie?«
Royce packte ihn bei der Schulter, und seine Augen verengten sich. »Wir brauchen einen Priester.«

Vierzehntes Kapitel

»Einen Priester?« echote Guy verdutzt.
Royce nickte. »Die entsprechende Verkleidung bekommen wir drüben im Priorat, und du bist an diese Rolle ja schon gewöhnt. Als Ordensmann werden sie dir Zugang zu ihrem Lager gewähren, und dann kannst du Gabrielle beschützen, wenn wir angreifen.«
»Wenn es Aumonts Männer sind, dann wissen sie, daß Gabrielle in Begleitung eines Ordensbruders unterwegs war«, gab Guy ihm zu bedenken.
»Du mußt ihr Mißtrauen eben zerstreuen – schließlich sind Mönche auf Wanderschaft keine Seltenheit. Und selbst gedungene Mörder bringen einen Mann der Kirche nicht so ohne weiteres um.«
Das leuchtete Guy ein, und er machte sich auf den Weg zu dem kleinen Mönchskloster, denn er wollte seine Frau so schnell wie möglich aus ihrer bedrohlichen Lage befreit sehen.

Als die Mondsichel am Himmel erschien, ging Guy als Ordensbruder gekleidet auf das feindliche Lager zu.
»Wer da?« fragte ein stämmiger Krieger und zog sein Schwert aus der Scheide.
Guy hob milde lächelnd besänftigend die Hand. »Nur

ein Diener Gottes. Habt Ihr an Eurem Feuer Platz für einen frierenden, müden Reisenden?«

»Bleibt stehen!« befahl der Mann und drückte ihm die Spitze seines Schwertes gegen den Hals.

Ein anderer stand auf und ging zu Gabrielle hinüber. Guy sah im Feuerschein die Klinge des Dolches blitzen, den er ihr an die Kehle hielt, und zwang sich, den Blick abzuwenden.

»Ich bin nur ein Mönch auf Wanderschaft«, beteuerte er und hob die Hände, als riefe er den Allmächtigen an.

»Er ist unbewaffnet!« rief der Wachposten seinen Kumpanen zu, worauf der Scherge Gabrielle losließ und Guy näher winkte.

»Kommt weiter ins Licht«, befahl er, und Guy gehorchte. »Ihr dürft Euch am Feuer wärmen, aber wenn Ihr keinen Proviant dabeihabt, werdet Ihr hungern müssen.«

Guy bekreuzigte sich – dieses Signal hatte er mit Royce verabredet – und rannte auf Gabrielle zu, während die Männer seines Bruders auf die Lichtung stürmten. Gabrielles Bewacher stürzte sich auf Guy, und gleich darauf wiegten sich die beiden Männer eng umschlungen in einem erbitterten Tanz. Aumonts Mordbube zog seinen Dolch, doch Guy packte ihn beim Handgelenk und drückte zu, bis er den kraftlosen Fingern seines Gegners entglitt. Dann ließ er seine Faust sprechen, und der Mann sank bewußtlos nieder.

Schreie des Schmerzes und der Todesangst gellten durch die stille Abendluft, als Männer verwundet oder sterbend zu Boden sanken. Guys Blick suchte Gabrielle. Zu seinem Schrecken mußte er feststellen, daß drei der

Feinde ihm den Zugang zu ihr verwehrten. Er sprang auf den ersten zu, warf ihn ins Wasser und ließ ihm gleich darauf den zweiten folgen. Der dritte erwartete ihn grinsend. Guy legte den Kopf in den Nacken und stieß den markerschütternden Kriegsruf der Campbells aus, was den Mann so verblüffte, daß es ein leichtes war, ihn zu entwaffnen. Guys Fausthieb setzte ihn nachhaltig außer Gefecht. Als der Weg endlich frei war, sprang Guy zu Gabrielle ins Boot, nahm sie in die Arme und preßte sie an sich, als wolle er sie nie wieder loslassen. Gottlob war sie nicht verletzt. Sanft wiegte er sie hin und her, während der Kampflärm allmählich nachließ. Es dauerte eine Weile, bis er die Sprache wiederfand, und selbst dann brachte er nur ein ersticktes Flüstern zustande. »Es ist alles gut, *chérie.* Du bist in Sicherheit.«
Royce legte ihm die Hand auf die Schulter. »Eine geknebelte Frau ist zwar eine Wohltat für die Ohren, aber ich hielte es für höflich, wenn du ihr zumindest die Hände losbändest, bevor du sie verschlingst.«
Guy grinste verlegen, schob Gabrielle von sich und befreite sie von ihren Fesseln. Als er sich daranmachte, ihre Füße loszubinden, griff sie nach hinten und löste den Knoten ihres Knebels. »O Guy!« hauchte sie und schmiegte sich wieder in seine Arme, wo sie ein leidenschaftlicher Kuß empfing.

Sie war überzeugt gewesen, daß er sie retten würde – das hatte ihr über die letzten Stunden hinweggeholfen, und ihr Vertrauen in ihn machte ihr wieder einmal deutlich, wie sehr sie ihn liebte.
Seine Lippen ließen sie alles andere vergessen. Dieser

Mann war ein Magier, und sie wünschte sich, der Zauber würde nie enden.
Gabrielle hörte, wie jemand sich räusperte, und als sie aufblickte, sah sie, daß Royce zurückgekommen war. »Wenn du unseren Männern keine Abendunterhaltung bieten willst, schlage ich vor, daß du deinen Überschwang zügelst, Bruder«, grinste er und streckte Gabrielle die Hand hin, um ihr aufzuhelfen. Sie staunte, als er ihre Hand ermutigend drückte. Bislang hatte sie das Gefühl gehabt, daß er ihr mit Vorbehalt begegnete, aber jetzt las sie zu ihrer Freude Herzlichkeit in seinen Augen. Und als er ihr dann gar noch die Hand küßte, war sie gerührt. »Ganz in der Nähe steht eine Hütte«, sagte er lächelnd zu Guy und reichte ihm die beiden Decken, die einer seiner Männer ihm gebracht hatte. »Ich werde dafür sorgen, daß eure Nachtruhe nicht gestört wird. Wir sehen uns morgen.«

Guys Kuß war beinahe brutal, und im ersten Moment erschrak sie, doch dann erwachte ihre Leidenschaft, und sie erwiderte ihn, als er sich in Zärtlichkeit wandelte, auf gleiche Weise. Danach betrachtete Guy sie so eingehend, als wolle er sich jede Einzelheit ihres Gesichtes unauslöschlich einprägen.
»Was ist?« fragte sie.
»Ich dachte, ich hätte dich verloren. Der Gedanke war mir unerträglich.« Er zeichnete mit der Fingerspitze ihre Braue und ihre Kinnlinie nach und strich dann zart über ihre Lippen. »Ich kann mir mein Leben ohne dich nicht mehr vorstellen.«
»Für mich würde der Tag sein Licht einbüßen und statt

von Träumen würde die Nacht von Ängsten beherrscht, wenn ich dich nicht mehr hätte.«
»Vielleicht hat das Schicksal uns füreinander bestimmt … Ich lasse dich nie mehr gehen.«
Seine wildentschlossenen Worte machten sie lächeln.
»Ich werde niemals den Wunsch haben, dich zu verlassen.«
Sie bekräftigte ihre Worte mit einem Kuß und drängte sich noch enger an ihn, wollte seinen Körper spüren und, daß er den ihren spürte. Das Stöhnen, das tief aus seiner Brust aufstieg, ließ sie vor Erregung erbeben. Als er seinen Mund von ihrem löste, ging sein Atem keuchend. Er holte ein paarmal tief Luft, hob sie in den Sattel und setzte sich hinter sie.
»Guy«, sagte sie, »ich will die Erlaubnis des Papstes nicht abwarten.«
»Das müssen wir aber.«
»Wir gehören zusammen, und ich möchte, daß wir einander auch in dieser Weise angehören. Ich will als deine Frau mit dir zusammensein.«
Ihre Worte rührten ihn. Noch nie hatte er eine solche unbedingte Liebe erfahren. Er drückte sie an seine Brust. Was sollte er tun? Wenn er ihrem Wunsch entspräche, würde er ihr hoffnungslos verfallen, das wußte er. Das würgende Gefühl, das er verspürte, machte es ihm unmöglich, sie zurückzuweisen. Aber er hätte es auch sonst nicht gekonnt.
Es war verdammt töricht von ihm und sträflich selbstsüchtig dazu, aber er wollte die wenige Zeit, die ihm mit ihr noch blieb, genießen. Gabrielle war das wichtigste in seinem Leben. Entschlossen verbannte er London,

den Hof und König Wilhelm aus seinen Gedanken. Nur das Hier und Jetzt zählte.
»Du hast recht, *chérie*«, sagte er. »Keine Kirche vermag uns fester zusammenzuschmieden als unsere Liebe.«
Noch nie hatte er einer Frau seine Seele offenbart – bei ihr würde er es tun. Er brauchte sie nicht länger zu verstecken.
Die Hütte kam in Sicht. Sie war windschief und verwittert, doch für ihn war sie das Schloß, in das er seine Liebste heimführte. Mehr brauchte er nicht. Sein ganzes Leben lang hatte er nach einem Platz für sich in der Welt gesucht. Nun hatte er ihn gefunden: Ihre Umarmung war sein Zuhause.

Gabrielle streichelte sein Gesicht. Er war ein Gottesgeschenk. Sie hatte nicht geglaubt, daß ein Mensch einen anderen so lieben könnte. Guy bedeutete ihr mehr als ihr Leben. Sie würde es mit Freuden hingeben, wenn sie das seine dadurch retten könnte.
Er hob sie auf seine Arme, und sie schlang die ihren um seinen Hals und ließ sich, an seine breite, muskulöse Brust geschmiegt, von ihm in die Hütte tragen.
Er stellte sie behutsam auf die Füße und legte ihr die eine Decke um die Schultern. Dann machte er mit dem bereitliegenden Holz ein Feuer.
Als die ersten Flämmchen aufzüngelten, schob er Gabrielle darauf zu. »Wärm dich auf, während ich das Pferd versorge und noch mehr Holz hole.«
Das Feuer brannte bald lichterloh, und Gabrielle öffnete die Decke, um der Wärme Zugang zu ihrem durchgefrorenen Körper zu gewähren. Als Guy, die Arme

voller Brennholz, zurückkam, stieß er ein entschuldigendes Lachen aus. »Unser erstes Heim macht nicht gerade viel her, meine Liebste.«

Sie ließ den Blick durch den kahlen Raum wandern und nahm seine Schäbigkeit nicht wahr. »Mir genügt es, Liebster.«

Er legte das Holz neben das Feuer und stellte einige Kloben in die Flammen. Dann zog er Gabrielle an sich. »Du hast weiß Gott mehr verdient als das hier«, sagte er.

Sie umfaßte sein Gesicht. »Ich bin lieber mit dir hier als mit einem anderen am Hof.« Als sie die Worte ausgesprochen hatte, wurde ihr klar, welche Wahrheit darin lag: Sie wünschte, sie könnte irgendwo als Bäuerin mit ihm leben, den Acker bestellen, ihre Kinder aufziehen und ihre Liebe genießen. Aber, ach, das würde immer nur ein schöner Traum bleiben.

Es war inzwischen behaglich warm in der Hütte. Gabrielle betrachtete zärtlich das Gesicht ihres Liebsten. Die Vollkommenheit seiner Züge war immer wieder ein Wunder für sie. Zart zeichnete sie mit den Fingerspitzen seine Brauen, seine Lippen und seine Kinnlinie nach.

Er fing einen Finger mit dem Mund ein und saugte spielerisch daran. »Heute«, flüsterte er heiser, »nehme ich dich wirklich zur Frau.« Eine wilde Freude darüber, daß sie nun endlich doch zusammensein würden, erfaßte sie. Als er sie küßte, erschauerte sie, wollte seine Lippen einerseits nicht freigeben, genoß aber andererseits die Ausflüge, die sie zu ihren Ohren und ihrem Hals machten.

Als er sie auszog, senkte sie, plötzlich schüchtern, die Lider, und als seine Hände schließlich ihre nackte Haut streichelten, errötete sie tief. Er legte den Finger unter ihr Kinn. »Sieh mich an, Gabby.«
Sie hob den Blick und las in dem seinen, was er gleich darauf in Worte faßte: »Du bist meine Liebe und mein Leben – es gibt nichts, wovor du dich fürchten müßtest.«
Sie schluckte trocken. »Ich liebe dich, aber ...«
»Es gibt kein Aber. Du vertraust mir doch, oder?«
Sie nickte.
»Dann weißt du auch, daß du keine Angst vor mir zu haben brauchst.«
»Ich habe keine Angst vor dir, sondern vor ... vor dem, was geschehen wird.«
Er nahm ihr Gesicht in die Hände. »Ich werde es so schön für dich machen wie nur irgend möglich«, versprach er ihr bewegt. »Du bist mir unendlich kostbar.«
Gabrielle lächelte zaghaft und begann, ihn auszuziehen. Als am Ende auch seine Unterwäsche fiel, senkte er seinen Mund zu einem Kuß auf den ihren, der heißer brannte als das Feuer, neben dem sie zu Boden sanken. Sie vergaß ihre Schüchternheit und erwiderte den Kuß in ebensolcher Weise, während ihre Hände über seinen muskulösen Körper wanderten und sie sich daran erinnerte, wie bei ihrer Rettung Aumonts Schergen seine Kräfte zu spüren bekommen hatten. Erstaunlich, daß ein so starker Mann so zärtlich sein konnte.
Sein Kuß ließ ihren vom Feuer wohlig warmen Körper erglühen, seine federleichten Berührungen weckten eine brennende Sehnsucht nach ihm in ihr.

»Du raubst mir den Atem«, keuchte sie.
Guy lachte kehlig. »Du mir den Verstand.«
Sie war glücklich, daß sie ihn trotz ihrer Unerfahrenheit so zu erregen vermochte. Sein Stöhnen war Musik in ihren Ohren.
»Hab keine Angst«, flüsterte er, als er ihre Hand nahm und nach unten führte.
Sie schnappte unwillkürlich nach Luft, als sie sein erigiertes Glied spürte. Wie damals fragte sie sich auch heute, wie es in einer Frau Platz finden könnte. Er zeigte ihr, wie er liebkost werden wollte, und sie lernte schnell. Sein gutturales Knurren verlieh ihr ein schwindelerregendes Gefühl von Macht, und plötzlich war ihre Furcht verflogen. Sie massierte sein hartes Glied, bis er ihre Hand wegzog und sie mit einem Verlangen küßte, daß ihr beinahe die Sinne schwanden.
Seine Hände glitten mit einer Ehrfurcht über sie hin, als sei sie tatsächlich ein kostbares Kleinod, und jede Berührung schickte flüssiges Feuer durch ihre Adern.
»Ich liebe dich«, flüsterte sie, und erneut nahm sein Mund den ihren in Besitz. Sie hatte nicht gedacht, daß sein Begehren noch zu steigern wäre, doch es war so. Aber obwohl fordernd, waren seine Liebkosungen nicht beängstigend, sondern erregend, fachten die Flamme, die er in ihr entzündet hatte, zu einem alles verzehrenden Feuer an. Sie sehnte etwas herbei, wovon sie keine Vorstellung hatte.
»Guy!« flüsterte sie erstickt, als seine Zunge mit ihrer Brustwarze zu spielen begann und sich in ihrem Unterleib etwas zusammenzog, was ihr gleichzeitig Schmerz und ein unsägliches Wohlgefühl bereitete.

»Vertrau mir«, flüsterte er, und als er an ihrer Brustwarze zu saugen begann, schrie sie auf und grub die Fingernägel in seine Schultern.
Er wühlte seinen Mund auf den ihren, und sie krallte die Finger in seine Haare. Als seine Lippen zu ihrer Kehle hinabwanderten, bog sie den Kopf zurück und hob sie ihm entgegen. Seine Hand glitt zwischen ihre Beine. »Nein!« keuchte sie und wollte sie wegziehen, doch er erlaubte es nicht.
»Laß mich!« keuchte er.
Als sie ihn freigab, senkte er wieder seinen Mund auf den ihren, und dann begannen seine Finger sich im gleichen Rhythmus in ihr zu bewegen wie seine Zunge.
Gabrielle wußte nicht mehr ein noch aus. Sie wollte ihn, sie brauchte ihn. »Bitte!« flüsterte sie drängend.
Schweiß stand auf seiner Stirn, und seine Armmuskeln traten wie Stricke hervor, als er sich über ihr hochstemmte. »Es wird nur einen Moment lang weh tun, Liebste, und nur dieses eine Mal«, versicherte er ihr, und dann küßte er sie leidenschaftlich, während er langsam in sie eindrang.
Der Druck war immens, und plötzlich bekam sie wieder Angst und versuchte ihn wegzustoßen.
»Vertrau mir«, flüsterte er an ihren Lippen. Die Behutsamkeit, zu der er sich zwang, forderte ihm eine solche Anstrengung ab, daß er am ganzen Leibe zitterte.
Sie hörte auf, sich zu wehren und kam seinem Mund entgegen, und dann stieß er plötzlich in sie hinein. Ein messerscharfer Schmerz durchfuhr sie, wurde jedoch gleich darauf von einer unsagbaren Wollust abgelöst.

Er spürte, wie ihr Körper reagierte, und begann sich in einem langsamen Rhythmus in ihr zu bewegen, der ihr einen schier unerträglichen Genuß bereitete.
»Guy!« stöhnte sie, und dann explodierten plötzlich eine Million Sonnen in ihrem Kopf, und der Himmel tat sich vor ihr auf. Guy folgte ihr Sekunden später, und dann lagen sie, noch immer eins, aneinandergeklammert da und rangen nach Luft.
Die Reise ins Paradies mündete in erschöpfte Behaglichkeit und Nähe, und Gabrielle seufzte zufrieden.

Als Royce zurückkam, wurde er von einer aufgeregten Bethany begrüßt. »Deine Mutter ist gekommen!« berichtete sie ihm atemlos.
Royce nickte geistesabwesend, denn er war gerade dabei, seinen Männern Anweisungen zu erteilen, und dann richtete er seine Aufmerksamkeit auf sein Pferd.
Bethany packte ihn am Arm. »Hast du nicht gehört, Royce?« fragte sie ungeduldig. »Deine Mutter ist hier!«
Jetzt wandte er sich ihr endlich zu, und sie sah Begreifen in seinen Augen dämmern. Er atmete tief durch. »Armer Guy«, sagte er.

Fünfzehntes Kapitel

Ich habe deinen Halbbrüdern schreckliches Unrecht zugefügt, sagte *le chevalier* Lance de Lemieux, und Gram zerfurchte seine gutgeschnittenen Züge. »Was für eine Ironie, daß wir jetzt ausgerechnet ihre Hilfe brauchen!«

»Ihr habt doch nicht gewußt, daß sie Eure Söhne sind, als Ihr Euch gegen sie bekanntet, Vater«, gab Rule zu bedenken.

»Sei es, wie es will – ich muß es wiedergutmachen. Erst als ich von den Zwillingen hörte und Beltane gestand, welche Rolle er in diesem Ränkespiel innehatte ...« Lemieux' Stimme verlor sich, als er sich an die erbitterte Auseinandersetzung mit dem niederträchtigen Ritter erinnerte. Sie waren gerade an Bord des Schiffes gekommen, das sie nach England bringen sollte, und er begann unruhig auf und ab zu gehen.

»Ich wünschte, Ihr hättet Euch mehr Zeit gelassen, um Euch von Eurer Krankheit zu erholen«, sagte sein Sohn, der neben ihm herging.

»Willst du nicht, daß diese Angelegenheit aus der Welt geschafft wird?« fragte Lance seinen Ältesten.

Einen Moment lang verdunkelte Zorn das dem Vater so sehr ähnelnde Gesicht. Dann wandte Rule sich ab und schaute aufs Meer hinaus. »Doch. Ihre Mutter war die einzige, die ich je hatte. Auch nachdem Royce und Guy geboren waren, behandelte sie mich wie einen eigenen Sohn, nicht wie einen Außenseiter. Es ist schrecklich, daß die Familie meiner Mutter diese Lügen verbreitete. Wir haben alle unter dieser Ungerechtigkeit gelitten. Und Ihr ganz besonders.«

»*Non.* Am schlimmsten hatten deine Brüder Royce und Guy darunter zu leiden. Sie waren noch klein, als ich törichterweise dem falschen Zeugen glaubte, der gegen ihre Mutter aussagte. Mein verletzter Stolz trieb mich dazu, sie zu verstoßen. Schuldlos den Vater und seinen Namen zu verlieren – wie verängstigt und zornig müssen sie gewesen sein!«

»Es heißt, sie hassen den Namen Lemieux. Den ihrer Mutter tragen sie bestimmt voller Stolz. Es wird nicht einfach werden, diesen tiefen Riß zu flicken, Vater.«

»Nichts von Wert wird mühelos erworben.« Lemieux schlug seinem Sohn auf den Rücken. Seit Wochen hatte er sich nicht so gut gefühlt. »Zwillinge!« erinnerte er sich an die schöne Nachricht. Alle zwei Generationen gab es männliche Zwillinge in seiner Familie. »Damit hat Royce bewiesen, daß er mein Sohn ist.«

Er ließ den Blick über das Deck wandern, bis er an einem Gesicht hängenblieb, das er lieber nicht gesehen hätte. Er legte die Hand auf Rules Arm, um seine Aufmerksamkeit zu erregen, und deutete auf den unwillkommenen Mitreisenden.

Rule erstarrte. »Herr des Himmels! Was will denn Bayard de Bellemare auf diesem Schiff?«

Lance de Lemieux mochte den Mann nicht. Er war ein Cousin von Royce und Guy und der übelste Kerl, den er je kennengelernt hatte – außer dem abstoßenden Begleiter Bayards, Quennel d'Aumont.

Während sein Sohn unter Deck in die Kabine ging, um auszupacken, erinnerte Lance sich an den Abend, als Gabrielle d'Aumont auf dem Herrenhof Lemieux erschienen war, um ihren Bruder abzuholen, mit dem sie dann vor Aumont aus der Normandie nach England floh. Wenn Aumont unterwegs war, um sie zurückzuholen, dann Gnade den beiden Gott.

Aumont wandte sich ihm zu, und seine Augen weiteten sich, als er Lance de Lemieux erkannte. Er versetzte Bayard de Bellemare einen Rippenstoß, der sich daraufhin ebenso umdrehte, worauf die Gleichgültigkeit auf seinem Gesicht sich zu Feindseligkeit wandelte.

Daß Bayard Royce und Guy haßte, war kein Geheimnis. Auch dies war eine Folge der bösartigen Lügen, die so viel Leid verursacht hatten, dachte Lemieux zähneknirschend.

Daß Aumont und Bayard de Bellemare sich zusammengetan hatten, verhieß für irgend jemanden nichts Gutes.

Eine ängstlich aussehende junge Frau gesellte sich zu den beiden Männern, und Lance de Lemieux stockte der Atem: Sie war das Ebenbild von Royce' und Guys Mutter, zweifellos eine de Bellemare. Er forschte in seinem Gedächtnis. Ja, richtig – das mußte *Liana* sein, Bayards jüngere Schwester. Wenn die Geschichten über ihren Bruder und Aumont der Wahrheit entsprachen, hatte sie guten Grund, sich vor ihren Reisebegleitern zu fürchten.

Ein hoher, blauer Himmel spannte sich über der Landschaft, als sie nach Renwyg Castle zurückkehrten, doch Gabrielle hätte diesen Tag auch genossen, wenn es in Strömen geregnet hätte. Guy liebte sie – wie hätte der Tag da nicht herrlich sein können?
Sie schlang die Arme um seine Mitte und lehnte sich an seine Brust. »Mein Herr und Gebieter«, flüsterte sie.
Er beugte sich zu ihr hinunter und küßte sie, bevor sie durch das Torhaus ritten.
»Ich glaube, es wird mir gefallen, deine Frau zu sein.« Sie versuchte, ihre Haare mit den Fingern durchzukämmen, doch er nahm die wirren Strähnen mit der Hand zusammen.
»Du siehst wunderschön aus«, sagte er und konnte nicht umhin, sie schon wieder zu küssen, als er daran dachte, wie wunderbar und leidenschaftlich der heutige Morgen gewesen war. Noch wunderbarer und leidenschaftlicher als die Nacht davor. »Wie eine Frau, die eine erfüllte Liebesnacht hinter sich hat«, lachte er leise, sprang vom Pferd und half ihr herunter.
Die Erinnerung daran ließ sie tief erröten. Da sie nicht in der Lage war, in ebenso lockerem Ton darüber zu sprechen, beschränkte sie sich darauf, tief in seine geliebten Augen zu blicken. Er legte den Arm um ihre Taille, und sie stiegen die Stufen hinauf.
Als sie die Große Halle betraten, blieb Guy wie angewurzelt stehen. »Mutter!« rief er verblüfft.
»Mutter?« echote Gabrielle.
»Guy.« Die kleine, dunkelhaarige Frau legte ihre Handarbeit auf den Tisch und stand auf. Ein zögerndes Lächeln erschien in ihren Mundwinkeln, als sie auf ihn

zukam, um ihn zu begrüßen, wobei sie jedoch nicht ihren Sohn ansah, sondern dessen Begleiterin.
Gabrielle wand sich innerlich unter dem prüfenden Blick. Als Guy sich hinunterbeugte und seine Mutter umarmte, ergriff Gabrielle die Gelegenheit, ihre Frisur zu richten – und dann erkannte sie zu ihrer namenlosen Verlegenheit, was die Aufmerksamkeit der Dame gefesselt hatte: Die Verschlüsse ihres Kleides waren schief zugebunden! Hastig korrigierte sie den Fehler. Sie mußte einen völlig derangierten Eindruck machen.
Nachdem Guy seine Mutter auf die Wange geküßt hatte, drehte er sich zu seiner Frau um und nahm sie bei ihrer zitternden Hand. »*Madame* Gabrielle – dies ist meine Mutter, *Madame* Ambra de Bellemare«, stellte er sie vor. »Mutter – darf ich Euch *Madame* Gabrielle Campbell d'Aumont de Bellemare vorstellen?«
Die Augen von Guys Mutter verengten sich. »Es bringt nichts Gutes, in Sünde miteinander zu leben.«
»Mutter!« sagte Guy in warnendem Ton, während Gabrielle flammend errötete.
»Ich bin alt, aber nicht geistesschwach«, wies sie ihn in strengem Ton zurecht. »Ich weiß sehr wohl, daß Ihr nach einem keltischen Ritus geheiratet habt – aber das genügt nicht. Eure Ehe muß in einer christlichen Zeremonie gesegnet werden – soll die päpstliche Erlaubnis eben nachträglich erteilt werden.« Sie zog Gabrielle von Guy zu sich herüber. »Meine Liebe, ich weiß aus bitterer Erfahrung, daß man klug daran tut, wann immer möglich, den gesellschaftlichen Regeln entsprechend zu handeln.« Sie sah ihren Sohn an. »*De-*

moiselle Gabrielle wird bis zur Hochzeit bei mir bleiben.«

Als Guy auf sie zutrat, um dagegen zu protestieren, hob seine Mutter die Hand.

»Wage es nicht!« warnte sie. »Du wirst mir die Achtung zollen, die mir zusteht, und meine Wünsche respektieren. Oder möchtest du vielleicht, daß deine Frau das gleiche Schicksal erdulden muß wie ich?«

»Das würde nie geschehen«, erwiderte er mit zornrotem Gesicht. »Ich bin nicht mein Vater.«

Die Bewohner von Renwyg Castle hatten sich längst zur Ruhe begeben, als Alec Campbell mit Louis und Ian am Tor Einlaß erbat. Sie wurden in die Große Halle geführt und mit Met bewirtet, während man den Burgherrn benachrichtigte.

Der gähnende Royce begegnete auf dem Gang einem verschlafen dreinblickenden Guy. »Was mag sie zu dieser unchristlichen Zeit hierher getrieben haben?« wunderte sich Royce.

Guys Müdigkeit wich Beunruhigung. Er setzte sich in Trab. Nur Gabrielles Wohlergehen würde Louis dazu veranlassen, sein Versteck zu verlassen, um sich Campbell zu diesem unerwarteten Besuch anzuschließen.

Die Gäste verstummten, als die Brüder in der Halle erschienen.

»Was treibt Euch durch Nacht und Finsternis, Campbell?« fragte Royce nach der Begrüßung und schenkte auch sich einen Becher Met ein, bevor er sich an die Hohe Tafel setzte. Guy bediente sich ebenfalls und nahm seinerseits Platz.

»Wir haben eine erschreckende Nachricht aus der Normandie erhalten«, berichtete Alec. »Quennel d'Aumont und der von ihm für Gabrielle ausersehene Bräutigam sind auf dem Weg nach England.«
»Seid Ihr sicher?« Guy hoffte inständig, es könne Zweifel daran bestehen.
»Ja – unsere Quelle ist zuverlässig.«
Guy fuhr sich mit der Hand durch die Haare. Er hatte bis nach seinem Gespräch mit dem König und der Erteilung der Heiratserlaubnis damit warten wollen, seine Rolle in diesem Fiasko zu offenbaren, denn er hatte gehofft, sie würden es nicht so schwer nehmen, wenn sich alles in Wohlgefallen aufgelöst hätte. Unter diesen Umständen jedoch konnte er damit nicht länger hinter dem Berg halten.
»Ihr müßt Euch kirchlich mit meiner Nichte trauen lassen, um sie vor Aumont zu beschützen.«
»*Oui*«, nickte Guy.
»Wen hat Aumont für sie ausgesucht?« erkundigte sich Royce.
»Bayard de Bellemare«, sagte Louis.
»*Was?*« riefen Guy und Royce entsetzt wie aus einem Munde.
»Ihr kennt ihn?« fragte Louis.
»Ja. Er ist unser Cousin«, sagte Guy.
Royce schenkte sich Met nach. »Wir haben ihn nie leiden können. Er hat in all den Jahren keine Gelegenheit verstreichen lassen, uns Ärger zu bereiten.«
»Wir werden noch vor der Abreise nach London heiraten«, erklärte Guy. Wenn Gabrielle Aumont in die Hände fiele und er dahinterkäme, daß sie Guy liebte,

würde er sich ein besonderes Vergnügen daraus machen, sie zu quälen.
»Nach London?« echote Louis alarmiert.
»König Wilhelm wünscht, daß ich Gabrielle zu ihm bringe.«
»Das dürft Ihr nicht tun!« beschwor Louis ihn.
»Wie kommt es, daß er *Euch* darum ersucht?« wunderte sich Campbell.
Guy trank einen großen Schluck, stellte seinen Becher hin und blickte dem Schotten geradewegs in die Augen. »Weil ich von ihm beauftragt wurde, Gabrielle und Louis d'Aumont aus der Abtei zu holen und nach London zu bringen. Ich bin kein Ordensgeistlicher.«
»Ich verstehe«, sagte der schottische Grundherr mit beherrschter Stimme.
»Betrüger!« rief Louis und sprang auf, um sich auf Guy zu stürzen.
Alec Campbell hielt ihn zurück. »Wenn er euch übel wollte, hätte er seinen Auftrag längst ausgeführt.«
Das leuchtete seinem Neffen ein. Der Laird wandte sich wieder an Guy. »Warum habt Ihr den Befehl mißachtet?«
»Was glaubt Ihr?« gab Guy zurück.
Campbell lächelte. »Habt Ihr dem Mädchen schon offenbart, daß Ihr sie liebt – oder, daß Ihr ein falsches Spiel mit ihr getrieben habt?«
»Ersteres ja, letzteres nein.«
»Ich möchte nicht in Eurer Haut stecken, wenn sie es erfährt.«
Guy straffte seine Schultern. »Ich werde meiner Frau schon Herr.«

In der darauffolgenden Stille schenkte Royce für alle Met ein und sagte, sich zu einem Lächeln zwingend: »Trinken wir auf die bevorstehende Hochzeit.«
Alle hoben ihre Becher, doch es war Louis, der den Toast ausbrachte. »Auf die liebe, unschuldige Gabrielle, die sich so aufopfernd um ihre Lieben gekümmert hat. Möge sie jetzt zur Belohnung die gleiche Selbstlosigkeit erfahren und mit der gleichen Liebe verwöhnt werden, die sie so freigebig verschenkt hat.«
Guy verstand den Hinweis wohl. Er betrachtete seinen zukünftigen Schwager über den Rand seines Bechers hinweg. Der Junge war erwachsen geworden.
Guy schloß sich mit einem Trinkspruch an. »Auf meine geliebte Frau. Möge sie nie von der Intrige erfahren oder von der Rolle, die ich darin spielte. Ich würde eher sterben, als zuzulassen, daß ihr etwas geschähe.« Er leerte seinen Becher und sah, daß sich die Züge des Jungen entspannt hatten.
Nun hob Alec Campbell seinen Becher. »Auf einen Mann, der sich als Mönch ausgab. Er wird der Hilfe des Allmächtigen bedürfen, wenn sein Geheimnis je gelüftet wird.«
Als die Männer ausgetrunken hatten, wandte sich Alec an Royce: »Habt Ihr im Haus oder in den Stallungen ein Nachtquartier für uns?«
»Da Ihr Guys Gäste seid, obliegt es ihm, Euch unterzubringen.«
Guy blickte auf. »Ich stelle Euch meine Gemächer zur Verfügung«, beschloß er.
»Das ist sehr liebenswürdig von Euch – aber wo werdet Ihr dann mit Eurer Frau nächtigen? Wenn Ihr den Stall

im Auge habt, kann ich Euer Angebot leider nicht annehmen.«

Royce lachte. »Keine Sorge, Campbell – Eure Nichte teilt Guys Bett zur Zeit ohnehin nicht.«

Guy bedachte seinen Bruder mit einem giftigen Blick.

»Ihr hattet Streit?« wandte Laird Alec sich an Guy. »Sorgt Euch nicht – das Mädchen wird Euch vergeben. Sie hat ein weiches Herz.«

»Wir hatten keinen Streit – daran liegt es nicht«, knurrte Guy.

»Nein – unsere Mutter ist überraschend gekommen«, erklärte Royce. »Und sie bestand auf der Wahrung der Anstandsregeln.«

»Frauen!« grinste der Schotte. »Sind sie nicht eine Freude? Grämt Euch nicht, mein Freund – bald seid Ihr auch in den Augen der Kirche verheiratet, und dann kann Euch niemand mehr die ehelichen Genüsse verwehren.«

Nachdem die Gäste sich zurückgezogen hatten, schenkte Guy sich noch einen Met ein und begab sich dann zu den Stallungen. Es würde eine kalte Nacht für ihn werden.

Als die Tür hinter ihm zufiel, richtete sich die zierliche Frau auf, die die ganze Zeit in eine Felldecke gehüllt auf einem Stuhl in der Ecke gesessen hatte, wo sie eingeschlafen war. Als die lauten Stimmen sie aus ihren Träumen rissen, hatte sie sich, da sie im Nachtkleid war, nicht gerührt, um nicht entdeckt zu werden. Jetzt dachte sie über das Gehörte nach und schüttelte den Kopf. »Guy, o Guy, was hast du dir da nur wieder eingebrockt?«

*

Gabrielle erwachte kurz vor Sonnenaufgang schweißgebadet aus einem Schlaf, in dem sie, das wußte sie, kein Alptraum heimgesucht hatte, sondern eine Vorahnung.

»Louis«, flüsterte sie.

Das Leben ihres Bruders stand auf dem Spiel, und die Gefahr drohte unmittelbar. Sie wickelte sich in eine Decke und verließ in Panik die Kemenate, die ihre Schwiegermutter ihr zugewiesen hatte. Guys Gemächer lagen am Ende des Flurs auf der linken Seite. Die fast heruntergebrannten Fackeln warfen unheimliche Schatten an die Wände. Ein kalter Schauer überlief sie, und sie zog die Decke noch fester um sich.

Sie öffnete leise die Tür zu seinen Räumen und spähte hinein. Die Glut im Kamin tauchte das Vorzimmer in ein gespenstisches Licht.

Sie trat ein, schloß die Tür hinter sich und schlich auf Zehenspitzen in das Schlafgemach hinüber zu dem Berg Felldecken, unter dem sie ihren Gemahl wähnte.

»Guy!« flüsterte sie drängend.

Als keine Reaktion erfolgte, stupste sie die Gestalt unter den Wolfsfellen vorsichtig. »Guy!«

Plötzlich schoß ein Arm hervor, und eine Hand schloß sich um ihr Handgelenk. Sie hatte den Mund schon zu einem Schrei geöffnet, als eine vertraute Stimme fragte: »Was um alles in der Welt tust du hier zu dieser nachtschlafenden Stunde?«

»Onkel Alec!« rief sie mit überschnappender Stimme. »Ich suche Guy!«

Der Laird hatte sich aufgesetzt und lachte leise. »Ich freue mich, daß du dem keltischen Hochzeitsritus im

Gegensatz zu deiner Schwiegermutter Gültigkeit zuerkennst.«
»Warum seid Ihr hier, Onkel? Wo ist Guy?« fragte sie angstvoll.
»Was ist denn los, Mädchen?«
»Louis ist in Gefahr – wir müssen ihn retten!«
Campbell deutete auf einen der beiden Strohsäcke am Feuer.
»Gott sei Dank!« hauchte Gabrielle, als sie ihren Bruder dort friedlich neben seinem Cousin schlafen sah. »Louis' Leben ist bedroht, Onkel. Bitte bringt ihn von hier fort!«
»Beruhige dich, Mädchen, und sage mir, warum du um ihn fürchtest. Hattest du eine Vision?«
»Eine Vorahnung – im Schlaf.«
Er tätschelte ihre Hand. »Erzähle mir davon.«
»Es ist nicht nur Louis in Gefahr, sondern auch Ian und ein Knabe namens Angus.«
Campbell griff nach seinen Kleidern und zog sich, ihr den Rücken zuwendend, an. Dann drehte er sich in seinem blau-grün karierten Kilt zu ihr um. »Versuche dich an alle Einzelheiten zu erinnern!« bat er sie und zündete eine Kerze an, deren gelblicher Schein die Düsternis verjagte. Dann goß er Ale in einen Becher, reichte ihn ihr, forderte sie auf, sich hinzusetzen, und ließ sich ihr gegenüber auf einem Stuhl nieder.
Gabrielle schaute auf den Becher hinunter. Das alles sollte sie trinken?
»Berichte!« drängte er sie.
»Ian, Louis und dieser Angus waren gefesselt und geknebelt. Ich weiß, daß es hier irgendwo in der Nähe war,

denn ich konnte Renwyg Castle in der Ferne sehen. Sie waren von einer Feier verschleppt worden.«

Der Laird horchte auf. »Von einer Feier?« Er beugte sich vor. »Was für eine Art Feier war das?«

»Ich weiß es nicht. Irgendein Fest.«

»Eine Hochzeit?«

»Das wäre möglich – aber ich bin nicht sicher. Jedenfalls waren die Feinde als Spielleute verkleidet.«

Ein breites Lächeln erhellte Campbells Gesicht. »Das ist ein wertvoller Hinweis, Mädchen – damit sind sie leicht zu erkennen.«

»Bitte reist vor diesem Fest mit Ian und Louis ab, Onkel!«

»Ich soll deine Hochzeit versäumen? Kommt nicht in Frage!«

»*Meine* Hochzeit?« flüsterte sie. »O mein Gott!« Sie leerte ihren Becher in einem Zug.

»Wir haben sie«, sagte Ian, als er und Louis mit den Grundstückskarten aus dem Waffenlager zurückkehrten. Sie versammelten sich in der Großen Halle, um Sicherheitsvorkehrungen für Gabrielle und Louis zu planen.

Bethany kam mit Tüchern beladen hereingeeilt. »Es tut mir leid, Royce, aber hier könnt Ihr nicht bleiben. Die Halle muß für das Fest hergerichtet werden.«

Sie gab das Leinen an Maida weiter und baute sich dann wie ein Kriegsherr mit in die Seiten gestemmten Händen und unnachgiebiger Miene vor den Männern auf.

Als Royce die Karten wieder zusammenrollte, schüttel-

te Guy in gespielter Verzweiflung den Kopf. »Was ist nur aus meinem Bruder geworden? Ich hätte nie gedacht, daß ich den Tag erleben würde, an dem der mächtige Reiterkrieger vor seiner Frau kuscht.«
Louis und Ian lachten schallend, während die gerade angekommenen Mactavishs Guy mit finsteren Blicken bedachten.
»Es würde mich interessieren, wie *er* in einem solchen Fall mit seiner Frau verführe«, sagte Laird Bram Mactavish zu Royce.
»Ich würde sie entfernen.« Guy untermalte seine Aussage mit entsprechenden Handbewegungen.
Royce lachte lauthals, während Bethany verstimmt zu bedenken gab: »Eine Frau ist ein Mensch, Guy de Bellemare – kein Haustier, das man herumkommandiert. Und jetzt macht alle, daß ihr hinauskommt! Seid froh, daß Lady Gabrielle gerade für ihr Hochzeitskleid Maß genommen bekommt und Eure dreiste Äußerung nicht gehört hat – sonst würde sie sich das mit der Heirat noch einmal überlegen.«
Bethanys Vater legte lachend den Arm um die Schulter des neben ihm stehenden Jungen. »Bethany ist die geborene Heerführerin. Du kannst viel von ihr lernen, Sohn.«
»Wer ist das denn da an Eurer Seite?« fragte Bethany ihn.
»Angus. Ich darf dir einen neuen Bruder vorstellen.«
»Einen neuen Bruder?« echote Bethany.
»Angus' Vater hat mir einmal das Leben gerettet. Der Junge ist ganz allein auf der Welt, und darum habe ich ihn zu mir genommen. Wenn er sich als gelehrig er-

weist, kann er dem Clan nach meinem Tod als mein Sohn vorstehen.«
»Und was ist mit Bret?« fragte sie in Sorge um ihren Halbbruder, der zur Zeit am Herrenhof Mactavish weilte.
»Für ihn wird Royce sorgen.«
»*Oui,* das werde ich«, rief dieser von der Hallentür her.
»Du wußtest Bescheid?« fragte sie ihren Gemahl.
»*Oui.*«
Bethany schüttelte den Kopf. »Du hättest es mir sagen können.«
»Ja, das hätte ich«, nickte Royce mit einem entschuldigenden Grinsen und verschwand Richtung Arbeitszimmer, gefolgt von den übrigen Männern.
Alec Campbell räusperte sich und berichtete nun der Tischrunde, was seine Nichte ihm erzählt hatte, wobei seine von nur noch wenigen dunklen Strähnen durchzogene wilde Mähne bei seiner dramatischen Schilderung heftig in Bewegung geriet.
»Wenn sie es gesehen hat, dann droht es zu geschehen«, sagte Louis, als Campbell geendet hatte.
»Also müssen wir auf der Hut sein«, konstatierte Royce. »In Northumberland kenne ich alle Männer. Mactavish kann für seine Leute die Hand ins Feuer legen. Wen haben wir sonst noch zu bedenken?«
»Mein Clan wird auch kommen«, sagte Laird Alec Campbell.
»*Oui* – aber darunter sind keine Euch Unbekannten«, hielt Guy ihm vor Augen.
»Wer wird die Lady bewachen?« fragte Mactavish.

»Guy natürlich«, meinte Royce.
»Nein«, widersprach Campbell mit einem amüsierten Blitzen in den Augen. »Sie braucht jemanden, der Tag und *Nacht* bei ihr ist.«
Royce nickte verstehend. »Wer könnte das sein? Unsere Mutter?« versetzte er seinen Bruder einen spöttischen Seitenhieb.
»Ich werde vor ihrer Tür schlafen!« Guy bedachte die Männer, die sich an seiner mißlichen Lage weideten, mit einem wütenden Blick. »Damit ist die Nachtwache geklärt.«
»Das ist also erledigt.« Campbell wurde ernst. »Nun müssen wir den Schurken nur noch eine Falle stellen.«
»Eine Falle?« Royce sah ihn fragend an.
Ein Klopfen an der Tür störte die Unterhaltung. »Mylord«, sagte Cedric, der auf Royce' Aufforderung hin eingetreten war, und verbeugte sich tief.
»Was gibt es, Cedric?«
»Es ist eine Nachricht aus der Normandie gekommen«, berichtete der alte Sachse.
Royce streckte die Hand aus, doch der Burghauptmann sagte: »Ich sollte den Brief der Lady übergeben.«
»Lady Bethany?«
»Nein – Lady Ambra.«
»Dann tut es«, meinte Royce befremdet.
»Das habe ich bereits getan.«
In diesem Augenblick erscholl ein markerschütternder Schrei in der Großen Halle. Die Männer sprangen auf und eilten hinüber.
»Was ist, Mutter?« fragte Royce alarmiert und wollte

ihr den geöffneten Brief aus der herabgesunkenen Hand nehmen, doch sie barg das Pergament hastig an ihrer Brust. Tränen standen in ihren Augen, und ihre Lippen zitterten. »Euer Vater kommt nach England.«

Ihre Worte trafen Guy wie ein Schlag. Der Kummer und die Wut über den Verrat, den Lemieux an ihm und seinem Bruder geübt hatte, erwachten zu neuem Leben.

»Das ist ja eine gute Neuigkeit«, freute sich Alec Campbell und schlug Guy auf den Rücken. »Dann könnt Ihr ihn zur Hochzeit einladen.«

»Auf keinen Fall«, grollte Guy.

»Einen schlechteren Zeitpunkt hätte er für seinen Besuch nicht wählen können«, erregte sich Bethany.

»Beruhige dich, Frau, und kümmere dich um meine Mutter«, sagte Royce. »Sie ist ja ganz außer sich.«

Aber Gabrielle hatte bereits tröstend den Arm um Ambra de Bellemare gelegt, während Guy ihr einen Becher Wein einschenkte.

»Glaubst du, er wird nach Northumberland kommen?« flüsterte Ambra.

»Nein, Mutter – habt keine Angst.«

Er sollte sich lieber nicht einfallen lassen, hier aufzutauchen, dachte Guy. Wenn überhaupt, dann wollte er Lemieux auf dem Totenbett sehen.

Fleisch briet über den Feuern, und ein Tisch bog sich unter Süßigkeiten aller Art, die von einem Wachmann beaufsichtigt wurden, damit sich niemand vor der für den nächsten Tag anberaumten Hochzeit daran gütlich täte. Brot backte in den Öfen, während kandierte Früchte und Nüsse in eine Honigglasur getaucht wurden.

Frische, mit duftenden Kräutern gemischte Binsen wurden auf dem Boden ausgelegt, und das ganze Haus erstrahlte in Frische und Sauberkeit. Ins Feuer gestreute Tannennadeln verliehen der Luft einen würzigen Duft. Beim Abendessen waren sich alle Männer einig, daß die Frauen wahre Wunder vollbracht hatten.

»Danke, Guy«, nahm Bethany das Lob huldvoll entgegen. »Die Idee mit den Tannennadeln hat übrigens Gabrielle beigesteuert.«

Guy legte stolz den Arm um Gabrielle. »Ihr seid erstaunlich.«

»Ich habe nur wenig getan, mein Herr und Gebieter«, wiegelte sie ab. »Es war Lady Bethany, die dafür gesorgt hat, daß alles erledigt wurde.«

Guy lachte. »Ja, Bethany ist der geborene Feldherr. Ich bin froh, daß Ihr nicht so seid – sonst hätte ich Angst, daß ich auch irgendwann herumgescheucht würde.«

Die von der Decke herabhängenden Banner und Flaggen gehörten den Renwyg Castle freundlich gesinnten Clans. König Wilhelms Wappen und Royce' Emblem hingen nebeneinander, die einzigen normannischen Banner außer dem, das Gabrielle genäht hatte. Niemand, der die Halle betrat, verließ sie, ohne ihr und der Burgherrin zu gratulieren: Die beiden hatten den großen Raum in einen Empfangssaal verwandelt, der eines Königs würdig gewesen wäre.

Als Royce hereinkam, ließ er den Blick schweifen und sagte dann: »Es macht nicht viel her, aber es ist mein Heim.«

Sein Scherz erntete schallendes Gelächter.

Nach dem Essen entschuldigte Ambra sich und ging zu

Bett, während Bethany und Gabrielle sich in die Gemächer der Familie des Burgherrn zurückzogen. Bethany entließ das Mädchen, das die Zwillinge beaufsichtigte.
»Was für eine Musik schwebt dir vor, Gabrielle?« fragte Bethany.
»Eine Mischung aus normannischer und schottischer.«
Bethany lächelte. »Das dachte ich mir.«
»Und es ist dir recht?«
»Wie könnte es mir nicht recht sein? Schließlich bin ich mit einem Normannen verheiratet.«
Gabrielle atmete erleichtert auf. Sie hätte sich wirklich keine bessere Schwester wünschen können. »Ich danke dir für alles.«
»Du wirst herausfinden, daß wir Sachsen nicht so verdrießlich sind, wie die Normannen uns gerne hinstellen.«
»Ich habe bereits herausgefunden, daß die Sachsen warmherzige Menschen sind. Ich wünschte, das träfe auch auf alle Normannen zu.«
»Ich kann verstehen, daß Guy sich in dich verliebt hat«, sagte Bethany. »Deine Ehrlichkeit ist erfrischend – und eine Seltenheit.«
Gabrielle errötete bis an die Haarwurzeln. »Du machst mich ganz verlegen.«
»Laß uns über die Unterbringung nachdenken«, wechselte Bethany das Thema. »Wir könnten Familienmitglieder in unseren Gemächern einquartieren und für die Gäste Unterkünfte bei den Stallungen errichten. Was meinst du dazu?«
»Ich glaube, du könntest das Gut ganz allein verwalten«, sagte Gabrielle bewundernd.

Ein bittersüßes Lächeln huschte über Bethanys Gesicht. »Das habe ich lange Zeit getan – aber ich stellte fest, daß es viel angenehmer ist, wenn man einen Mann an seiner Seite hat.«

»Es ist ein großes Glück für mich, daß Guy mich heiraten will«, schwärmte Gabrielle. »Ich hoffe nur, ich kann mich seiner würdig erweisen.«

Bethany runzelte die Stirn. »Er ist auch nur ein Mensch, Gabby. Schätze ihn nicht als unfehlbar ein, sonst kannst du ihm keinen Fehler vergeben.«

»Ich liebe ihn«, sagte Gabrielle schlicht.

»Ich weiß – aber Liebe ist nicht gleichbedeutend mit Götterverehrung. Diesen Erwartungen kann kein Mann gerecht werden.«

»Guy schon«, widersprach Gabrielle heftig. »Er ist der anständigste und ehrlichste Mann, den man sich vorstellen kann.«

Bethany seufzte. »Du wirst auch noch lernen, daß selbst ein Ausbund an Tugend Schwächen hat. Ich hoffe, es wird dir nicht allzu weh tun.«

»Guy würde niemals etwas tun, das mir weh täte.«

Sechzehntes Kapitel

Am Abend trafen mehrere Spielleute ein und wollten von der Braut hören, welche Musik sie darbieten sollten. Sie warteten frierend im Burghof, doch Guy bestand darauf, Lady Gabrielle keiner Gefahr auszusetzen.

Ein Klopfen an der Tür zu den Privatgemächern unterbrach das Gespräch über die Hochzeitsvorbereitungen von Bethany und Gabrielle. »Herein«, sagte die Burgherrin.

Als Laird Bram Mactavish die Tür aufriß, flackerten die Talgkerzen so stark, daß sie beinahe erloschen. Das lange Haar des Schotten schimmerte im Schein der Fakkeln auf dem Flur wie Kupfer.

»Lady Gabrielle – mit Eurer Erlaubnis würde *ich* es gerne übernehmen, mir die Musiker anzuhören. Ihr seid ohnehin beschäftigt, und ich bin naturgemäß mit der schottischen Musik vertraut.«

»Aber was ist mit der normannischen Musik, die ich mir gewünscht habe?« fragte sie.

»Die Entscheidung darüber wird Guy fällen.«

Als Gabrielle zustimmend nickte, ging Bethany zu ihrem Vater hinüber und flüsterte: »Ich weiß sehr wohl, daß es Euch nicht um die Musik zu tun ist, sondern um die Männer, die sie spielen.«

»Du bist eine kluge Frau – aber behalte dein Wissen für dich«, murmelte er. Dann sagte er zu Gabrielle: »Ich versichere Euch, Ihr werdet mit unserer Wahl zufrieden sein«, und schloß lächelnd die Tür.
Als Mactavish sich in die Große Halle zu Royce und Guy gesellte, verkündete er: »Es kann losgehen – Campbell wartet schon.«
Guy erhob sich von der Hohen Tafel. »Ich werde mich vergewissern, daß, falls die Musikanten ein Ablenkungsmanöver sind, niemand ins Haus schlüpft und dort Unheil anrichtet. Danach stoße ich zu Euch.« Er gab Mactavish einen gefährlich aussehenden Dolch. »Für Campbell – ich schulde ihm eine Waffe.«
Laird Bram Mactavish nahm die Klinge entgegen. »Ihr habt einen guten Geschmack, Normanne.« Der Dolch verschwand in seinem roten Kilt.
Zwei seiner Männer flankierten Bram Mactavish, als er in den Hof hinaustrat. Alec Campbell befand sich bereits, ebenso bewacht, dort und musterte die allesamt fremden Gesichter der zehn Gruppen, unter denen es zu entscheiden galt.
»Wie wollen wir herausfinden, wer der Schurke ist?« fragte Mactavish, als er zu Campbell trat.
»Es wird der Mann sein, der nicht spielen und nicht singen kann.«
»Das leuchtet ein«, nickte Bram und reichte Alec den Dolch. »Ein Geschenk von Guy – und ich soll Euch ersuchen, Zurückhaltung walten zu lassen: Er will den Mann lebend.«
Laird Alec Campbell schob den Dolch in seinen Kilt. »Wollen wir anfangen?«

»Je eher, desto besser.«
»Ihr da!« rief Campbell einem hochgewachsenen Lautenspieler mit einem hageren Gesicht zu. Als der Mann um sich blickte, rief der Laird: »Ihr da bei den Stallungen – kommt her und laßt Eure Musik hören.«
Hierauf kam der Mann angelaufen und fragte: »Was darf ich Euch darbieten, Mylord?«
»Beherrschst du irgendwelche schottischen Weisen?«
»Nein – nur normannische.«
Das mißfiel Campbell zwar, aber er forderte ihn trotzdem auf: »Beginne.«
Der Spielmann zupfte eine Melodie, verneigte sich und trat zurück.
»Der Nächste!« rief der Laird
Wie sich schon bald herausstellte, hatte nur eine Handvoll der Kandidaten sowohl schottische als auch normannische Weisen in ihrem Repertoire. Nach einer Stunde hatten sie alle bis auf eine Gruppe gehört. Mactavish winkte sie zu sich.
Campbell fiel auf, daß die Hände der Männer nicht feingliedrig und zart waren, sondern groß und schwielig, und sein Mißtrauen erwachte.
Der größte von ihnen hob langsam sein Instrument und nickte seinen Begleitern zu, die es ihm daraufhin gleichtaten. Was sie darboten, war eine Beleidigung für die Ohren.
Mactavish beugte sich zu Campbell hinüber. »Das sind nie im Leben Musikanten – aber ich denke, sie haben uns trotzdem ein interessantes Lied anzubieten. Ich würde es mir gerne anhören. Was meint Ihr dazu?«

Campbell nickte. Seine Leute schlossen den Kreis um die Männer enger.

Guy gesellte sich zu ihnen und sagte, wobei er den Riesen mit der Laute fixierte: »Das war ja eine jammervolle Darbietung.« Er legte die Hand auf Campbells Arm. »Vergeßt nicht – ich will sie lebend.«

»Ich werde ihnen so viel Atem lassen, daß sie Euch noch sagen können, was Ihr wissen wollt.«

Die Schotten und ihr Hang zur Dramatik! Guy mußte trotz des Ernstes der Lage lächeln.

Er nahm sich den Anführer der Spielmänner vor, während die Schotten die anderen festhielten, deren angstvolle Schreie durch den Burghof gellten. Der Riese jedoch blieb stumm. Guy setzte ihm seinen Dolch an die Kehle. »Sag mir, was ich wissen will, und du bleibst am Leben. Weigere dich, und du stirbst.«

»Aber, Herr«, der Hüne zitterte wie Espenlaub, »ich weiß nicht, was Ihr von mir wollt.«

»Wer schickt dich? Wie lautet dein Auftrag? Wie viele liegen auf der Lauer?«

Als der Mann schwieg, verstärkte Guy den Druck der Dolchspitze. »Du hast dich also entschieden zu sterben?«

»Ich bitte Euch, Herr – ich habe nichts verbrochen. Habt Erbarmen.«

»Feigling!« Campbell spuckte ihm das Wort regelrecht ins Gesicht.

»Macht ein Ende mit ihm!« sagte Mactavish.

Plötzlich tat der Mann einen Schritt zurück, senkte den Kopf und ging auf Guy los.

Der Aufprall riß Guy von den Füßen, doch er hatte den

Angreifer zu fassen bekommen, und sie wälzten sich ringend auf dem Boden. Eine Zeitlang tobte der Kampf unentschieden, doch dann ergab sich für Guy plötzlich eine Gelegenheit für seine vernichtende Rechte, die auch diesem Riesen das Bewußtsein kostete.

*

Gabrielle gab vor, ein Gähnen zu unterdrücken. Müdigkeit vorzuschützen war die einzige Möglichkeit, Bethanys wachsamem Auge zu entkommen, doch es bedurfte mehrerer dieser versteckten Hinweise, bis Bethany schließlich Erbarmen zeigte und ihr eine gute Nacht wünschte. Insgeheim aufatmend, verließ Gabrielle die Gemächer des Burgherrn. Seit sie Bethanys geflüsterte Bemerkung über die Spielleute gehört hatte, war sie auf dem Sprung gewesen. Die Männer der Familie wollten sie natürlich beschützen, aber sie konnte den Mann benennen, der sich mit finsteren Absichten als Musikant eingeschlichen hatte.
Am Fuß der Treppe stieß sie auf Angus, Ian und Louis.
»Wohin willst du?« fragte ihr Bruder und stellte sich ihr in den Weg.
»Guy hat nach mir geschickt«, log sie. »Ich werde den Schurken entlarven.«
Sie wußte, daß Louis eine Anordnung Guys respektieren würde – und richtig: er runzelte lediglich die Stirn.
Angus trat vor und bot Gabrielle den Arm. »Das ist gut – ich bin das Verstecken müde.«
Ian und Louis folgten den beiden.
»Onkel Alec!« rief Gabrielle, als sie in den Burghof ka-

men, und sah mit Schrecken Guy neben einem regungslos am Boden liegenden Mann knien, während drei andere Männer, auf deren Gesichtern sich Entsetzen malte, von Schotten festgehalten wurden.
»Sie sind unschuldig!« erklärte sie entschieden.
»Du mußt dich irren«, gab ihr Onkel, ob ihres Erscheinens unwirsch, zurück.
Sie musterte die übrigen, drüben an der Mauer stehenden Musikanten. Einer von ihnen schob sich langsam an der Wand entlang. Sein Gesicht lag im Schatten – bis plötzlich der Schein einer Fackel darauf fiel.
»Nein, Onkel. Der dort ist es!« Sie zeigte auf den Lautenspieler, der als erster vorgespielt hatte, den mit den hageren Zügen. »Glaube mir – der ist es!«
Der dürre Mann machte einen Satz und verschwand in der Dunkelheit.
Ian und Louis setzten ihm nach, während der Torwache Befehle zugebrüllt wurden.
Die vier verängstigten Spielleute wurden freigelassen.
»Es ist kaum zu glauben, daß diese Männer ihren Lebensunterhalt mit Musizieren verdienen«, meinte Campbell kopfschüttelnd zu Mactavish.
In diesem Augenblick kamen Louis und Ian, den geflüchteten Lautenspieler fest im Griff, zurück.
»Für wen arbeitest du?« verlangte Campbell zu wissen.
»Ich habe mich keines Vergehens schuldig gemacht.«
»Du bist kein schlechter Musikant – es wäre doch ein Jammer, wenn du ein paar Finger einbüßtest und dein Instrument nicht mehr spielen könntest.«
Der Mann erbleichte. »Ich habe nichts Unrechtes getan – nur einem Mann gesagt, wann diese Jungen sich

im Schwertkampf übten.« Er ergriff die Hand des Lairds und sank vor ihm auf die Knie. »Ich bin nur ein armer, fahrender Musikant, Herr«, stammelte er unter Tränen.
»Laßt ihn gehen, Campbell«, empfahl Bram Mactavish angewidert von dem memmenhaften Benehmen des Mannes. »Er ist offensichtlich unschuldig – ein Lautenspieler würde niemals die Verstümmelung seiner Hände riskieren.«
Gabrielle ging langsam um den Mann herum. Gefahr! rief eine Stimme in ihrem Kopf. »Er lügt«, erklärte sie ihrem Onkel.
Camphell zog die Möglichkeit immerhin in Betracht, Mactavish aber ließ sich nicht von seiner Meinung abbringen. »Nein, Lady. Seht doch nur, was für ein Feigling er ist. Er würde uns lieber die Wahrheit sagen als seine Finger verlieren.«
Das zustimmende Murmeln in der Runde bewies, daß der Musikant seine Rolle überzeugend spielte – aber Gabrielle hatte ihn in ihrer Vision gesehen. Sie ballte die Fäuste. »Ich sage Euch, er lügt!«
»Mädchen!« rügte ihr Onkel sie für ihren aufsässigen Ton.
Sie wandte sich hilfesuchend an Guy. »Bitte, glaubt *Ihr* mir wenigstens!«
»Euer Onkel …«
Sie packte Guy am Arm. »Ich habe doch schon bewiesen, daß ich das Zweite Gesicht habe – und ich weiß, so sicher wie die Sonne jeden Tag auf- und untergeht, daß dieser Mann lügt.« Tränen schossen ihr in die Augen. »Wenn Ihr mich liebt, dann vertraut Ihr mir.«

Er sah sie lange nachdenklich an, und dann nickte er. »So sei es.« Er packte den Lautenspieler bei seinem Wams. »Meine Gemahlin glaubt, daß du lügst, und ich glaube ihr stets.« Er ließ den Mann so abrupt los, daß er beinahe hingefallen wäre. »Schafft ihn ins Verlies«, befahl er dem alten Cedric.

Der Spielmann lief zornrot an. »Diese verdammte Hexe! Ja, ich könnte Euch mehr sagen, aber Ihr werdet mir kein Wort entringen. Mögt Ihr in der Hölle schmoren und die Hexe mit Euch! Hexe! Hexe!« kreischte er, und fragende Blicke richteten sich auf Gabrielle.

Alle Farbe wich aus ihrem Gesicht. Der Hexerei beschuldigt zu werden war die schlimmste Anklage in der christlichen Welt. Guy blickte drohend in die Runde, legte den Arm um Gabrielle und zog sie zu sich heran.

»Das Gekläff eines getretenen Hundes!« erklärte Guy. Einige der Anwesenden nickten zustimmend, die anderen behielten ihre Meinung für sich.

»Ich frage mich, ob dein Onkel Quennel deinen guten Ruf zerstören will«, sagte Guy, als die Menge sich zerstreute.

Gabrielle schüttelte den Kopf. »Um mich geht es nicht – das war in meiner Vision ganz deutlich zu sehen. Ich bin nicht in Gefahr – die jungen Männer sind es. Bitte laßt sie bewachen.«

»Wir werden tun, was nötig ist«, versicherte Alec Campbell ihr. »Und jetzt sorge dich nicht mehr. Beschäftige dich lieber mit deiner Hochzeit.«

»Meiner Schwester geht es nur gut, wenn sie sich um jemanden sorgen kann«, neckte Louis Gabrielle. »Ihr

müßt ihr gestatten, sich hin und wieder um Euch zu sorgen, Guy – bis sie Söhne hat, zumindest.«
Gabrielle errötete tief, doch sie lachte. »Ich weiß nicht, womit ich diesen vorlauten Bruder verdient habe«, klagte sie scherzhaft.
Angus trat vor. »Laßt Euch nicht von ihm ärgern, Mylady«, sagte er. »*Ich* fühle mich geehrt, daß Ihr Euch Gedanken um mein Wohlergehen macht.« Er nahm ihre Hand, hob sie an die Lippen und hauchte einen Kuß darauf.
Guy befreite Gabrielles Hand aus seinem Griff. »Mactavish – dieser junge Spund wird Euch noch viel Kopfzerbrechen machen, was Frauen angeht. Ihr müßt ihm beibringen, sich in Zurückhaltung zu üben, wenn der Verlobte der Dame anwesend ist.«
Angus grinste. »Es wäre ein viel schlimmeres Vergehen, wenn ich es an Zurückhaltung fehlen ließe, wenn der Verlobte oder Gemahl einer Dame *nicht* dabei wäre. Aber in diesem Fall kam es mir lediglich darauf an, meine Dankbarkeit zu bekunden.«
Gabrielle schenkte ihm ein engelhaftes Lächeln. »Ihr seid sehr galant, Angus Mactavish – und ich danke Euch dafür, daß Ihr meinen Verlobten eifersüchtig gemacht habt.«
Angus strahlte. »Jederzeit zu Diensten, Mylady.«
»Ja, Ihr habt recht, Guy – er wird ein Weiberheld«, lachte Bram Mactavish und versetzte seinem Adoptivsohn einen nicht ernstgemeinten Stoß gegen die Schulter.

Nach dem Frühstück kehrten die Frauen in die Gemächer der Familie zurück, und Bethany machte sich daran, letzte Hand an Gabrielles Hochzeitskleid zu legen. Als sie fertig war, trat sie ein paar Schritte zurück und begutachtete ihr Werk.

»Du siehst entzückend aus«, sagte sie. »Wo ist die Schärpe?«

Gabrielle nahm sie von einem Stuhl und wollte sie umlegen, aber Bethany war etwas eingefallen. »Warte! Maida – bitte hole das Geschenk der Königin aus meiner Truhe.«

»O nein!« wehrte Gabrielle diese Großzügigkeit ab. »Das kannst du nicht tun.«

»Eine weise Frau hat mich gelehrt, ein Geschenk artig anzunehmen. Königin Mathilde ließ kein Nein als Antwort gelten, und ich mache es ebenso.«

»*Oui,* Mathilde ist eine Frau mit einem starken Willen.« *Madame* Ambra stand auf. »Entschuldigt mich – ich muß etwas aus meinem Zimmer holen.«

Als sich die Tür hinter ihr schloß, schüttelte Maida die zusammengerollte, kunstvoll bestickte Schärpe aus.

»Wie wunderschön.« Gabrielle berührte das Prunkstück ehrfürchtig.

»Ich wollte sie eigentlich für meine Tochter aufheben, aber ich fürchte, mit Royce als Erzeuger wird sie mich weit überragen und die Schärpe zu kurz für sie sein«, meinte Bethany. »Es wäre mir eine Ehre, wenn du sie tragen würdest.«

Gabrielle nahm die Schärpe gerührt entgegen. Sie war sich der Bedeutung dieser Geste wohl bewußt. »Ich hoffe, ich werde mich deiner Freundlichkeit würdig erweisen. Du bist eine großherzige Frau. Ich danke dir, Bethany.« Lady Bethany quittierte das Kompliment mit einem Lächeln und wandte sich dann an Maida. »Welchen Duft hast du für das Bad der Lady gewählt?«

»Veilchen.«

»Ausgezeichnet«, lobte die Burgherrin. »Bitte laß jetzt das Wasser heraufbringen, damit wir anfangen können.«

Als Maida die Tür öffnete, um hinauszugehen, kam Ambra mit einem Kästchen unter dem Arm zurück. Sie öffnete es und nahm einen Beutel heraus. »Hier Gabrielle – ich möchte, daß du sie an deinem Ehrentag trägst. Sie war ein Geschenk meines Liebsten.«

Gabrielle konnte nachempfinden, was es für eine Frau bedeutete, sich von einer solchen Liebesgabe zu trennen. Sie umarmte Ambra de Bellemare, drückte sie kurz an sich und machte sich dann los. Gabrielle öffnete den Beutel und schnappte unwillkürlich nach Luft, denn er enthielt eine Perlenschnur.

»Du mußt sie auf deine Haare drapieren«, sagte Ambra. »So hätte ich auch gerne geheiratet – wenn ich auch zugeben muß, daß du ihr mit deiner elfenbeinzarten Haut, den schwarzen Haaren und den veilchenblauen Augen zu besserer Geltung verhelfen wirst, als meine Person es je gekonnt hätte.«

Das Kompliment ließ Gabrielle tief erröten.

»Sie hat recht«, bestätigte Bethany. »Und weißt du, was besonders schön ist: Du besitzt nicht nur das Aussehen eines Engels, sondern auch das Wesen.«

Gabrielle überspielte ihre Verlegenheit ob der ungewohnten Komplimente mit einem Scherz. »Ich hoffe, du wirst dich daran erinnern, wenn dein und mein Gemahl frühere Schandtaten von mir berichten.«

»Das haben sie bereits getan«, lächelte Bethany. »Aber in meinen Ohren waren es Geschichten, die von Mut und Liebe zeugten. Du bist wirklich eine bemerkenswerte Frau.« Bethany mochte gar nicht daran denken, was das arme Dinge durchmachen würde, wenn es erführe, welch falsches Spiel ihr geliebter Verlobter mit ihr trieb.
Ambra nahm Gabrielle bei den Händen. »Heute ist dein Hochzeitstag, und ich bin froh, daß der Segen der Kirche den heidnischen Ritus vergessen machen wird«, sagte sie bewegt. »Dann kann niemand mehr eure Verbindung in Frage stellen.«

Der Burgkaplan Pater John, Louis und Ian standen in Erwartung der Braut in der Großen Halle beieinander. Guy gesellte sich zu seinem Bruder Royce.
Andächtige Stille senkte sich über den Raum, als Gabrielle die Treppe heruntergeschritten kam.
Guy stockte der Atem. Mit ihren schimmernden, ebenholzschwarzen Flechten, die eine Krone aus weißen Perlen zierte, der Liebe, die ihm aus ihren veilchenblauen Augen entgegenleuchtete, und dem glücklichen Lächeln auf ihrem Gesicht bot sie ein Bild, das er sein Leben lang nicht vergessen würde.
Vachel kniff ihn in den Arm, und Royce flüsterte: »Gott, was für eine Schönheit!«
Während Guy angesichts ihrer strahlenden Erscheinung die Augen übergingen, dachte er, daß sein Leben, auch wenn es noch viele Jahre währen sollte, nicht annähernd ausreichen würde, um dieser Frau all die Liebe zu geben, die sie verdiente.

Sie waren füreinander bestimmt, davon war er überzeugt, als sie ihre Hand in die seine legte und sie gemeinsam vor den Priester hintraten.
Guy sank mit ihr auf die Knie, ohne ihre Hand loszulassen, und kurz darauf schallte sein Ehegelöbnis durch die Halle. Obwohl leiser gesprochen, war auch das ihre bis in den hintersten Winkel des Raumes deutlich zu verstehen, und alle in Reichweite ihrer Stimme hörten, wie glücklich sie war.
Guy hatte das Gefühl, auf Wolken zu schweben. Er wollte jetzt nicht darüber nachdenken, wie Gabrielle reagieren würde, wenn sie die Wahrheit über ihn erführe, wollte sich diesen Tag durch nichts trüben lassen. Sie waren verheiratet, vor Gott und den Menschen, und nur darauf kam es ihm in diesem Moment an. Als Pater John ihn aufforderte, die Eheschließung mit dem Friedenskuß zu besiegeln, beugte er sich zu seiner Gemahlin hinunter und war erneut ergriffen von der tiefen Liebe, die ihm aus ihren Augen entgegenleuchtete. Und plötzlich gab es keine Leere mehr in ihm – er war zu Hause.
Der Kuß dauerte erheblich länger als vorgesehen. Der Burgkaplan räusperte sich mehrmals, doch Guy achtete nicht darauf. Er hielt die Frau in den Armen, die ihn alle Schmerzen vergessen ließ, die das Leben ihm zugefügt hatte. Erst als der Priester ihm nachdrücklich die Hand auf die Schulter legte, löste Guy sich widerstrebend von seiner Gemahlin.
Sobald Pater John sie für rechtmäßig verheiratet erklärt hatte, wurde Gabrielle von Guy weggezogen und herzhaft von ihrem frischgebackenen Schwager geküßt, was dessen Bruder gar nicht gefiel.

»Aber ich revanchiere mich doch nur«, sagte Royce, als er Guys finsteren Blick sah. »Hast du nicht auch *meine* schöne, junge Gemahlin nach der Trauung geküßt?«
»Doch – aber wenn ich mich recht erinnere, nicht mit solcher Inbrunst.«
»Ich heiße lediglich meine kleine Schwester in der Familie willkommen.«
Ambra de Bellemare, die mit ihren beiden Enkeln auf dem Arm zu ihnen trat, beendete das Wortgeplänkel. »Ich wünsche dir Glück, meine Tochter«, sagte sie und küßte Gabrielle auf die Wange. Dann wandte sie sich an Guy. »Du hast eine gute Wahl getroffen«, lobte sie ihn. »Ich bin stolz auf dich.«
Guy hob das Kinn seiner Ehefrau an und schaute ihr in die Augen. »Ich habe mein Herz an dich verloren und ich bin froh darüber.«
Doch seine Freude war nicht ungetrübt – es stand ihm noch immer bevor, ihr sein Geheimnis zu offenbaren, und er fürchtete sich vor diesem Augenblick.

Die Gäste waren verabschiedet worden, und Guy und Gabrielle zogen sich in ihre Gemächer zurück. Kaum hatte die Tür sich hinter ihnen geschlossen, stellte Gabrielle zu ihrem Erschrecken eine auffällige Wandlung der Stimmung ihres Gemahls fest. Ihre Verbindung war von der Kirche gesegnet worden, wie er es gewollt hatte, doch plötzlich blickte er drein, als bedauerte er seine Entscheidung. Je länger er schwieg, um so größer wurde ihre Angst. Sie gehörte ihm mit Leib und Seele – wollte er sie auf einmal nicht mehr haben?

Noch immer schweigend reichte er ihr einen Brief. Furcht und Besorgnis umwölkten seine nachtblauen Augen.
Sie mußte all ihren Mut zusammennehmen, um zu lesen, was auf dem Pergament geschrieben stand. Der Befehl des Königs war knapp und präzise. Eine kalte Hand schloß sich um ihr Herz. Sie hatten einen Blick in den Himmel getan, doch nun wurden sie auf die Erde zurückgeholt.
»Wann brechen wir auf?«
»Bald.«
Sie nickte. Gott hatte ihr eine kurze Spanne des Glücks gewährt, ihr die Gunst erwiesen, sich verlieben zu dürfen und wiedergeliebt zu werden – das war mehr, als sie zu erhoffen gewagt hatte. Sie durfte nicht undankbar sein.
Als er die Verzweiflung in ihren Augen sah, nahm er sie in die Arme. »Fürchte dich nicht. Ich werde bis zum letzten Atemzug für deine Freiheit kämpfen.«
Gabrielle legte den Finger auf seine Lippen. »Sag nicht, daß du für mich sterben würdest, Liebster. Ich könnte nicht weiterleben, wenn ich dich nicht wohlbehalten wüßte. Meine Bürde ist nicht deine.«
»O doch – ich habe sie dazu gemacht. Würdest du nicht dasselbe für mich tun?«
»Doch – aber das ist etwas anderes.«
»Nein. Du glaubst, du kannst das allein bewältigen – aber ich sage dir, du kannst es nicht.«
»Guy«, flüsterte sie. »Ich weiß nicht, womit ich dich verdient habe.« Als sie ihn jetzt ansah, war sie überzeugt, daß mit diesem Mann an ihrer Seite alles mög-

lich wäre, und die Angst davor, ihrem Onkel gegenüberzutreten, schwand. Guy würde sie beschützen.
Seltsam, daß er ausgerechnet in dem Moment in ihr Leben getreten war, als sie dringend der Hilfe bedurfte. Sie konnte sich eine Zukunft ohne ihn nicht vorstellen. Ein Lächeln erhellte ihre Züge. Was auch immer an Unbill des Weges käme – sie würden sie gemeinsam ertragen.
Er nahm ihr das Schreiben aus der Hand. »Bedeutet dein Lächeln, daß du mir zutraust, dich zu beschützen?«
Sie nickte. »Ich weiß, daß ich mich auf dich verlassen kann – ich lege mein Leben vertrauensvoll in deine Hände.«

Ihre Worte lösten einen bitteren Geschmack auf seiner Zunge aus. Wenn sie hörte, wie er sie hinters Licht geführt hatte, würde die Welt für sie zusammenbrechen. Er wünschte sich so sehr, ihre Ehe auf die Grundfesten Vertrauen und Ehrlichkeit zu stellen – aber durfte er, wenn er ihr reinen Wein einschenkte, Verständnis von ihr erwarten? Er malte sich aus, wie er ihr alles gestand und sie ihm mit ihrem engelsgleichen Lächeln verzieh und einladend die Arme ausbreitete … doch er hatte so große Angst davor, daß ihre Reaktion nicht seiner Wunschvorstellung entsprechen würde, daß er schwieg.
Statt dessen senkte er seine Lippen zu einem glühenden Kuß auf die ihren. Sie drängte sich an ihn, und er schob alle unliebsamen Gedanken beiseite und hob seine Frau auf seine Arme.

Sie blickte atemlos lachend zu ihm auf. Verlangen stand in ihren Augen. Gott, war sie schön! Er küßte sie wieder, und als sein Mund dann zu ihrem Ohr wanderte, spürte er sie erbeben.
»Mein Gemahl«, flüsterte sie und vergrub ihr Gesicht an seinem Hals, den sie mit kleinen, verspielten Küssen bedeckte.
»Was machst du mit mir, Weib?« stöhnte er. Schweißperlen bildeten sich auf seiner Stirn, als er sie zum Bett trug und auf die Matratze legte. Er küßte sie zärtlich und richtete sich dann auf, um sich seiner Kleidung zu entledigen. Sie streckte sehnsüchtig die Arme nach ihm aus, und er versuchte, in aller Eile sein Gewand auszuziehen, stellte sich aber so ungeschickt an, daß sie sich aufsetzte, seine Hände wegschob und die Bänder für ihn löste. Eines nach dem anderen flogen seine Kleidungsstücke in hohem Bogen durch den Raum. Guy war inzwischen so erregt, daß er Gabrielle am liebsten das Hochzeitskleid vom Leib gerissen hätte, aber er wollte diese Nacht der Nächte auskosten, und so hielt er sich zurück.
Gabrielles Lippen und Fingerspitzen erkundeten, flammende Spuren darauf hinterlassend, jedes Tal und jeden Hügel seines Brustkorbes. Als ihre Zunge mit seiner Brustwarze zu spielen begann und sie dann zart zwischen die Zähne nahm und daran zog, umfaßte er ihren Kopf und zwang sie loszulassen, denn sonst wäre es um seine Beherrschung geschehen gewesen.
Er nahm erneut ihren Mund in Besitz und zerrte und riß an den Verschlüssen ihres Kleides, und wieder schob Gabrielle seine Hände weg. Sie stand auf und begann

sich vor dem Kamin, von der Glutröte der lodernden Flammen umflossen, mit graziösen Bewegungen zu entkleiden, bis sie nichts mehr trug als seinen Ring, der im Feuerschein blitzte.
Er folgte der Aufforderung ihrer ausgebreiteten Arme und der Verlockung ihrer Veilchenaugen. Als ihre Lippen sich zu einem sengenden Kuß fanden, drängte Gabrielle die Hände zwischen ihre Leiber und brachte ihn fast um den Verstand, als ihre Fingernägel federleicht über seine Männlichkeit strichen. »Ich erinnere mich, wie ich damals unter deine Kutte spähte und es nicht für möglich hielt, daß das, was ich dort erahnen konnte, in einer Frau Platz finden könnte«, flüsterte sie atemlos, als sein Mund den ihren freigab. Lächelnd ließ sie ihre Finger an seiner Brust hinaufmarschieren. »Aber jetzt weiß ich es besser«, schnurrte sie, schlang die Arme um seinen Hals und griff in seine Haare. Die genießerischen, kleinen Laute, die sie ausstieß, wirkten so berauschend auf ihn wie ein Zaubertrank.
Er hob sie hoch und schwenkte sie im Kreis herum. »Ich liebe dich«, flüsterte er heiser.
»Ich weiß.« Sie schmiegte sich an seine Brust.
»Nimm mich«, bat sie mit erstickter Stimme. »Ich habe dich so vermißt.«
Er legte sie aufs Bett und stimulierte sie nun seinerseits mit Händen und Lippen. Sie hob sich ihm einladend entgegen, aber er hielt an sich, wollte abwarten, bis ihr Begehren dem seinen gleich wäre.
Ihr Körper reagierte begierig auf seine Liebkosungen, und als seine Finger in sie hineinglitten, grub sie auf-

stöhnend die Fingernägel in seinen Rücken. »Bitte komm zu mir, Guy. Ich kann nicht mehr warten!«
Mit einem einzigen Stoß drang er tief in sie ein. Gabrielle schlang Arme und Beine um ihn und paßte sich seinem Rhythmus an, der sie beide mit jedem Stoß dem Paradies näher brachte. Ihre schweißbedeckten Körper glänzten im Feuerschein, während sie sich in einem Strudel der Leidenschaft verloren. Der Schrei, der sich ihrer Kehle entrang, als sie den Höhepunkt erreichte, ging dem seinen nur Augenblicke voraus. Danach hielten sie einander in seliger Erschöpfung umfangen, und Gabrielle schlief, ohne einmal die Augen geöffnet zu haben, ein.

Quennel d'Aumont ging in König Wilhelms Residenz ungeduldig auf und ab. Schließlich öffnete sich die Tür des Vorzimmers, und Bayard de Bellemare erschien, in feinstes Tuch gekleidet und mit Ringen an jedem Finger.
»Was ist denn so wichtig, daß Ihr mich in meinem Vergnügen stören müßt, Aumont?« fragte er ungehalten, rückte seinen von einer goldenen Gewandnadel zusammengehaltenen Umhang zurecht und strich sich über die schütteren, braunen Haare.
»Wir werden nach Nordengland reisen, um Eure Braut zurückzuholen, teurer Freund«, eröffnete Aumont ihm.
»Es ist nicht gerade ein vielversprechender Anfang, wenn die Braut vor ihrem Verlobten flieht«, bemerkte de Bellemare und bedachte ihn, die Flügel seiner langen, spitzen Nase blähend, mit einem tadelnden Blick.

Kleines Miststück, dachte Quennel wütend, doch zu Bayard sagte er leichthin: »Sie ist nur schüchtern – das versteht Ihr doch sicher.«
De Bellemare schlug mit der Faust auf den Tisch. »Sie macht mich zum Gespött. Wenn ich sie zu fassen kriege, wird sie mir das büßen!«
Ausgezeichnet, dachte Aumont zufrieden – er hat nicht die Absicht, die Hochzeit abzusagen.
»Das überlasse ich ganz Euch – ich möchte nur diese Hochzeit vollzogen sehen. Wir werden morgen aufbrechen.« Er stieß Bayard kameradschaftlich in die Rippen. »Je eher Ihr ihrer habhaft werdet, um so eher könnt Ihr ihr zeigen, wer ihr Herr ist.«
Ein häßliches Lächeln kräuselte de Bellemares schmale Lippen. »Gibt es etwas Neues über den Bruder der Dame?«
»Er befindet sich ebenfalls in Northumberland. Hat sich dort zu irgendeinem Fest eingefunden. Wenn wir uns sputen, sollten wir uns *beider* Kinder meiner Schwester bemächtigen können.«
»In Northumberland?« Bayard de Bellemare schenkte sich stirnrunzelnd einen Becher Ale ein.
»Was mißfällt Euch daran?« wollte Aumont wissen.
»Meine Cousins, die Bastarde, leben dort. Ich habe keine Lust, sie wiederzusehen.« Er strich mit dem Finger über die Narbe an seinem linken Auge.
»Ich bezweifle, daß Ihr Gelegenheit dazu haben werdet«, meinte Aumont mit einer wegwerfenden Handbewegung.
»Falls es doch geschieht, erwarte ich Eure Unterstützung«, warnte de Bellemare ihn vor. »Sie sind seit ihrer

Geburt Stacheln in meinem Fleisch. Ich verstehe nicht, daß unser Großvater sie nicht verstoßen hat.«
»Aber sie haben kein Recht auf Euer Land und Eure Titel.«
»Das nicht«, stimmte Bayard ihm zu, doch dann verfinsterte sich sein Gesicht wieder. »Aber sie tragen noch immer meinen Namen – einen Namen, der ihnen nicht zusteht.«
Aumont verkniff sich den Hinweis, daß der Name de Bellemare dank der Taten der Bastarde zu hohem Ansehen gelangt war, was ihrem Großvater die enge Freundschaft mit dem König beschert hatte.
»Nur ich habe das Recht, diesen Namen zu tragen«, sagte Bayard de Bellemare und trank einen großen Schluck Ale.
»Was genau habt Ihr denn für den König getan, daß er zu dieser Meinung gelangt ist?«
De Bellemares Augen verengten sich. »Ich habe die Sicherheit in seinem Land aufrechterhalten. Es hat keinerlei Aufstände gegeben.«
»O ja«, nickte Aumont, der sehr wohl wußte, daß der Normandie ohnehin keine Gefahr drohte. »Wie konnte ich das nur vergessen?«
»Seht zu, daß Ihr es nicht noch einmal vergeßt.« De Bellemare wischte sich mit dem Ärmel den Mund ab und schenkte sich dann noch einen Becher ein. »Sonst könnte ich mich dazu hinreißen lassen, den König über Eure Pläne aufzuklären.«
Aumont lächelte in sich hinein. Er genoß es, mit diesem Mann zu spielen, wie er es früher mit seinen Haustieren getan hatte. Ein Jammer, daß keines der Geschöp-

fe seine kleinen Quälereien überlebt hatte. »Das wäre töricht, denn dadurch brächtet Ihr Euch selbst in Teufels Küche. Oder meint Ihr etwa nicht, daß der König sich dafür interessieren würde, was Ihr mit seinen Steuereinnahmen gemacht habt?«

De Bellemare stieß ein nervöses Lachen aus. »Ich habe ebensoviel gegen Euch in der Hand, wie Ihr gegen mich in der Hand habt.«

»Droht mir nicht, mein Bester.«

»Ich drohe Euch nicht – ich will Euch lediglich klarmachen, daß Ihr gut daran tut, mir nötigenfalls den Rükken zu stärken.« Er leerte seinen Becher. Offenbar hatte er, bevor er hereinkam, schon einiges getrunken, denn er begann plötzlich zu schwanken und ließ sich auf einen Stuhl fallen. »Meine Cousins sind nämlich häufig bei Wilhelm anzutreffen.«

Aumont bedachte den Betrunkenen mit einem verächtlichen Blick. Die Brüder waren treue Gefolgsmänner des Königs, doch er hütete sich, seinen ohnehin schon aufgebrachten Kumpan daran zu erinnern, ihn nicht noch mehr zu erzürnen.

Quennel d'Aumont hob seinen Becher. »Auf unsere Reise.«

Bayard de Bellemare brachte seinerseits einen Trinkspruch aus. »Auf meine Verlobte. Möge sie die Hochzeitsnacht überleben.« Er lachte schallend, verstummte jedoch jäh, als sein Rausch ihn unvermittelt nach vorne fallen ließ und er unsanft mit dem Gesicht auf dem Tisch aufschlug.

Aumonts angewidertes Schnauben war der einzige Laut im Raum.

Die gute Gabrielle würde die Hochzeitsnacht nicht überstehen, da war er ganz sicher. Welch passendes Ende für dieses Miststück. Er leerte seinen Becher. Was er für ihren Bruder ersonnen hatte, war sogar noch passender.

Nachdem König Wilhelm sich die beiden Berichte angehört hatte, seufzte er tief. »Sorgt dafür, daß Quennel d'Aumont und Bayard de Bellemare die Residenz nicht verlassen.«

Er begann nachdenklich auf und ab zu gehen. Guy de Bellemare würde seinem Ruf zwar zweifellos Folge leisten, aber die Heirat paßte ihm ganz und gar nicht.

»Holt mir Lance und Rule de Lemieux«, wies er seinen Sekretär an.

Diener hielten den Männern die Flügeltür auf, der Sekretär verbeugte sich vor dem König und entfernte sich. Die Besucher nahmen auf den ihnen angebotenen Stühlen Platz. »Euer Majestät«, begann Lance de Lemieux, »wir sind mit einem großen Anliegen hier. Ich habe meinen Söhnen, Royce und Guy de Bellemare, bitteres Unrecht zugefügt, indem ich sie verstieß. Es besteht kein Zweifel, daß sie Früchte meiner Lenden sind, und ich möchte sie in den Schoß der Familie zurück holen.«

»Läge Euch ebensoviel daran, wenn Ihr nicht ihrer Unterstützung bedürftet? Die beiden sind große Kriegsherrn geworden und können jegliche Gefahr für Euren Grund und Boden abwehren.«

Lemieux war dunkelrot geworden, doch er beteuerte: »Das hat mich nicht zu diesem Schritt bewogen. Wenn ich auch nicht leugnen kann, daß ich Hilfe brauche, um mich gegen meinen habgierigen Nachbarn zu behaupten, so erwarte ich sie jedoch nicht als Gegenleistung für meinen Namen.«

Der König lächelte. »Lemieux – Eure Söhne sind äußerst halsstarrige Männer. Ich bin zwar für diese Versöhnung, aber ich glaube, Ihr werdet einige Mühe haben, sie dazu zu bringen, Euch zuzuhören. Allerdings habe ich mir etwas überlegt, das sich Euch vielleicht als hilfreich erweisen könnte.«

Vater und Sohn beugten sich gespannt vor.

»Guy hat die Frau geheiratet, die er in meinem Auftrag hierherbringen soll, damit ich sie in die Obhut ihres Onkels Quennel d'Aumont überstellen kann. Sie sollte eigentlich Bayard de Bellemare ehelichen.«

»Großer Gott, Sire – Ihr wollt sie doch nicht tatsächlich Bayard ausliefern?« entsetzte sich Lance.

»Ich werde tun, was das beste für mein Königreich ist – aber Ihr und Rule könntet die Situation vielleicht zu Eurem Vorteil nutzen.«

Wilhelm legte ihnen seinen Plan dar.

Rule sprang auf. »Mit Verlaub, Sire – das kann nicht Euer Ernst sein!« rief er.

Sein Vater blieb sitzen, doch auch ihm behagte die Idee nicht. »Ich fürchte, damit wird mehr Schaden angerichtet, als Gutes erreicht«, äußerte er seine Bedenken.

Der König zuckte mit den Schultern. »Wie auch immer – es ist die einzige Chance für Euch, Lemieux, Eure Söhne zurückzugewinnen.«

Siebzehntes Kapitel

Ein blasser Wintersonnenstrahl bohrte sich durch die grauen Wolken, als die Familie sich zur Verabschiedung im Burghof versammelte. Guy und eine bewaffnete Eskorte würden heute mit Gabrielle nach London aufbrechen.

Sie wollte sich nicht mit Gedanken an das, was vor ihr lag, das Herz schwermachen, und außerdem glaubte sie an die Macht des Gebets. Es konnte jederzeit ein Wunder geschehen.

Ambra de Bellemare schloß sie in die Arme und küßte sie auf beide Wangen. »Sei getrost, Tochter – mein Sohn wird nicht zulassen, daß dir ein Leid geschieht.«

Gabrielle lächelte. »Ich hoffe, meine Kinder werden sich eines Tages auch als so ehrenvoll und zuverlässig erweisen wie Eure Söhne.«

»Ich wünsche dir eine gute Reise, Schwester«, sagte Bethany, die sie als nächste umarmte.

»Ich hoffe, daß ich irgendwann ebenso tüchtig sein werde wie du«, gab Gabrielle zurück. »Ich kenne keine andere Frau, die Mutterschaft, Ehe und Haushaltsführung so mühelos bewältigt.«

Bethany errötete geschmeichelt. »Und ich wäre gerne so sanftmütig wie du«, antwortete sie ihrerseits mit ei-

nem Kompliment und trat zurück, um Platz für ihren Ehemann zu machen.
Royce hob Gabrielle hoch und küßte sie schallend auf die Wange. »Mein Bruder ist ein glücklicher Mann«, strahlte er sie an. »Du bist eine gute Frau.« Damit stellte er sie wieder auf die Füße und legte die Arme um seine Ehefrau und seine Mutter. »Komm so bald wie möglich zurück, Schwester – meine Gemahlin bedarf dringend der Unterweisung in liebevoller Ergebenheit.«
Bethany trat ihn gegen das Schienbein. Gabrielle wandte sich ab, um ihre Belustigung zu verbergen, und sah sich ihrem Onkel Alec gegenüber.
»Ich würde dich ja gerne begleiten, Mädchen«, sagte er, »aber Louis muß dringend in der schottischen Kampfkunst unterwiesen werden, und außerdem weiß ich, daß dir mit deinem Gemahl an deiner Seite nichts geschehen kann.« Er beugte sich herunter und küßte sie auf die Stirn. »Wir sehen uns wieder.«
Sie versuchte den Kloß hinunterzuschlucken, der sich in ihrem Hals gebildet hatte. »Ich vermisse Euch jetzt schon«, brachte sie mühsam hervor.
»Schluß mit den Gefühlsduseleien«, sagte Alec Campbell betont forsch.
In diesem Augenblick kam Louis mit seinem Pferd am Zügel aus dem Stall. Er überließ es einem Knecht und eilte auf seine Schwester zu – und wieder einmal erinnerte er sie an ihren Vater.
Er nahm ihre kleinen Hände in seine großen. »Du wirst mir fehlen. Wann immer du mich brauchen solltest – schick nach mir.«

Sie schaute zu ihm auf. »Was für einen erwachsenen Bruder ich habe«, lächelte sie zärtlich. »Vater wäre stolz auf den Mann, der aus dir geworden ist.«
Er beugte sich herunter und küßte sie auf die Wange. »Nicht so stolz wie auf die Frau, die aus dir geworden ist«, gab er zurück.
Mit feuchten Augen sah sie Ian und Angus herzutreten. »Ich werde auch Euch vermissen«, sagte sie und konnte nicht verhindern, daß eine Träne über ihre Wange rollte.
»Eine hübsche Lady sollte nicht weinen«, meinte Angus und wollte sie ihr abwischen, aber Ian stieß seine Hand weg. »Laßt das, Mactavish – sie ist meine Cousine und nicht Eure.«
Er umarmte Gabrielle. »Laß dich von den Leuten am Hof nicht einschüchtern«, schärfte er ihr ein.
Gabrielle beobachtete durch einen Tränenschleier, wie Louis, Ian und ihr Onkel Alec auf ihre Pferde stiegen und mit ihren Männern aus der Burg ritten.
»Wir müssen auch aufbrechen«, sagte Guy zu ihr, und sie nickte tapfer.
Nachdem er ihr in den Sattel geholfen hatte, stieg er seinerseits auf und warf ihr ein liebevolles Lächeln zu, ehe er sich, gefolgt von der bewaffneten Eskorte, neben ihr in Bewegung setzte.
Sie hatten kaum das Torhaus hinter sich gelassen, als Gabrielle von einer Vorahnung ergriffen wurde. Diesmal bestand sie in einem wilden Durcheinander aus einem Gefühl drohender Gefahr, verratener Ideale, zerstörter Illusionen, zusammenhangloser Worte und aufblitzender Gesichter. Als es vorbei war, fror sie bis

ins Mark. Sie hob den Blick und sah, daß Guy sie fragend anschaute.
Es waren lediglich Bruchstücke, was sie geschaut, lediglich Gesprächsfetzen, was sie gehört hatte, doch sie ließen nur einen entsetzlichen Schluß zu, und sie hörte sich fragen: »Wirst du mich um einer Belohnung willen meinen Feinden ausliefern?«
Das Erschrecken, das sich auf seinen Zügen malte, zerriß ihr das Herz.
»Ich würde eher sterben als zuzulassen, daß dir ein Leid geschieht«, sagte er.
»Aber ich hatte gerade eine Vision, und sie bedeutete mir Verrat und Belohnung. Ich sah Gesichter ... dein Gesicht.«
Er nahm ihre Zügel, zog ihr Pferd an den Wegesrand, hob sie aus dem Sattel und nahm sie in die Arme. »Diesmal hat dein Zweites Gesicht dir einen Streich gespielt«, sagte er.
Sie schaute in seine nachtblauen Augen und war fast geneigt es zu glauben. Aber ...
»Meine Bilder haben mich noch nie getrogen«, sagte sie mit kleiner Stimme.
»Dann ist eben dies das erste Mal«, erwiderte er.
Sie wollte ihm glauben – oh, wie gerne sie ihm glauben wollte!
Er streichelte ihren Rücken, vertrieb die Kälte aus ihrem Körper.
Er hatte recht. Sie war ein Mensch – sie war nicht unfehlbar. Außerdem hatte sie ihn schon in früher Kindheit in ihren Visionen gesehen und niemals als bedrohlich.

Er hob ihr Kinn an und küßte sie so liebevoll, daß all ihre Bedenken schwanden. »Es tut mir leid«, flüsterte sie an seinen Lippen. »Ich hätte wissen müssen, daß du nie Verrat an uns üben würdest.«

Er preßte sie so fest an sich, daß sein Herzschlag in ihren Ohren dröhnte.

»Ich habe es dir versprochen«, flüsterte er. »Ich werde dich bis zu meinem letzten Atemzug verteidigen.«

Sie blickte auf und sah Furcht über sein Gesicht flakkern. »Was ist, Guy?« fragte sie bang.

»Nichts.«

»Du bist ein so schlechter Lügner. Was bereitet dir Sorge?

»Ich wünschte, ich könnte es dir sagen«, antwortete er.

»Wenn du soweit bist, wirst du es mir schon offenbaren«, meinte sie.

»Ich verdiene dich nicht«, erwiderte er bewegt.

»Das ist wahr«, neckte sie ihn. »Aber ich werde nicht immer so langmütig sein.«

»Was erwarten mich denn für Greuel?« ging er auf ihren scherzhaften Ton ein.

»Nun – ich werde darauf bestehen, daß du deinen ehelichen Pflichten in dem mir genehmen Umfang nachkommst«, lächelte sie.

»Ich könnte sterben, wenn du mir zu viel abverlangst.«

»Aber wäre das nicht ein schöner Tod?

»O ja – das wäre es.«

Tränen der Rührung schossen Gabrielle in die Augen. Was hatte sie für ein Glück! »Ich danke dir.«

»Wofür?‹

»Für alles. Dafür, daß du mich liebst.«

»Nun es ist ein hartes Stück Arbeit, aber ich scheue keine Mühen.«
Sie lachte schallend, und als er sie nach einem herzhaften Kuß wieder auf ihr Pferd setzte, war ihre Erscheinung vergessen.
Den ganzen Tag war sie guten Mutes, doch als er zur Neige ging, fragte sie Guy: »Wäre es nicht sicherer, die Nacht in einem Kloster zu verbringen als unter freiem Himmel?«
»Du brauchst dich nicht zu fürchten, Liebste – ich habe geschworen, dich bis zu meinem letzten Atemzug zu verteidigen«, erwiderte er. »Außerdem könnte ich Royce' Männer wohl kaum dazu bewegen, unter einem Dach mit Nonnen zu nächtigen. Krieger haben ihren Stolz – es ist undenkbar für sie, sich hinter Weiberrökken zu verstecken.«
Das sah Gabrielle ein, und so faltete sie die Hände, schloß die Augen und bat Gott, dafür sie sorgen, daß sie London unbeschadet erreichten.

Die Tür zu den ehelichen Gemächern flog auf, und Royce stürmte, einen Brief schwenkend, herein. »Bethany – ich muß nach London reiten. Dein Vater ist ja noch hier, so daß ich dich in guten Händen weiß.«
Bethany nahm ihm das Schreiben aus der Hand und las es. Dann blickte sie erschrocken auf. »Dein Vater und Halbbruder sind am Hof eingetroffen und erheischen die Erlaubnis, hierherkommen zu dürfen?«
»Du wirst verstehen, daß ich meiner Mutter diese Begegnung ersparen will.«
Sie nickte und stellte sich auf die Zehenspitzen, um ihn

zu küssen. »Wenn die Zwillinge nicht noch so klein wären, würde ich dich begleiten, um dir beizustehen, denn dieses Zusammentreffen wird alte Wunden bei dir aufreißen.«

»Für Guy wird es noch härter – obwohl er es sich nie anmerken läßt, weiß ich, daß er noch immer sehr unter dem Verrat unseres Vaters leidet.«

Er nahm seine Gemahlin in die Arme und küßte sie. »Mach dir keine Sorgen – ich komme so schnell wie möglich zurück. Und wohlbehalten – das verspreche ich dir.«

Sie strich ihm eine nach vorne gefallene Locke aus der Stirn. »Ich nehme dich beim Wort, Normanne.«

»Das kannst du getrost tun, meine kleine Sächsin – ich würde ein Versprechen, das ich meiner geliebten, wenn auch manchmal aufsässigen Gemahlin gegeben habe, niemals brechen.«

Sie lachte leise. »Wer hätte am Anfang gedacht, daß wir so glücklich miteinander würden?«

»Das Schicksal hat es gut mit uns gemeint«, lächelte er und gab ihr einen Abschiedskuß, der ihr den Atem raubte.

Als Gabrielle in Guys Armen erwachte, drang fahles Morgenlicht in das Zelt. Feuchtkalte Luft umspielte ihr Gesicht, doch unter der Felldecke und an ihren Gemahl geschmiegt, war ihr behaglich warm.

Sie waren bisher so gemächlich geritten, daß man hätte denken können, Guy wolle die Ankunft in London hinauszögern, und nachdem in der Nacht zuvor Royce zu ihnen gestoßen war und von der Anwesenheit der

Herren Lemieux am Hof berichtet hatte, an deren Namen sie sich durch ihr Gesicht erinnerte, würde ihr Gemahl sicherlich nicht plötzlich zur Eile mahnen. Gabrielle war das nur recht – sie hatte ein ungutes Gefühl, wenn sie an die Begegnung mit dem König dachte.

Guy streckte sich, und als sie den Kopf hob, sah sie, daß auch er aufgewacht war. Zärtlich zeichnete sie mit der Fingerspitze seine schön geschwungenen Lippen nach. »Guten Morgen, mein Herr und Gebieter. Wie ist das werte Befinden heute?«

»Wie könnte ich bei deinem Anblick etwas anderes sein als glücklich?« Er strich ihr eine Haarsträhne aus dem Gesicht. »Du hast meinem Leben einen Sinn gegeben.«

Seine Worte rührten sie. »Und ich kann Gott nicht genug dafür danken, daß er mich mit einem Mann wie dir gesegnet hat«, erwiderte sie. Und sie schickte ein kurzes Gebet gen Himmel, daß der Herr ihn ihr bis ans Ende ihrer Tage erhalten möge, denn bei ihm hatte sie das Paradies auf Erden gefunden.

Plötzlich schrillte eine Warnung durch ihren Kopf, so unvermittelt und laut, daß sie vor Schreck die Fingernägel in Guys Fleisch grub. Und dann erschien eine Szenerie vor ihrem geistigen Auge. Sie waren alle da: Guy, Louis, Royce und Bethany, Onkel Alec, Onkel Quennel, der wie ein Gespenst aussah, ein Mann, der sie mit einem widerlichen Blick musterte, und der König, der den Vorsitz führte. Es erschien ihr wie eine Gerichtsverhandlung. Bevor sie es genau erkennen konnte, hüllte Nebel das Bild ein, und sie rief enttäuscht: »Nein!«

Guy, der begriffen hatte, was vor sich ging, wartete ab, bis es zu Ende war, und fragte dann: »Was hast du gesehen, Liebste?«
Sie wollte sprechen, brachte jedoch keinen Ton heraus.
»Beruhige dich, es ist ja vorbei«, redete er besänftigend auf sie ein und streichelte ihren Rücken, bis sie zu zittern aufhörte. Nach einer Weile sagte sie mit klarem Blick und klarer Stimme: »Du darfst nicht zum König gehen.«
»Aber wir *müssen* zu ihm.«
»*Ich* muß es – dich zwingt niemand.«
»Würdest du denn mich mir selbst überlassen?« fragte er.
»Nein, natürlich nicht«, gab sie zu. »Und ich hätte dich auch gerne an meiner Seite – aber ich habe deutlich gesehen, daß am Hof Gefahr auf dich lauert, und ich habe Angst um dich.«
»Trotzdem werde ich dich begleiten.«
Er griff in seinen Reisesack, zog einen ledernen Beutel heraus und entnahm ihm ein schweres, goldenes Medaillon, das an einer Kette hing. »Trage dies als Zeichen meiner tiefen Liebe zu dir und als Erinnerung an dein Versprechen, mir zu vertrauen, was auch immer geschehen mag.«
Aus irgendeinem Grund bedrückten sie seine ernsten Worte. Sie wollte etwas sagen, doch Guy verschloß ihr den Mund mit dem seinen, und die Beklommenheit schwand. Als der Kuß leidenschaftlicher wurde, löschte er alle Gedanken in ihrem Kopf aus.

Achtzehntes Kapitel

Als Guy den Thronsaal betrat, konnte er plötzlich nachfühlen, was Gabrielle empfand, wenn sie eine Ahnung heimsuchte. Seine Nackenhaare stellten sich auf, und ein deutliches Gefühl drohenden Unheils trieb ihm den Schweiß auf die Stirn.

Er ließ den Blick durch den Raum wandern, sah bekannte und unbekannte Gesichter – und dann erstarrte er: Der Vater und der Halbbruder, Rule, standen vor dem Thron und daneben Bayard de Bellemare. Als Gabrielles Hand sich um seinen Arm krampfte, begriff er, daß der Mann mit den leblosen Augen neben seinem Cousin Gabrielles Onkel Aumont war.

Gabrielles Knie wurden so weich, daß sie niederzusinken fürchtete, aber Guys starker Arm hielt sie aufrecht.

»Guy de Bellemare und *demoiselle* Gabrielle – wir freuen uns über Eure Ankunft«, begrüßte der König sie mit ausgebreiteten Armen, als sie ihren Gruß entboten. »Ich danke Euch, Ritter Guy, daß Ihr das Edelfräulein wohlbehalten hierhergebracht habt.«

»Sire – ich muß mit Euch sprechen. Unter vier Augen«, bat Guy.

»*Non,* dazu besteht keine Notwendigkeit. Ihr habt Euren Auftrag zu meiner Zufriedenheit erledigt. *Demoi-*

selle Gabrielle ist hier, und Ihr erhaltet zum Lohn wie versprochen das Gut in Lleyn.«

König Wilhelm hatte in normaler Lautstärke gesprochen, doch seine Worte dröhnten regelrecht in Guys Ohren. Es war zu spät, sich Gabrielle zu offenbaren.

Als er sich ihr zuwandte, sah er Fassungslosigkeit in ihren weit aufgerissenen Augen. Sie wich vor ihm zurück und schüttelte wie in Trance den Kopf. »Ihr hattet den Befehl, mich an den Hof zu bringen?« fragte sie mit einer tonlosen Stimme, die Guy wie ein Messer ins Herz fuhr.

Er trat auf sie zu und wollte ihre Hand ergreifen, erreichte damit jedoch nur, daß sie noch weiter zurückwich. »Ist es so?« erheischte sie seine Bestätigung.

Statt seiner antwortete der König ihr. »*Oui, Mademoiselle* – ich hatte ihm befohlen, sich als Mönch auszugeben und Euch zu mir zu bringen.«

Sie starrte Wilhelm einen Moment lang ausdruckslos an. Dann nickte sie, und ihr Blick glitt zu Guy zurück. »Demnach seid Ihr ein Soldritter und kein Ordensgeistlicher«, folgerte sie, und jetzt lag abgrundtiefe Verachtung in ihrem Ton.

Guy konnte die Seelenqual in ihren Augen nicht mehr ertragen und wandte sich dem König zu. »Sire – ich möchte nicht verabsäumen, Euch mitzuteilen, daß ich als *Madame* Gabrielles Gemahl vor Euch stehe.«

Ein Raunen ging durch den Saal.

»Bei Seinen Wunden!« fluchte Aumont. »Was ...«

König Wilhelm hob gebieterisch die Hand und brachte ihn damit zum Schweigen. »Ihr habt sie geheiratet?« spielte er den Ahnungslosen.

»*Oui,* Sire – es ließ sich nicht umgehen.« O mein Gott, dachte Guy verzweifelt, als er Gabrielle flammend erröten sah – er machte es immer schlimmer! Wieder trat er auf sie zu und flüsterte beschwörend: »Ich bitte dich, vertrau mir! Du hast es versprochen!«

Sie antwortete nicht. Ihre veilchenblauen Augen schwammen in Tränen.

»Ihr werdet diese Dreistigkeit mit dem Leben bezahlen!« schrie Aumont Guy an, doch der erwiderte äußerlich gelassen: »Auch damit könnt Ihr nicht ungeschehen machen, daß wir den Bund der Ehe geschlossen haben.«

Aumont stürmte mit zornrotem Gesicht an ihm vorbei, holte aus und schlug Gabrielle mit voller Wucht ins Gesicht.

Sie taumelte, und der König trat hinzu und legte den Arm um sie.

Guy packte Aumont an der Schulter, riß ihn zu sich herum und drosch ihm seine Faust in das triumphierend grinsende Gesicht. Dieser verlor den Halt und landete auf seinem Hinterteil. Die Umstehenden applaudierten, während Guy von zwei Wächtern festgehalten wurde und Aumont sich mit blutender Nase und haßverzerrten Zügen vom Boden erhob.

Guy starrte ihn feindselig an. »Ich beschuldige Euch des Mordes an Hamish und Blanchefleur d'Aumont und des Mordversuchs an Gabrielle und Louis d'Aumont.«

»Das sind schwerwiegende Anklagen.« Der König bedeutete seinen Männern, Guy loszulassen.

Guy rückte seine Kleidung zurecht. »*Oui* – aber ich habe Beweise.«

»Ich werde der Sache nachgehen«, erklärte der König.
»Nein!« protestierte Aumont. »Ich bin der Beschuldigte, und ich fordere ein Gottesurteil.«
Wilhelm musterte Aumonts verschwollenes Gesicht und seufzte. »Das ist Euer gutes Recht.«
Ein tückisches Lächeln umspielte Aumonts schmale Lippen. »Da ich mich diesem Kontrahenten körperlich nicht gewachsen fühle, bestimme ich einen Stellvertreter für den Zweikampf.« Er deutete auf Bayard de Bellemare. »Ihm ist eine unsägliche Schmach zugefügt worden. Er wird an meiner Stelle gegen den Mann kämpfen, der seine Verlobte in sein Bett geholt hat.«
»Ich denke nicht daran, mich für Euch zu schlagen«, ließ de Bellemare ihn abblitzen. »Und um dieser Hure willen ebensowenig.«
Die anwesenden Damen schlugen ob dieser Beschimpfung die Hand vor den Mund, und bei den Rittern wurde empörtes Gemurmel laut.
»Ich glaube, Ihr weigert Euch nicht zu kämpfen, weil Ihr die junge Dame nicht mehr haben wollt, sondern, weil Ihr wißt, daß Ihr Euren Cousin nicht besiegen könnt«, rief einer und verneigte sich, begleitet von donnerndem Applaus aus seinen Reihen, in Gabrielles Richtung.
Vor Wut kochend stürmte Bayard mit Riesenschritten aus dem Saal. Quennels Augen verengten sich zu schmalen Schlitzen.
»*Ich* werde kämpfen«, erklärte Rule zur allgemeinen Überraschung. Es war kein Geheimnis, daß die Halbbrüder einander nicht wohlgesinnt waren, aber daß die Feindschaft so weit ging, daß sich einer von ihnen für

einen Schurken wie Aumont zu schlagen bereit war, hätte niemand angenommen.
Der hochgewachsene, gutaussehende Ritter baute sich vor Guy auf. »Solltet Ihr verlieren, wird Aumont von allen Anschuldigungen reingewaschen sein, und die Dame wird mir gehören.«
Guys Magen verkrampfte sich. »Meine Gemahlin ist nicht Gegenstand dieses Kampfes. Ich trete gegen Euch an, wann und wo immer Ihr wollt, aber nicht, um über das fürdere Leben von *Madame* Gabrielle zu entscheiden.«
»Das ist nicht das Ansinnen eines Ehrenmannes, mein Lehnsherr«, wandte Royce de Bellemare, Kriegsherr von Northumberland, sich an den König. Zustimmende Rufe ertönten. Einzig und allein Bayard de Bellemare hatte Anspruch auf Gabrielle d'Aumont, und nur er konnte sie in den Wettkampf einbeziehen. »Wie groß die Abneigung zwischen uns auch sein mag, Rule – wollt Ihr wirklich eine Unschuldige büßen lassen, indem Ihr sie dem Mann wegnehmt, den sie liebt?«
»Ihr mißversteht das, de Bellemare. *Madame* Gabrielles Bruder war zur Ausbildung an unserem Hof. Hätte ich vorher gewußt, in welch unangenehmer Lage sie sich befand, hätte ich ihr schon damals meine Dienste angetragen. Und so tue ich es jetzt«, erwiderte Rule, ging zu Gabrielle hinüber, nahm ihre Hand und drückte einen langen Kuß auf ihre Handfläche.
Guy wollte dazwischengehen, aber Royce stellte sich ihm in den Weg.
»Halte dich da raus«, knurrte Guy ihn drohend an.

Rule lachte.

Royce trat drohend auf ihn zu.

»Rührt mich nicht an – sonst bekommt auch Ihr mein Schwert zu spüren«, warnte Rule ihn.

»Genug!« brüllte der König mit blitzenden Augen. »Wir werden diese Diskussion in meinen Privatgemächern fortsetzen.«

Von allen Augen beobachtet, folgten die Betroffenen dem König aus dem Saal.

Guy nahm Gabrielles Hand. Sie war eiskalt, und er fragte sich, ob Zorn oder Furcht daran schuld sein mochte.

»Vertrau mir«, murmelte er.

Als sie zu ihm aufschaute, jagte der Ausdruck in ihren Augen ihm einen kalten Schauer über den Rücken. »Du wagst es, mich um mein Vertrauen zu bitten? Du Judas!« spuckte sie ihm ins Gesicht.

Er zog sie in eine Fensternische. »Ich werde dich nicht aufgeben.«

Sie atmete zittrig ein. »Du hast mich schon verloren.«

Angst stieg in ihm auf, und er packte sie bei den Schultern. »Bedeutet dir das Ehegelöbnis so wenig?«

»Im Gegensatz zu dir habe ich es ernst gemeint.«

»Wie kannst du dann aufgeben, wenn ich alles in meinen Kräften Stehende tue, damit wir zusammenbleiben können?«

»Mein Onkel Quennel besitzt große Macht – er wird mich töten lassen, bevor du deinen Plan in die Tat umsetzen kannst. Ich bin nur froh, daß zumindest mein Bruder deinem Ränkespiel nicht zum Opfer gefallen ist.«

Sie schüttelte den Kopf, und eine Träne rollte über ihre Wange. »Ich habe dir mein Herz und mein Leben anvertraut – und jetzt scheint es, als müßte ich mit beidem für diese Torheit bezahlen.«
»Du bist meine Gemahlin.«
»Der König läßt die Trauung vielleicht nicht gelten.«
Dieser Gedanke war Guy natürlich auch schon gekommen, aber er weigerte sich, ihm Glauben zu schenken.
»Nichts kann uns trennen.«
»Du hast dich mit Grundbesitz und Titel ködern lassen und ich mich mit Liebe.« Sie entzog sich seinem Griff.
»Für einen Mann mit deiner Erfahrung war ich leichte Beute«, sagte sie bitter. »Wenn du dich wenigstens hättest anstrengen müssen, um mich für dich zu gewinnen!«
Royce kam sie holen. »Der König wartet.«
Guy wollte Gabrielles Arm nehmen, doch sie wich aus und lief den langen Gang hinunter.
»So warte doch, verdammt noch mal!« knurrte Guy mit zusammengebissenen Zähnen und folgte ihr mit ausgreifenden Schritten.
»Verliere nicht die Beherrschung, Bruder«, beschwor ihn Royce, der neben ihm hereilte. »Du mußt deine Sinne beieinanderhalten.«
Als Guy Gabrielle einholte, packte er sie am Arm, riß sie herum und an seine Brust. Tränen strömten über ihr Gesicht. Guys Zorn verrauchte, und er beugte sich zu ihr hinunter und küßte sie zärtlich auf den Mund.
»Weine nicht, meine Liebste.«
Sie versuchte ihn wegzustoßen, doch er hielt sie eisern fest, während er seine Lippen erneut auf die ihren her-

absenkte. Sie wehrte sich verzweifelt, tat alles, um den Kuß zu beenden – und dann öffneten ihre Lippen sich plötzlich, und sein Herz jubelte.

»Mein Gott, wie ich dich liebe!« murmelte er, und dann sagte er zu Royce: »Gabrielle fürchtet um ihr Leben.«

»Ich werde dafür sorgen, daß ihr nichts geschieht – aber du solltest dir eine Erklärung einfallen lassen, die der König akzeptieren kann.«

»Ich werde ihm einfach die Wahrheit sagen.«

Royce schüttelte den Kopf. »Wir reden hier über König Wilhelm. Du befindest dich in einer weit schwierigeren Lage, als du glaubst.«

Guy lächelte. »Wieviel schlimmer kann sie schon sein?«

»Hört auf – alle beide!« flüsterte Gabrielle. »Ihr wißt nicht, worum es geht. Ihr solltet nicht den König fürchten, sondern meinen niederträchtigen Onkel. Nicht nur ich werde morgen tot sein – auch euer Leben wird ein jähes Ende finden. Ich flehe euch an, bringt euch in Sicherheit.«

»Es liegt dir daran, daß ich am Leben bleibe?« fragte Guy. Als sie die Augen niederschlug, sagte er über ihren gesenkten Kopf hinweg zu Royce: »Ich glaube, sie liebt mich noch.«

»Ich hätte es nicht für möglich gehalten, aber du scheinst recht zu haben.«

Gabrielle hob den Kopf. Ihre Augen sprühten Blitze. »Eure Mutter muß euch beide auf den Kopf fallen lassen haben, als ihr klein wart!« fuhr sie die Brüder an.

Guy drückte sie an sich. »Ich liebe dich, Gabby, und das

wird sich nie ändern. Gott weiß, daß ich mich nicht in dich verlieben wollte, aber ich habe es getan, und ich schwöre dir, wir werden zusammenbleiben.«

Der König lächelte auf dem Weg zu seinen Gemächern in sich hinein. Bayard de Bellemare war genauso feige, wie er ihn eingeschätzt hatte. Alles lief nach Plan.
Er zweifelte nicht daran, daß die Beschuldigungen gegen Aumont begründet waren, aber der Mann hatte nun einmal das Recht, ein Gottesurteil zu verlangen und einen Vertreter zu bestimmen – und dank Wilhelms Strategie war das der junge Lemieux.
Wie Guy war auch er ein ausgezeichneter Krieger. Es widerstrebte ihm, zwei Ritter, die er schätzte, aufeinander zu hetzen, aber es war in diesem Fall unvermeidlich. Den Ausgang des Kampfes würde das Schicksal entscheiden, aber wer auch gewönne – am Ende wäre die Familie wieder vereint. Und darauf kam es ihm an.
Der König lachte leise und beglückwünschte sich im stillen zu seiner salomonischen Weisheit.

In Wilhelms spartanischem Gemach saßen Alec Campbell, Rule und Lance de Lemieux und Quennel d'Aumont an dem großen Tisch vor dem Kamin. Gabrielle wollte schon alles verloren geben, als sie den selbstzufriedenen Ausdruck auf dem Gesicht Aumonts sah, doch als sie ihren Onkel Alec entdeckte, faßte sie wieder Mut. Es war eine erfreuliche Überraschung, ihn hier zu sehen.
Der König bot ihr einen Platz am Tisch an, was eine nur selten gewährte Ehre für eine Frau war. Dann hob er

seinen Becher an die Lippen und trank einen großen Schluck.

»Ich habe zugestimmt, daß über Aumonts Schuld oder Unschuld in einem Zweikampf entschieden wird. Darauf hat Aumont ein Anrecht. Und nun komme ich zu dem anderen Punkt.« Er beugte sich vor und schenkte Gabrielle auch einen Wein ein.

Sie umklammerte den kalten Becher mit ihren beiden Händen, die derart zitterten, daß sie die Hälfte verschüttet hätte, wenn sie hätte trinken wollen.

»*Madame,* wenn Guy de Bellemare gewinnt, werdet Ihr als seine ihm rechtmäßig angetraute Gemahlin an seine Seite zurückkehren. Wenn Rule de Lemieux gewinnt, werdet Ihr ihn in die Normandie begleiten, und Eure Ehe wird annulliert.«

Mit wild pochendem Herzen zwang sie sich, den König anzusehen. »Habe ich keine andere Wahl, Sire?«

Der König schüttelte mit einem bedauernden Lächeln den Kopf. »Leider nein, *Madame.*«

Sie umfaßte den Becher noch fester und trank nun doch einen Schluck. Und noch einen. »Ich bin also eine Trophäe, die dem siegreichen Kämpfer zuerkannt wird.« Tränen schossen ihr in die Augen. »Ich bitte Euch inständig, diese Angelegenheit auf andere Weise zu regeln, Sire.«

»Das kann ich nicht, *Madame*. Ihr habt keine Familie außer dem Onkel, vor dem Ihr geflohen seid, Euer nächster Verwandter lebt in Schottland. Nein – es wird so gemacht, wie ich gesagt habe. Euer Grund und Boden wird der Krone unterstellt, bis Euer Bruder alt genug ist, ihn zu übernehmen.«

»Und was wird aus meinen Leuten?« fragte sie.

»Macht Euch darüber keine Gedanken, *Madame* – ich werde einen Verwalter einsetzen, der sich um sie kümmert.«

Aumont sprang auf, und sein Stuhl fiel nach hinten um. »Das ist nicht nötig. Sire«, protestierte er. »Ich bin durchaus in der Lage, das Rittergut zu verwalten«

»Habt Ihr nicht ein eigenes, Aumont?«

Aumont beugte sich, auf den Tisch gestützt, vor. »Doch, aber ...«

»Dann will ich nichts mehr davon hören. Als loyalem Diener der Krone werde ich Euch eine solche Belastung nicht zumuten. *Non,* ich werde einen unvoreingenommenen Mann zur Wahrung der Interessen dieser Kinder einsetzen.« Wilhelm wandte sich an den Schotten. »Findet diese Regelung Eure Zustimmung, Laird Alec Campbell?«

Als er Aumonts verkniffene Miene sah, lächelte Campbell. »Ja, Sire.«

»Und auch die Eure, Ritter Quennel?« Der König hob fragend die Brauen.

»Ich beuge mich Eurer Entscheidung, Euer Majestät«, antwortete er mit zusammengebissenen Zähnen.

Erleichterung durchflutete Gabrielle. Des Onkels Willkürherrschaft über die Aumont-Besitzungen hatte hiermit ein Ende gefunden. Jetzt konnten ihre Leute aufatmen. Mit Triumph im Blick schaute sie zu ihrem Onkel Quennel hinüber, doch der Haß, der ihr aus seinen Augen entgegenloderte, ließ sie innerlich erzittern.

Der König wandte sich an die beiden Gegner. »Ich gebe

Euch jetzt und hier Gelegenheit, den Kampf zu vermeiden. Guy de Bellemare – die Herausforderung wird fallengelassen, wenn Ihr Eure Anschuldigungen zurücknehmt. Rule de Lemieux – Ihr braucht nicht anzutreten, wenn de Bellemare seine Anschuldigungen widerruft.«

Gabrielle hielt den Atem an.

»Was geschieht dann mit *Madame* Gabrielle?« fragte Guy.

»Darüber werde *ich* entscheiden.«

Guy schüttelte den Kopf. »Ich werde meine Beschuldigungen aufrechterhalten. Quennel d'Aumont hat getan, was ich ihm anlaste.«

Narr! schrie sie im stillen. Er wollte tatsächlich riskieren, sie an Rule de Lemieux zu verlieren und ihr Leben zu zerstören! »Nein, Guy!«

Sein Blick war undurchdringlich. »Ich habe mich entschieden.«

Seine barschen Worte ließen keinen Zweifel an ihrer Endgültigkeit. Gabrielle hörte plötzlich einen schrillen Pfeifton, der Raum verschwamm vor ihren Augen und begann sich zu drehen. Ein leiser Aufschrei entrang sich ihren Lippen. Sie spürte gerade noch, daß sie von starken Armen aufgefangen wurde, dann hüllte sie Dunkelheit ein.

Guy trug seine Frau, von seinem Bruder Royce und Alec Campbell gefolgt, hinaus.

Als die Tür sich hinter ihnen geschlossen hatte, legte der alte Lemieux seinem Sohn die Hand auf die Schulter. »Rule – du hast immer alles gehabt. Deine Halbbrüder hatten nichts. Warum tust du das?«

»Ich habe nichts gegen sie, aber Royce schmachtet nach einem Kampf mit mir, seit er die Normandie verlassen hat. Und nun ergibt sich die Gelegenheit dazu.«
»Aber du trittst doch gegen Guy an.«
»Wenn ich ihn besiege, wird Royce' Ehrgefühl ihn zwingen, das wiedergutzumachen.«
Der Vater hob eine Braue. »In euren Adern fließt das gleiche Blut, aber ich habe bis jetzt nicht gewußt, daß euch auch die Schläue gemeinsam ist.« Er seufzte. »O mein Gott, was habe ich für eine Schuld auf mich geladen! Sie werden mir niemals verzeihen. Ich habe ihre Mutter tief verletzt, als ich unsere Söhne verleugnete.«
»Warum habt Ihr es getan, Vater?«
»Die Familie deiner Mutter war der Ansicht, ich entehre sie, als ich mir nach ihrem Tod eine Geliebte nahm und zwei Söhne von ihr bekam. Und sie machte sie über Jahre hinweg so schlecht, bis ich selbst an die Verleumdungen glaubte.« Der alte Lemieux leerte seinen Becher. »Gott vergebe mir, ich glaubte ihre Lügen.«
»*Ich* verüble es Euch nicht, daß Ihr Euch nach dem Tod meiner Mutter eine andere Frau gesucht habt«, sagte Rule. »Und wenn überhaupt jemand Euch etwas hätte verübeln können, dann ich, denn nur *mir* hätte dieses Recht zugestanden.«
»Aber du weißt, welches Opfer ich gebracht habe«, sagte sein Vater mit trauerumflortem Blick.
»*Oui* – und bald werden sie es auch wissen.«

Früh am nächsten Morgen brachte Royce Guy sein Kettenhemd. »Mach meiner Rüstung und meinem

Banner Ehre, Bruder«, sagte er, und Guy nahm beides gerührt entgegen.
»Keine Sorge, das werde ich«, erwiderte er leichthin. Gabrielle erschien vor seinem geistigen Auge, wie sie den Kampf mit Sorge im Blick verfolgte. »Kümmere dich um Gabby, Royce. Ich fürchte, Aumont wird versuchen, sie in seine Gewalt zu bringen. Sie hatte einige erschreckende Visionen, was den heutigen Tag betrifft. Royce hob die Halsberge an, damit Guy hineinschlüpfen konnte. »Keine Sorge«, beruhigte er ihn. »Der König läßt sie gut bewachen. Entgegen ihrer Befürchtung hat heute nacht niemand versucht, sie zu überfallen, und solange sie unter Wilhelms Schutz steht, wird das auch nicht geschehen. Und jetzt denke nicht mehr an Gabby, sondern nur noch an den vor dir liegenden Kampf.«
»Ich fürchte mich nicht davor.« Guy ließ seine Schultern spielen, bis das schwere Panzerhemd einwandfrei saß. »In weniger als einer Stunde werden all meine Träume wahr.«
»Unterschätze Rule nicht – er ist ein erfahrener Schwertkämpfer.«
»Und das bin *ich* nicht?«
»Doch – aber du neigst aufgrund deines übertriebenen Selbstvertrauens zum Leichtsinn. Sei auf der Hut, Bruder. Dein Hochmut kann dir gefährlicher werden als dein Gegner.«
»Echauffiere dich nicht grundlos, Royce«, lächelte Guy. »Ich werde nicht nur Gabby behalten, sondern auch dafür sorgen, daß Aumont ihr und ihrem Bruder nichts antun kann.«

»Hör mir zu«, sagte sein Bruder in drängendem Ton. »Rule hat eine verräterische Angewohnheit. Das habe ich festgestellt, als ich selbst einmal mit ihm kämpfte.«

»Wann war denn das?« fragte Guy überrascht.

»Als du im Seminar warst.«

»Und warum?«

»Es war eine Sache der Ehre.«

»Ging es um deine verstorbene Verlobte Damiana?« Guy fragte sich, warum diese Hexe wohl die Zwietracht zwischen den beiden Halbbrüdern angefacht hatte.

Royce nickte. »Jetzt, da sie tot ist, sehe ich den Schaden, den sie angerichtet hat, aber es hat keinen Sinn, über verschüttete Milch zu jammern. Um auf meinen Hinweis zurückzukommen: Rule täuscht links an, wenn er angreift.«

»Ich werde daran denken.«

»Alles Gute, Bruder.«

Am seilumspannten Kampfplatz war ein Podest errichtet worden, von dem aus der König und sein Gefolge dem Ereignis beiwohnen konnten. Die weniger vornehmen Zuschauer versammelten sich unten an den Schranken. Der Wettstreit würde mit Schwertern ausgetragen. Der erste, der hinfiele oder sich ergäbe, hätte verloren.

Rule de Lemieux erschien ganz in Schwarz und bot einen höchst eindrucksvollen Anblick, doch Guy ließ sich davon nicht einschüchtern, denn er wußte aus Erfahrung, daß ein Kampf nicht nur durch Geschicklichkeit, sondern auch durch List gewonnen wurde. Guy nahm seinen Platz ein und lachte spöttisch.

»Schwarz! Also, wirklich, Rule – was für eine Wichtigtuerei.«
»Wenn der Kampf vorüber ist«, entgegnete sein Halbbruder steif, »werdet Ihr Euch wünschen, nicht gegen mich angetreten zu sein.«
»Wir werden sehen«, meinte Guy leichthin. »Bisher habt Ihr Euch nur als Maulheld erwiesen.«
Rule nahm die Beleidigung mit einem Lächeln hin. »Ich bedauere es fast, Euch besiegen zu müssen – Euer unverschämtes Mundwerk gefällt mir.«
Guy wollte etwas erwidern, doch in diesem Augenblick gab der König den Befehl, zu beginnen.
Gabrielle verfolgte den Kampf der ebenbürtigen Gegner mit auf dem Schoß geballten Fäusten und aufgerissenen Augen. Jedesmal, wenn Guy einen heftigeren Schlag einstecken mußte, tätschelte Wilhelm tröstend ihren Arm. Sie war innerlich zerrissen: Einerseits hätte sie am liebsten nicht hingesehen, andererseits konnte sie den Blick nicht abwenden. Hin und wieder schaute sie verstohlen zu Aumont hinüber. Das böse Lächeln, das seine Lippen umspielte, traf sie bis ins Mark.
Es war schon fast Mittag und noch immer keine Entscheidung abzusehen, als Gabrielle plötzlich wußte, daß die glühenden Gebete, die sie im stillen gen Himmel gesandt hatte, nicht erhört worden waren: Guy würde verlieren. Ihre Kehle war wie zugeschnürt. Der Teufel sollte ihren Ehemann holen – er hatte sie mit seiner verdammten Überheblichkeit um ihre gemeinsame Zukunft gebracht.
Sie wußte, in welchem Augenblick es geschehen würde. Atemlos verfolgte sie jede seiner Bewegungen. Da!

Er trat falsch auf, verlor das Gleichgewicht und fiel hin, ohne daß Rules Schwert ihn auch nur berührt hatte.
Der König hob die Hand, Trompeten erschollen, der Wettstreit war zu Ende. Gabrielle wandte sich mit Tränen in den Augen dem König zu, der sie voller Mitgefühl ansah.
»Es ist entschieden, *Madame* – Ihr werdet mit Rule de Lemieux gehen.«
Gabrielle schluckte den Kloß in ihrem Hals hinunter und neigte ehrerbietig den Kopf. Sie fühlte sich wie tot. Quennel d'Aumont packte sie am Arm und wollte sie von der Tribüne zerren.
»Halt!« erscholl Wilhelms gebieterische Stimme. »Ritter Rule hat Anspruch auf diese Frau – der Eure ist verwirkt.«
Aumont schleuderte wütend ihren Arm weg. »Ich wollte sie dem Sieger lediglich zuführen«, erwiderte er frostig.
Gabrielle beobachtete durch einen Tränenschleier, wie Guy auf ein Brett gelegt und vom Kampfplatz getragen wurde. Sie blinzelte, um besser sehen zu können. Sein Gesicht war von Schmerz gezeichnet, doch als ihre Blicke sich trafen, las sie in dem seinen keine körperliche Pein, sondern seelische. Daß er verloren hatte, war ein schwerer Schlag für ihn – er war darüber noch entsetzter als sie.
Und dann versperrte ihr Rule die Sicht. Er beugte vor dem König sein Knie, wurde in aller Form zum Sieger erklärt und wandte sich Gabrielle zu.
»*Madame.*« Er neigte sich über ihre Hand.
Als er sich aufrichtete, blickte er in ein tränenüber-

strömtes Gesicht, doch er verlor kein Wort darüber, nahm nur schweigend ihre Hand und führte sie vom Schauplatz des Geschehens.
Wie in Trance setzte Gabrielle Fuß vor Fuß, entfernte sich Schritt für Schritt von ihrem Gemahl, ihrem Leben. Und dann gaben plötzlich ihre Knie nach, und barmherzige Dunkelheit bescherte ihr Vergessen.
Rule fing sie auf, bevor sie den Boden berührte, hob sie auf seine Arme und trug sie zur Residenz.
»Es ist nicht recht, Sohn«, sagte sein Vater, der neben ihm herging. »Sie gehört zu Guy.«
»Vieles auf dieser Welt ist nicht recht. Aber sorgt Euch nicht – ich habe keine unehrenhaften Absichten, was die Dame betrifft.«
»Was hast du vor?«
Rule schaute auf Gabrielles feingeschnittenes Gesicht hinunter. Sie war wirklich ein hübsches Geschöpf, und für einen Moment gestattete er sich eine Erwägung der Freuden, die sie ihm bereiten könnte, doch gleich darauf rief er sich zur Ordnung. Er hatte ein Ziel vor Augen und durfte sich nicht davon ablenken lassen.
»Unsere Familie muß endlich Frieden finden«, sagte er.
»Und das willst du erreichen, indem du Guy seine Frau wegnimmst?« fragte sein Vater in zweifelndem Ton.
»Ich will sie ja nicht behalten – aber jetzt, da wir sie in unserer Gewalt haben, können wir meine Halbbrüder dazu zwingen, sich anzuhören, was wir zu sagen haben.«

Neunzehntes Kapitel

Guy stöhnte vor Schmerz auf, als Royce' Knappe seinen verletzten Knöchel zu bandagieren begann.

»Armer Kerl«, sagte Royce, der danebensaß.

Das Mitgefühl seines Bruders machte alles noch schlimmer. Er konnte ihm nicht in die Augen schauen. Siegesgewiß hatte er die Wettkampfbedingungen akzeptiert, und nun hatte er nicht nur seine Frau verloren, sondern sich auch noch bis auf die Knochen blamiert.

Er hatte sich noch nie so elend gefühlt.

»Royce – folge ihr. Ich komme nach, sobald mein Fuß verbunden ist. Du darfst Rule nicht mit ihr allein lassen.«

»Bist du verrückt? Der König hat bestimmt, daß sie mit ihm gehen muß.«

Guy packte Royce an seinem Gewand und zog ihn zu sich heran. »Ich schwöre dir, ich bringe den Hund um, wenn er es wagt, sich meiner Liebsten zu nähern. Halte sie irgendwie auf – ich kann Gabrielle unmöglich im Stich lassen.«

»Aber was willst du tun? Kämpfen kannst du nicht.«

»Ich werde ihm meine Ländereien zum Tausch anbieten.«

»Guy«, Royce befreite sich aus dem Griff seines Bruders und fuhr sich mit der Hand durch die Haare, »Rule hat nicht um Grund und Boden gekämpft, nicht für Aumont, ja, nicht einmal um Gabrielles willen – es ging ihm einzig und allein darum, dich zu besiegen. Ich hatte dich davor gewarnt, ihn zu unterschätzen.«
Guy lehnte sich auf seinem Stuhl zurück und schloß die Augen. Die Vorstellung, daß sein Halbbruder Gabby anfaßte, raubte ihm fast den Verstand. »Ich muß hinterher!« knurrte er mit zusammengebissenen Zähnen.
»*Non!*« widersprach der König, der den letzten Satz gehört hatte, als er hereinkam. »Ihr werdet nichts dergleichen tun.«
Zum ersten Mal in seinem Leben war Guy von einem solchen Zorn erfüllt, daß er Wilhelm hätte töten können.
»Ich habe Eure Ehe annulliert«, verkündete der König.
»Was?« brüllte Guy. Er mußte alle Beherrschung aufbieten, um sich nicht auf ihn zu stürzen.
Wilhelms Augen verengten sich. Er hielt einige Pergamente in der Hand, die er jetzt hochhob. »Die Formalitäten werden allerdings eine Woche in Anspruch nehmen. Bis dahin wird die Dame weder mit Euch noch mit Rule das Gemach teilen. Vielleicht fällt Euch in dieser Zeit ja eine Lösung ein.«
Guy wollte etwas erwidern, nahm dann jedoch statt dessen den Becher mit dem Trank, den der Knappe ihm reichte, und leerte ihn in einem Zug.
»Eine Lösung?« In Royce erwachte ein Verdacht. »Wißt Ihr, warum Rule gegen Guy zum Kampf angetreten ist?«

»*Oui,* das tue ich«, nickte Wilhelm ungerührt.
Royce wandte sich seinem Bruder zu. »Ich fürchte, wir waren nichts als Schachfiguren in diesem Spiel.«
»Es war nicht zu umgehen«, sagte der König. »Ich wünsche, daß Ihr den Zwist mit Eurem Halbbruder aus der Welt schafft, so wie Ihr das Problem Quennel d'Aumont aus der Welt geschafft habt.«
»Das habe ich zwar – aber um welchen Preis?« erwiderte Guy düster.
Wilhelm seufzte. »Es ist schade, daß Ihr den Kampf verloren habt, aber vorläufig braucht Ihr Euch wegen des Fräuleins keine Gedanken zu machen. Ihr und Royce werdet Euch mit Eurem Vater und Eurem Halbbruder zusammensetzen müssen.«
Royce' Kiefermuskeln spielten, und Guy starrte den König finster an.
»Ich befehle es«, sagte Wilhelm.
»Ich habe nur einen Bruder«, erklärte Guy entschieden, »und keinen Vater, den ich anerkenne.«
»Ob Ihr ihn anerkennt oder nicht – Ihr werdet mit ihm reden.«
»Warum?«
»Weil das die einzige Möglichkeit für Euch ist, Eure entzückende Gemahlin zurückzubekommen.« Der König wandte sich an Royce. »Wenn Euch etwas an Eurem Bruder liegt, dann werdet Ihr ihn überzeugen und an dem Gespräch teilnehmen.«
»Wie lange habt Ihr das schon geplant, Sire?« wollte Guy wissen.
Wilhelm räusperte sich. »Schon eine ganze Weile. Ich hatte Nachforschungen über Aumont angestellt und

mußte einen Weg finden, Gabrielle und ihren Bruder vor ihm zu bewahren. Was Louis angeht, so habt Ihr, Ritter Guy, ja eine gute Lösung gefunden – unter dem Schutz von Alec Campbell kann ihm nichts geschehen –, aber was das Edelfräulein betraf, mußte ich mir etwas einfallen lassen. Ich muß gestehen, ich war nicht sicher, daß alles meinen Vorstellungen entsprechend ablaufen würde, aber Ihr habt mich nicht enttäuscht. Doch jetzt dürft Ihr nicht lange zaudern – mehr als eine Woche kann ich Euch nicht zugestehen.«

»Wir werden tun, was Ihr wünscht, Sire«, gab Guy nach. »Aber wenn Ihr in Zukunft etwas von uns wollt, *sagt* es doch einfach. Ihr braucht Euch keine solche Mühe zu machen, um unsere Loyalität auf die Probe zu stellen.«

»Aber das wäre nicht annähernd so kurzweilig. Ich habe Eure Loyalität niemals angezweifelt, Guy – nicht einmal vorhin, als ich Euch ansah, daß Ihr mir liebend gerne an die Gurgel gegangen wärt.«

»Mir schwebte eher vor, Euch mit dem Schwert zu durchbohren.«

Wilhelm quittierte diese Dreistigkeit lediglich mit dem Heben einer Braue. »Seht zu, daß es bald zu der Unterredung kommt«, sagte er und ging.

»Wenn es eine andere Möglichkeit gäbe, würde ich dir die Qual dieser Begegnung ersparen«, sagte Guy zu Royce, der daraufhin dachte, daß sie für seinen Bruder noch wesentlich größer sein würde.

»Ich weiß. Du hast mir einmal sehr wertvolle Hilfe geleistet, und es ist nur recht und billig, wenn ich mich jetzt dafür revanchiere.«

Guy packte seinen Bruder am Arm und sagte eindringlich: »Wir müssen diese Geschichte ein für allemal beenden.«

Quennel d'Aumont lief wutschnaubend im Vorzimmer seines Schlafgemachs auf und ab. »Bei Seinen Wunden!« fluchte er und warf seinen Becher ins Kaminfeuer. Wie konnte Wilhelm es wagen, ihn auf sein Gut zurückzuschicken? Dieser Bastard, der König spielte! Er dachte gar nicht daran, ihm zu gehorchen! Und er war nicht allein – viele andere Ritter in der Normandie teilten seine Gefühle. Er würde sich mit ihnen zusammentun und Wilhelm das Handwerk legen. Er lachte gehässig. Wer weiß – vielleicht säße in einem Jahr ja *er* auf dem englischen Thron.

Aber bevor er dieses Ziel anstrebte, galt es sich noch anderen Personen zu »widmen«: seiner Nichte und seinem Neffen.

*

Rule und sein Vater saßen in ihren Gemächern am Kamin und starrten, jeder in seine Gedanken vertieft, ins Feuer. Rule hatte sich geschworen, dem langjährigen Kummer seines inzwischen alten Vaters ein Ende zu setzen. Natürlich bedauerte er, daß er sich dazu einer Unbeteiligten bedienen mußte, aber es war unumgänglich – und immerhin hatte er sie vor der Heirat bewahrt, die ihr niederträchtiger Onkel ihr zugedacht hatte.

Es klopfte. Auf sein »Herein!« hin öffnete sich die Tür,

und Guys schöne Gemahlin stand zögernd auf der Schwelle.

»Tretet näher.«

Sie gehorchte. »Ich möchte Euch einen Handel vorschlagen.«

Rule konnte sich vorstellen, wieviel Überwindung es sie gekostet hatte, hierherzukommen. Er bewunderte ihren Mut und die stille Würde, die sie ausstrahlte. »Einen Handel?«

»Mein Bruder verbirgt sich in Schottland. Ihr habt mich rechtmäßig gewonnen, und ich werde Euch widerspruchslos folgen, wenn Ihr mir schwört, daß Ihr meinem Onkel Quennel nicht dabei helfen werdet, meinen Bruder aufzuspüren und zu töten.«

»Es ist eine schwere Kränkung für mich, daß Ihr auch nur in Betracht zieht, ich würde Eurem Bruder etwas antun, *Madame*.«

»Ich wollte Euch nicht beleidigen, Herr, aber Ihr müßt bedenken, daß ich Euch nicht kenne.«

Er stand auf und ging langsam um sie herum. Sie straffte ihre Schultern unter seinem prüfenden Blick, und er begriff, daß ihr Stolz ihr nicht gestatten würde, sich ihm gegenüber schwach oder ängstlich zu zeigen. Rule hatte bisher keinen Gedanken an die Jungfer verschwendet – sie war ja nur Mittel zum Zweck gewesen –, doch als er seinen Rundgang beendet hatte und sie mit trotzig erhobenem Kinn und kaum merklich zitternder Unterlippe vor sich stehen sah, wurde ihm bewußt, daß er mit einem Menschen spielte. Zu seiner Verblüffung sah er sich die Hand ausstrecken und Gabrielles zarte Wange streicheln. Sie schloß die Augen und verharrte regungs-

los. Nur der rasende Puls an ihrem Hals verriet ihren Widerwillen.
»*Madame?*« sagte er betroffener, als er sich eingestehen wollte.
Ihre Lider hoben sich. Die Augen glänzten feucht. »Ja, Herr?«
»Liebt Ihr Euren Gemahl?«
Er sah eine Mischung aus Schmerz und Sehnsucht in ihrem Blick, bevor sie ihn hastig abwandte. »Ja«, antwortete sie. »Mehr als er mich liebt.«
Dieses Eingeständnis berührte ihn tief. »Dann könntet Ihr keinen anderen lieben?«
»Rule!« Sein Vater war aufgestanden. »Die Dame hat doch nichts von dir zu befürchten«, sagte er in tadelndem Ton. »Quäle sie nicht unnötig.«
»Mein Vater hat recht. Unser Handel gilt.«
Als sie sich zum Gehen wandte, hielt er sie am Arm zurück. »Ihr seid bereit zu reisen, sobald der König sein Einverständnis gibt?«
»Ich gebe Euch mein Wort.«
»Aber werdet Ihr es auch halten?«
»Jetzt, Herr, kränkt Ihr *mich.*«
»Ich entschuldige mich – aber auch ich kenne Euch nicht.«
»Das Leben meines Bruders steht auf dem Spiel – wie könnte ich da mein Wort brechen?«
Das leuchtete ihm ein. Er begleitete sie zur Tür. Als sie sich hinter ihr schloß, schlug Lance de Lemieux mit der Faust auf den Tisch.
»Was ist dieser Aumont nur für ein Teufel! Das arme Mädchen!«

Rule strich sich über das Kinn. »Es ist ein Segen, daß ich den Wettkampf gewonnen habe und nicht einer von Aumonts Spießgesellen.«

»Wenn einer seiner gedungenen Mörder gegen Guy angetreten wäre, hätte er wahrscheinlich nicht verloren – dazu ist Guy ein zu guter Krieger.«

»Wie dem auch sei – es hat sich ein neues Problem ergeben.«

»Welches?«

»Das Edelfräulein wird um des Bruders willen zu ihrem Wort stehen, und Guy wird ihr Verhalten nicht verstehen. Natürlich muß der Befehl eines Königs befolgt werden, aber Guy wird nicht begreifen, daß sie es widerspruchslos tut.«

Als Gabrielle aus dem Zimmer der Lemieux auf den Korridor hinaustrat, wurden plötzlich ihre Knie weich. Zitternd lehnte sie sich an die Wand.

Sie hatte für ihnen Bruder getan, was sie konnte – für sich konnte sie nichts tun. Eine Zukunft ohne den geliebten Mann lag vor ihr, zu trostlos, als daß sie es ertragen hätte, sie sich auszumalen. Nach ein paar tiefen Atemzügen zwang sie sich, den langen, kalten Flur hinunter zu ihrer Kemenate zurückzugehen.

Plötzlich schoß eine Hand aus der Dunkelheit hervor und legte sich auf ihren Mund, und sie wurde an eine muskulöse Brust gerissen.

Gabrielle wehrte sich verzweifelt, doch dann hörte sie eine vertraute Stimme fragen: »Was hattest du bei den Lemieux zu suchen, Weib?« Guy wirbelte sie zu sich herum. »Antworte!«

»Ich habe Rule de Lemieux gesagt, daß ich ihm widerspruchslos folgen werde, wenn er mir schwört, daß er, was Louis angeht, nicht gemeinsame Sache mit Onkel Quennel macht.«

»Du hast dich verkauft!«

»Guy – ich habe geschworen, meinen Bruder zu beschützen!«

»Bedeuten dir Liebe und Ehre denn gar nichts?«

»Ehre? Ihr wagt es, von Ehre zu sprechen – *Pater* Guy?«

Er ging nicht darauf ein. »Wie kannst du einfach so mit einem anderen Mann gehen?« empörte er sich.

Sein Mund war nur einen Atemzug von dem ihren entfernt. Sie unterdrückte das Verlangen, das seine Nähe in ihr weckte – wenn sie ihn küßte, wäre sie verloren.

»Du hattest versprochen, mich und Louis zu beschützen.«

»Das werde ich auch.«

»Ich glaube dir nicht mehr.«

»Ich schwöre dir – ich werde dich beschützen.«

»Rule wird mich beschützen.«

»Das werde ich nicht zulassen.«

»Du kannst nichts dagegen tun.«

Guys gutgeschnittenes Gesicht wurde zu einer steinernen Maske. »Es hört sich fast an, als ob dir das gar nicht zuwider sei. *Willst* du mit Rule gehen?«

»Ich habe keine Wahl.«

»Aber wenn er dich in seine Arme nimmt, wirst du dich nach mir sehnen und nicht nach ihm!« Er senkte seine Lippen auf die ihren.

Guy hatte recht. Sie schlang die Arme um seinen Hals und gab sich ihrem letzten Kuß hin, einem Kuß, der bei aller Leidenschaft auch ihre Seele berührte.

»Nehmt die Hände von meinem Besitz!« erscholl eine gebieterische Stimme.
Rule!
Guy ignorierte den Befehl. »Sie ist meine Gemahlin!« knurrte er. »Auch die Annullierung der Ehe ändert nichts daran, daß sie mir gehört.«
Rule entriß sie seinem Arm. Guy wollte sich auf ihn stürzen, doch sein verletzter Fuß gab nach, und er fiel zu Boden. Fluchend und mit schmerzverzerrtem Gesicht erhob er sich.
»Schaut mich an, Gabby!« forderte er. Als ihre Blicke sich trafen, schnitt die Verzweiflung, die sie in seiner Miene las, ihr tief ins Herz – aber ihr waren die Hände gebunden. Langsam wandte sie sich zum Gehen, doch dann fiel ihr plötzlich ihr Ring ein. Mit Tränen in den Augen drehte sie sich noch einmal um, zog ihn vom Finger und reichte ihn Guy. »Behaltet den Ring und meine Liebe – ich habe für beides keine Verwendung mehr«, flüsterte sie. Dann rannte sie wie von Furien gehetzt zu ihrem Zimmer, schlug die Tür hinter sich zu, warf sich aufs Bett und schluchzte hemmungslos. Diese Wunde würde niemals heilen, diese Pein niemals vergehen. Obwohl sie sich einem anderen verpflichtet hatte, würden ihr Körper und ihre Seele immer nur Guy gehören.

Zwanzigstes Kapitel

»Seht Euch das an, Verdon.« Der König reichte ihm die Dokumente, die Bayard de Bellemares Schwester Liana ihm hatte zukommen lassen. »Quennel d'Aumont ist tatsächlich für den Tod seiner Schwester und seines Schwagers verantwortlich. Er hat Bayard handschriftlich von den feigen Morden berichtet – in einer Form, die mich schaudern macht.« Wilhelm schüttelte angewidert den Kopf, als er an die Worte dachte, mit denen Aumont geschildert hatte, wie er Hamish Campbell den Finger abschnitt, um den Ring derer von Aumont an sich zu bringen.

»Sorgt für seine Festnahme. Ich habe jetzt die nötigen Beweise, um ihn vor Gericht zu stellen. Seine Verurteilung wird allen deutlich machen, daß die Ermordung von Verwandten zum Zwecke des Erbens nicht geduldet wird, solange ich diese Krone trage.«

»Guy hat ihn also zu Recht beschuldigt. Wenn nur nicht Lemieux an Aumonts Stelle gegen ihn gekämpft hätte ...«

»Für das Königreich ist der Ausgang von Vorteil. Aumont wird seine gerechte Strafe erhalten, und der stolze, vornehme Name Lemieux gestärkt werden, sobald der Zwist zwischen den de Bellemares beigelegt ist.« Verdon verneigte sich vor dem König und dessen Weisheit und verließ den Raum just in dem Moment, als die Königin hereinkam.

»Wilhelm, ich mache mir Sorgen um das Fräulein Gabrielle.«

Seine Gemahlin hatte die junge Dame ins Herz geschlossen, was er ihr allerdings nicht verübeln konnte. Gabrielle war lieb, freundlich und loyal, und er bewunderte ihr ungeheures Pflichtgefühl.

»Ist sie krank?«

»Nein – aber todunglücklich. Können wir denn gar nichts für sie tun?«

»Mathilde, meine Liebste – ich verspreche dir, in vierzehn Tagen ist alles wieder gut.«

Seine kleine Frau schaute mißtrauisch zu ihm auf. »Pfuschst du schon wieder in anderer Leute Leben herum?«

»*Oui.* Ehe du es dich versiehst, werden die hübsche Gabrielle und der im Moment traurige, aber weiser gewordene Guy wieder vereint sein.«

»Ich hätte wissen müssen, daß ich mir keine Gedanken machen muß, aber ich hoffe trotzdem, daß du dieses Spiels eines Tages müde wirst.«

»Ein König beherrscht seine Untertanen, Mathilde.«

»Ich weiß – aber es hat mir noch nie gefallen.«

Er nahm sie in die Arme. »Was für ein Glück, daß ich mich damals in dich verliebt habe.«

Sie lachte leise. »Du glaubst, das war Zufall?«

»Wie meinst du das, meine Königin?« fragte er, als er das Blitzen in ihren Augen sah.

»Nun – auch ich gebe dem Schicksal hie und da einen kleinen Schubs.«

»Das ist nicht dein Ernst!« Er lachte dröhnend. »Du willst sagen, daß nicht ich dir nachgelaufen bin, sondern umgekehrt?«
»Formulieren wir es so: Ich habe mich von dir fangen lassen.«
Er drückte sie an seine Brust. »Genauso wird Gabrielle es mit Guy machen.«

*

Es war eine Privataudienz anberaumt worden. Als die Tür aufging und Guy und Royce eintraten, richtete Gabrielle ihren Blick angelegentlich auf den prachtvollen Wandbehang.
Der König reichte Guy die Annullierungsurkunde zur Unterschrift, doch er weigerte sich, sie entgegenzunehmen.
Wilhelm lächelte und unterschrieb in seinem Namen. »*Mademoiselle* – jetzt ist nur noch Eure Unterschrift vonnöten.«
Gabrielle las sich das Dokument durch.
Guy hielt den Atem an. Er hoffte, daß auch sie sich weigern würde, es zu unterzeichnen, ihm damit bewiese, daß auch sie an ihrer Verbindung festhielt. Doch sie unterschrieb ohne jegliches Zögern. Ihm war, als risse ihm jemand das Herz aus der Brust. Die ganze Zeit, während er vor dem König stand, hatte er sie im Geiste beschworen, ihn anzusehen, doch sie vermied es tunlichst, in seine Richtung zu schauen.
Er sehnte sich mit jeder Faser seines Körpers danach, sie zu berühren, in die Arme zu nehmen und dazu zu bringen, ihm ihre Liebe zu gestehen.

»Gabby!« flehte er mit heiserer Stimme.

Langsam hob sie den Kopf. Ihre Augen glänzten feucht. »Ja?«

»Es ist noch nicht zu Ende.«

Eine Träne lief über ihre Wange. »Für uns schon«, flüsterte sie und senkte die Lider.

»Hiermit tue ich allen Anwesenden kund, daß laut Beschluß der Kirche Gabrielle d'Aumont nicht mehr mit Guy de Bellemare verheiratet und von heute an Besitz von Rule de Lemieux ist«, scholl die Stimme des Königs durch den Raum.

Gabrielles Schultern sanken herab.

»Rule«, wandte Guy sich an seinen Halbbruder. »Ich besitze Grund und Boden und einen Herrenhof. Ich überlasse Euch beides im Austausch gegen *demoiselle* Gabrielle.«

Rule blickte ihm in die Augen. »*Non.*«

Guy starrte ihn hilflos an. »Womit kann ich Euch dann bewegen, sie mir zurückzugeben?«

»Wir werden uns in Renwyg über die Zukunft des Fräuleins unterhalten – in Gegenwart Eurer Familie. Dort und nur dort werde ich meine Wünsche kundtun.«

»Niemals!« zischte Royce.

»Wie Ihr wünscht.« Rule nahm Gabrielles Arm.

»Du mußt auf seine Forderung eingehen!« beschwor Guy seinen Bruder. »Oder willst du mir die Chance verwehren, glücklich zu werden?«

Royce' Augen verengten sich, und sein Mund wurde zum Strich. »Ihr werdet mir in meinem Heim willkommen sein«, knurrte er Rule an.

Sein Halbbruder nickte. »Wir werden sofort nach

Northumberland aufbrechen – aber wir werden nicht in Eurer Gesellschaft reiten, sondern vor Euch abreisen, damit wir sicher sein können, daß wir in keine Falle tappen.«
Royce versteifte sich ob dieser Beleidigung.
»Eines noch«, sagte Guy zu Rule, schaute dabei jedoch Gabrielle an. »Ihr werdet die Dame nicht anrühren, bevor diese Angelegenheit geklärt ist.«
Der Vater antwortete an seiner Statt: »Ihr habt mein Wort darauf.«
»Euer Wort?« höhnte Guy. »Ich erinnere mich daran, daß Ihr es schon einmal einer Dame gegeben und dann gebrochen habt, ohne Euch um die Folgen zu scheren.«
Lance de Lemieux zuckte zusammen wie unter einem Schlag. »Wir werden Verdon, den Mann des Königs, mit uns nehmen. Genügt Euch das?«
»*Oui* – jetzt weiß ich, daß die Ehre von *demoiselle* Gabrielle nicht in Gefahr ist.«

Quennel d'Aumont ging geduldig auf dem Hügelkamm auf und ab. Die Niederlage, die er am Hof erlitten hatte, nagte an ihm. Dieser verdammte Rule de Lemieux hatte ihm die Suppe gründlich versalzen.
Der Mann würde auch noch zu spüren bekommen, was es bedeutete, sich ihn zum Feind zu machen, aber erst später. Zuerst waren sein Neffe und seine Nichte an der Reihe. Er brauchte Informationen, und zu diesem Behufe war er nach Northumberland gekommen. Seine Männer in Schottland hatten Louis nicht aufspüren können. Alec Campbell hatte den Jungen gut versteckt. Sein Kundschafter kehrte zurück.

»Niemand weiß etwas über den Verbleib des Jungen, Herr«, berichtete der Mann.
Aumont starrte ihn so feindselig an, als sei er persönlich für diese schlechte Nachricht verantwortlich.
»Aber Laird Alec Campbell ist hierher unterwegs, um seine Nichte zu besuchen.«
»Ist das alles?« fragte Aumont.
»*Non,* Herr. König Wilhelm hat einen Mann in die Normandie entsandt, der Euch den Befehl übermitteln soll, an den Hof zurückzukehren.«
»Mit welcher Begründung?«
»Das weiß ich nicht.«
Aumont entließ den Mann und nahm seine Wanderung wieder auf. Den Befehl des Königs zu mißachten war nicht ratsam, doch er würde sich nicht in die Höhle des Löwen begeben, ehe er sich vergewissert hätte, daß er nicht als Mahlzeit gedacht war.
Vorläufig hatte er eine gute Entschuldigung. Wilhelm nahm an, daß er, wie geheißen, in die Normandie zurückgekehrt war. Er würde einfach behaupten, nichts von diesem Befehl, erfahren zu haben. Quennel grinste. Wenn er das nächste Mal vor den König hinträte, wären Gabrielle und Louis tot.
Er richtete seine Aufmerksamkeit wieder auf Renwyg Castle. Wie könnte er es bewerkstelligen, dort hineinzugelangen? Um sich gewaltsam Zutritt zu verschaffen, bedürfte es einer Armee, und selbst damit wäre ein Gelingen fraglich. Er mußte sich etwas ausdenken, womit ihm sofortiger Einlaß in die Festung des Normannen gewährt würde.
Eine Gruppe von Spielleuten näherte sich dem Tor, und

gleich darauf wurde ihnen geöffnet. Natürlich – das war die Lösung! Er rief nach Rowland, und der Mann kam flugs herbeigeeilt.
»*Oui*, Herr?«
»Ich weiß jetzt, wie wir hineinkommen.«

Lance de Lemieux schaute dem davonreitenden Verdon nach und schüttelte den Kopf. »Guy wird außer sich sein«, murmelte der alte Mann. Er hielt die drei Pferde am Zügel.
»Verzeiht mir, daß ich Euch aufgehalten habe«, sagte Gabrielle kleinlaut. »Es geht mir wieder besser.«
Rule fühlte sich völlig überfordert. Was sollte er mit einer kranken Frau anfangen? Hilfesuchend schaute er über ihren Kopf hinweg zu seinem Vater hinüber.
»Was für ein Leiden hat Euch befallen, *Madame*?« fragte der alte Lemieux.
»Ich bin nur erschöpft. Es tut mir leid, Euch Ungelegenheiten bereitet zu haben.« Sie befreite sich von Rules stützendem Arm, begann jedoch sofort zu taumeln.
Sein Arm umfaßte sie erneut. »Wir werden die Nacht über rasten«, erklärte Rule, obwohl ihm das gar nicht paßte, da er Northumberland schnellstens erreichen wollte. Royce und Guy waren nur einen Tagesritt hinter ihnen. Aber er konnte der Frau in ihrer jämmerlichen Verfassung nicht zumuten, ohne Pause weiterzureiten.
Ihre Augen glänzten feucht. Hoffentlich fing sie nicht auch noch an zu heulen! Er haßte das! Gegen eine weinende Frau war ein Mann wehrlos, und diesen Zustand verabscheute er.

Sie lächelte ihn tapfer an und trocknete ihre Augen. »Ich bin noch nie krank gewesen. Es ist sehr freundlich von Euch, Rücksicht auf mich zu nehmen.«

»Wir haben allen Grund dazu«, gab Rule galant zurück. »Immerhin ist es unsere Schuld, daß Ihr Euch überanstrengt habt.«

»Warum reiten wir eigentlich nach Northumberland?« fragte sie. Wenn nur diese entsetzliche Übelkeit nicht wäre!

»Wir haben gewisse Geschichten gehört und wollen feststellen, ob sie der Wahrheit entsprechen«, erwiderte Rule in dem Gedanken an den Bericht über Royce' Zwillinge.

Bevor sie Näheres erfragen konnte, begann die Welt sich plötzlich um sie zu drehen, und dann hüllte Dunkelheit sie ein.

Rule fing sie auf. »Mein Gott, sie ist wirklich krank«, sagte er bestürzt.

»Das glaube ich nicht«, widersprach sein Vater. »Ich denke, sie ist schwanger.«

»Gütiger Himmel!« stöhnte Rule. Zu seiner Erleichterung entdeckte er in einiger Entfernung den Eingang zu einer Höhle und machte seinen Vater darauf aufmerksam. »Dort können wir die Nacht in Sicherheit verbringen.«

»Und morgen werden wir sehr viel langsamer reiten. Ich werde meinen Enkel auf keinen Fall gefährden«, sagte Lance de Lemieux und steuerte, die Pferde hinter sich herziehend, auf ihr Quartier zu.

Rule nickte. Ihre Reisegeschwindigkeit zu drosseln würde auch dem alten Mann zugute kommen, was dieser allerdings niemals zugegeben hätte – und Rule hütete sich, ihn darauf hinzuweisen. Sosehr er auch bedauerte, daß sein geliebter Vater seit seiner Krankheit merklich schwächer geworden war, so hatte sie doch ein Gutes gehabt: Sie hatte dem alten Ritter vor Augen geführt, daß die Unsterblichkeit eines Mannes in seiner Familie begründet lag. Nichts anderes war von Dauer, nichts anderes hatte wirklich Bedeutung.

Sein Vater schien seine Gedanken gelesen zu haben, denn er schaute ihn an und sagte: »Du und deine Brüder sind alles, was ich in meinem Leben als Erfolg aufzuweisen habe.«

»Ihr habt etwas sehr Wichtiges vergessen«, antwortete Rule.

»Tatsächlich?«

»*Oui.* Ihr habt Zwillingsenkel, die für den Fortbestand Eures Namens sorgen werden.«

Der alte Lemieux nickte und warf einen Blick auf Gabrielle, die Rule auf seinen Armen den steilen Hang hinauftrug. »Und ich werde noch mehr Enkel bekommen, wenn diese kleine, zarte Blüte nicht geknickt wird. Wir müssen größte Vorsicht mit ihr walten lassen.«

Sie hatten ihr Ziel erreicht, und er band die Pferde an.

»Ich frage mich, wie ich mich wohl fühlen werde, wenn *ich* Vater werde.« Rule spähte in die dunkle Höhle hinein.

»Das wird der glücklichste Tag deines Lebens sein. Wenn du Gottes größtes Wunder im Arm hältst, wird dir sein, als würde dir ein Blick in den Himmel gewährt.«

Rule legte Gabrielle behutsam auf eine Decke auf den

felsigen Boden und ging mit seinem Vater Holz sammeln. Kurze Zeit später saßen sie an einem behaglichen Feuer.

»Ein Mann kann nicht hoffnungsvoll in die Zukunft blicken, wenn ihn die Vergangenheit belastet«, sagte der alte Lemieux nachdenklich. »Ich mache mir die größten Vorwürfe, daß ich deinen Brüdern das angetan habe. Ihr Leben ist bis zum heutigen Tage vergiftet.«

»Sobald wir nach Northumberland kommen, werdet Ihr sie von ihrer Seelenpein befreien«, tröstete Rule ihn. »Der König hat ihnen befohlen, Euch zuzuhören.«

Lance de Lemieux seufzte. »Ich hoffe sehr, daß sie es auch tun werden. Mein größter Wunsch ist, meine drei Söhne vereint zu sehen, bevor ich sterbe.«

»Das werdet Ihr, Vater«, versicherte Rule ihn. »Es geht schließlich nicht nur um uns.« Er warf einen Blick auf Gabrielle, die neben ihnen lag. Sie hatte zuvor kurz die Augen aufgeschlagen und war dann fest eingeschlafen. »Es widerstrebt mir zwar, sie zu benutzen, aber nur Guys Liebe zu ihr wird ihn zugänglich machen.« Plötzlich entdeckte er das goldene Medaillon mit dem Wappen derer von Lemieux, das aus ihrem Kleid gerutscht war. Es glich dem seinen aufs Haar. »Schaut, Vater!«

»Ich habe jedem meiner Söhne ein solches Medaillon geschenkt«, erklärte der alte Lemieux, und Hoffnung leuchtete in seinen Augen. »Daß Guy es behalten hat, ist ein gutes Zeichen.«

Einundzwanzigstes Kapitel

Am späten Vormittag zogen dunkle Wolken auf, und ein scharfer Wind brachte den Geruch von Regen mit.

»Unter diesen Umständen können wir nicht weiterreiten«, sagte Rule zu seinem Vater.

»Meinetwegen braucht Ihr Eure Pläne nicht zu ändern«, widersprach Gabrielle, obwohl ihre Blässe deutlich zeigte, daß es ihr nicht gutging.

Rule lächelte. »Wir unterbrechen eine Reise immer, wenn ein Unwetter droht.«

»So ist es«, bestätigte der Vater, stieg ab und hob Gabrielle von ihrem Pferd.

Rule deutete auf eine verlassene Hütte und nahm seinem Vater die Zügel ab. »Wenn wir weiter so langsam vorankommen, werden Guy und Royce lange vor uns in Northumberland sein.«

»Vielleicht machen sie sich dann ja Sorgen um uns«, meinte der alte Lemieux mit einem schiefen Lächeln.

»Was spielt Ihr für ein Spiel?« fragte Gabrielle den silberhaarigen Mann in anklagendem Ton. »Es scheint Euch daran gelegen zu sein, die Brüder leiden zu lassen.«

»*Non, Madame* – Ihr versteht das falsch. Ich möchte Guy lediglich aus der Reserve locken. Es ist nicht, wie Ihr denkt.«

»Ich weiß doch überhaupt nicht, was ich denken soll. Warum tut Ihr das? Ihr habt offensichtlich kein Interesse an mir, und ebensowenig arbeitet Ihr Aumont in die Hand. Trotzdem gebt Ihr mich nicht frei.«

»Ich wünschte, ich könnte Eure Frage beantworten, *Madame*, aber ich kann es nicht«, erwiderte Lance de Lemieux. »Doch ich versichere Euch, daß Euch kein Leid geschehen wird.«

»Schwört Ihr auch bei allem, was Euch heilig ist, daß *Guy* kein Leid geschehen wird?«

Rule zuckte mit den Schultern. »Das hängt allein von ihm ab.«

»Von mir droht ihm keine Gefahr«, sagte der Vater. »Einzig sein verletzter Stolz kann ihm gefährlich werden – aber ich glaube, daß er jetzt soweit ist, auf die Stimme der Vernunft zu hören.«

Gabrielle atmete auf.

Die Soldritter lagen bäuchlings im Gras. Sie hatten ihre Umhänge über die Köpfe gezogen, um sich gegen den Regen zu schützen, doch der Wolkenbruch hatte sie binnen kurzem bis auf die Haut durchnäßt.

Sie warteten auf Alec Campbell, der auf dem Weg nach Northumberland hier vorbeikommen würde. Ihr Befehl lautete, ihn gefangenzunehmen und für seine Freilassung die Übergabe von Louis d'Aumont zu verlangen.

Sich als Spielleute auszugeben hatte ihnen eine Woche zuvor den Zutritt zu Renwyg Castle ermöglicht, wo sie nicht nur alles erfuhren, was sie wissen mußten, sondern auch noch eine unschätzbare Gelegenheit geboten bekamen. Wie das Schicksal es wollte, brauchte man auf dem Gut einen Schmied, und einer der Männer hatte dieses Handwerk erlernt. Also wurde Renwyg nicht nur von außen von zehn Männern beobachtet, sondern sie hatten auch noch einen Mann innerhalb der Mauern. Der Rest von Aumonts Armee lag nun auf Mactavishs Grund und Boden in Schottland auf der Lauer, um den ahnungslosen Laird zu überfallen.

D'Aumont grinste selbstzufrieden. Sein Plan war narrensicher. Niemand könnte ihn mit dieser Aktion in Verbindung bringen, denn man wähnte ihn auf der Rückkehr zu seinem Herrenhof in der Normandie. Gabrielles könnte er sich erst bemächtigen, wenn sie mit Rule de Lemieux normannischen Boden beträte, aber Louis mußte er jetzt haben, denn es würden Jahre vergehen, bis der Junge in die Normandie zurückkehrte. Sobald er seinen Neffen aus dem Weg geräumt hätte, würden die Aumont-Besitzungen mit all ihrem Reichtum an ihn als den einzigen männlichen Erben fallen. Des Mädchens könnte er sich dann nach Belieben entledigen.

Als sie – anderthalb Wochen später als Royce und Guy – in Northumberland eintrafen, war Gabrielle am Ende ihrer Kräfte. Die hartnäckige Übelkeit hatte sie zermürbt. Guy, Royce und Bethany kamen in den Hof gelaufen, um sie zu begrüßen. Ihr Zustand trieb Guy auf die Barrikaden.

»Was habt Ihr mit ihr gemacht?« verlangte er, sich drohend vor seinem Halbbruder aufbauend, zu wissen.

»Gar nichts.« Rule übergab dem Stallmeister seine Zügel.
»Erwartet Ihr im Ernst, daß ich das glaube?« schnauzte Guy.
Gabrielle zupfte ihn am Ärmel, weil sie ihm etwas sagen wollte, doch er war zu wütend, um darauf einzugehen.
»Wo seid Ihr die ganze Zeit gewesen? Wir sind nach Euch aufgebrochen und vor Euch angekommen. Welche Schandtaten habt Ihr inzwischen begangen?«
»Bitte, Guy!« flehte Gabrielle. »Hört mir zu. Euer Bruder und Euer Vater kamen nur so langsam voran, weil ich krank wurde. Wären sie nicht so um mein Befinden besorgt gewesen, hätten sie Renwyg Castle lange vor Euch erreicht.«
Endlich schaute er sie an, und sein Ausdruck wandelte sich von zornig zu herausfordernd. »Und was für ein Leiden hat Euch befallen, wenn ich fragen darf?«
Sein höhnischer Ton schnitt ihr ins Herz.
»Ich weiß es nicht.« Es war kaum der richtige Augenblick, ihm von ihrem Verdacht zu berichten. »Aber es ging mir wirklich sehr schlecht.«
Sein nachtblauer Blick drückte tiefes Mißtrauen aus, und plötzlich erkannte sie den Grund für seine Grobheit. »Unterstellt Ihr mir, etwas Unehrenhaftes getan zu haben?« fragte sie mit zitternder Stimme. »Oder den beiden?«
Als er sie daraufhin nur durchdringend anstarrte, wandte sie sich ab. Ihr war, als lege sich ein eiserner Ring um ihr Herz.
Rule packte seinen Halbbruder mit einem verächtli-

chen Schnauben am Arm. »Verblendeter Narr! Wie könnt Ihr an der Ehrenhaftigkeit von *demoiselle* Gabrielle zweifeln?«
Guy riß sich los. »Ich zweifle nicht an der ihren, sondern an der Euren«, knurrte er.
»Beruhige dich, mein Junge«, mischte der Vater sich ein. »Gabrielle ist nichts geschehen.«
»Wieso ist dann ihr Mund geschwollen?« fragte Guy und packte sie am Kinn, um sich die Verletzungen genauer anzusehen.
»Das rührt von einem Ast her, der zurückfederte.«
Guys Augen verengten sich. »Wirklich? Und wo ist Verdon?«
»Auf Befehl des Königs nach London zurückgekehrt.«
»Wie günstig.«
»Es ist die Wahrheit.«
»Warum in Gottes Namen sollte ich Euch glauben?« Er packte seinen Vater beim Gewand. Gabrielle hatte ihn noch nie so zornig erlebt. »Ihr habt uns im Stich gelassen! Ich halte Euch keiner ehrenhaften Tat für fähig.«
Rule wollte dazwischengehen, aber Royce hielt ihn zurück. Bethany legte den Arm um Gabrielle.
»Du bist ein Narr, Sohn – du machst den gleichen Fehler wie ich. Ich zweifelte an der Treue Eurer Mutter und glaubte Beltanes Lügen. Erst als Royce' Zwillinge geboren wurden, kamen mir Bedenken. Ich stellte ihn zur Rede, und er gestand mir seine Freveltat. Ihr beide *seid* meine Söhne, und ich habe euch schweres Unrecht zugefügt. Es gibt keinen Fehler in meinem Leben, den ich mehr bedauere – und jetzt bist du drauf und dran, dei-

ne Liebste durch ebenso unbegründete Anschuldigungen zu entehren.«
»Ihr redet Unsinn!« blaffte Guy ihn an.
»Beweise es! Sag *demoiselle* Gabrielle, daß du niemals an ihrer Liebe zweifeln könntest.«
Gabrielle sah Bitterkeit und Zorn über Guys Gesicht flackern und wußte, daß er sich daran erinnerte, wie bereitwillig sie Rule als ihren zukünftigen Mann akzeptiert hatte. Das war ein schwerer Anschlag auf seine Ehre und seinen Stolz gewesen. Ihr war es nicht anders ergangen, aber das wußte er nicht.
Sie wünschte sich inständig, daß er ihr sein unverbrüchliches Vertrauen bekunden würde, doch er tat es nicht.
»Narr!« Lance de Lemieux befreite sich aus seinem Griff. »Wir sind so spät hier angekommen, weil wir Rücksicht auf Gabrielle nehmen mußten. Sie erwartet ein Kind. *Dein* Kind!«
Verblüffung malte sich auf den Gesichtern der Männer. Gabrielle schossen die Tränen in die Augen, und sie senkte den Kopf, aber Guy schaute sie nicht einmal an.
»Ihr wagt es, Euer Spiel mit mir zu treiben?« brüllte er seinen Vater an. »Ihr, der Ihr Eure Familie im Stich gelassen habt, wagt es, mich zu maßregeln? Daß Ihr aus Selbstsucht eine solche Lüge in die Welt setzt, paßt zu Euch!«
»Ich bin hier, weil ich das Unrecht wiedergutmachen will, das ich dir und deinem Bruder zugefügt habe«, erwiderte der Vater ruhig, »und ich muß zu meiner Bestürzung feststellen, daß du mir sehr ähnlich bist. Sollte Gott sich deiner Meinung über mich anschließen,

werden wir uns, wenn du nicht achtgibst, in der Hölle wiedersehen.«

Guy stürzte sich mit einem Knurren auf ihn, und die beiden Männer fielen zu Boden.

Rule wollte sie trennen, aber sein Vater rief ihm zu, sich herauszuhalten, und so gesellte er sich achselzuckend zu Royce und verfolgte den Kampf mit einer Mischung aus Resignation und geteilter Loyalität.

Bethany drückte Gabrielle an sich und sagte leise: »Royce konnte sich bis zur Geburt der Zwillinge nicht vorstellen, seinem Vater jemals zu verzeihen, doch jetzt hat sein Haß sich gemäßigt. Guy hat nie ein Wort darüber verloren, aber seine Verletzung geht, wie Royce meint, noch tiefer als seine. So schlimm diese Auseinandersetzung auch ist – sie erfüllt eine heilende Aufgabe.«

Fäuste, Erde und Stroh flogen, während beide Männer um die Oberhand kämpften.

Es mit anzusehen drehte Gabrielle den Magen um, und ihr Schwindelgefühl kehrte zurück. »Hört auf!« schrie sie.

Als sie ihren verzweifelten Appell hörten, sprangen Rule und Royce hinzu und trennten Vater und Sohn. Gabrielle trat mit unsicheren Schritten zwischen die beiden Kampfhähne.

»Es ist eine Schande!« herrschte sie sie an. »Was gebt Ihr der Jugend in diesem Haus nur für ein Beispiel?! Es ist an der Zeit, den Groll zu begraben und eine Brücke über die Jahre voller Zorn zu schlagen. Jetzt gleich!«

Guy schüttelte schwer atmend Royce' Hand von seiner Schulter, doch ehe er etwas sagen konnte, fuhr sie fort. »Ich hatte gedacht, mein Kind würde einen erwachsenen Vater bekommen!«

Als der alte Lemieux über ihren Tadel für Guy lächelte, nahm sie sich ihn vor. »Wenn Ihr tatsächlich der Vater der Brüder seid, habe ich wenig Hoffnung für unsere Nachkommen.«

Seine Augen weiteten sich, und er suchte verzweifelt nach einer Erwiderung, bis Rule und Royce in schallendes Gelächter ausbrachen.

Plötzlich erschien Ambra de Bellemare in der Tür zum Wohnturm, und ihre ernste Miene ließ die Männer abrupt verstummen. Als ihr Blick auf Rule fiel, wurden ihre Züge weicher. »Rule – du bist zu einem stattlichen Mann herangewachsen.«

»Ich danke Euch, Mutter.« Er verneigte sich vor ihr. »Ich habe Euch vermißt.«

Sie nickte ihm zu, streifte Lance de Lemieux mit einem flüchtigen Blick, machte auf dem Absatz kehrt und verschwand wieder im Haus.

»Wir haben uns schlecht benommen«, sagte *le chevalier* Lance de Lemieux und wandte sich an seine Söhne. »Laßt uns hineingehen und reden.«

Gabrielle ging in Bethanys Gemach ruhelos auf und ab. »Ich habe noch nie derart die Beherrschung verloren«, sagte sie bekümmert. »Was mußt du jetzt von mir denken!«

»Ich kann dir sagen, was ich von dir denke: Ich bin stolz auf dich. Die beiden hatten sich wie ungezogene Jungen aufgeführt.« Bethany lächelte sie an. »Gib es zu,

Gabby – es hat dir gutgetan, ihnen die Meinung zu sagen, nicht wahr?«
Sie mußte gestehen, daß es ein ungeheuer befriedigendes Gefühl war, Männern selbstbewußt gegenüberzutreten. »Ja«, nickte sie. »Trotzdem befremdet mich dieser ungewohnte Gefühlsausbruch.«
Bethany lachte leise. »Ich fürchte, damit wirst du für die Dauer deiner Schwangerschaft leben müssen – Gefühlsausbrüche gehören nun einmal zu diesem Zustand.«
Ambra lächelte zwar, doch ihr Gesicht war noch immer von der Begegnung mit Lance gezeichnet, und die Hände, mit denen sie jetzt Gabrielles umfaßte, zitterten.
»Ich liebe meinen Sohn Guy, aber er hat wie alle Männer Schwierigkeiten, mit seinen Gefühlen umzugehen.«
»Ich verfüge leider nicht über Eure Weisheit«, erwiderte Gabrielle kleinlaut.
»Die wird sich mit der Zeit schon einstellen. Aber du besitzt etwas, das nicht vielen Frauen eigen ist: Mut. Du hast deinen Bruder vor Unheil bewahrt und eurem Namen Ehre gemacht. Es ist nicht einfach, als Frau in einer Männerwelt zu leben. Wir müssen Regeln befolgen, die nicht von uns aufgestellt worden sind, und uns Gesetzen unterwerfen, die uns nicht als gleichgestellt behandeln. Ich bin stolz, dich zu kennen, und freue mich, dich meine Tochter nennen zu können.«
Ein berauschendes Gefühl von Selbstwert und Zugehörigkeit durchflutete Gabrielle. »Ich danke Euch, *Madame.*« Ihr Blick wanderte zur Tür. »Diese Warterei ist unerträglich.« Sie war in dieses Zimmer verbannt,

während unten über ihr Schicksal entschieden wurde!
Ambra lächelte. »Es ist eine Zumutung, Liebes, aber es ist so der Brauch. Wobei ich gestehen muß, daß ich es immer befremdend fand, daß wir, die wir die Kinder gebären und aufziehen und den Haushalt führen, unsererseits wie Kinder behandelt werden.«
Gabrielle schloß die zierliche, kleine Frau in die Arme. »Ihr habt recht. Wenn ich mein Kind habe, werde ich mir nicht gefallen lassen, wie eines behandelt zu werden.«

*

Gabrielle wußte, als sie die Treppe hinunterging, sehr wohl, daß sie die Etikette verletzen würde, wenn sie sich in das Gespräch mischte, das die Männer unten führten, aber, Gott möge ihr vergeben, sie war dennoch fest dazu entschlossen.
Zornige Stimmen drangen aus der Halle zu ihr herauf, und sie kniete nieder und spähte im Schutz der steinernen Balustrade hinunter. Guy stand mit gespreizten Beinen und geballten Fäusten da, die Züge von Royce und Rule waren angespannt. Nur Lance de Lemieux wirkte locker.
»Es ist Zeit für eine Versöhnung.« Lance schenkte sich Ale ein.
»Dazu ist es zu spät«, sagte Guy.
Rule hob eine Braue. »Hört unserem Vater zu, Guy, sonst bekommt Ihr die reizende Gabrielle nicht zurück.«
Guy wollte sich auf ihn stürzen, überlegte es sich dann

jedoch und beschränkte sich darauf, ihn feindselig anzustarren. »Wie könnt Ihr es wagen, mir zu drohen?« empörte er sich.
Rule ließ sich nicht einschüchtern. Wir müssen unsere gegenseitige Abneigung begraben und die Familie vereinen. Die Zeit läuft uns davon.«
»Genug!« herrschte Lance ihn an.
Guy war hellhörig geworden. »Warum ausgerechnet jetzt?«
»Das werde ich dir nicht erklären«, erwiderte sein Vater.
»Entweder Ihr erklärt es, oder es gibt keinen Waffenstillstand.«
Lance de Lemieux lehnte sich zurück und griff sich an die Brust. Rule holte einen Becher Wasser und träufelte Medizin hinein, ehe er ihn seinem Vater gab.
Als Lance ausgetrunken hatte, atmete er tief durch und winkte die Männer näher zu sich heran. »Guy, Royce – unsere Existenz ist gefährdet. Unser Nachbar wird immer dreister, respektiert unsere Grenzen nicht mehr. Rule braucht dringend Hilfe. Wenn ihr ihm nicht beisteht, werden wir alles verlieren.«
»Was ist mit Euch?« fragte Guy.
»Ich kann ihm nicht mehr helfen. Mein verdammtes Leiden ist unberechenbar, und diese Tatsache hat mich auch schon meine einflußreiche Position bei Hofe gekostet.« Das einzugestehen fiel ihm sichtlich schwer, doch die Wahrheit stand ihm ohnehin ins Gesicht geschrieben. Er war alt und schwach und nicht mehr in der Lage, Rule zu unterstützen.
»Und was sollte uns dazu bewegen, einzuwilligen?«

»Die Wahrheit.« Des alten Lemieux' Atem ging keuchend. »Öffentliche Anerkennung und ein Anteil an meinem Besitz.«
Royce' Unterkiefer klappte herunter, während Guy den Vater ungläubig anstarrte.
»Nach all diesen Jahren wollt Ihr uns plötzlich als Euer Fleisch und Blut anerkennen?« Guy wandte sich Royce zu. »Ich glaube ihm nicht. Das ist nur ein Köder.«
»*Non*«, widersprach der alte Ritter mit bewegter Stimme. »Ich will das euch vor langer Zeit zugefügte Unrecht wiedergutmachen.«
»Ich habe Euch einmal geglaubt – ich werde Euch nie wieder vertrauen«, sagte Royce.
»Ich schwöre bei allem, was mir heilig ist, daß ich dem gesamten Königreich verkünden werde, daß du und Guy meine Söhne seid.«
»Es ist Euch doch gar nichts heilig, bei dem Ihr schwören könntet«, versetzte Guy scharf. »Ihr habt uns schutzlos einer feindseligen Welt ausgeliefert. Unsere Mutter sagte sich um Euretwillen von ihrer Familie los, und als Ihr sie dann verstießet, wurde sie von ihren Angehörigen mit Verachtung gestraft.«
»Hasse mich, Guy – aber nicht Rule. Er braucht eure Unterstützung. Ich werde mein Wort halten. Als Beweis werde ich euch hier und jetzt das Land übereignen, das mir der König für die Niederschlagung des letzten Aufstandes zuerkannt hat.«
Royce nahm das Dokument aus seiner Hand entgegen und las es gemeinsam mit Guy durch.
»Ihr gebt uns alles, was hier aufgeführt steht?«
»*Oui* – für euch und eure Familien.«

Royce rieb sich nachdenklich das Kinn. »Ich hatte innerlich schwer mit der Vergangenheit zu kämpfen«, sagte er schließlich, »und ich bin froh, daß sich jetzt alles zum Guten wendet.« Er streckte dem Vater die Hand hin. »Rule kann meines Beistandes gewiß sein.«
»Was ist mit unserer Mutter?« ging Guy ihn in scharfem Ton an.
Lance de Lemieux' Züge wurden weich. »Wenn sie mir verziehe, würde ich sie bis ans Ende meiner Tage lieben, aber ich fürchte, mein Verrat hat sie zu tief verletzt.«
Gabrielle verspürte ein würgendes Gefühl. Der Vater tat ihr leid. Er hatte zu spät erkannt, was er verloren hatte. Jetzt war er alt und müde.
»Wirst auch du mir die Hand reichen und die Vergangenheit ruhen lassen – oder willst du mich weiter hassen?« wandte er sich an Guy.
Jeder Muskel ihres Körpers war angespannt, während sie auf die Antwort wartete. »Bitte, begrabe deinen Haß!« flüsterte sie beschwörend.
Das Schweigen schien eine Ewigkeit zu währen, doch dann streckte Guy die Hand aus. »Ich werde helfen – aber nicht um Euretwillen, sondern um Rules.«
Eine unbändige Freude durchströmte Gabrielle. Der Anfang war gemacht.
»Ich muß euch beiden sagen, daß der Schurke vor nichts zurückschreckt, um den Besitz unserer Väter an sich zu bringen.«
»Was erwartet Ihr von uns?« wollte Royce wissen und schenkte für alle Wein ein.
»Ich brauche eure öffentliche Unterstützung. Wenn ihr

uns den Rücken stärkt, werden wir wohl keine Truppen einsetzen müssen. Der Bursche wird den Schwanz einziehen. Er ist nur bei Schwächeren mutig.«

Rule hob seinen Becher. »Auf meine Brüder.«

»Auf die Vergebung«, schloß Royce sich mit einem Trinkspruch an.

»Auf die Familie«, ergänzte Lance de Lemieux und betrachtete jeden seiner Söhne mit Stolz im Blick.

»Auf den Sieg«, prostete Guy den anderen zu.

»Gemeinsam stellen wir eine eindrucksvolle Macht dar«, sagte Rule. »Ihr habt Euch die Gunst des Königs erworben.«

»Was geschieht mit meiner Gemahlin?« verlangte Guy zu wissen.

»Nett von dir, daß du dich an mich erinnerst«, flüsterte Gabrielle sarkastisch.

»Ich wollte lediglich helfen. Wenn ich mich nicht zu dem Zweikampf gemeldet hätte, hätte Quennel d'Aumont einen anderen zu deinem Gegner bestimmt. Ich bin froh, daß du gegen mich verloren hast und nicht gegen einen Fremden – so konnte ich Gabrielle wenigstens retten.«

Guys verdrießliche Miene zeigte deutlich, daß er immer noch unter seiner Niederlage litt.

»Du hast dich wacker geschlagen«, tröstete Rule ihn, »aber ich habe einfach um fünf Jahre längere Erfahrung.«

Diese diplomatische Darstellung war Balsam für Guys Stolz.

Gabrielle jedoch wollte ihrem Ehemann eine Lektion erteilen. Sie stand auf, straffte ihre Schultern, ging die letzten Stufen hinunter und betrat die Halle. Festen Schrittes steuerte sie auf die Männer zu.

»Habt Ihr das Problem gelöst, Guy?« fragte sie in liebenswürdigem Ton.

»*Oui,* meine Liebste.« Er bedeutete ihr, sich zu ihm zu gesellen. »Rule hat auf alle Rechte an dir verzichtet.«

Gabrielle wanderte gemächlich um den Tisch. »Ich bin also frei?«

»*Oui.*« Er musterte sie neugierig.

»Gut. Dann werde ich Euch jetzt sagen, was *ich* will, nachdem es niemand in diesem Raum für nötig gehalten hat, mich danach zu fragen.«

Vier Unterkiefer klappten herunter.

Guy faßte sich als erster. »Was erdreistest du dich, Weib?«

Sie blinzelte ob seines Aufschreis. »Laut Erlaß des Königs bin ich nicht mehr verheiratet. Was soll ich meinem Kind nun sagen?«

»Unserem Kind«, korrigierte Guy.

»*Non.* Ich bin nicht mehr Eure Gemahlin.« Sie ließ die Finger an der Tischkante entlanggleiten und warf ihm einen schrägen Blick zu. »Es ist *mein* Kind.«

»Dann heiraten wir eben sofort wieder.«

Sein selbstsicheres Grinsen ärgerte sie, doch sie zwang sich, ruhig zu bleiben.

»Wie kommt Ihr darauf, daß ich auch nur in Erwägung ziehe, einen so verantwortungslosen Mann zu heiraten? Mein Kind braucht Sicherheit.«

»Gabby!« warnte Guy sie.

»Bitte sprecht nicht in diesem Ton mit mir, Sir – ich bin kein Kind.«

Guy kam mit hochrotem Gesicht auf sie zu, während seine Brüder miteinander tuschelten.
Gabrielle wandte sich allen vier Männern zu. »Ihr findet das erheiternd?«
Als die so Getadelten abrupt ernst wurden, sagte sie mit weicherer Stimme: »Vielleicht könnt Ihr diesen Narr zur Vernunft bringen.« Sie deutete auf Guy. »Denn ich werde ihn nur heiraten, wenn er mir schwört, daß die Sicherheit seiner Familie in Zukunft für ihn an erster Stelle steht.«
Guys Fäuste öffneten und schlossen sich unablässig. »Überlege, was du sagst.«
Sie faltete die Hände und blickte unerschrocken in seine zornlodernden Augen hinauf. »Ich weiß, was ich sage, Guy. Gebt zu, daß Ihr Unrecht getan habt, und ich betrachte die Sache als erledigt. Ich werde nicht nachgeben.« Damit drehte sie sich um und stolzierte hinaus.
»Komm sofort zurück!« rief Guy ihr nach.
Sie ignorierte es und hörte, wie Royce seinem Bruder riet: »Nimm es nicht so schwer, Guy. Schwangere Frauen sind oft unvernünftig. Das geht vorbei.«
»Aber was ist *jetzt*?«
»Wenn sie erkennt, wie töricht sie ist, wird sie dich heiraten.«
»Das werde ich nicht!« schäumte Gabrielle, als sie sich anschickte, die Treppe hinaufzusteigen.
»Du kennst Gabby nicht«, gab Guy seinem Bruder zu bedenken. »Sie neigt nicht zu unüberlegten Äußerungen.«
»Du hast keine Erfahrung mit schwangeren Frauen«,

erwiderte Royce. »Frauen in anderen Umständen verändern sich vollends.«
»Das ist wahr«, bestätigte Lance. »So lieb Eure Mutter auch war – während ihrer Schwangerschaften konnte sie sich aus den nichtigsten Gründen in eine Furie verwandeln.«
»Das mag ja sein – aber Gabby ist nicht so.«
Als Gabrielle die Treppe zur Hälfte erklommen hatte, schaute sie nach oben und sah Bethany und Ambra am Geländer stehen und lauschen, ihre Schwägerin mit geschürzten Lippen und ihre Schwiegermutter mit hochroten Wangen. Als sie oben ankam, legte sie die Arme um die beiden Frauen und ging mit ihnen den Korridor hinunter zu den Gemächern der Familie. »Männer!« sagte sie.

Als die anderen zu Bett gingen, blieb Guy noch lange nachdenklich in der Großen Halle sitzen. Es würde nicht einfach sein, Gabrielle zu beweisen, daß er etwas dazugelernt hatte. Obwohl sie es sich nicht anmerken ließ, war er fest davon überzeugt, daß sie ihn noch immer liebte und ihm vergeben würde.
Er seufzte tief. Sie fehlte ihm. Die Trennung von ihr bereitete ihm seelische Qualen. Gabrielle hatte seinem Leben einen Sinn gegeben. Ohne sie fühlte er sich leer und verloren. Er mußte sie unbedingt versöhnen.

*

Bei Tagesanbruch begehrte eine Bote am Tor Einlaß und bestand darauf, daß die Männer geweckt würden.

Auch Bethany und Gabrielle liefen in die Große Halle hinunter, um zu erfahren, was es so Wichtiges gab.
»Der Schotte, Laird Alec Campbell, ist gefangengenommen worden«, berichtete der Mann, »und es soll ein Austausch vorgenommen werden: Der Laird gegen den jungen Louis d'Aumont.«
»Großer Gott!« hauchte Gabrielle und suchte Guys Blick.

Zweiundzwanzigstes Kapitel

Der verzweifelte Ausdruck ihrer veilchenblauen Augen schnitt ihm ins Herz. Er hatte sie in den Arm genommen, um sie zu beruhigen, doch es gelang ihm nicht.

»Ihr könnt meinen Onkel nicht gegen meine Bruder austauschen!« wandte sie sich flehend an die Umstehenden.

»Das hast du nicht zu entscheiden«, erklärte eine energische Stimme, und Gabrielles Fingernägel gruben sich in Guys Fleisch, als Louis hochgewachsen und entschlossen vor sie hintrat.

»Dann gehe ich mit dir!« Gabrielle entwand sich Guys Armen.

»*Non!*« protestierten die in der Halle Anwesenden im Chor.

Royce und Louis gingen zum Tisch hinüber, wo sie leise mit den Soldaten sprachen.

Als Gabrielle ihnen folgen wollte, hielt Guy sie zurück und zog sie an seine Brust.

»Ich werde ihn beschützen«, flüsterte er ihr ins Ohr. Zarter Veilchenduft stieg ihm in die Nase und weckte die Sehnsucht in ihm, mit ihr allein zu sein.

»Damit Onkel Quennel dich auch umbringt?« murmelte sie.

»Sorge dich nicht – wir werden seiner Herr.«
Sie schüttelte den Kopf.
»Ich verspreche es dir«, sagte er. »Vertrau mir.«
Ungeweinte Tränen glänzten in ihren Augen, als sie sich in seinen Armen umdrehte und zu ihm aufschaute. »Ich habe dir immer vertraut, und ich werde es immer tun.«
Ihre Worte beschämten ihn. Er verdiente sie wirklich nicht. Aber er schwor sich im stillen, sie nie wieder zu enttäuschen.
Zärtlich umfaßte er ihr Gesicht und streichelte mit den Daumen ihre zarten Wangen. »Irgendwann, meine Liebste, werde ich deiner Liebe würdig sein.« Er neigte den Kopf und küßte sie. Als er seinen Hunger an dem süßen Nektar ihrer Lippen gestillt hatte, fragte er: »Willst du mich heiraten?«
Sie schluchzte auf, und zwei riesengroße Tränen rollten unter dunklen Wimpern über die rosenblütenblattglatten Wangen hinunter. Er zog sie in eine Nische. »Stimmst du zu, wieder meine Gemahlin zu werden?«
»Wirst du mir vorbehaltlos vertrauen?« antwortete sie mit einer Gegenfrage.
»Vertrauen?« echote er verständnislos.
»*Oui.* Vertrauen. Es darf keine Geheimnisse mehr zwischen uns geben.«
»Ich schwöre dir, ich werde dir nie wieder etwas verschweigen. Nicht einmal der König könnte mich dazu verpflichten. Und«, setzte er in Erinnerung daran hinzu, wie sehr er sie mit seinem Mißtrauen gekränkt hatte, »ich werde nie wieder an deiner Treue zweifeln.«
Sie schlang die Arme um seinen Hals und küßte ihn so

leidenschaftlich, daß er beinahe vergessen hätte, wo sie sich befanden.
»Ist das ein Ja?« fragte er atemlos, als sie sich voneinander lösten.
»Wenn wir die Zeit dazu hätten, würde ich dich auf der Stelle heiraten.« Sie senkte die Lider. »Vergib mir, mein Gemahl. Ich hätte, obwohl ich verletzt war, nicht versuchen dürfen, dir eine Lektion zu erteilen. Es war unschön und töricht, und ich bereue es.«
»Du brauchst es nicht zu bereuen – ich hatte die Lektion verdient. Das einzig Wichtige für mich ist, daß du mich wieder liebst.«
»Ich habe nie aufgehört, dich zu lieben«, sagte sie und nahm die goldene Kette mit dem Medaillon ab. »Du batest mich, sie als Erinnerung an dein Gelöbnis zu tragen. Das gleiche erbitte ich jetzt von dir.« Sie wollte sie ihm über den Kopf streifen, doch er wehrte sie gerührt ab. Sie hatte ihm den Ring zurückgegeben, als der König ihre Ehe annullierte, aber sein Geschenk hatte sie behalten. Liebevoll streifte er sie ihr wieder über, wobei er wiederholte, was er beim ersten Mal gesagt hatte: »Trage dies als Zeichen meiner tiefen Liebe zu dir und als Erinnerung an dein Versprechen, mir zu vertrauen, was auch immer geschehen mag.«
»Paß auf dich auf«, flüsterte sie. »Mein Herz und meine Hoffnung begleiten dich.«
Er küßte sie noch einmal, wandte sich zum Gehen – und drehte sich wieder um. »Mach dir keine Gedanken – ich werde dafür sorgen, daß Louis nichts geschieht.«
Sie lächelte unter Tränen. »Sorge auch dafür, daß *dir*

nichts geschieht. Ich könnte es nicht ertragen, wenn du nicht zurückkehrtest.«
Und so verließ er sie. Ihre feuchtglänzenden Augen kündeten von ihrer Sehnsucht und ihrer Liebe. Mit diesem Bild vor Augen könnte er glücklich sterben. Aber er hatte nicht die Absicht.

Royce hatte seinen Schwiegervater, Bram Mactavish, um Verstärkung gebeten. Auf die Unterstützung des Königs könnten sie nicht hoffen – er hatte ihm zwar ein Schreiben geschickt, in dem er ihm ihre mißliche Lage schilderte, aber es bliebe Wilhelm keine Zeit mehr, um Soldaten nach Northumberland zu entsenden.
Während sie zu dem Treffpunkt mit Quennel d'Aumont ritten, gestattete Guy seinem Gedächtnis einen kurzen Ausflug zu seiner Gemahlin. Die Erinnerung daran, wie sie nach dem Liebesakt weich und warm an ihn geschmiegt lag, wie sie mit vom Küssen geschwollenen Lippen und verträumtem Blick zu ihm aufschaute, könnte ihm helfen, selbst eine Reise durch die Hölle zu überstehen. Als er sich gänzlich in seinen Phantasien zu verlieren drohte, rief er sich mit aller gebotenen Strenge zur Ordnung – er mußte den Kopf für das vor ihnen liegende frei haben.

Die Stunden schleppten sich dahin, und Gabrielle hielt das goldene Medaillon umklammert, als hinge ihr Leben davon ab.
Ein Schotte aus dem Clan Campbell und einer von Mactavishs Leuten kamen nach Renwyg Castle, zwei

finster dreinblickende, ungeschlachte Krieger, an deren Blicken sie erkannte, daß sie ihr die Schuld daran gaben, daß ihre Verwandten sich in Lebensgefahr hatten begeben müssen.

Ob nun diese dafür verantwortlich waren oder ihre Neigung zur Selbstgeißelung – jedenfalls quälten sie Schuldgefühle. Obwohl sie sich abzulenken bemühte, begleiteten Angst und Reue sie durch einen langen Tag und eine schlaflose Nacht.

Nach der zweiten Nacht kam sie zu dem Schluß, daß sie etwas tun müßte. Während sie noch darüber nachdachte, was das sein könnte, brachte ein Soldat ein Schreiben von ihrem Onkel Alec, das ihr Cedric, der alte Sachse und Hauptmann der Wache, in die Große Halle brachte, wo die Frauen mit ihren Näharbeiten beieinandersaßen.

Gabrielle las die Nachricht. Sie besagte, daß sie sich am Ort des Austausches einfinden solle. Gabrielle wußte, daß ihr Onkel Alec sie niemals freiwillig in Gefahr bringen würde, und wagte nicht, sich auszumalen, mit welch schrecklichen Mitteln man ihn gezwungen hatte, diesen Brief an sie zu schreiben.

Sie schluckte den Kloß hinunter, der sich in ihrem Hals gebildet hatte, und erklärte, tapfer die Tränen zurückdrängend: »Ich werde zu dem Treffpunkt reiten.«

»Das erlaube ich nicht – und ich habe hier das Sagen«, erwiderte Bethany entschieden.

Aber ihr Widerspruch vermochte Gabrielle nicht einzuschüchtern. »Du weißt, ich mag dich sehr«, sagte sie, »aber ich lasse mir in diesem Fall keine Vorschriften von dir machen.«

Bethany betrachtete sie nachdenklich. »Ich glaube nicht, daß Guy weiß, was für eine Frau er geheiratet hat«, sagte sie schließlich. »Gutherzigkeit ist nicht gleichbedeutend mit Schwäche.«
»Du meinst, er hält mich für hilflos?«
Ambra erhob sich abrupt. »Es ist doch nichts Schlechtes, wenn ein Mann seine Frau beschützen will«, sagte sie brüsk. Als sie zum Fenster hinüberging, wechselten Bethany und Gabrielle einen Blick.
Gabrielle folgte Ambra und legte die Hand auf ihren Arm. »Das habe ich doch auch gar nicht gemeint«, versicherte sie ihr.
Ambra de Bellemare wandte sich ihr mit Tränen in den Augen zu. »Es tut mir leid, daß ich dich so angeherrscht habe. Es hat gar nichts mit dir zu tun. Das Wiedersehen mit Lemieux nach so vielen Jahren hat mich bis ins Mark erschüttert.«
»Ich weiß.« Gabrielle führte ihre Schwiegermutter an den Tisch zurück und hob ihre heruntergefallene Näharbeit für sie auf.
Bethany las die Nachricht. »Ich glaube, das ist eine Falle«, befürchtete sie. »Kein Schotte würde seine Verwandten mutwillig einer Gefahr aussetzen.« Sie hielt Campbells Mann das Schreiben hin.
»Das ist nicht die Schrift meines Herrn«, erklärte der Mann im Brustton der Überzeugung.
Jetzt dämmerte Gabrielle die Wahrheit, und sie begann auf und ab zu gehen. »Onkel Quennel stellt mir eine Falle, um sich auf einen Streich aller Probleme, die er aufgrund unserer Rechtsansprüche auf die Aumont-Besitzungen hat, zu entledigen.«

»Vielleicht stellt er deinem *Gemahl* eine Falle«, bot Bethany ihr eine andere Erklärung an.
Gabrielle gefror das Blut in den Adern. Natürlich! Wenn sie sich dort einfände, würde sie als Köder benutzt. Aber diesen Plan hatte ihr niederträchtiger Onkel umsonst geschmiedet – sie würde nicht mitspielen.
»Du darfst dort nicht hinreiten«, wiederholte Bethany beschwörend.
»Inzwischen teile ich deine Ansicht«, erwiderte Gabrielle. »Was hältst du davon, wenn wir unsererseits mittels des Boten eine Falle stellen?«
Bethany legte ihre Näharbeit aus der Hand und beugte sich gespannt vor. »Und wie soll die aussehen?«
Gabrielle setzte sich. »Auch darin werde ich der Köder sein – aber für Onkel Quennel. Er wird Guys Armee nicht selbst gegenübertreten. Feigling, der er ist, wird er andere für sich kämpfen lassen, während er an einem sicheren Ort den Ausgang abwartet. Wenn er mich schutzlos wähnt, wird er herkommen.«
Das Feuer im Kamin loderte hoch, doch es vermochte die Kälte nicht aus Gabrielle zu vertreiben.
»Die Idee ist riskant, und wir haben keine Möglichkeit, unsere Männer zu benachrichtigen, aber ich billige den Plan.« Bethany rief Cedric zu sich. »Lady Gabrielle wünscht eine Nachricht an Quennel von Aumont zu schicken, die eine sofortige Reaktion zeitigen wird.«
Der alte Sachse nickte und wartete schweigend darauf, daß sie fortführe.
»Teilt dem Boten mit, daß Lady Gabrielle nicht reisen kann, weil sie schwanger ist.«

Cedric verneigte und entfernte sich. Ambra schlug entsetzt die Hände über dem Kopf zusammen.
»Onkel Quennel kann das Land nicht verlassen, bevor er Louis und mich beseitigt hat. Er wird kommen, denn mein Kind stellt eine noch größere Bedrohung für ihn dar, als ich es tue.«
»Guy wird dir das nie verzeihen«, warnte *Madame* Ambra sie.
»Das ist möglich – aber ich muß tun, was ich für richtig halte. Ihr macht mir ebenfalls keinen ängstlichen Eindruck.«
»Das bin ich auch nicht – aber ich wäre niemals auf den Gedanken gekommen, meinen Herrn und Gebieter zu hintergehen.« Nach einer kurzen Pause setzte sie hinzu: »Vielleicht muß ich ja noch vieles von meinen Töchtern lernen.«
»Ich kenne Onkel Quennel – er wird unsere Soldaten nicht angreifen. Ich hoffe, sie retten Onkel Alec, aber ich nehme an, Aumont wird ihn als Geisel behalten, bis er das Land verlassen hat.«
»Ich werde deine schlaue Falle arrangieren«, sagte Bethany eifrig und wandte sich dann an ihre Schwiegermutter. »Ambra – möchtet Ihr die Zwillinge beaufsichtigen oder lieber mit mir kommen?«
Die Edle dachte kurz darüber nach und lächelte dann: »Ich denke, ich gehe mit dir. Ich habe viel zu lernen, und je eher ich damit beginne, um so besser.«
Als Gabrielle – abgesehen von den beiden schottischen Wächtern, die ihr wie Schatten überallhin folgten – allein zurückblieb, versank sie so tief in Gedanken, daß sie die Männer erst bemerkte, als sie sich links und

rechts neben sie setzten. Erschrocken schlug sie die Hand vor den Mund. Die beiden hatten bisher immer Abstand gewahrt. Was stand ihr jetzt bevor?
»Mylady, Ihr braucht Ruhe, wenn Ihr ein Kind erwartet«, sagte der Mann mit dem roten Vollbart, und der andere nickte zustimmend.
Sie hatte weder Besorgnis noch ein mitfühlendes Lächeln erwartet.
»Wie könnt ihr euch Gedanken um mich machen? Wenn meine Familie nicht wäre, hätte sich niemand in Gefahr begeben müssen.«
»Es ist nicht Eure Schuld, sondern die eines von Gier und Haß beseelten Mannes. Doch er wird seinen teuflischen Plan nicht ausführen können. Ihr müßt an das Kind in Eurem Leib denken.«
»Ihr gebt mir keine Schuld?« fragte sie verblüfft. Demnach war nicht sie der Grund für ihre finsteren Mienen gewesen, sondern die Situation.
»Nein, Mylady. Es sind die dummen Normannen und ihre dummen Familien, die solchen Männern Macht zugestehen. In Schottland ist das nicht anders, aber bei uns leben die Schurken nicht so lange.«
Sie lächelte. »Wie heißt du?«
»Ich bin als Kay bekannt, und dieser Riese da hört auf den Namen Sim.«
Sie umarmte die beiden. »Ich danke euch für euer Verständnis.«
»Wir sind hierhergeschickt worden, um Euch zu beschützen, und das werden wir unter Einsatz unseres Lebens tun.«
»Ihr beschämt mich.«

Sie ging beruhigt zu Bett: Unter dem Schutz dieser beiden Hünen würde ihr kein Leid geschehen.

Quennels Armee lag im schottischen Hochmoor. Die Männer waren für ihre Loyalität bezahlt worden, doch selbst die geldgierigsten Soldritter bekamen es mit der Angst, wenn ihr Kommandeur sich aus dem Staub macht, bevor ein Schwert gezückt worden war.
Als Aumont Guys Armee aufmarschieren sah, wußte er, daß er keine Chance hatte. Nur von seinem Diener Perrin begleitet, schleppte er den gefesselten und geknebelten Alec Campbell mit sich nach Northumberland. Er hatte nicht erwartet, daß sich zwei Clans verbünden würden, um die Brüder de Bellemare zu unterstützen. Der Teufel sollte seine Nichte holen.
Er hatte nichts anderes gewollt als das Heim und die Ländereien, die ihm von Rechts wegen zustanden. Und nun hatte er sich nur wegen Gabrielles Widerspenstigkeit beim König unbeliebt gemacht. Unter normalen Umständen hätte der Tod seiner Nichte und seines Neffen niemanden gekümmert. Aber seine Nichte und sein Neffe hatten das Interesse des Königs geweckt und normannische Barone und schottische Grundherren dafür gewonnen, sie zu unterstützen. Wenn ihre Freunde nicht wären, hätte er Alec gegen Louis getauscht, doch dieser Traum war ausgeträumt. Aber er würde das Weib ins Jenseits befördern. Sie würde lange vor ihm in der Hölle ankommen, und er würde sich an ihrem Leiden ergötzen.
An jenem Abend starrte er über das Lagerfeuer hinweg den finster dreinblickenden Schotten, Alec Campbell,

an. »Morgen werdet Ihr und Eure geliebte Nichte in Todesangst vereint sein. Ich werde sie zusehen lassen, wie Ihr sterbt, bevor ich auch ihrem Leben ein Ende setze.« Sein Gegenüber zuckte bei dieser Ankündigung nicht einmal mit der Wimper, worüber Quennel sich maßlos ärgerte.

»Habt Ihr mich gehört?« Er riß Campbell den Knebel aus dem Mund.

Alec fixierte ihn ungerührt. »Ihr könnt nur hoffen, stark genug zu sein, um mich zu überwältigen, denn sonst seid Ihr es, dessen Leben ein jähes Ende findet.«

»Ich fürchte Euch nicht«, gab Quennel zurück. »Aber ich verstehe nicht, daß Ihr mich nicht fürchtet.«

»Ich fürchte den Tod nicht, weil ich keine Verdammnis zu erwarten habe. Könnt Ihr von Euch dasselbe sagen?«

Aumont hatte plötzlich Schweißperlen auf der Stirn. Unwillig wischte er sie weg. »Ich habe nichts zu befürchten.«

»Das sagt ein Mann, der um seiner Bereicherung willen die Ermordung seines Neffen und seiner Nichte geplant und aus demselben Grund seine Schwester und ihren Mann aus dem Weg geräumt hat! Nur Gott könnte Euch das vergeben, aber ohne Reue habt Ihr keine Gnade zu erwarten. Ihr werdet in der Hölle schmoren.«

»Genug!« herrschte Quennel ihn an und knebelte ihn hastig wieder.

Plötzlich hatte er eine Idee. All das Geschwafel über die göttliche Gerechtigkeit hatte ihn inspiriert. »Perrin!« bellte er.

Als sein Lustknabe angelaufen kam, stand er auf und

nahm ihn beiseite. »Bring mir Pergament, Feder und Tinte. Wenn ich das Schreiben vollendet habe, bringst du es nach London zu meinem Freund Bischof Barton und diesen Beutel mit Geld dazu«, befahl er. »Ich wünsche, daß er beides in einer Woche in Händen hält.«
Aumont schrieb die Nachricht, versiegelte sie und übergab sie Perrin. »Mach dich auf den Weg – und laß dich nicht ausrauben.«
Quennel sah ihm nach, als er aus dem Lager galoppierte.
»So viel zum Thema Verdammnis.« Er lachte gehässig.

Guy schaute über das Schlachtfeld zum Lager der Soldritter hinüber und hörte sich die verschiedenen Strategien an, die seine Begleiter ihm vorschlugen. Das wichtigste war, herauszufinden, wo Alec sich befand, denn sobald der Kampf beginne, wäre sein Leben verwirkt.
»Ich könnte mich als Knappe verkleidet bei ihnen einschleichen«, sagte Louis. »Niemand würde mir Beachtung schenken, und ich könnte leicht herauskriegen, was wir wissen wollen.«
»*Non!*« lehnte Guy diese Idee nachdrücklich ab. »Ich habe Eurer Schwester versprochen, dafür zu sorgen, daß Euch nichts geschieht. Dieser Mann will Euren Tod – wie könnt Ihr da auch nur erwägen, Euch in seine Nähe zu begeben?«
Louis nahm scheinbar Abstand von seinem Plan, und die Männer kamen überein, am nächsten Mittag anzugreifen, aber sobald er sich davonstehlen konnte, schlüpfte er in das Gewand eines Knappen, zerzauste seine Haare und steuerte auf die feindlichen Linien zu.

Als er in das Lager eingedrungen war, atmete er tief durch, um sich Mut zu machen, und wanderte dann darin herum, als gehöre er dazu, holte sich mit gespielter Unbekümmertheit etwas zu trinken und nippte gelegentlich an dem Gebräu, während er Augen und Ohren offenhielt.
Zwei der Männer ließen sich nach Beendigung ihrer Wache am Feuer nieder und unterhielten sich bei randvoll gefüllten Trinkhörnern anfangs leise und dann, je leerer ihre Hörner wurden, zusehends lauter.
»Aumont, dieser Wurm! Hat uns doch tatsächlich hier unserem Schicksal überlassen und den Schotten mitgenommen!«
»Er ist ein Unhold. Ich bedauere seine Opfer.«
»Ich auch. Die *demoiselle* ist ahnungslos. Er wird ein leichtes Spiel mit ihr haben.«
Louis hatte genug gehört. Er verließ seinen Platz am Feuer und lief, so schnell er es sich erlauben durfte, ohne Aufmerksamkeit zu erregen, auf den Wald zu. Die Zeit drängte – Gabrielles und Alecs Leben waren in Gefahr.

Dreiundzwanzigstes Kapitel

Quennel war von Vorfreude erfüllt. Endlich war der Augenblick der Rache für ihn gekommen. Das kleine Miststück hatte doch tatsächlich versucht, ihn zu überlisten. Selbstzufrieden grinsend, schaute er zu den toten Soldaten hinüber, die ihm aufgelauert hatten, und dann zu den Zwillingen, die der Schmied durch den Geheimgang herausgeschmuggelt und ihm gerade gebracht hatte.

*

Der Torwächter ließ der Herrin von Renwyg Castle melden, daß ein gewisser Aumont sie ersuche, auf der Ringmauer zu erscheinen.

»Er lebt noch?« entsetzte sich Gabrielle, und gleich darauf liefen sie und Bethany, in ihre warmen Umhänge gehüllt, über den Hof und eilten die Treppe zum Wehrgang hinauf. Ein scharfer Wind trieb ihnen nadelspitze Regentropfen ins Gesicht, als sie sich über die Mauer beugten.

Quennel d'Aumont war in Begleitung mehrerer Bewaffneter erschienen.

»Was ist Euer Begehr?« rief Bethany hinunter.

»Schickt Gabrielle d'Aumont heraus, sonst töte ich

meine Geiseln!« kam seine Antwort, und er fügte, an Gabrielle gerichtet, hinzu. »Wollt Ihr das auf Euer Gewissen laden, Nichte?«

»Warum spricht er in der Mehrzahl?« wandte Gabrielle sich an Bethany. »Ich denke, er hat nur Onkel Alec.«

Die Erklärung folgte auf dem Fuße – in Form einer Frage, die Gabrielle das Blut in den Adern gefrieren ließ: »Wie geht es Euren Söhnen, *baronne?*«

»Er ... er hat die Zwillinge!« stammelte Gabrielle entsetzt.

»Ich glaube kein Wort«, erwiderte Bethany, schickte jedoch zur Sicherheit Cedric, nach den Kindern zu sehen.

Quennel hob ein Bündel aus dem neben ihm stehenden Karren. »Ich habe Eure Söhne in meiner Gewalt, *Madame!*« rief er triumphierend und hob die Decke an. Es kam tatsächlich ein Kindergesicht zum Vorschein, doch auf die Entfernung und in dem strömenden Regen war das Kind nicht zu erkennen.

Quennel legte es in den Karren zurück und präsentierte stolz ein zweites.

In diesem Augenblick kam Cedric in Begleitung der tränenüberströmten Ambra zurück.

Bethany stieß einen Schrei aus wie ein verwundetes Tier.

»Schickt meine Nichte heraus, sonst werden diese armen Kleinen ein frühes Ende finden«, rief Aumont.

»Ich werde gehen«, sagte Gabrielle, ohne zu zögern.

»Ich komme mit dir«, erklärte Bethany.

»Ich auch«, schloß Ambra sich an.

Gabrielle sah den beiden Frauen an, daß ein Protest

sinnlos war. »Ich komme in Begleitung von Bethany und Ambra«, antwortete sie an Bethanys Stelle. »Sie werden die Zwillinge mitnehmen.«

Quennel und seine Mannen zogen sich in Richtung des Wäldchens zurück.

Als die Frauen den Burghof durchquerten, erschienen wie aus dem Nichts Gabrielles Leibwächter.

»Ihr müßt hierbleiben«, erklärte sie ihnen.

Zu ihrer Überraschung protestierten sie nicht, sondern reichten ihr jeder eine Waffe.

Gabrielle verbarg die Dolche hinter ihrem Gürtel.

Sie hatten das Wäldchen gerade erreicht, als Quennel aus dem Unterholz brach.

»Endlich habe ich Euch!« grinste er hämisch und packte sie am Arm. »Euer Onkel Alec erwartet Euch schon sehnlichst. Ich werde Euch den Gefallen tun, gemeinsam zu sterben.«

Als sie das Lager erreichten, liefen Bethany und Ambra zu den Zwillingen, hoben sie aus dem Karren und wandten sich zum Gehen, doch Aumonts Männer stellten sich ihnen in den Weg.

»Ihr habt mich doch – wozu braucht Ihr die Kinder jetzt noch?« fragte Gabrielle aufgebracht.

»Ich gebe sie frei, sobald ich Louis habe«, erklärte Quennel d'Aumont.

Gabrielle lief zu ihrem Onkel Alec, der gefesselt am Feuer saß. Er war ein Bild des Jammers. Erschüttert schloß sie ihn in die Arme. Als sie den Blick schweifen ließ, entdeckte sie am Rande der Lichtung die Leichen der Soldaten, die Quennel hätten aufhalten sollen. Unauffällig zählte sie seine Männer. Zehn. Gegen diese

Übermacht hatten Bethanys Gardisten natürlich nichts ausrichten können.
»Es überrascht mich, daß Euch keine Vision vor mir gewarnt hat«, sagte ihr verhaßter Onkel plötzlich dicht neben ihr, packte sie, riß sie hoch und legte ihr die Hände um den Hals. »Ich habe lange auf diesen Augenblick warten müssen, aber«, er drückte fester zu und ließ sie dann so unvermittelt los, daß sie das Gleichgewicht verlor und hinfiel, »ich werde mich dafür entschädigen, indem ich Euch langsam sterben lasse.«
Sie rang noch immer nach Luft, als er sie wieder auf die Füße zog. »Doch zunächst werde ich Euch lehren, mir eine Falle zu stellen!« Seine Rückhand schleuderte sie zu Boden. Rote Kreise tanzten vor ihren Augen. Sie versuchte aufzustehen, schaffte es jedoch nur bis auf die Knie. Quennel griff in ihre Haare und riß sie hoch. Krachend landete seine Faust in ihrem Gesicht.
In diesem Augenblick brach ein Pferd aus dem Unterholz. Quennel fuhr herum.
»De Bellemare!« Er stieß einen lästerlichen Fluch aus.
»Guy!« flüsterte sie, als die Brüder de Bellemare das Lager stürmten.
Guy sprang, noch im Galopp, von seinem Pferd. »Laßt sie los, Aumont!«
»Wenn Ihr mich angreift, bringe ich sie um!« erwiderte Quennel. Gabrielle nutzte seine momentane Unaufmerksamkeit, um sich loszureißen. Quennel zog, erneut fluchend, sein Schwert. »Macht Euch bereit, Eurem Schöpfer gegenüberzutreten, de Bellemare!« knurrte er. »Ihr werdet Euch nie wieder in meine Angelegenheiten mischen.«

Gabrielle hatte sich hinter ihm in Sicherheit gebracht. Als er sich auf Guy stürzen wollte, packte sie ihn am Gürtel und zerrte ihn mit aller Kraft rückwärts. Er drehte sich halb zu ihr um und hakte den Arm um ihren Nacken. Sie wehrte sich wie wild.

Inzwischen war ein erbitterter Kampf auf der Lichtung entbrannt. Guy, Royce und Rule hatten alle Hände voll zu tun, um sich gegen die zahlenmäßige Übermacht von Aumonts Männern zu behaupten.

Endlich gelang es Gabrielle, sich loszureißen, doch ihre Freiheit war nur von kurzer Dauer, denn Quennels Arm schoß vor, und seine Hand schloß sich wie eine Eisenklammer um ihren Arm.

Sein häßliches Grinsen jagte ihr einen eisigen Schauer über den Rücken. Ihre freie Hand suchte und fand einen der Dolche.

»Wie ich hörte, seid Ihr guter Hoffnung«, sagte Aumont. »Ich freue mich schon darauf, Euch mit Eurem Kind in der Hölle wiederzusehen.«

»Die Hölle ist Euer Reiseziel – nicht meines«, gab sie, obwohl am ganzen Leibe zitternd, hochmütig zurück.

Er hob die Hand, um sie erneut zu schlagen, und sie sah ihre Chance. Mit einer Kraft, die sie selbst überraschte, rammte sie ihrem Peiniger die Waffe zwischen die Rippen. Verblüffung malte sich auf seinem Gesicht.

»Ihr werdet mir und den Meinen nie wieder ein Leid zufügen!« Ihre Stimme war eiskalt.

Quennel stolperte rückwärts und fiel hin. »Du … du …«

Er spuckte Blut, fuhr sich mit dem Ärmel über den

Mund und starrte sie ungläubig an. »Ich sterbe durch die Hand einer Frau!« In einem letzten Aufbegehren drohte er ihr: »Es ist noch nicht zu Ende. Ich werde Euch aus dem Grab heraus greifen und Euch in die Hölle hinunterziehen.« Die letzten Worte gurgelte er mit einem Blutschwall heraus.
Ohne eine Spur von Mitleid oder Reue sah sie ihn zur Seite umsinken. Er rang ein letztes Mal nach Luft und starb. Gabrielle bückte sich und zog ihm den Ring ab, den er ihrem Vater gestohlen hatte, indem er ihm den Finger abschnitt.
Immer wieder fast auf dem vom Regen durchweichten Boden ausrutschend, eilte sie zu ihrem Onkel und löste seine Fesseln. Dann blickte sie sich suchend nach ihrem Liebsten um. In dem Moment, als sie ihn entdeckte, riß ihm ein Schwerthieb den Helm vom Kopf, und er stürzte um wie ein gefällter Baum. »Guy!« schrie sie entsetzt, und dann wurde es dunkel um sie.

Gabrielle spürte etwas Kaltes, Feuchtes auf ihrer Stirn und öffnete, noch immer benommen, mit flatternden Lidern die Augen.
»Was ist geschehen?« fragte sie Bethany, die auf sie herunterlächelte.
»Weißt du das nicht mehr?« fragte ihre Schwägerin. »Du hast deinen teuflischen Onkel getötet!«
Gabrielle ließ den Blick durch den Raum wandern und erkannte, daß sie sich in ihrem Schlafgemach befand – und dann erinnerte sie sich plötzlich. Entsetzt fuhr sie aus ihrem Kissen hoch. »Guy ist tot!« schrie sie, und Tränen strömten über ihr Gesicht.

»Tot? Aber nein«, beruhigte Bethany sie. »Er hat nur noch einen Brummschädel und ist etwas unsicher auf den Beinen. Einzig und allein darum ist er nicht hier bei dir.«

Von Erleichterung durchströmt, ließ Gabrielle sich zurücksinken.

Vierundzwanzigstes Kapitel

In der Großen Halle saß eine feuchtfröhliche Runde beieinander.

»Es zeugt von einem geradezu jugendlichen Überschwang, daß Ihr *Madame* Ambra, während wir uns mit Aumonts Männern herumschlugen, Knall auf Fall einen Heiratsantrag machtet«, sagte Alec grinsend zu Lance.

»Ich wollte nicht noch mehr Jahre vergeuden«, erklärte Lemieux. »Und so faßte ich mir ein Herz und bat sie um eine Aussprache. Zu meinem großen Glück hat sie mir nicht nur verziehen, sondern auch mit Freuden eingewilligt, meine Gemahlin zu werden.«

»Befürchtet Ihr nicht, Euren ehelichen Pflichten in Eurem vorgerückten Alter nicht mehr gerecht werden zu können?« fragte Angus.

Lance starrte ihn einen Augenblick lang verdutzt an, und dann lächelte er nachsichtig. »Ihr müßt noch viel lernen, mein junger Freund. Im Gegensatz zum Schlachtfeld ist im Schlafzimmer Schnelligkeit mit der Waffe weder erwünscht noch von Vorteil.«

Schallendes Gelächter brandete auf, und es folgten noch einige kernige Bemerkungen zu diesem Thema.

Guy schlug seinem Vater auf den Rücken. »Nehmt es den Jungen nicht übel – aus ihnen spricht nur der Neid.«

Ian hob seinen Becher. »Auf die Bräutigame, Lance und Guy. Die heutige ist ihre letzte Nacht als freie Männer.«
Ein Trinkspruch folgte auf den anderen, während die Dienstmägde neuerlich für die Herren auftischten.

Gabrielle erwachte früh und atmete tief die würzige Morgenluft ein. Heute würde sie heiraten. Zum dritten Mal denselben Mann. Diesmal mußte es für immer sein.
Die Tür ging auf, und Ambra de Bellemare erschien.
»Ich habe vor Aufregung die ganze Nacht kein Auge zugetan«, gestand sie mit einem mädchenhaft-verlegenen Lächeln.
»Viel geschlafen habe ich auch nicht«, erwiderte Gabrielle.
»Ich habe diesen Mann immer geliebt«, fuhr ihre Schwiegermutter fort. »Sosehr ich mich auch bemühte – es gelang mir nicht, ihn mir aus dem Herzen zu reißen. Aber daß wir doch noch ein Ehepaar werden, habe ich nicht zu träumen gewagt.«
Gabrielle schlug die Felldecken zurück. »Macht die Augen zu!« befahl sie, und als Ambra gehorchte, holte sie die Perlen, die sie auf ihr Geheiß zu ihrer ersten Hochzeit getragen hatte. »Haltet die Hände auf.« Sie legte ihr das Geschmeide hinein. »Ihr habt doch erzählt, daß Ihr Euch immer wünschtet, damit geschmückt zu heiraten.«
Madame Ambras Augen füllten sich mit Tränen der Rührung. »Ich danke dir, meine Tochter. Obwohl ich Mutter zweier erwachsener Söhne bin, fühle ich mich

wie eine jungfräuliche Braut. Die Liebe bewirkt wahrhaft Wunder.«

Ein bewunderndes Raunen ging durch den Raum, als die beiden schönen Bräute am Kopf der Treppe erschienen. Ambra trug die Perlenschnur von Lance und ein elfenbeinfarbenes Kleid. Der glückstrahlende Ausdruck auf ihrem Gesicht machte ihr Alter vergessen. Gabrielle umfloß das mit Misteln bestickte, weiße Gewand, in dem sie Guy schon einmal das Jawort gegeben hatte. Die zu Zöpfen geflochtenen Haare saßen wie eine Krone auf ihrem Kopf. Ihr einziger Schmuck war die Kette mit dem goldenen Medaillon.

Guy wurde die Kehle eng, als er sie anschaute. Er hatte noch nie eine so schöne Frau gesehen. Ihre veilchenblauen Augen leuchteten, und als sie mit der Zungenspitze ihre Lippen befeuchtete, meldete sich das bekannte Ziehen in seinen Lenden. Als sie an ihm vorbeiging, um ihren Platz einzunehmen, schenkte sie ihm einen verführerischen Augenaufschlag.

Ambra trat neben Lance, und dann sanken alle vier vor Pater John auf die Knie.

Gabrielle schob ihre Hand in Guys, und als ihre Finger die seinen umfaßten, fühlte er sich geborgen. Sie war seine zweite Hälfte – und, weiß Gott, die bessere.

Gabrielles Gelöbnis, ihn zu lieben, zu ehren und ihm zu gehorchen, klang wie liebliche Harfenmusik in seinen Ohren, und er verlor sich so in ihrer Betrachtung, daß der Priester ihn mehrfach ermahnen mußte, bis er aus seiner Verzauberung erwachte. Seine Hände zitterten wirklich und wahrhaftig, als er die ihren zu einem zarten Kuß an die Lippen hob. »Ich gelobe, Euch jeden Tag meines Lebens zu lieben und zu ehren«, versprach er.

Als der Burgkaplan sich seinen Eltern zuwandte, beugte Guy sich zu Gabrielle hinunter und flüsterte: »Wenn ich dabei jedesmal dieses Strahlen in deinen Augen erntete, würde ich mein Gelöbnis jeden Tag aufs neue ablegen.«

Pater John segnete die beiden Paare, und sie tauschten den Friedenskuß. Als Guy Gabrielles süße Lippen spürte, sandte er im stillen ein inbrünstiges »Gott, ich danke Dir!« gen Himmel.

Der Priester schüttelte den frisch Getrauten die Hand, und dann gratulierten Eltern und Kinder einander. Ambra umarmte ihren Sohn. »Ich weiß nicht, für wen ich mich mehr freue – für dich oder für mich.«

Er küßte sie auf die Wange und ergriff die Hand, die sein Vater ihm hinstreckte. Lance' umschloß die seine mit festem Griff. »Der heutige Tag hat mich mit einer Gemahlin und einer Familie gesegnet«, sagte er mit vor Rührung rauher Stimme. »Gott hat es gut mit mir gemeint, indem er mir eine zweite Chance einräumte.«

Danach drängte die übrige Familie heran. Die Brüder küßten Gabrielle und umarmten ihre Mutter. »Sei gut zu Gabby«, schärfte Louis seinem Schwager ein. »Sie liebt dich mehr, als du es verdienst.«

Guy ergriff bewegt Louis' Hand. »Ich weiß, welches Glück mir mit deiner Schwester gewährt wird.«

Mit Gabrielle im Arm ließ er den Blick über die lächelnden Gesichter der Hochzeitsgesellschaft wandern. Noch nie war er von einem solchen inneren Frieden

erfüllt gewesen. Er konnte es nicht erwarten, mit seiner Gemahlin in Wales ihr neues Leben zu beginnen. »Ich werde dir einen Palast bauen, der einer Königin würdig wäre«, sagte er.
Sie strahlte ihn an. »Ich wäre auch mit einer Hütte zufrieden, wenn du dort mit mir wohntest.«
Die Menge verteilte sich an den Festtafeln, und Spielleute sorgten für die musikalische Untermalung.
Wein und Ale flossen in Strömen, und die Stimmung wurde zusehends ausgelassener.
Und dann brach die Musik plötzlich abrupt ab, als ein von Wächtern flankierter Bote in der Tür erschien. Tiefes Schweigen senkte sich über den Raum.
»Ich bringe ein Sendschreiben für Gabrielle d'Aumont«, erklärte der Fremde mit Donnerstimme.
Guy sprang auf. »Ich bin ihr Gemahl – gebt es mir.«
Der Brief trug das Siegel des Bischofs. Guy riß ihn auf, überflog den Inhalt – und erbleichte.
»Was ist, Liebster?« fragte Gabrielle alarmiert.
Guy schluckte. »Du wirst nach London beordert.«
»Warum?«
»Dein Onkel Quennel ist offenbar zu spät gestorben. Er hatte noch Zeit, seinem alten Freund, Bischof Barton, mitzuteilen, daß seine Nichte eine Hexe sei. Du wirst vor Gericht gestellt.«

Hexenprozesse lockten stets große Menschenmengen an.
Gabrielle stand, in Weiß gekleidet, auf einem kleinen Podest vor dem langen Tisch, hinter dem der Bischof und vier Beisitzer saßen.

»Seit wann übt Ihr Eure dunklen Mächten aus?« richtete der Bischof das Wort an sie.

Gabrielle blickte ihn verständnislos an. »Welche dunklen Mächte meint Ihr?«

»Eure Visionen.«

Guy hielt den Atem an. Streite sie ab! beschwor er seine Frau im stillen.

»Ich habe die Visionen bereits seit meiner Kindheit, und sie haben niemals jemandem geschadet«, hörte er sie zu seinem Entsetzen antworten. »Gott hat mich mit dieser Gabe gesegnet, und ich begreife nicht, wie man mir das zum Vorwurf machen kann.«

Nach einem Augenblick der Verblüffung beugte der Bischof sich vor. »Ihr gebt freiweg zu, Erscheinungen zu haben?«

»Ja, das tue ich.«

Guy stöhnte auf.

Die Kirchenmänner berieten sich. Endlose Minuten verstrichen, bis ihr Gemurmel endlich verstummte und Bischof Barton sich erhob. »Das Gericht verurteilt Euch dazu, morgen mittag im Innenhof der Residenz über glühende Kohlen zu gehen. Nur ein Zeichen Gottes kann Aufschluß darüber geben, daß Ihr tatsächlich begnadet seid.«

Das Urteil traf Guy mit der Wucht an eine Felsenküste brandender Wellen. »*Non!*« schrie er verzweifelt.

Bewaffnete Wächter ergriffen ihn und schleppten ihn aus dem Hof, wo sie ihn wieder freigaben. Royce und Rule waren ihm gefolgt und zogen ihn mit sich in einen Korridor.

»Was können wir tun?« wandte er sich hoffnungsvoll an den Strategen Royce.
Doch die Antwort war vernichtend: »Auf die Knie sinken und um ein Wunder beten.«
»Damit finde ich mich nicht ab. Es muß einen Weg geben, sie zu retten.«
»Ich habe mich bereits kundig gemacht – es ist nicht möglich, sie aus ihrer Zelle zu befreien. Ich habe sogar mit dem König gesprochen. Er ist nicht bereit, sich in Kirchenangelegenheiten zu mischen.«
Noch nie hatte Guy eine Niederlage so schwer getroffen – nicht einmal die im Kampf gegen Rule, nach der er seine Liebste an den damals noch gehaßten Bruder verloren wähnte.

Soldaten führten Gabrielle zu dem Kohlenbecken.
»Habt Ihr noch etwas zu sagen, Gabrielle de Bellemare?« rief der Bischof von seinem erhöhten Aussichtspunkt auf der Tribüne herüber.
»Ich möchte nur noch das Gebet des Herrn sprechen«, erwiderte sie mit klarer, fester Stimme, schloß die Augen und begann zu beten. Ihre Familie und die Schaulustigen fielen in das Vaterunser ein.
Als sie geendet hatte, wandte sie sich dem Bischof zu.
»Ich bin bereit.«
»Dann beginnt.«
»Nein!« schrie Guy. »Tu es nicht!«
Ihre Blicke trafen sich.
Gabrielles Lippen formten die Worte »Ich liebe dich«.
Die Brust wurde Guy eng, als Gabrielle sich dem Kohlenbecken zuwandte, über dem die Luft vor Hitze flirr-

te. Als sie den Fuß hob, verdunkelte sich plötzlich die Sonne. Mehrere Frauen kreischten angstvoll auf, während andere zum Himmel hinaufschauten und dann die Hände vors Gesicht schlugen. »Das ist ein Zeichen!« schrie ein Mann. »Ein Zeichen Gottes!« Die übrigen stimmten ein.

Wie auf Kommando sank die Menge auf die Knie. »Habt Erbarmen, habt Erbarmen!« flehten die Menschen, die sich hier eingefunden hatten, um mitzuerleben, wie eine junge Frau gefoltert wurde. »Gebt die Lady frei, sie ist unschuldig. Gebt die Lady frei, sonst wird Gott uns strafen.«

»Unsinn«, schalt der Bischof seine Herde und starrte feindselig zur Sonne hinauf. »Das ist doch nur eine Wolke. Seht selbst!« Aber niemand hörte auf ihn. Plötzlich schrie er auf, fiel auf die Knie, bedeckte seine Augen und rief: »Großer Gott, ich bin blind!«

Ein triumphierendes Raunen ging durch die Menge: Gott hatte den Kirchenfürsten seine strafende Hand spüren lassen.

Der König trat vor. »Gabrielle de Bellemare ist unschuldig«, erklärte er. »Sie darf gehen.«

Guy stürzte zu Gabrielle und schloß sie, ein inbrünstiges Dankgebet flüsternd, in die Arme.

Epilog

WALES

»Guy!« schrie Gabrielle in höchster Not.

Er nahm sie fest in die Arme und streichelte sie beruhigend, während sie langsam aus ihrem Alptraum erwachte.

Sprechen konnte er nicht, denn die Ängste, die sie im Schlaf noch einmal durchlebte, erweckten seine eigenen zum Leben, und seine Kehle war wie zugeschnürt. Er senkte seine Lippen auf die ihren und spürte erleichtert, daß sie sich ihm öffneten. Das Entsetzen war gebannt. Der Kuß wurde leidenschaftlicher. Sein Blut geriet in Wallung. Er würde niemals genug von ihr bekommen. Sosehr er sie auch begehrte – die Zärtlichkeit gewann die Oberhand. Er löste sich von ihr und sagte bewegt: »Die Erfahrung hat mich gelehrt, daß ich dich von einem Augenblick zum anderen verlieren kann, und so ist die Zeit, die wir miteinander verbringen, besonders kostbar für mich. Deine Liebe, dein Lachen, ja, sogar deine Tränen, geben meinem Leben Sinn. Ich wünschte nur, du hättest nicht so viel leiden müssen, bis wir endlich vereint waren.«

Sie streichelte seine Wange. »Das Wunder unserer Liebe entschädigt mich für alles Böse, was mir widerfahren ist.«

»Ich verdiene dich nicht – aber ich werde Gott für den Rest meines Lebens danken, daß er uns zusammengeführt hat.«
Sie umfaßte sein Gesicht und flüsterte: »Du bist die Antwort auf meine Gebete.«
»Und du, meine Liebste, bist die Erfüllung der göttlichen Verheißung.«